HA
CO

Współczesny amerykański pisarz, który uznanie w kręgu miłośników literatury sensacyjnej zdobył swoją trzecią książką, **Bez skrupułów**, opublikowaną w 1995 r. Jako pierwszy współczesny autor otrzymał trzy prestiżowe nagrody literackie przyznawane w kategorii powieści kryminalnej, w tym najważniejszą – Edgar Poe Award. Światowa popularność Cobena zaczęła się w 2001 r. od thrillera **Nie mów nikomu**, zekranizowanego w 2006 r. Kolejne powieści, m.in. **Na gorącym uczynku**, **Wszyscy mamy tajemnice**, **Zostań przy mnie**, **Schronienie**, **Kilka sekund od śmierci**, **Sześć lat później** i **Tęsknię za tobą**, uczyniły go megagwiazdą gatunku i jednym z najchętniej czytanych autorów, także w Polsce. Twórczość pisarza wciąż budzi zainteresowanie filmowców: na podstawie prozy Cobena powstało kilka filmów i seriali, prawa do ekranizacji **Tęsknię za tobą** zostały kupione przez Warner Bros, a w ekranizacji **Już mnie nie oszukasz** główną rolę zagra Julia Roberts.

Tego autora

NIE MÓW NIKOMU
BEZ POŻEGNANIA
JEDYNA SZANSA
TYLKO JEDNO SPOJRZENIE
NIEWINNY
W GŁĘBI LASU
ZACHOWAJ SPOKÓJ
MISTYFIKACJA
NA GORĄCYM UCZYNKU
KLINIKA ŚMIERCI
ZOSTAŃ PRZY MNIE
SZEŚĆ LAT PÓŹNIEJ
TĘSKNIĘ ZA TOBĄ
NIEZNAJOMY
JUŻ MNIE NIE OSZUKASZ

Myron Bolitar

BEZ SKRUPUŁÓW
KRÓTKA PIŁKA
BEZ ŚLADU
BŁĘKITNA KREW
JEDEN FAŁSZYWY RUCH
OSTATNI SZCZEGÓŁ
NAJCZARNIEJSZY STRACH
OBIECAJ MI
ZAGINIONA
WSZYSCY MAMY TAJEMNICE

Mickey Bolitar

SCHRONIENIE
KILKA SEKUND OD ŚMIERCI
ODNALEZIONY

Jako współautor

AŻ ŚMIERĆ NAS ROZŁĄCZY
NAJLEPSZE AMERYKAŃSKIE OPOWIADANIA KRYMINALNE 2011

HARLAN COBEN

Już mnie nie oszukasz

Z angielskiego przełożył
ROBERT WALIŚ

ALBATROS

Tytuł oryginału:
FOOL ME ONCE

Redakcja: Anna Walenko

Zdjęcie na okładce: © Jill Ferry/Trevillion Images

Skład: Laguna

ISBN 978-83-7985-936-8

Książka dostępna także jako e-book

Dystrybutor
Firma Księgarska Olesiejuk sp. z o.o. sp. j.
Poznańska 91, 05-850 Ożarów Mazowiecki
tel. (22) 721 30 00, faks (22) 721 30 01
www.olesiejuk.pl

Wydawca
WYDAWNICTWO ALBATROS SP. Z O.O.
(dawniej Wydawnictwo Albatros Andrzej Kuryłowicz s.c.)
Hlonda 2A/25, 02-972 Warszawa
www.wydawnictwoalbatros.com
Facebook.com/WydawnictwoAlbatros | Instagram.com/wydawnictwoalbatros

2017. Wydanie III
Druk: Read Me, Łódź

Dla Charlotte,
Nieważne, jak bardzo urośniesz,
zawsze pozostaniesz moją małą dziewczynką

1

Pochowali Joego trzy dni po tym, jak został zamordowany. Maya ubrała się na czarno, jak przystało na pogrążoną w żałobie wdowę. Słońce grzało z niesłabnącą furią, która przypominała jej lata spędzone na pustyni. Pastor sypał frazesami, ale Maya nie słuchała. Powędrowała wzrokiem na szkolne podwórko po drugiej stronie ulicy.

Tak, cmentarz znajdował się naprzeciwko szkoły podstawowej.

Maya przejeżdżała tędy mnóstwo razy, mijając szkołę po prawej i cmentarz po lewej stronie, ale nigdy wcześniej nie zwróciła uwagi na jego dziwaczne, żeby nie powiedzieć nieprzyzwoite, położenie. Co pojawiło się pierwsze, szkolne boisko czy cmentarz? Kto zdecydował, że szkoła powstanie obok nekropolii – albo odwrotnie? Czy to zestawienie końca i początku życia było pozbawione znaczenia, czy może kryła się w nim jakaś głębia? Śmierć jest tak blisko, zawsze, oddalona o jeden oddech, więc może warto oswajać dzieci z tym pojęciem od najmłodszych lat.

Maya snuła takie próżne rozważania, patrząc, jak trumna

Joego znika pod ziemią. Zajmij czymś myśli. To najlepszy sposób. Jakoś to przetrwaj.

Czarna sukienka ją uwierała. W ciągu ostatnich dziesięciu lat Maya uczestniczyła w ponad stu pogrzebach, ale po raz pierwszy była zmuszona ubrać się na czarno. Wcale jej się to nie podobało.

Po jej prawej stronie stała najbliższa rodzina Joego – jego matka Judith, brat Neil, siostra Caroline – przytłoczona upałem oraz dojmującym smutkiem. Po lewej stała jej (i Joego) dwuletnia córeczka Lily, która coraz bardziej się niecierpliwiła i zaczynała używać ręki Mai jako huśtawki. Zgodnie z rodzicielskim frazesem dzieci nie mają instrukcji obsługi. Dzisiaj było to aż nadto prawdziwe. Maya zastanawiała się, co należy zrobić w takiej sytuacji. Zostawić dwulatkę w domu czy zabrać ją na pogrzeb ojca? Nikt nie poruszał takich kwestii na stronach internetowych dla matek, gdzie roiło się od przemądrzałych, uniwersalnych porad. Rozżalona Maya omal nie zadała tego pytania w sieci: „Cześć wszystkim! Mojego męża niedawno zamordowano. Czy powinnam zabrać dwuletnią córkę na cmentarz, czy może zostawić ją w domu? Aha, i w co ją ubrać? Dzięki!".

Na pogrzebie pojawiły się setki osób, a jakaś pozostająca w cieniu cząstka jej umysłu zdawała sobie sprawę, że Joe byłby z tego zadowolony. Lubił ludzi. Ludzie lubili jego. Ale sama popularność oczywiście nie usprawiedliwiała tych tłumów. Żałobników przyciągnął straszliwy powab bycia blisko tragedii – oto młody mężczyzna, zastrzelony z zimną krwią, uroczy potomek bogatego rodu Burkettów i mąż kobiety zamieszanej w międzynarodowy skandal.

Lily oburącz objęła nogę matki. Maya nachyliła się i wyszeptała:

– Już niedługo, kochanie, dobrze?

Dziewczynka pokiwała głową, ale ścisnęła jeszcze mocniej.

Maya wyprostowała się, obiema rękami wygładzając uwierającą ją czarną sukienkę, którą pożyczyła od Eileen. Joe nie chciałby jej oglądać w czerni. Zawsze wolał ją w oficjalnych wojskowych strojach, które nosiła, gdy była kapitan Mayą Stern. Podczas ich pierwszego spotkania, na gali charytatywnej zorganizowanej przez rodzinę Burkettów, Joe podszedł do niej, w smokingu, uśmiechnął się zawadiacko (Maya nie do końca rozumiała znaczenie słowa „zawadiacki", dopóki nie zobaczyła tego uśmiechu) i powiedział: „Kurczę, myślałem, że to mężczyźni w mundurach mają działać podniecająco".

To był kiepski tekst, na tyle kiepski, że roześmiała się, co w zupełności wystarczyło facetowi takiemu jak Joe. Rany, był tak cholernie przystojny. Nawet teraz, stojąc w wilgotnym zaduchu, metr od jego zwłok, Maya uśmiechnęła się na tamto wspomnienie. Rok później się pobrali. Wkrótce na świat przyszła Lily. A teraz, zupełnie jakby ktoś przewinął do przodu nagranie z ich wspólnego życia, Maya składa do grobu męża i ojca ich jedynego dziecka.

– Wszystkie historie miłosne kończą się tragedią – powiedział do Mai ojciec wiele lat temu.

Pokręciła wtedy głową.

– Boże, tato, co za ponura myśl.

– Owszem, ale tylko pomyśl. Albo się odkochujesz, albo jeśli jesteś prawdziwą szczęściarą, żyjesz na tyle długo, żeby zobaczyć, jak twoja pokrewna dusza umiera.

Wciąż widziała ojca siedzącego naprzeciwko niej, przy kuchennym stole pokrytym żółknącym laminatem, w ich kamienicy na Brooklynie. Tata jak zwykle miał na sobie rozpinany sweter (przedstawiciele wszystkich zawodów, nie tylko żołnierze, noszą jakiś rodzaj uniformu), a wokół leżały wypracowania studentów college'u, które musiał ocenić. On i mama zmarli wiele lat temu, w odstępie kilku miesięcy, ale prawdę mówiąc, Maya wciąż nie potrafiła orzec, do której kategorii należała ich historia miłosna.

Podczas gdy pastor nie przestawał ględzić, Judith Burkett, matka Joego, zamknęła dłoń Mai w kurczowym uścisku rozpaczy.

– Teraz jest jeszcze gorzej – wymamrotała.

Maya nie prosiła o wyjaśnienie. Nie było to potrzebne. Judith Burkett już po raz drugi musiała pochować dziecko. Straciła dwóch z trzech synów, jednego rzekomo w tragicznym wypadku, a drugiego za sprawą morderstwa. Maya zerknęła na własne dziecko, na czubek głowy Lily, zastanawiając się, jak matka może znieść takie cierpienie.

Jakby domyślając się, o czym myśli synowa, stara kobieta wyszeptała:

– Już nigdy nie będzie dobrze. – Jej proste słowa przecięły powietrze jak kosa. – Nigdy.

– To moja wina – odrzekła Maya.

Nie zamierzała tego powiedzieć. Judith podniosła na nią wzrok.

– Powinnam była... – zaczęła Maya.

– Niczego nie mogłaś zrobić – przerwała jej teściowa.

Jednak jej głos wciąż nie brzmiał naturalnie. Maya to rozumiała, bo pozostali zapewne myśleli o tym samym. Maya Stern w przeszłości ocaliła tak wielu ludzi. Dlaczego nie potrafiła uratować własnego męża?

– Z prochu powstałeś...

Kurczę, czy pastor naprawdę sięgnął po ten wyświechtany tekst, czy może Mai się przywidziało? Niezbyt uważnie słuchała. Jak zwykle na pogrzebach. Często stykała się ze śmiercią i rozumiała, że w jej obliczu tajemnicą przetrwania jest odrętwienie. Nie skupiaj się na niczym. Niech dźwięki i obrazy zleją się ze sobą, aż staną się nierozpoznawalne.

Trumna Joego dotarła do dna z głuchym hukiem, który zbyt długo odbijał się echem w nieruchomym powietrzu. Judith oparła się o synową i cicho jęknęła. Maya trwała w wojskowej postawie – głowa wysoko, prosty kręgosłup, ramiona odchylone do tyłu. Niedawno przeczytała jeden z tych poradnikowych artykułów, które ludzie zawsze rozsyłają sobie e-mailem, dotyczący „zdecydowanej postawy" i tego, w jaki sposób ma nam ona pomagać w działaniu. Wojskowi już dawno zrozumieli ten element popularnej psychologii. Żołnierz nie stoi na baczność dlatego, że to ładnie wygląda. Robi to dlatego, że albo dodaje mu to siły, albo, co równie ważne, czyni go silniejszym w oczach towarzyszy i wrogów.

Maya na chwilę wróciła myślami do parku – błysk metalu, odgłos wystrzałów, upadający Joe, jej koszula pokryta krwią, chwiejna wędrówka w ciemności, odległe latarnie uliczne z zamglonymi aureolami światła...

„Pomocy... proszę... niech ktoś mi pomoże... mój mąż..."

Zamknęła oczy i odepchnęła od siebie te wspomnienia.

Trzymaj się, powiedziała sobie. Po prostu to przetrwaj.

I przetrwała.

■ ■ ■

Potem ustawiła się do niej kolejka.

Takie coś zdarza się człowiekowi tylko na pogrzebie i ślubie. Zapewne kryje się za tym jakaś głębsza refleksja, ale Mai nic nie przychodziło do głowy.

Nie miała pojęcia, jak wiele osób do niej podeszło, ale trwało to godzinami. Żałobnicy powoli sunęli naprzód, jak w filmie o zombie, w którym na miejscu jednego żywego trupa zaraz pojawiają się następne.

Po prostu się nie zatrzymujcie.

Większość rzucała ciche: „Bardzo współczuję", co stanowiło idealny komentarz. Niektórzy byli zbyt gadatliwi. Jaka to tragedia, jaka strata, miasto schodzi na psy, oni sami też kiedyś zostali napadnięci przez uzbrojonego rabusia (pierwsza zasada: w takiej kolejce nigdy nie opowiadaj o sobie), oby policja posłała na krzesło elektryczne zwierzęta, które to zrobiły, Maya miała niebywałe szczęście, pewnie Bóg nad nią czuwał (co by sugerowało, że Joe niezbyt Go obchodził), a wszystko stanowi Jego plan i nic nie dzieje się bez powodu (to cud, że nie zdzieliła żadnej z tych osób pięścią w twarz).

Bliscy Joego opadli z sił i w połowie musieli usiąść. Ale nie Maya. Ona wytrzymała do końca, patrząc wszystkim żałobnikom w oczy i witając ich mocnym uściskiem dłoni. Przy użyciu bardziej albo mniej subtelnej mowy ciała zniechęcała osoby, które zamierzały przekazywać kondolencje za pomocą uścisków lub pocałunków. Chociaż ich słowa były pozbawione treści, Maya słuchała uważnie, kiwała głową, mówiła: „Dziękuję, że przyszedłeś", wciąż takim samym, w miarę szczerym tonem, a potem witała następną osobę.

Druga podstawowa zasada obowiązująca w kolejce na pogrzebie: nie mów zbyt wiele. Krótkie frazesy dobrze się sprawdzają, ponieważ na pewno nikogo nimi nie obrazisz. Jeśli czujesz potrzebę powiedzenia czegoś więcej, w kilku słowach wspomnij zmarłego. Nigdy nie rób tego co ciotka Joego, Edith. Nie płacz histerycznie i nie stawaj się najbardziej teatralnie cierpiącym z żałobników, jak również nigdy nie mów do pogrążonej w smutku wdowy czegoś przerażająco głupiego, na przykład: „Biedactwo, najpierw twoja siostra, a teraz mąż".

Świat zatrzymał się na chwilę, kiedy ciotka Edith wypowiedziała na głos to, co myślało wielu obecnych, zwłaszcza że w zasięgu słuchu znajdowali się młody siostrzeniec Mai, Daniel, oraz jej jeszcze młodsza siostrzenica, Alexa. Maya poczuła, że krew się w niej gotuje, i wiele ją kosztowało, aby nie chwycić ciotki za gardło i nie wyrwać jej strun głosowych.

Zamiast tego powiedziała w miarę szczerym tonem:

– Dziękuję, że przyszłaś.

Sześciu członków byłego plutonu Mai, wliczając Shane'a, stało z tyłu, bacznie ją obserwując. Robili tak, czy jej się to podobało, czy nie. Kiedy byli razem, nigdy nie schodzili z warty. Mieli na tyle rozsądku, że nie ustawili się w kolejce. Jak zawsze byli jej milczącymi opiekunami, a ich obecność stanowiła dla niej jedyną prawdziwą pociechę tego straszliwego dnia.

Chwilami Maya miała wrażenie, że słyszy dobiegający z daleka chichot córki – jej najlepsza przyjaciółka, Eileen Finn, zabrała Lily na plac zabaw przy szkole podstawowej po drugiej stronie ulicy – ale może to wyobraźnia płatała jej figle. Dziecięcy śmiech w takich okolicznościach brzmiał nieprzyzwoicie, ale zarazem stanowił afirmację życia. Maya go pragnęła, a jednocześnie nie potrafiła znieść.

Daniel i Alexa, dzieci Claire, stały na końcu kolejki. Maya przygarnęła je do siebie, jak zawsze pragnąc je ochronić przed wszelkim złem. Eddie, jej szwagier... Czy właśnie nim był? Jak się nazywa mężczyznę, który ożenił się z twoją siostrą, zanim została zamordowana? „Były szwagier" bardziej kojarzy się z rozwodem. Może „niegdysiejszy szwagier"? A może po prostu pozostać przy „szwagrze"?

Kolejne próżne rozważania, które miały odwrócić jej uwagę.

Eddie podszedł do niej niepewnie. Na twarzy miał kępki zarostu w miejscach, które ominął maszynką. Pocałował Mayę w policzek. Woń płynu do ust i miętusów była wystarczająco silna, żeby zagłuszyć inne zapachy, które być może dałoby się wyczuć w jego oddechu, ale czyż nie o to chodziło?

– Będzie mi brakowało Joego – wymamrotał.

– Wiem, Eddie. Bardzo cię lubił.

– Jeśli jest coś, co możemy zrobić...

Możesz bardziej dbać o swoje dzieci, pomyślała Maya, ale gniew, który zazwyczaj wobec niego czuła, teraz się ulotnił, zatonął niczym dziurawa tratwa.

– Damy sobie radę, dzięki.

Eddie zamilkł, jakby on także potrafił czytać jej w myślach, co w tym wypadku nie było wykluczone.

– Przepraszam, że przegapiłam twój ostatni mecz – powiedziała Maya do Alexy – ale jutro na pewno przyjdę.

Wszyscy troje sprawiali wrażenie skrępowanych.

– Ależ nie musisz – rzekł Eddie.

– To żaden problem. Chętnie zajmę myśli czymś innym.

Eddie pokiwał głową, zabrał Daniela i Alexę i ruszył w stronę samochodu. Alexa obejrzała się na Mayę, która posłała jej krzepiący uśmiech. „Nic się nie zmieniło – przekazywał ten uśmiech. – Zawsze będziesz mogła na mnie liczyć, tak jak obiecałam twojej matce".

Maya patrzyła, jak rodzina Claire wsiada do auta. Daniel, pewny siebie czternastolatek, usiadł z przodu. Alexa, która miała dopiero dwanaście lat, zajęła miejsce z tyłu. Od śmierci matki stale się krzywiła, jakby przygotowywała się na kolejny cios. Eddie pomachał, posłał Mai zmęczony uśmiech i wślizgnął się za kierownicę.

Maya czekała, obserwując odjeżdżający powoli samochód. Kiedy zniknął, zauważyła detektywa z nowojorskiego wydziału zabójstw, Rogera Kierce'a, który stał w oddali, oparty o drzewo. Nawet dzisiaj. Nawet teraz. Kusiło ją, żeby podejść i stawić mu czoło, zażądać wyjaśnień, ale Judith ponownie chwyciła ją za rękę.

– Chciałabym, żebyście ty i Lily wróciły z nami do Farnwood.

Burkettowie zawsze tak nazywali swój dom. Zapewne to powinno było dać pojęcie Mai o tym, co się z nią stanie, gdy wejdzie do takiej rodziny.

– Dziękuję, ale uważam, że Lily musi być w domu – odpowiedziała.

– Musi być z rodziną. Ty także.

– Dziękuję za propozycję.

– Mówię poważnie. Lily zawsze będzie naszą wnuczką. A ty zawsze będziesz naszą córką.

Judith jeszcze mocniej ścisnęła jej dłoń, żeby podkreślić swoje słowa. Były takie słodkie, zupełnie jakby czytała je z monitora podczas jednej ze swoich gal charytatywnych, a zarazem nieszczere – przynajmniej odnośnie do Mai. Osoby, które przez małżeństwo związały się z rodem Burkettów, mogły liczyć najwyżej na łaskawą tolerancję.

– Innym razem – odrzekła Maya. – Na pewno mnie rozumiesz.

Teściowa pokiwała głową i zdawkowo ją uścisnęła. Podobnie uczynili brat i siostra Joego. Maya patrzyła na ich zbolałe twarze, gdy powoli szli w stronę wydłużonych limuzyn, które miały ich odwieźć do posiadłości Burkettów.

Jej dawni kompani z plutonu wciąż tu byli. Złowiła spojrzenie Shane'a i lekko skinęła głową. Zrozumieli. Nie tyle się „rozeszli", ile dyskretnie rozpłynęli w powietrzu, starając się nie pozostawiać po sobie śladu. Większość z nich nadal pełniła służbę. Po tym, co wydarzyło się niedaleko granicy syryjsko-irackiej, Mayę „zachęcono" do przyjęcia zwolnienia ze służby, z uznaniem wszystkich zasług. Nie widziała innej możliwości, więc się zgodziła. Dlatego teraz, zamiast dowodzić nowymi rekrutami albo przynajmniej ich szkolić, emerytowana kapitan Maya Stern, przez krótki czas twarz nowej armii, uczyła pilotażu na lotnisku Teterboro w północnym New Jersey. Niekiedy była zadowolona. Zwykle tęskniła za służbą, i to bardziej, niż się spodziewała.

W końcu została sama przy stercie ziemi, która wkrótce miała przykryć jej męża.

– Ach, Joe – powiedziała.

Usiłowała poczuć jego obecność. Próbowała tego już wcześniej, w niezliczonych sytuacjach żałoby, chcąc sprawdzić, czy uda jej się wyczuć jakąkolwiek energię życiową utrzymującą się po śmierci, ale zawsze bezskutecznie. Niektórzy wierzą, że musi przetrwać choćby odrobina siły życiowej – że energia i ruch nigdy całkowicie nie zanikają, że dusza jest wieczna, że nie da się trwale zniszczyć materii i tak dalej. Może była to prawda, jednak im częściej Maya stykała się ze śmiercią, tym bardziej odnosiła wrażenie, że po niej nie ma już absolutnie nic.

Stała przy grobie, dopóki Eileen nie przyprowadziła Lily z placu zabaw.

– Gotowa? – spytała przyjaciółka.

Maya po raz kolejny zerknęła na dół w ziemi. Chciała powiedzieć Joemu coś ważnego, coś, co mogłoby przynieść im obojgu ulgę, ale nic nie przychodziło jej do głowy.

Eileen odwiozła je do domu. Lily zasnęła w foteliku samochodowym, który wyglądał, jakby zaprojektowano go w NASA. Maya siedziała z przodu, na fotelu pasażera, i patrzyła przed siebie. Kiedy dotarły do domu – Joe również chciał nadać mu jakąś nazwę, ale ona zdecydowanie się sprzeciwiła – udało jej się rozpiąć skomplikowany system pasków i uwolnić Lily z tylnego siedzenia. Przytrzymywała jej główkę, żeby córka się nie obudziła.

– Dzięki za podwiezienie – szepnęła.

Eileen wyłączyła silnik.

– Mogę wejść na chwilę?

– Poradzimy sobie.

– Nie wątpię. – Eileen odpięła pas. – Ale chciałabym coś ci dać. To zajmie dwie minuty.

▪ ▪ ▪

Maya wzięła przedmiot do ręki.

– Ramka cyfrowa na zdjęcia?

Eileen była rudawą blondynką z piegami i szerokim uśmiechem. Kiedy wchodziła do jakiegoś pomieszczenia, jej twarz wypełniała je blaskiem, co świetnie maskowało kryjące się pod spodem cierpienie.

– Nie, to kamera udająca ramkę cyfrową na zdjęcia.

– Słucham?

– Teraz, kiedy pracujesz na pełny etat, musisz mieć na wszystko oko, prawda?

– Chyba tak.

– Gdzie Isabella najczęściej bawi się z Lily?

Maya wskazała w prawo.

– W pokoju dziennym.

– Chodź, pokażę ci.

– Eileen...

Przyjaciółka wyjęła ramkę z jej dłoni.

– Po prostu chodź za mną.

Pokój znajdował się obok kuchni. Miał wysoko sklepiony sufit i mnóstwo jasnego drewna. Na ścianie wisiał telewizor z dużym ekranem. Dwa kosze były wypełnione po brzegi zabawkami edukacyjnymi dla Lily. Przed kanapą stał przenośny kojec, w miejscu, które kiedyś zajmował piękny mahoniowy stolik. Niestety, stolik nie był bezpieczny dla dziecka, więc musiał zniknąć.

Eileen podeszła do półki z książkami. Znalazła odpowiednie miejsce dla ramki i podłączyła kabel do pobliskiego gniazdka.

– Wgrałam kilka zdjęć twojej rodziny. Ramka będzie je kolejno wyświetlać. Czy Isabella i Lily zazwyczaj bawią się obok kanapy?

– Tak.

– Dobrze. – Eileen obróciła ramkę w tamtym kierunku. – Wbudowana kamera ma szerokokątny obiektyw, więc możesz zobaczyć cały pokój.

– Eileen...

– Widziałam ją na pogrzebie.

– Kogo?

– Twoją opiekunkę do dziecka.

– Rodzina Isabelli od dawna zna się z rodziną Joego. Jej matka była nianią Joego. Jej brat pracuje u nich jako ogrodnik.

– Naprawdę?

Maya wzruszyła ramionami.

– Bogacze.

– Są inni.

– Właśnie.

– Więc jej ufasz?

– Komu, Isabelli?

– Tak.

Maya znów wzruszyła ramionami.

– Znasz mnie.

– Owszem. – Eileen początkowo była przyjaciółką Claire, z którą dzieliła pokój w akademiku na pierwszym roku college'u Vassar, ale szybko zbliżyła się także z Mayą. – Nikomu nie ufasz, Mayu.

– Tak bym tego nie ujęła.

– No dobrze. A kiedy chodzi o twoje dziecko?

– Kiedy chodzi o moje dziecko, rzeczywiście, nikomu nie ufam – przyznała Maya.

Eileen się uśmiechnęła.

– Właśnie dlatego ci to przyniosłam. Nie sądzę, żebyś czegoś się dopatrzyła. Isabella wydaje się doskonała.

– Ale lepiej się zabezpieczyć, niż żałować?

– Otóż to. Nawet nie wiesz, o ile pewniej się dzięki temu poczułam, gdy musiałam zostawić Kyle'a i Missy z nianią.

Maya miała wątpliwości – czy Eileen naprawdę sprawdzała swoją nianię, czy może zbierała dowody przeciwko komuś innemu? – ale na razie zachowała je dla siebie.

– Masz w swoim komputerze gniazdo do kart SD? – spytała Eileen.

– Nie wiem.

– Nieważne. Mam dla ciebie czytnik SD, który możesz podłączyć do dowolnego gniazda USB. Wystarczy go podpiąć do laptopa albo komputera. Nic prostszego. Na koniec dnia wyjmujesz kartę SD z ramki... jest tutaj, widzisz?

Maya skinęła głową.

– Potem wsadzasz kartę do czytnika. Na ekranie pojawia się to, co się nagrało. Karta ma pojemność trzydziestu dwóch gigabajtów, więc powinna wystarczyć na kilka dni. Kamera posiada czujnik ruchu, dlatego nie nagrywa, kiedy pokój jest pusty.

Maya nie mogła powstrzymać uśmiechu.

– Tylko spójrz na siebie – rzuciła.

– No co? Przeszkadza ci to odwrócenie ról?

– Trochę. Sama powinnam była o tym pomyśleć.

– Dziwi mnie, że tego nie zrobiłaś.

Opuściła wzrok i popatrzyła przyjaciółce w oczy. Eileen miała niecałe sto sześćdziesiąt centymetrów wzrostu, a Maya prawie sto osiemdziesiąt, chociaż przez to, że zawsze była sztywno wyprostowana, wydawała się jeszcze wyższa.

– Czy kiedyś zobaczyłaś coś na swojej kamerze?

– Chodzi ci o coś, czego nie powinnam zobaczyć?

– Właśnie.

– Nie – przyznała Eileen. – Wiem, co sobie myślisz. On nie wrócił. I nie widziałam się z nim.

– Nie oceniam cię.

– Ani trochę?

– Jaka byłaby ze mnie przyjaciółka, gdybym choć trochę cię nie oceniała?

Eileen podeszła i objęła Mayę. Ta odwzajemniła uścisk. Eileen nie była obcą osobą składającą kondolencje. Maya trafiła do Vassar rok po Claire. Trzy dziewczyny mieszkały razem w tamtych beztroskich dniach, zanim Maya rozpoczęła naukę w wojskowej szkole lotniczej w Fort Rucker w Alabamie. To z Eileen, obok Shane'a, łączyła ją najbliższa przyjaźń.

– Kocham cię, wiesz?

Maya pokiwała głową.

– Tak, wiem.

– Na pewno nie chcesz, żebym została?

– Musisz się zaopiekować swoją rodziną.

– W porządku – odrzekła Eileen, wskazując kciukiem ramkę cyfrową. – Mam na ciebie oko.

– Bardzo zabawne.

– Niespecjalnie. Ale rozumiem, że chcesz mieć trochę czasu dla siebie. Zadzwoń, jeśli będziesz czegoś potrzebowała. Aha, nie przejmuj się kolacją. Już zamówiłam ci chińszczyznę w Look See. Przywiozą za dwadzieścia minut.

– Kocham cię, wiesz?

– Tak. – Eileen ruszyła do drzwi. – Wiem. – Zatrzymała się. – Ojej.

– Co się stało?

– Masz towarzystwo.

2

Towarzystwem okazał się niski, mocno owłosiony detektyw z nowojorskiego wydziału zabójstw, Roger Kierce. Wszedł do domu, z całych sił starając się udawać nonszalancję i rozglądając się na wszystkie strony, jak gliniarze mają w zwyczaju.

– Ładny dom.

Maya zmarszczyła czoło, nie ukrywając rozdrażnienia.

Kierce kojarzył jej się z jaskiniowcem. Był krępy i barczysty, a jego ręce wydawały się nieproporcjonalnie krótkie. Miał twarz, która wyglądała na nieogoloną nawet bezpośrednio po goleniu. Jego krzaczaste brwi przypominały późne stadium przemiany gąsienicy, a włosy na grzbietach dłoni sprawiały wrażenie zakręconych lokówką.

– Mam nadzieję, że nie przeszkadzam.

– Niby dlaczego miałby pan przeszkadzać? – odparła Maya. – Aha, no tak, przecież właśnie pochowałam męża.

Kierce udał skruchę.

– Zdaję sobie sprawę, że wybrałem niefortunną chwilę.

– Tak pan sądzi?

– Ale jutro wraca pani do pracy, a zresztą kiedy jest odpowiednia chwila?

– Słuszna uwaga. Czym mogę panu służyć, detektywie?

– Czy mógłbym usiąść?

Wskazała kanapę w pokoju dziennym. Przyszła jej do głowy upiorna myśl. To spotkanie – a tak naprawdę wszystkie spotkania w tym pokoju – zostanie zarejestrowane przez ukrytą kamerę. Cóż za dziwna refleksja. Mogła oczywiście ręcznie włączać i wyłączać kamerę, ale kto by o tym pamiętał albo chciał każdego dnia tak się męczyć? Zastanawiała się, czy kamera nagrywa także dźwięk. Będzie musiała zapytać Eileen albo przekona się sama, kiedy sprawdzi zawartość karty.

– Ładny dom – powtórzył Kierce.

– Tak, już pan to mówił.

– W którym roku go wybudowano?

– W latach dwudziestych dwudziestego wieku.

– Rodzina pani zmarłego męża. To oni są właścicielami, prawda?

– Tak.

Kierce usiadł. Maya nadal stała.

– Czym mogę panu służyć, detektywie?

– Chodzi o kilka dodatkowych pytań, to wszystko.

– Dodatkowych?

– Zaraz wyjaśnię. – Posłał jej uśmiech, który zapewne uważał za rozbrajający. Maya nie dała się nabrać. – Gdzie ja go wsadziłem...? – Zagłębił dłoń w kieszeni marynarki i wyjął postrzępiony notatnik. – Czy możemy jeszcze raz o tym porozmawiać?

Nie była pewna, co myśleć o detektywie, a jemu przypuszczalnie właśnie o to chodziło.

– Czego chciałby się pan dowiedzieć?

– Zacznijmy od początku, dobrze?

Usiadła i rozpostarła dłonie, jakby chciała powiedzieć: „Proszę zaczynać".

– Dlaczego spotkała się pani z Joem w Central Parku?

– Poprosił mnie o to.

– Przez telefon, zgadza się?

– Tak.

– Czy to było normalne?

– Tak, spotykaliśmy się tam już wcześniej.

– Kiedy?

– Nie wiem. Wiele razy. Już panu mówiłam. To ładna część parku. Rozkładaliśmy kocyk, a potem jedliśmy lunch w Boathouse... – Zamilkła i przełknęła ślinę. – To po prostu było ładne miejsce.

– Owszem, w ciągu dnia. Ale jest dosyć odludne wieczorem, nie uważa pani?

– Zawsze czuliśmy się tam bezpieczni.

Uśmiechnął się do niej.

– Założę się, że pani czuje się bezpieczna w większości miejsc.

– Co pan ma na myśli?

– Była pani w tak wielu niebezpiecznych zakątkach świata, że park pewnie nie robi na pani wrażenia. – Kierce odkaszlnął w pięść. – A więc mąż zadzwonił do pani i zaproponował: „Spotkajmy się tam", a pani się zgodziła.

– Tak jest.

– Tylko że... – Kierce zajrzał do notatnika, polizał palce i zaczął przerzucać kartki – ...on wcale do pani nie zadzwonił. – Podniósł na nią wzrok.

– Słucham?

– Powiedziała pani, że Joe zadzwonił i poprosił o spotkanie w parku.

– Nie, to pan tak powiedział. Ja powiedziałam, że poprosił mnie przez telefon, żebyśmy się tam spotkali.

– Ale potem dodałem: „Zadzwonił do pani", na co pani odrzekła: „Tak jest".

– Łapie mnie pan za słowa, detektywie. Dysponuje pan rejestrem połączeń z tamtego wieczoru, prawda?

– Owszem.

– I figuruje w nim rozmowa telefoniczna między moim mężem a mną?

– Zgadza się.

– Nie pamiętam, czy to ja do niego zadzwoniłam, czy on do mnie. Jednak zaproponował, żebyśmy spotkali się w naszym ulubionym miejscu w parku. Równie dobrze ja mogłam to zaproponować... moim zdaniem to bez znaczenia... i możliwe, że bym to zrobiła, gdyby nie zasugerował tego pierwszy.

– Czy ktokolwiek może potwierdzić, że państwo wcześniej się tam spotykali?

– Chyba nie, ale nie widzę takiej potrzeby.

Kierce posłał jej nieszczery uśmiech.

– Ja również, więc przejdźmy dalej, dobrze?

Skrzyżowała nogi i czekała.

– Powiedziała pani, że dwaj mężczyźni zbliżyli się do was od zachodu. Czy to się zgadza?

– Tak.

– Mieli na głowach kominiarki?

Powtarzała to już dziesiątki razy.

– Tak.

– Czarne kominiarki, mam rację?

– Ma pan rację.

– Powiedziała pani, że jeden z nich miał około metra osiemdziesięciu. Ile pani ma wzrostu, pani Burkett?

Prawie odburknęła, że powinien się do niej zwracać „kapitan Burkett" – nienawidziła, gdy mówiono do niej „pani Burkett" – ale jej ranga nie miała już żadnego znaczenia.

– Proszę mi mówić po imieniu. Ja również mam około metra osiemdziesięciu.

– Czyli jeden z tych mężczyzn był twojego wzrostu, Mayu.

Starała się nie przewrócić oczami.

– No tak.

– Bardzo szczegółowo opisałaś napastników. – Kierce zaczął czytać ze swojego notatnika. – Jeden miał około metra osiemdziesięciu. Wzrost drugiego oszacowałaś na nieco ponad metr siedemdziesiąt. Jeden miał na sobie czarną bluzę z kapturem, dżinsy i czerwone tenisówki Converse. Drugi: jasnoniebieski T-shirt bez żadnego logo, beżowy plecak, czarne obuwie do biegania, ale nie wiesz jakiej marki.

– Zgadza się.

– Mężczyzna w czerwonych tenisówkach... to on zastrzelił twojego męża.

– Tak.

– Potem uciekłaś.

Maya milczała.

– Zgodnie z twoim zeznaniem, chcieli was okraść. Powiedziałaś, że Joe zwlekał z oddaniem portfela. Twój mąż miał także bardzo drogi zegarek. Firmy Hublot, jeśli się nie mylę.

Zaschło jej w gardle.

– Tak, zgadza się.

– Dlaczego po prostu go nie oddał?

– Myślę... myślę, że by to zrobił.

– Ale?

Pokręciła głową.

– Mayu?

– Czy kiedykolwiek ktoś przystawił panu pistolet do twarzy, detektywie?

– Nie.

– Więc być może pan nie rozumie.

– Czego nie rozumiem?

– Lufa. Otwór. Kiedy ktoś ją kieruje w pana stronę i grozi, że pociągnie za spust, ta czarna dziura staje się niewiarygodnie duża, jakby miała połknąć pana w całości. Niektórzy ludzie, kiedy to widzą, zamierają.

– A Joe... był jednym z takich ludzi? – spytał Kierce łagodniejszym głosem.

– Przez jedną sekundę.

– I okazało się, że to zbyt długo?

– W tym przypadku owszem.

Przez kilka długich chwil siedzieli w milczeniu.

– Czy broń mogła wypalić przypadkowo? – spytał Kierce.

– Wątpię.

– Dlaczego tak uważasz?

– Z dwóch powodów. Po pierwsze, to był rewolwer. Wie pan coś o nich?

– Niezbyt wiele.

– Ich mechanizm wymaga odciągnięcia kurka albo bardzo silnego naciśnięcia spustu. Nie da się przypadkowo strzelić.

– Rozumiem. A drugi powód?

– Bardziej oczywisty – odrzekła. – Zabójca strzelił jeszcze

dwa razy. Nie da się „przypadkowo" wystrzelić trzech pocisków.

Kierce pokiwał głową i ponownie zajrzał do notatek.

– Pierwszy pocisk trafił twojego męża w lewe ramię. Drugi uderzył w prawy obojczyk.

Maya zamknęła oczy.

– Z jakiej odległości napastnik oddawał strzały?

– Około trzech metrów.

– Nasz lekarz stwierdził, że żaden z tych strzałów nie był śmiertelny.

– Tak, już mi pan mówił.

– Co się wydarzyło potem?

– Próbowałam go podtrzymać...

– Joego?

– Tak, Joego – odburknęła. – A niby kogo?

– Przepraszam. Co było dalej?

– Joe... upadł na kolana.

– A wtedy napastnik strzelił po raz trzeci?

Maya nic nie odpowiedziała.

– Po raz trzeci – powtórzył Kierce. – Ten strzał okazał się śmiertelny.

– Już panu mówiłam.

– Co mi mówiłaś?

Maya podniosła głowę i spojrzała detektywowi w oczy.

– Nie widziałam trzeciego strzału.

Kierce pokiwał głową.

– No tak – powiedział bardzo powoli. – Ponieważ wtedy już uciekałaś.

„Pomocy... proszę... niech ktoś mi pomoże... mój mąż..."

Poczuła ucisk w piersi. Odgłosy – wystrzały, szum śmigłowców, wrzaski agonii – zalały ją gwałtowną falą. Zamknęła oczy i wzięła kilka głębokich oddechów, starając się panować nad wyrazem twarzy.

– Mayu?

– Tak, uciekłam. Jest pan zadowolony? To byli dwaj uzbrojeni mężczyźni. Uciekłam. Uciekłam i zostawiłam męża, a potem, może pięć albo dziesięć sekund później, usłyszałam za sobą huk i teraz, na podstawie tego, co mi pan opowiedział, mogę się domyślać, że ten sam napastnik przyłożył broń do głowy mojego męża, gdy ten wciąż klęczał, pociągnął za spust...

Zamilkła.

– Nikt cię nie obwinia.

– Nie pytałam o to, detektywie – odparła przez zaciśnięte zęby. – Czego pan chce?

Kierce znów zaczął kartkować notatki.

– Oprócz podania bardzo szczegółowego opisu sprawców powiedziałaś nam, że mężczyzna w czerwonych tenisówkach był uzbrojony w rewolwer Smith and Wesson sześćset osiemdziesiąt sześć, a jego partner w berettę M dziewięć. – Kierce podniósł wzrok. – Imponujące, że zdołałaś tak dokładnie rozpoznać broń.

– To część mojego wyszkolenia.

– Mówimy o wyszkoleniu wojskowym, zgadza się?

– Powiedzmy, że jestem spostrzegawcza.

– Och, chyba jesteś nadmiernie skromna. Wszyscy wiemy o twoich zagranicznych bohaterskich wyczynach.

„I o moim upadku", miała ochotę dodać.

– W tamtej części parku jest dosyć ciemno. Dociera tam tylko światło kilku odległych latarni.

– To wystarczy.

– Wystarczy, żeby rozpoznać modele broni?

– Znam się na broni palnej.

– No tak, oczywiście. Przecież jesteś wybornym strzelcem, prawda?

– Wyborowym – poprawiła go odruchowo.

– Właśnie. A jednak było ciemno...

– Smith and wesson był z nierdzewnej stali, a nie czarny. Łatwo było go dostrzec w mroku. Poza tym usłyszałam, jak napastnik odciąga kurek. To charakterystyczne dla rewolweru, a nie półautomatu.

– A beretta?

– Nie jestem na sto procent pewna modelu, ale pistolet miał lufę w stylu beretty.

– Jak wiesz, wydobyliśmy z ciała Joego trzy pociski kalibru trzydzieści osiem, pasujące do rewolweru Smith and Wesson. – Potarł twarz dłonią, jakby się nad czymś zastanawiał. – Masz u siebie kilka sztuk broni, prawda, Mayu?

– Owszem.

– Czy jest wśród nich smith and wesson sześćset osiemdziesiąt sześć?

– Zna pan odpowiedź – odrzekła.

– Skąd miałbym ją znać?

– Prawo obowiązujące w New Jersey wymaga rejestracji broni kupionej na terenie stanu. Dlatego pan wie o tym wszystkim. Jeżeli nie jest pan całkowicie niekompetentny, detektywie Kierce, a z pewnością nie, natychmiast sprawdził pan moje papiery. Czy zatem możemy darować sobie te gierki i przejść do rzeczy?

– Jak myślisz, jak daleko jest od miejsca, w którym upadł twój mąż, do fontanny Bethesda?

Zmiana tematu zbiła ją z tropu.

– Na pewno dokonaliście pomiarów.

– Zgadza się. Licząc zakręty, to około trzystu metrów. Przebiegłem ten dystans. Nie jestem w tak dobrej formie jak ty, ale zajęło mi to około minuty.

– A więc?

– Widzisz, kilkoro świadków twierdzi, że usłyszeli strzał, a ty pojawiłaś się co najmniej minutę albo dwie później. Jak to wyjaśnisz?

– Dlaczego muszę to wyjaśniać?

– To uczciwe pytanie.

Nawet nie mrugnęła okiem.

– Uważa pan, detektywie, że zastrzeliłam męża?

– A zrobiłaś to?

– Nie. Wie pan, jak mogę to udowodnić?

– Jak?

– Proszę wybrać się ze mną na strzelnicę.

– To znaczy?

– Jak pan wspomniał, jestem strzelcem wyborowym.

– Tak nam powiedziano.

– Więc pan wie.

– O czym?

Maya nachyliła się i popatrzyła mu w oczy.

– Nie potrzebowałabym trzech strzałów, żeby zabić człowieka z tej odległości, nawet gdybym miała opaskę na oczach.

Nie zdołał powstrzymać uśmiechu.

– Poddaję się. Przepraszam za te pytania, ponieważ wcale nie uważam, że zastrzeliłaś męża. Prawdę mówiąc, mogę łatwo udowodnić, że tego nie zrobiłaś.

– Co pan ma na myśli?

Kierce wstał.

– Trzymasz broń w domu?

– Tak.

– Mogę ją zobaczyć?

■ ■ ■

Najpierw zaprowadziła go do sejfu w piwnicy.

– Chyba jesteś wielką fanką drugiej poprawki do konstytucji – rzekł Kierce.

– Nie mieszam się do polityki.

– Ale lubisz broń. – Popatrzył na sejf. – Nie widzę pokrętła szyfrowego. Otwiera się kluczem?

– Nie. Potrzebny jest odcisk kciuka.

– Aha, rozumiem. Zatem tylko ty możesz go otworzyć.

Maya przełknęła ślinę.

– Teraz już tak.

– Och – odezwał się Kierce, uświadamiając sobie swój błąd. – Twój mąż?

Skinęła głową.

– Czy ktoś poza wami dwojgiem ma dostęp?

– Nikt.

Przyłożyła kciuk do otworu. Drzwi otworzyły się z wyraźnym stuknięciem. Odsunęła się od sejfu.

Kierce zajrzał do wnętrza i cicho gwizdnął.

– Do czego ich wszystkich potrzebujesz?

– Nie potrzebuję ich. Lubię strzelać. To moje hobby. Większości ludzi to się nie podoba lub tego nie rozumieją. Mnie to nie przeszkadza.

– Więc gdzie jest twój smith and wesson sześćset osiemdziesiąt sześć?

– Tutaj. – Wskazała palcem.

Detektyw zmrużył oczy.

– Mogę go zabrać?

– Smitha and wessona?

– Tak, jeśli to nie problem.

– Myślałam, że mnie pan nie podejrzewa.

– Nie podejrzewam. Jednak powinniśmy wykluczyć nie tylko ciebie, ale także twoją broń, nie uważasz?

Maya wyjęła rewolwer. Jak większość dobrych strzelców, miała obsesję na punkcie czyszczenia, ładowania i rozładowywania broni, co oznaczało, że zawsze dwukrotnie się upewniała, czy nie jest naładowana. Nie była.

– Wypiszę ci pokwitowanie – powiedział Kierce.

– Oczywiście mogłabym zażądać nakazu sądowego.

– A ja zapewne bym go zdobył.

Miał rację. Wręczyła mu rewolwer.

– Detektywie?

– Słucham?

– Czegoś mi pan nie mówi.

Kierce się uśmiechnął.

– Będziemy w kontakcie.

3

Isabella, niania Lily, przyjechała o siódmej następnego ranka.

Podczas pogrzebu jej krewni należeli do najbardziej aktywnych żałobników. Matka Isabelli, Rosa, która opiekowała się Joem, gdy ten był mały, sprawiała wrażenie wyjątkowo zrozpaczonej. Kurczowo ściskała chusteczkę, a Isabella i Hector, jej dzieci, cały czas ją podtrzymywali. Isabella wciąż miała zaczerwienione oczy po wczorajszym płaczu.

– Tak mi przykro, pani Burkett.

Maya wielokrotnie prosiła nianię, aby mówiła jej po imieniu, ale Isabella tylko kiwała głową i dalej nazywała ją panią Burkett, więc Maya dała za wygraną. Jeśli Isabella wolała zachować oficjalne stosunki, dlaczego miałaby ją zmuszać do poufałości?

– Dziękuję, Isabello.

Lily wyskoczyła ze swojego kuchennego krzesełka i podbiegła do nich, z buzią pełną płatków śniadaniowych.

– Isabella!

Niania się rozpromieniła, wzięła dziewczynkę w ramiona

i mocno ją uściskała. Maya poczuła ukłucie zazdrości typowe dla pracującej matki: była zadowolona, a zarazem niezadowolona, że córka tak bardzo lubi swoją opiekunkę.

Czy może zaufać Isabelli?

Już poprzedniego dnia uznała, że tak – na tyle, na ile w tej sytuacji mogła zaufać jakiejkolwiek „obcej" osobie. Przy Porter Street znajdował się nowy żłobek Growin' Up, co Maya odczytywała jako drobny hołd dla starej piosenki Bruce'a Springsteena. Ładna, uśmiechnięta dziewczyna, Kitty Shum („Proszę do mnie mówić: panno Kitty!"), oprowadziła Mayę po czystych, eleganckich, kolorowych pomieszczeniach, atakujących nadmiarem bodźców, pełnych kamer, procedur bezpieczeństwa i kolejnych uśmiechniętych ślicznotek, a także, rzecz jasna, innych dzieci, z którymi Lily mogłaby się bawić, jednak Joe upierał się, że powinni zatrudnić nianię. Przypomniał Mai, że matka Isabelli „praktycznie go wychowała", a Maya żartobliwie odparła: „Czy to dobrze wygląda w CV?". Ale skoro Maya regularnie wyjeżdżała za granicę na półroczne misje, wybór tak naprawdę nie należał do niej i nie miała powodu, aby się sprzeciwiać.

Pocałowała Lily w czubek głowy i poszła do pracy. Mogłaby wziąć jeszcze kilka dni urlopu i zostać w domu z córeczką. Z pewnością nie brakowało jej pieniędzy – nawet biorąc pod uwagę intercyzę przedmałżeńską, była bardzo zamożną wdową – jednak typowe czułe macierzyństwo po prostu nie było w jej stylu. Próbowała zanurzyć się w „świecie mamusiek", uczestniczyć w spotkaniach przy kawie, podczas których matki rozmawiały o nauce korzystania z nocnika, najlepszych przedszkolach i rankingach bezpieczeństwa wózków oraz przechwalały się prozaicznymi osiągnięciami swoich dzieci. Siedziała z uśmiechem na twarzy, ale myślami wracała do Iraku, do konkretnych krwawych wspomnień – zazwyczaj przypominał jej się Jake Evans, dziewiętnastolatek z Fayetteville w Arkansas, któremu wybuch oderwał dolną połowę ciała, a jednak go nie zabił – starając się zrozumieć niepojęty fakt, że takie plotkarskie spotkania przy kawie istnieją na tym samym świecie co przesiąknięte krwią pola bitew.

Kiedy przebywała wśród innych matek, chwilami powracały do niej nie te makabryczne obrazy, ale odgłosy wirników. Cóż za ironia, że zbyt opiekuńczych rodziców nazywa się czasem helikopterami.

Oni wszyscy nie mają o niczym pojęcia.

Idąc do samochodu stojącego na jej podjeździe, lustrowała otoczenie: wypatrywała miejsc, w których wróg mógłby się ukryć albo z których mógłby przypuścić atak. Powód takiego zachowania był prosty: dawne nawyki trudno wykorzenić. Żołnierzem jest się przez całe życie.

Ani śladu wroga, czy to wymyślonego, czy prawdziwego.

Wiedziała, że cierpi na jakieś podręcznikowe zaburzenie wywołane udziałem w misjach, ale tak naprawdę nikt nie wraca stamtąd bez blizn. Dla niej to zaburzenie było oświeceniem. Teraz pojmowała, jak działa świat. Inni tego nie rozumieli.

W wojsku Maya pilotowała śmigłowce bojowe, często zapewniając osłonę i oczyszczając teren dla nacierających oddziałów naziemnych. Zaczęła za sterami UH-60 Black Hawk w Fort Campbell, a kiedy zaliczyła wystarczająco wiele godzin, złożyła wniosek o przeniesienie do prestiżowego 160. Specjalnego Pułku Powietrznego na Bliskim Wschodzie. Żołnierze zazwyczaj nazywali śmigłowce ptakami, co jej nie przeszkadzało, jednak wyjątkowo działało jej na nerwy, gdy to samo robili cywile. Zamierzała pozostać na służbie do końca życia, ale kiedy zamieszczono tamto nagranie na stronie CoreyDemaskator, jej plan legł w gruzach, jakby pod nim również, tak jak pod Jakiem Evansem, wybuchła mina pułapka.

Obecnie nauczała pilotażu za sterami cessny 172, jednosilnikowej, czteroosobowej maszyny, którą uznaje się za najbardziej udany samolot w historii. Nauczanie sprowadzało się do tego, że uczeń spędzał kolejne godziny w powietrzu. Praca Mai często polegała tylko na obserwowaniu, a nie na aktywnym szkoleniu.

Latanie czy nawet przebywanie w kokpicie, kiedy samolot był w powietrzu, stanowiło dla niej rodzaj medytacji. Czuła, jak rozluźniają jej się napięte mięśnie ramion. Oczywiście nie towarzyszyły temu taka ekscytacja ani, nie bójmy się tego słowa, podniecenie jak wtedy, gdy latała śmigłowcem UH-60 Black Hawk nad Bagdadem czy zasiadała, jako pierwsza kobieta w historii, za sterami bojowego boeinga MH-6 Little Bird. Nikt nie chciał się przyznać do tej straszliwej euforii wywołanej walką, do przypływu adrenaliny, co niektórzy porównywali z działaniem narkotyków. Nie wypadało „cieszyć się" walką, czuć miłego dreszczyku, zdawać sobie sprawy, że nic innego w życiu nie może się z tym równać. Oto potworna tajemnica, której nie można nikomu zdradzić. Owszem, wojna jest straszna i żaden człowiek nie powinien jej doświadczać. Maya oddałaby życie za to, żeby Lily nigdy jej nie zaznała. Jednak potajemnie łakniesz niebezpieczeństwa. Nie chcesz tego. Nie podoba ci się, jak to o tobie świadczy. Skoro to lubisz, zapewne masz wrodzone skłonności do przemocy, brakuje ci empatii i tym podobne bzdury. Jednak w strachu jest coś uzależniającego. W domu wiedziesz względnie spokojne, łagodne i przyziemne życie. Na wojnie żyjesz w śmiertelnym zagrożeniu, a potem musisz wrócić do domu i znów stać się spokojny, łagodny i przyziemny. Ludzie tak nie funkcjonują.

Kiedy wsiadała do samolotu z uczniem, zawsze zostawiała telefon w szafce, ponieważ nie chciała, aby cokolwiek ją rozpraszało. Jeśli wydarzyłoby się coś ważnego, ktoś mógł jej dać znać przez radio. Ale gdy podczas przerwy na lunch sprawdziła skrzynkę odbiorczą, zobaczyła dziwnego SMS-a od swojego siostrzeńca Daniela.

Alexa nie chce, żebyś przyszła na mecz.

Wybrała numer Daniela. Odebrał po pierwszym sygnale.

– Halo? – odezwał się.

– Co się stało?

■ ■ ■

Kiedy Maya klepnęła trenera piłkarskiego Alexy w ramię, ten potężny mężczyzna obrócił się tak gwałtownie, że gwizdek, który miał zawieszony na szyi, prawie uderzył ją w twarz.

– Co jest?! – zawołał.

Trener – miał na imię Phil, a jego paskudna córka Patty lubiła znęcać się nad słabszymi – wrzeszczał, krążył przy linii bocznej i wpadał w szał niemal przez cały czas trwania meczu. Maya znała kilku sierżantów od musztry, którzy uznaliby jego zachowanie za przesadne wobec zahartowanych rekrutów, nie mówiąc o dwunastoletnich dziewczynkach.

– Nazywam się Maya Stern.

– Och, wiem, kim pani jest, ale... – trener Phil teatralnym gestem wskazał boisko – ...jesteśmy w trakcie meczu. Powinna pani to uszanować, żołnierzu.

Żołnierzu?

– Tylko jedno pytanie.

– Nie mam teraz czasu na pytania. Proszę podejść do mnie po meczu. Wszyscy widzowie powinni zająć miejsca po przeciwnej stronie boiska.

– Przepisy ligowe?

– Właśnie.

Trener Phil lekceważąco się odwrócił, pokazując jej szerokie plecy. Maya nawet nie drgnęła.

– Trwa druga połowa – zauważyła.

– Co?

– Zgodnie z przepisami ligowymi każda z dziewcząt powinna grać przynajmniej przez połowę meczu. Trwa druga połowa, a trzy dziewczynki jeszcze nie weszły na boisko. Nawet jeśli teraz je pan wpuści, nie będą grały przez połowę meczu.

Krótkie spodenki trenera Phila zapewne pasowały na niego jakieś dziesięć albo piętnaście kilogramów wcześniej. Czerwona koszulka polo ze słowem „Trener” wyszytym na lewej piersi również była obcisła jak folia na parówce. Wyglądał jak dawny sportowiec, który się zapuścił, i Maya podejrzewała, że tak właśnie było. Robił groźne wrażenie, a ludzie pewnie bali się jego potężnej postury.

Nie odwracając się, trener rzucił półgębkiem:

– Jeśli chce pani wiedzieć, to półfinał mistrzostw ligi.

– Wiem.

– Prowadzimy tylko jedną bramką.

– Czytałam przepisy ligowe – ciągnęła Maya. – Nie znalazłam żadnych wyjątków od tej reguły. Także w ćwierćfinale nie wszystkie zawodniczki dopuścił pan do gry.

Odwrócił się i popatrzył jej prosto w oczy. Podniósł daszek czapki i wkroczył w przestrzeń prywatną Mai. Nie cofnęła się. Podczas pierwszej połowy siedziała razem z rodzicami i słuchała jego niekończących się tyrad skierowanych do dziewcząt i sędziów. Widziała, jak dwukrotnie cisnął tę idiotyczną czapkę na ziemię. Wyglądał jak dwulatek, który dostał ataku szału.

– Nie gralibyśmy w półfinale, gdybym w ostatnim meczu wpuścił na boisko tamte dziewczyny. – Phil brzmiał, jakby wypluwał kawałki szkła.

– To znaczy, że przegralibyście, ponieważ zastosował się pan do przepisów?

Patty, córka trenera, zachichotała.

– To znaczy, że te dziewczyny są do kitu – powiedziała.

– No dobrze, Patty, wystarczy. Wejdź za Amandę.

Patty z kpiącym uśmiechem ruszyła w kierunku stolika sędziów.

– Pańska córka – odezwała się Maya.

– Co z nią?

– Dokucza innym dziewczętom.

Skrzywił się z obrzydzeniem.

– Tak pani powiedziała Alice?

– Alexa – poprawiła go. – Nie, to nie ona mi powiedziała. Zrobił to Daniel.

Trener nachylił się na tyle blisko, że poczuła woń sałatki z tuńczykiem.

– Posłuchaj, żołnierzu...

– Żołnierzu?

– Jest pani żołnierzem, prawda? A może już nie? – Uśmiechnął się szeroko. – Krążą plotki, że pani też lubiła łamać przepisy, czyż nie?

Napięła i rozluźniła palce, napięła i rozluźniła.

– Jako były żołnierz nie powinna pani mieć problemu, żeby to zrozumieć.

– Nie rozumiem.

Trener Phil podciągnął spodenki.

– To... – wskazał boisko – ...jest moje pole bitwy. Jestem generałem, a to moi żołnierze. Nie posadziłaby pani jakiegoś tępego szeregowca za sterami F szesnaście, prawda?

Maya poczuła, jak krew zaczyna jej szybciej krążyć w żyłach.

– Żebyśmy mieli jasność – powiedziała, z trudem panując nad głosem. – Czyżby pan stawiał znak równości między meczem piłki nożnej a wojnami, które nasi żołnierze toczą w Afganistanie i Iraku?

– Pani tego nie dostrzega?

Napnij, rozluźnij, napnij, rozluźnij, napnij, rozluźnij. Oddychaj spokojnie.

– To jest sport – rzekł trener Phil, ponownie wskazując boisko. – Poważna sportowa rywalizacja, która rzeczywiście nieco przypomina wojnę. Nie rozpieszczam tych dziewcząt. Już nie są w piątej klasie, gdzie jest tęczowo i słodko. To szósta klasa. Prawdziwy świat. Rozumie pani?

– Przepisy ligowe zamieszczone na stronie internetowej...

Nachylił się tak, że daszek jego czapki dotknął czubka jej głowy.

– Mam gdzieś, co jest na stronie internetowej. Jeśli ma

pani jakieś zastrzeżenia, proszę złożyć oficjalną skargę do zarządu rozgrywek piłkarskich.

– Którego pan jest przewodniczącym...

Posłał jej szeroki uśmiech.

– Muszę wracać do swoich dziewcząt, więc żegnam. – Pomachał jej palcem i powoli się odwrócił.

– Nie powinien pan odwracać się do mnie plecami – odezwała się Maya.

– Co pani zamierza z tym zrobić?

Nie powinna. Zdawała sobie z tego sprawę. Powinna po prostu odpuścić, żeby nie pogarszać sytuacji Alexy.

Napnij, rozluźnij, napnij...

Jednak mimo że umysł Mai wypełniały wzniosłe idee, jej dłonie miały inne plany. Z szybkością błyskawicy pochyliła się, chwyciła go za spodenki i – mając nadzieję, że pamiętał o bieliźnie – ściągnęła mu je aż do kostek.

Kilka rzeczy wydarzyło się niemal jednocześnie.

Zgromadzony tłum westchnął jednym głosem. Trener, ubrany w obcisłe białe majtki, również zareagował z szybkością błyskawicy i pochylił się, żeby podciągnąć spodenki, ale potknął się przy tym i upadł na ziemię.

Potem rozległ się śmiech.

Maya czekała.

Trener Phil szybko odzyskał równowagę. Zerwał się na nogi, podciągając szorty, i ruszył w stronę Mai. Z wściekłości i zażenowania jego twarz lśniła czerwienią jak latarnia w dzielnicy rozpusty.

– Ty suko.

Maya spokojnie się przygotowała, ale nie ruszyła się z miejsca.

Trener uniósł pięści.

– No dalej – powiedziała. – Daj mi powód, żebym cię mogła załatwić.

Zatrzymał się, popatrzył jej w oczy i zobaczył w nich coś, co sprawiło, że opuścił ręce.

– Ech, nie jesteś tego warta.

Wystarczy, pomyślała Maya.

Już zaczynała żałować swoich działań, którymi uczyła siostrzenicę, że przemoc stanowi dobre rozwiązanie. Akurat ona powinna być mądrzejsza. Ale kiedy zerknęła na Alexę, spodziewając się, że ta spokojna dziewczynka będzie wystraszona albo zawstydzona, zobaczyła na jej ustach lekki uśmiech. To nie był uśmiech satysfakcji ani nawet zadowolenia z tego, że trener został upokorzony. Ten uśmiech mówił coś innego.

Teraz ona już wie, pomyślała Maya.

Nauczyła się tego w wojsku, ale działa to również w prawdziwym życiu. Inni żołnierze muszą mieć świadomość, że staniesz za nimi murem. To była pierwsza zasada, pierwsza lekcja, najważniejsza ze wszystkich. Jeśli wróg cię zaatakuje, będzie miał do czynienia także ze mną.

Może przesadziła z reakcją, może nie, w każdym razie teraz Alexa już wie, że niezależnie od wszystkiego ciocia zawsze będzie walczyć w jej obronie.

Kiedy zaczęło się całe zamieszanie, Daniel ruszył w jej stronę, pragnąc jakoś pomóc. Teraz skinął do niej głową. On również zrozumiał.

Ich matka zginęła. Ojciec jest pijakiem.

Ale Maya stoi za nimi murem.

▪ ▪ ▪

Maya zauważyła, że mają ogon.

Właśnie odwoziła Daniela i Alexę do domu i swoim zwyczajem, jak to miała we krwi, lustrowała otoczenie, wypatrując wszystkiego, co odbiegało od normy, gdy zobaczyła w lusterku wstecznym czerwonego buicka verano.

Na razie nie wzbudzał podejrzeń. Przejechała zaledwie półtora kilometra, jednak widziała ten samochód, kiedy ruszała z parkingu. Może to przypadek. Pewnie tak. Shane opowiadał, że żołnierze mają szósty zmysł, który pozwala im więcej wyczuwać. To bzdury. Maya kiedyś również wierzyła w te czary-mary, dopóki wszyscy nie przekonali się w straszliwy sposób, że one nie działają.

– Ciociu Mayu? – odezwała się Alexa.

– Słucham, kochanie?

– Dziękuję, że przyszłaś na mecz.

– To była przyjemność. Świetnie grałaś.

– Nie, Patty ma rację. Jestem do kitu.

Daniel się roześmiał. Alexa mu zawtórowała.

– Przestań. Lubisz piłkę nożną, prawda?

– Tak, ale to mój ostatni sezon w reprezentacji.

– Dlaczego?

– W przyszłym roku nie będę wystarczająco dobra, żeby grać.

Maya pokręciła głową.

– Nie o to w tym wszystkim chodzi.

– Jak to?

– Sport powinien polegać na dobrej zabawie i ćwiczeniu ciała.

– Wierzysz w to? – spytała Alexa.

– Tak.

– Cociu Mayu?

– Tak, Danielu?

– Wierzysz też w zajączka wielkanocnego?

Daniel i Alexa ponownie się roześmiali. Maya z uśmiechem pokręciła głową. Zerknęła w lusterko wsteczne.

Czerwony buick verano wciąż za nimi jechał.

Zastanawiała się, czy to trener Phil szuka okazji do rewanżu. Kolor samochodu się zgadzał – czerwony – ale wielkolud na pewno leczył kompleksy jakimś szpanerskim sportowym autem albo hummerem.

Kiedy zatrzymała się przed domem Claire – mimo że od morderstwa upłynęło tak wiele czasu, Maya wciąż nazywała go w myślach domem swojej siostry – czerwony buick przemknął obok nich, nie zwalniając. Może wcale ich nie śledził. Może jakaś inna rodzina mieszkająca w okolicy wracała z meczu. To miałoby sens.

Maya przypomniała sobie, kiedy Claire po raz pierwszy pokazała ten dom jej i Eileen. Wyglądał podobnie jak teraz – zarośnięty trawnik, łuszcząca się farba, popękany chodnik, zwiędłe kwiaty.

– Co o nim sądzisz? – spytała wtedy Claire.

– Ale chlew.

Claire się uśmiechnęła.

– Właśnie, dziękuję. Tylko poczekaj.

Mai brakowało kreatywności do czegoś takiego. Nie dostrzegała potencjału. Claire to potrafiła. Miała do tego smykałkę. Wkrótce na widok jej domu nasuwały się już tylko określenia „radosny” i „przytulny”. Całe miejsce zaczęło przypominać dziecięcy kolorowy rysunek, na którym zawsze świeci słońce, a kwiaty są wyższe od drzwi wejściowych.

Teraz po tym wszystkim nic nie zostało.

Eddie czekał na nich przed drzwiami. Widać było w nim takie same zmiany jak w domu – inaczej wyglądał przed śmiercią Claire, potem wyblakł i poszarzał.

– Jak poszło? – spytał córkę.

– Przegrałyśmy – odrzekła Alexa.

– Ojej, przykro mi.

Dziewczynka cmoknęła ojca w policzek, po czym oboje z bratem pośpiesznie weszli do domu. Eddie zawahał się, ale wpuścił Mayę do środka. Miał na sobie czerwoną flanelową koszulę i dżinsy, a Maya znów wyczuła od niego zbyt silną woń płynu do ust.

– Mogłem ich odebrać – zaczął się tłumaczyć.

– Nie – odparła Maya – nie mogłeś.

– Nie miałem zamiaru... Napiłem się dopiero, jak powiedziałaś, że ich przywieziesz.

Nie odezwała się słowem. Pudła wciąż stały w kącie. Rzeczy Claire. Eddie jeszcze nie przeniósł ich do piwnicy ani do garażu. Piętrzyły się w salonie jak zbiory szalonego kolekcjonera.

– Mówię prawdę – dodał. – Nigdy nie siadam za kółko po alkoholu.

– Prawdziwy z ciebie ideał, Eddie.

– Ale się wywyższasz.

– Wcale nie.

– Mayu?

– Słucham?

Na podbródku i prawym policzku miał kępki zarostu – przegapił je podczas golenia. Claire by je dostrzegła, zwróciła mu uwagę i dopilnowała, żeby nie wyszedł z domu w tak niechlujnym stanie.

– Nie piłem, kiedy ona żyła – rzekł cicho.

Maya nie wiedziała, co odpowiedzieć, więc milczała.

– To znaczy od czasu do czasu się napiłem, ale...

– Wiem, co chcesz powiedzieć – przerwała mu. – Lepiej już pójdę. Zajmij się nimi.

– Dzwonili do mnie ze związku piłkarskiego.

– No tak.

– Wygląda na to, że narobiłaś tam dzisiaj zamieszania.

Wzruszyła ramionami.

– Po prostu porozmawiałam sobie z trenerem o przepisach.

– Kto dał ci takie prawo?

– Twój syn. Zadzwonił po mnie, żebym pomogła twojej córce.

– I wydaje ci się, że jej pomogłaś?

Maya milczała.

– Myślisz, że taki dupek jak Phil zapomni o tym? Myślisz, że nie znajdzie sposobu, aby odegrać się na Alexie?

– Lepiej, żeby nie próbował.

– Bo co? – żachnął się Eddie. – Znowu się nim zajmiesz?

– Tak, Eddie. Jeśli to będzie konieczne. Będę jej broniła, dopóki starczy mi sił.

– Ściągając spodenki trenerowi?

– Robiąc to, co konieczne.

– Czy ty w ogóle wiesz, co mówisz?

– Jak najbardziej. Obiecałam, że będę stała za nią murem. Wiesz dlaczego? Ponieważ nikt inny tego nie zrobi.

Wzdrygnął się, jakby go spoliczkowała.

– Wynoś się z mojego domu.

– Dobrze. – Ruszyła w stronę drzwi, ale jeszcze przystanęła i odwróciła się do Eddiego. – Tak przy okazji, twój dom wygląda jak szalet. Doprowadź go do porządku.

– Powiedziałem, żebyś się wynosiła. I przez jakiś czas lepiej tutaj nie przychodź.

Zatrzymała się.

– Słucham?

– Nie chcę, żebyś spotykała się z moimi dziećmi.

– Twoimi...? – Maya podeszła bliżej. – Możesz mi to wyjaśnić?

Gniew w jego oczach już osłabł. Eddie przełknął ślinę i odwrócił wzrok.

– Nie rozumiesz tego.

– Czego nie rozumiem?

– To ty toczyłaś wojnę, żeby pozostali nie musieli tego robić. Kiedyś dzięki tobie czuliśmy się bezpieczni.

– Kiedyś?

– Tak.

– Co masz na myśli?

W końcu popatrzył jej w oczy.

– Śmierć idzie za tobą krok w krok, Mayu.

Stała jak wryta. Gdzieś w oddali ktoś włączył telewizor. Usłyszała stłumione wiwaty.

Eddie zaczął odliczać na palcach.

– Wojna. Claire. Teraz Joe.

– Obwiniasz mnie za to?

Otworzył i zamknął usta. Po chwili się odezwał:

– Sam nie wiem, może śmierć znalazła cię w jakiejś zasranej dziurze na pustyni. A może zawsze ją w sobie nosiłaś i w końcu wypuściłaś na wolność lub pozwoliłaś, żeby podążyła za tobą do domu.

– Mówisz bez sensu, Eddie.

– Możliwe. Kurczę, lubiłem Joego. To był dobry człowiek. A teraz on także odszedł. – Podniósł na nią wzrok. – Nie chcę, żeby ktoś inny, kogo kocham, był następny.

– Wiesz, że nie pozwoliłabym nikomu skrzywdzić Daniela ani Alexy.

– Sądzisz, że masz taką władzę, Mayu?

Nie odpowiedziała.

– Nie chciałaś także, aby ktokolwiek skrzywdził Claire albo Joego. I jak to się skończyło?

Napnij, rozluźnij.

– Opowiadasz bzdury, Eddie.

– Wynoś się z mojego domu. Wynoś się i nigdy tu nie wracaj.

4

Tydzień później czerwony buick verano znów się pojawił.

Maya wracała do domu po zbyt długim dniu wypełnionym lekcjami pilotażu. Była zmęczona, głodna i chciała tylko znaleźć się już w domu i zmienić Isabellę. Tymczasem ten cholerny czerwony buick powrócił.

Jak powinna to rozegrać?

Zaczęła rozpatrywać różne możliwości, a wtedy buick skręcił. Kolejny przypadek czy raczej kierowca doszedł do wniosku, że Maya po prostu wraca do domu? Była gotowa się założyć, że to drugie.

Kiedy podjechała pod dom, brat Isabelli, Hector, czekał obok swojego pick-upa. Zazwyczaj odwoził siostrę, kiedy skończył pracę w ogrodzie.

– Dzień dobry, pani Burkett.

– Cześć, Hectorze.

– Właśnie skończyłem rabatki. – Miał bluzę z kapturem zapiętą pod samą szyję. Dziwny strój na taki upał. – Podobają się pani?

– Wyglądają świetnie. Mogłabym cię prosić o przysługę?

– Oczywiście.

– W domu mojej siostry przydałoby się wykonać kilka prac. Jeśli dodatkowo ci zapłacę, czy mógłbyś tam skosić trawę i może trochę posprzątać?

Hector sprawiał wrażenie nieco zakłopotanego tym pytaniem. Jego rodzina pracowała wyłącznie dla Burkettów, którzy wypłacali mu pensję.

– Najpierw uzgodnię to z Judith – obiecała Maya.

– W takim razie zgoda, chętnie się tym zajmę.

Kiedy ruszyła w stronę domu, zabrzęczał jej telefon. Dostała SMS-a od Alexy.

W sobotę mecz. Będziesz?

Po zeszłotygodniowym incydencie z trenerem Philem postanowiła nie przychodzić na mecz. Chociaż wiedziała, że Eddie nie ma racji, jego oskarżenia nie dawały jej spokoju. Cała ta teoria o śmierci „idącej za nią krok w krok" była nieracjonalnym bełkotem. Ale może ojciec ma prawo być nieracjonalny, gdy chodzi o jego dzieci – przynajmniej przez jakiś czas.

Przed laty, kiedy urodził się Daniel, Claire i Eddie ustanowili Mayę prawnym opiekunem, najpierw Daniela, a potem obojga dzieci, na wypadek gdyby zostały sierotami. Już wtedy, chociaż jeszcze nie przypuszczała, jak tragiczny okaże się los, Claire wzięła Mayę na bok i oznajmiła:

– Jeśli coś mi się stanie, Eddie sobie nie poradzi.

– Dlaczego tak mówisz?

– To dobry człowiek. Ale nie jest silny. Musisz przy nim być, bez względu na wszystko.

Nie musiała dodawać: „Obiecaj mi" ani niczego w tym stylu. Claire wiedziała. Maya także. Potraktowała poważnie tę odpowiedzialność oraz obawy siostry i chociaż teraz mogła przez krótki czas stosować się do życzeń Eddiego, nawet on rozumiał, że to nie potrwa wiecznie.

Odpisała Alexie: „Kurczę, nie mogę. W pracy mam kocioł. Do zobaczenia wkrótce? Buziaki".

Zmierzając do tylnych drzwi, wróciła myślami do tamtego dnia w Camp Arifjan w Kuwejcie. W bazie było południe, a w Stanach piąta rano, gdy zadzwonił telefon.

– To ja – powiedział Joe łamiącym się głosem. – Mam złe wieści.

To dziwne, pomyślała w tej krótkiej chwili spokoju, zanim jej świat legł w gruzach, że oto znalazła się po drugiej stronie. Te straszliwe wiadomości telefoniczne zazwyczaj pochodziły z Bliskiego Wschodu i trafiały na zachód, do Stanów Zjednoczonych. Oczywiście sama nigdy ich nie przekazywała. Obowiązywał konkretny protokół. „Oficer powiadamiający o śmierci" – tak, istnieje ktoś taki – osobiście informował rodzinę. Cóż za praca. Nikt się do niej nie zgłaszał – byli „wyznaczani na ochotnika", jak mawiano w wojsku. Oficer powiadamiający wkładał oficjalny mundur, wsiadał do samochodu razem z pastorem, pukał do twoich drzwi i wygłaszał wyuczoną na pamięć formułkę.

– Co się stało? – spytała Joego.

Cisza. Najgorsza cisza, jakiej doświadczyła.

– Joe?

– Chodzi o Claire – odrzekł, a Maya poczuła, jak coś w jej wnętrzu rozpada się w pył.

Otworzyła tylne drzwi. Lily siedziała na kanapie i rysowała

zieloną kredką. Nie podniosła oczu, kiedy matka pojawiła się w progu, ale Mai to nie przeszkadzało. Lily potrafiła się niesamowicie skupiać. W tej chwili koncentrowała się na rysunku. Isabella wstała powoli, jakby bała się, że obudzi dziewczynkę, i podeszła do Mai.

– Dziękuję, że zostałaś dłużej – odezwała się Maya.

– Żaden problem.

Lily podniosła wzrok i uśmiechnęła się do nich, a one odwzajemniły uśmiech i do niej pomachały.

– Jak się dzisiaj zachowywała?

– Wspaniale. – Isabella ze smutkiem popatrzyła na Lily. – Nie ma o niczym pojęcia.

Niania każdego dnia mówiła coś w tym stylu.

– Do zobaczenia rano – powiedziała Maya.

– Tak, pani Burkett.

Maya usiadła obok córki, słysząc, jak pick-up Hectora odjeżdża spod domu. Patrzyła, jak zdjęcia zmieniają się w ramce cyfrowej z kamerą, i zdawała sobie sprawę, że wszystko, co robi, jest rejestrowane. Sprawdzała nagrania każdego dnia, aby upewnić się, że Isabella nie... no właśnie, po co sprawdzała? Zresztą nieważne, na nagraniach zazwyczaj nic się nie działo. Maya nigdy wcześniej nie obserwowała siebie bawiącej się z Lily. To było dziwne uczucie. Jednak równie dziwna była sama świadomość, że w pokoju jest kamera, jakby z tego powodu Maya musiała się inaczej zachowywać. Czy obecność kamery częściowo wpływała na kontakty Mai z córką? Zapewne tak.

– Co rysujesz? – spytała.

– Nie wiesz?

Na kartce widać było esy-floresy.

– Nie.

Lily sprawiała wrażenie dotkniętej.

Maya wzruszyła ramionami.

– Możesz mi powiedzieć?

– Dwie krowy i gąsienicę.

– Krowa jest zielona?

– To gąsienica.

Na szczęście zadzwonił telefon Mai. Zerknęła na ekran i zobaczyła, że to Shane.

– Jak się trzymasz? – spytał.

– Dobrze.

Cisza. Minęły trzy sekundy, zanim Shane znów się odezwał.

– Podoba mi się ta niezręczna cisza. A tobie?

– Jest świetna. Co słychać?

Byli w zbyt zażyłych stosunkach, żeby pytać: „Jak się trzymasz". Takie rozmowy nie pasowały do ich relacji.

– Musimy porozmawiać – rzucił.

– Słucham.

– Przyjadę. Jesteś głodna?

– Niespecjalnie.

– Mogę wstąpić do Best of Everything i kupić pizzę z pikantnym kurczakiem.

– Pośpiesz się, cholera.

Rozłączyła się. W Camp Arifjan można było wybrać sobie pizzę na niemal każdy posiłek, ale sos smakował jak skwaśniały keczup, a ciasto miało konsystencję pasty do zębów. Odkąd Maya wróciła do domu, pragnęła tylko pizzy na cienkim cieście, a nigdzie nie robiono lepszej niż w Best of Everything.

Kiedy Shane przyjechał, usiedli we trójkę przy kuchennym stole i zabrali się do pałaszowania pizzy. Lily uwielbiała Shane'a. Uwielbiały go wszystkie dzieci. To z dorosłymi nie najlepiej mu się układało. Cechowały go niezręczność i stoicyzm, który większość ludzi, nastawionych na pozory i sztuczne uśmiechy, uznawała za odpychający. Shane nie znosił czczej gadaniny ani wciskania kitu, typowych dla współczesnego społeczeństwa.

Gdy zjedli pizzę, Lily uparła się, żeby to Shane, a nie Maya, ułożył ją do snu.

Wydął wargi.

– Ale czytanie bajek jest takie nudne.

Lily parsknęła śmiechem. Chwyciła Shane'a za rękę i zaczęła go ciągnąć w stronę schodów.

– Nie, proszę! – zawołał, padając na podłogę.

Dziewczynka zaczęła się jeszcze głośniej śmiać i nie przestawała go ciągnąć. Shane protestował przez całą drogę. Mała potrzebowała dziesięciu minut, żeby zaprowadzić go na górę.

Kiedy dotarli do pokoju Lily, Shane przeczytał jej bajkę, a ona zasnęła tak szybko, że Maya zastanawiała się, czy nie podał jej środka nasennego.

– Szybko poszło – powiedziała, gdy wrócił na dół.

– To część mojego planu.

– Co takiego?

– Zmuszenie jej, żeby ciągnęła mnie na górę. Zmęczyłem ją.

– Sprytnie.

– No cóż.

Oboje wzięli zimne piwo z lodówki i wyszli na podwórko. Zapadł zmierzch. Wilgotne powietrze ich przygniatało, ale kiedy doświadczyłeś pustynnego żaru, dźwigając dwadzieścia kilogramów sprzętu na plecach, żaden upał nie robi już na tobie wrażenia.

– Ładny wieczór – zauważył Shane.

Usiedli przy basenie i zaczęli pić. Pojawiła się między nimi jakaś przepaść, która nie podobała się Mai.

– Przestań – powiedziała.

– Co masz na myśli?

– Traktujesz mnie jak...

– Jak...?

– Jak wdowę. Daj spokój.

Shane pokiwał głową.

– W porządku, moja wina.

– No to o czym chciałeś ze mną porozmawiać? – spytała.

Pociągnął łyk piwa.

– Może to nic ważnego.

– Ale?

– Pojawił się nowy raport wywiadowczy. – Shane wciąż pracował w wojsku, dowodząc lokalnym oddziałem żandarmerii wojskowej. – Wygląda na to, że Corey Rudzinski mógł wrócić do Stanów Zjednoczonych.

Shane czekał na jej reakcję. Maya pociągnęła długi łyk piwa, nie odzywając się słowem.

– Podejrzewamy, że dwa tygodnie temu przekroczył granicę kanadyjską.

– Wydano nakaz jego aresztowania?

– Formalnie nie.

Corey Rudzinski był założycielem CoreyDemaskator, strony internetowej, na której informatorzy mogli bezpiecznie zamieszczać tajne informacje. Wszystko po to, aby ujawniać nielegalne praktyki rządów i wielkich firm. Pamiętacie tamtego południowoamerykańskiego polityka, który przyjmował łapówki od spółek z branży paliwowej? Sprawa wyciekła na CoreyDemaskator. A aferę korupcyjną w policji, z rasistowskimi e-mailami w tle? CoreyDemaskator. A złe traktowanie więźniów w Idaho, zatuszowany wypadek w elektrowni atomowej w Azji, przypadki zatrudniania pań do towarzystwa przez pracowników służb bezpieczeństwa? CoreyDemaskator.

No i oczywiście śmierć cywilów z winy nadgorliwej pilotki wojskowego śmigłowca?

Tak, zgadliście.

Wszystkie te „łupy" zawdzięczano anonimowym informatorom Coreya.

– Mayu?

– On już nie może mnie skrzywdzić.

Shane przekrzywił głowę.

– No co? – rzuciła.

– Nic.

– Nie może mnie skrzywdzić – powtórzyła. – Już ujawnił nagranie.

– Ale nie całe.

Wypiła łyk piwa.

– Nie dbam o to, Shane.

Odchylił się do tyłu.

– Jasne. – Po chwili dodał: – Jak myślisz, dlaczego tego nie zrobił?

– Czego?

– Nie ujawnił ścieżki audio.

To pytanie dręczyło ją bardziej, niż Shane mógł się domyślać.

– Jest demaskatorem – ciągnął Shane. – Więc dlaczego nie ujawnił wszystkiego?

– Nie wiem.

Patrzył przed siebie. Maya znała to spojrzenie.

– Przypuszczam, że masz jakąś teorię? – powiedziała.

– Owszem.

– Zamieniam się w słuch.

– Corey czeka na właściwą chwilę.

Maya zmarszczyła czoło.

– Zyskał olbrzymią popularność dzięki pierwszej części materiału. Kiedy znów będzie szukał rozgłosu, ujawni resztę.

Pokręciła głową.

– Jest jak rekin – dodał Shane. – Rekina ciągle trzeba karmić.

– To znaczy?

– Żeby skutecznie działać, Corey Rudzinski musi nie tylko pogrążać tych, których uważa za skorumpowanych, ale też robić to w taki sposób, by zdobyć jak największą sławę.

– Shane?

– Słucham.

– Naprawdę o to nie dbam. Już odeszłam ze służby. I nawet jestem – westchnienie – wdową. Może robić, co mu się podoba.

Zastanawiała się, czy przekonała Shane'a swoją brawurą, ale w końcu on nie znał całej prawdy.

– Niech ci będzie. – Dopił piwo. – Powiesz mi, co naprawdę się dzieje?

– Co masz na myśli?

– Przeprowadziłem dla ciebie tamto badanie, bez żadnych pytań.

Skinęła głową.

– Dziękuję.

– Dobrze wiesz, że nie przyszedłem tutaj po wyrazy wdzięczności.

Wiedziała.

– Przeprowadzenie tego badania było pogwałceniem przysięgi. A nie owijając w bawełnę, musiałem złamać prawo. Rozumiesz to, prawda?

– Daj spokój, Shane.

– Wiedziałaś, że Joemu grozi niebezpieczeństwo?

– Shane...

– Czy to ty byłaś prawdziwym celem?

Maya na chwilę zamknęła oczy. Dźwięki wściekle na nią nacierały.

– Mayu?

Otworzyła oczy i powoli odwróciła się w jego stronę.

– Ufasz mi? – spytała.

– Nie obrażaj mnie. Ocaliłaś mi życie. Jesteś najlepszym i najodważniejszym żołnierzem, jakiego znam.

Pokręciła głową.

– Najlepsi i najodważniejsi wrócili do ojczyzny w trumnach.

– Nie, Mayu. Oni tylko zapłacili najwyższą cenę. Przeważnie byli po prostu największymi pechowcami. Oboje to wiemy. Znaleźli się w niewłaściwym miejscu w niewłaściwym czasie.

To była prawda. Najlepsi wojownicy wcale nie mają większych szans na przeżycie. W kwestii ofiar wojna to loteria.

Głos Shane'a cicho rozbrzmiewał w ciemności.

– Spróbujesz zająć się tym na własną rękę, czy tak?

Nie odpowiedziała.

– Sama załatwisz tych, co zabili Joego.

To nie było pytanie. Cisza przez chwilę wisiała w powietrzu jak wilgoć.

– Możesz na mnie liczyć, jeśli będziesz potrzebowała pomocy. Wiesz o tym, prawda?

– Wiem – odrzekła, a po chwili dodała: – Ufasz mi, Shane?

– Mogę dać za ciebie głowę.

– Więc zostaw tę sprawę.

■ ■ ■

Shane dopił piwo i ruszył w stronę furtki.

– Jeszcze jedna prośba – odezwała się Maya.

Podała mu kartkę.

– Co to jest?

– Numer rejestracyjny czerwonego buicka verano. Muszę się dowiedzieć, do kogo należy to auto.

Shane się skrzywił.

– Nie chcę obrażać żadnego z nas, więc nie zapytam, do czego ci to potrzebne – odrzekł. – Ale to już ostatni prezent.

Pocałował ją po ojcowsku w czubek głowy i wyszedł.

Maya zajrzała do śpiącej córki. Potem poszła przez korytarz do nowocześnie wyposażonej siłowni, którą Joe zbudował, kiedy się tu wprowadzili. Poćwiczyła trochę z niewielkimi obciążeniami – przysiady, wyciskanie na ławeczce, ćwiczenia z hantlami – a następnie wskoczyła na ruchomą bieżnię. Ten dom zawsze wydawał się jej za duży i za elegancki. Rodzina Mai nie była biedna, ale takie bogactwo jej nie odpowiadało. Nigdy nie czuła się tutaj dobrze, ale właśnie tacy byli Burkettowie. Nikt tak naprawdę nie opuszczał rodzinnych włości – ich tereny po prostu się rozrastały.

Solidnie się spociła. Ćwiczenia zawsze poprawiały jej nastrój. Kiedy skończyła, zarzuciła sobie ręcznik na szyję i złapała zimne piwo. Przycisnęła butelkę do czoła. Poczuła przyjemny chłód.

Poruszyła myszką, budząc komputer, i weszła do sieci. Wpisała adres strony CoreyDemaskator i zaczekała, aż ta się załaduje. Inne tego typu strony, na przykład WikiLeaks, wyglądały jak spod sztancy – były bez polotu, monochromatyczne, rzeczowe. Corey zdecydował się na znacznie bardziej efektowny projekt. Na górze widniało motto, zapisane naprzemiennie czcionką różnego kroju: „Zapewniamy ci miejsce, więc demaskuj".

Z ekranu wylewały się kolory. Miniaturki zachęcały do obejrzenia filmów. Podczas gdy konkurencyjne strony unikały wszelkiej przesady, Corey robił użytek z najbardziej tandetnych sloganów zachęcających do klikania: „Dziesięć przykładów inwigilacji ze strony rządu – numer 7 zwali cię z nóg!". „Wall Street wyciąga łapy po twoje pieniądze... Nie uwierzysz, co będzie dalej". „Sądzisz, że policja cię chroni? Zdziwisz się". „Zabijamy cywilów. Dlaczego generałowie nas nienawidzą?". „Dwadzieścia oznak tego, że okrada cię twój bank". „Najbogatsi ludzie na świecie nie płacą podatków – jak możesz do nich dołączyć". „Którego despotę najbardziej przypominasz? Rozwiąż test".

Weszła do archiwum i odnalazła dawne nagranie. Nie wiedziała właściwie, dlaczego szukała go na stronie Coreya. Na YouTubie było kilkanaście wersji filmu i mogłaby tam go obejrzeć, ale z jakiegoś powodu czuła, że powinna sięgnąć do źródła.

Ktoś przekazał Coreyowi Rudzinskiemu film przedstawiający coś, co zaczęło się jako misja ratunkowa. Czterej żołnierze, z których trzech Maya znała i kochała, zginęli w zasadzce w Al Qa'im, niedaleko granicy syryjsko-irackiej. Dwaj wciąż żyli, ale utknęli pod ostrzałem wroga. Czarny SUV jechał, żeby ich zabić. Maya i Shane, którzy pędzili z całą mocą silników lekkim śmigłowcem bojowym Boeing MH-6 Little Bird, słyszeli, jak ci dwaj ocalali żołnierze z przerażeniem wołają o pomoc. Obaj sprawiali wrażenie tak cholernie młodych, a Maya wiedziała, że czterej, którzy zginęli, krzyczeli tak samo.

Kiedy ona i Shane zobaczyli cel, czekali na potwierdzenie, że mogą działać, ale chociaż wszyscy uważają, że wojskowy sprzęt jest niezawodny, sygnał radiowy ze wspólnego dowództwa w Al Asad wciąż się urywał. Za to doskonale było słychać dwóch żołnierzy błagających o ratunek. Maya i Shane czekali. Oboje przeklinali przez radio, domagając się odpowiedzi od dowództwa, gdy nagle usłyszeli wrzask obu żołnierzy.

Po chwili śmigłowiec Mai strzelił w czarnego SUV-a pociskiem AGM-114 Hellfire. Auto wyleciało wysoko w powietrze. Wkroczyła piechota i uratowała żołnierzy. Obaj zostali ranni, ale przeżyli.

Wtedy wydawało się, że cała ta akcja była szlachetna.

Zadzwonił telefon Mai. Szybko zamknęła przeglądarkę, jakby ktoś przyłapał ją na oglądaniu pornografii. Na ekranie komórki wyświetlił się napis: FARNWOOD, nazwa rodzinnej posiadłości Burkettów.

– Słucham?

– Mayu, mówi Judith.

Mama Joego. Minął ponad tydzień od jego śmierci, jednak w jej głosie wciąż słychać było ten sam smutek, jakby wypowiedzenie każdego słowa kosztowało ją wiele bolesnego wysiłku.

– O, witaj, Judith.

– Chciałam spytać, jak sobie radzicie z Lily.

– To miło z twojej strony. Radzimy sobie dobrze, na tyle, na ile to możliwe.

– Miło mi to słyszeć – odrzekła Judith. – Dzwonię także po to, aby ci przypomnieć, że jutro Heather Howell odczyta testament Joego w Bibliotece Farnwood punktualnie o dziewiątej rano.

Bogacze nadają nazwy nawet pokojom.

– Dziękuję, na pewno będę.

– Chcesz, żebyśmy przysłali po ciebie samochód?

– Nie, nie trzeba.

– Może zabierzesz Lily? Bardzo chcielibyśmy, żeby przyjechała.

– Zobaczę, jak się jutro ułożą sprawy, dobrze?

– Oczywiście. Naprawdę... stęskniłam się za nią. Tak bardzo przypomina... Cóż, zatem do jutra.

Judith udało się powstrzymać łzy aż do końca rozmowy.

Maya przez chwilę siedziała nieruchomo. Może rzeczywiście zabierze Lily. A także Isabellę. To jej przypomniało, że powinna sprawdzić kartę z nagraniami z kamery. Nie oglądała ich od dwóch dni, ale w sumie co z tego? Czuła się zmęczona. To mogło zaczekać do rana.

Umyła się. W sypialni stał duży fotel – należący do Joego – na którym teraz usiadła z książką. Czytała nową biografię braci Wright. Próbowała się skupić, ale jej umysł nie chciał się uspokoić.

Corey Rudzinski wrócił do Stanów Zjednoczonych. Czy to zbieg okoliczności?

„Spróbujesz zająć się tym na własną rękę, czy tak?"

Poczuła ostrzegawcze objawy. Zamknęła książkę i szybko wślizgnęła się do łóżka. Zgasiła światło i czekała.

Najpierw pojawiły się poty, następnie wizje – jednak to dźwięki zawsze najdotkliwiej ją atakowały. Dźwięki. Nieustające hałasy, nieprzerwana kakofonia szumu wirników, trzeszczących głosów w radiu, wystrzałów – a także, oczywiście, ludzkie śmiechy, żarty, panika, wrzaski.

Mocno zakryła uszy poduszką, ale to tylko pogorszyło sytuację. Te wszystkie dźwięki jej nie otaczały. Nie odbijały się echem wokół niej. One rozdzierały jej głowę. Szarpały jej tkankę mózgową, drąc na strzępy sny, myśli i pragnienia, niczym gorące odłamki.

Powstrzymała krzyk. Ta noc będzie straszna. Maya będzie potrzebowała pomocy.

Otworzyła szufladę stolika nocnego. Wyjęła buteleczkę i połknęła dwie tabletki klonazepamu.

Lek nie powstrzymał odgłosów, ale po pewnym czasie na tyle je stłumił, że zdołała zasnąć.

5

Pierwsza myśl Mai po obudzeniu: sprawdzić nagrania z kamery.

Zawsze budziła się dokładnie o 4.58. Niektórzy twierdzili, że ma wewnętrzny budzik, ale jeśli tak było, to mogła go ustawić tylko na 4.58 i nie dało się go wyłączyć, nawet gdy siedziała do późna i pragnęła kilku dodatkowych chwil snu. Jeśli próbowała przestawić ten wewnętrzny budzik choćby o kilka minut, sam powracał do 4.58.

To się zaczęło na szkoleniu podstawowym. Jej sierżant od musztry robił pobudkę o piątej, a podczas gdy większość innych rekrutów jęczała lub walczyła z sennością, Maya była na nogach już od pełnych dwóch minut, gotowa na rychłe i rzadko przyjemne pojawienie się sierżanta.

Po tym, jak poprzedniego wieczoru w końcu zasnęła (czyli straciła świadomość), spała już całkiem spokojnie. O dziwo, dręczące ją demony rzadko ujawniały się w czasie snu – nie miewała koszmarów, nie rzucała się w pościeli, nie budziła się zlana zimnym potem. Nigdy nie pamiętała swoich snów, co mogło oznaczać, że albo mocno śpi, albo jej podświadomość litościwie pozwala jej zapomnieć, co się w nich dzieje.

Wzięła ze stolika nocnego gumkę do włosów i ściągnęła je w kucyk. Joe lubił tę fryzurę. „Podoba mi się kształt twojej twarzy – mawiał. – Chcę jak najpełniej ją widzieć". Lubił także bawić się kucykiem, a czasami nawet delikatnie za niego ciągnąć, ale to zupełnie inna historia.

Zaczerwieniła się na to wspomnienie.

Sprawdziła skrzynkę odbiorczą w telefonie. Żadnych ważnych wiadomości. Spuściła nogi z łóżka i wyszła cicho na korytarz. Lily wciąż spała. Nic dziwnego. W kwestii wewnętrznego budzika Lily bardziej przypominała ojca: spała, dopóki pobudka nie była absolutnie konieczna.

Na dworze wciąż było ciemno. W kuchni unosiła się woń wypieków, które oczywiście były dziełem Isabelli. Maya nie gotowała, nie piekła ani w żaden inny sposób nie angażowała się w działalność kulinarną, chyba że została do tego zmuszona. Wiele jej koleżanek uwielbiało gotować, co ją bawiło, gdyż przez całe pokolenia, a tak naprawdę przez większość historii ludzkości gotowanie uznawano za uciążliwą i wyczerpującą czynność, której starano się unikać. W książkach historycznych rzadko czyta się o monarchach, lordach lub innych członkach elity, którzy z lubością spędzaliby czas w kuchni. Jedzenie? Jasne. Dobre potrawy i wino? Oczywiście. Ale przygotowywanie posiłków? To była nudna praca zlecana służbie.

Zastanawiała się przez chwilę, czy nie usmażyć jajecznicy na boczku, ale kusiło ją, aby po prostu zalać zimnym mlekiem płatki śniadaniowe. Usiadła przy stole, starając się nie myśleć o odczytaniu testamentu Joego, które czekało ją tego dnia.

Nie oczekiwała żadnych niespodzianek. Podpisała intercyzę przedmałżeńską (Joe: „To rodzinny wymóg – jeśli któryś z Burkettów jej nie podpisze, zostanie wydziedziczony"), a kiedy urodziła się Lily, Joe zadbał o to, aby w przypadku jego śmierci wszystkie jego udziały trafiły na fundusz przeznaczony dla ich córki. Mai to wystarczyło.

W szafce nie było płatków. Do licha. Isabella narzekała, że zawierają cukier, ale czy posunęłaby się do ich wyrzucenia? Maya ruszyła w stronę lodówki i nagle się zatrzymała.

Isabella.

Kamera.

Obudziła się, myśląc o niej, co było dziwne. Owszem, prawie codziennie sprawdzała nagrania, ale nigdy nie wydawało jej się, że to coś pilnego. Nigdy nie zobaczyła na nich czegoś, co wzbudziłoby w niej chociaż cień wątpliwości. Zazwyczaj oglądała nagrania w przyśpieszonym tempie. Isabella zawsze była na nich pogodna i radosna, co mogło lekko niepokoić, ponieważ nie był to jej normalny stan ducha. Co prawda stawała się weselsza w towarzystwie Lily, ale miała twarz jak totem. Nie lubiła się uśmiechać.

Jednak do kamery zawsze się uśmiechała. Przez cały czas była idealną nianią, a nie łudźmy się, nikt taki nie jest. Nikt. Wszyscy mamy gorsze chwile, czyż nie?

Czyżby Isabella wiedziała o kamerze?

Laptop oraz czytnik kart SD, który dała jej Eileen, były w plecaku Mai. Przez pewien czas używała swojego wojskowego plecaka – uszytego z beżowego nylonu, z licznymi kieszeniami – ale zbyt wielu pozerów zamawiało taki sam sprzęt w internecie, więc uznała, że jest zanadto szpanerski. Joe kupił jej kevlarowy plecak na laptopa, firmy Tumi. Sądziła, że przepłacił, dopóki nie zobaczyła, ile ci pseudowojskowi pozerzy płacą za swoje plecaki.

Wzięła ramkę na zdjęcia, wcisnęła guzik z boku i wyjęła kartę SD. Załóżmy, że Isabella się domyśliła. Po pierwsze, czy to w ogóle możliwe? Oczywiście. Spostrzegawcza osoba – a Isabella taka była – mogła zacząć się zastanawiać, po co jej pracodawczyni nagle kupiła nową ramkę na zdjęcia. Spostrzegawcza osoba – a przecież Isabella taka była – mogła zacząć się zastanawiać, dlaczego ta nowa ramka na zdjęcia pojawiła się w domu następnego dnia po tym, jak pracodawczyni pochowała swojego zamordowanego męża.

Ale równie dobrze nawet spostrzegawczej osobie mogło to nie przyjść do głowy. Kto wie?

Maya wsunęła kartę do czytnika, a następnie podpięła go do portu USB. Dlaczego czuła się nieswojo? Jeśli jej podejrzenia są słuszne, jeśli Isabella domyśliła się, że nowa ramka ma więcej funkcji niż pokazywanie serii rodzinnych fotografii, to Maya może się spodziewać po niani wyłącznie idealnego zachowania. Dziewczyna nie byłaby tak głupia, żeby zrobić coś podejrzanego. Idea ukrytej kamery polega właśnie na tym, że ta jest ukryta. Kiedy obserwowana osoba się o niej dowiaduje, całe przedsięwzięcie staje się w najlepszym wypadku bezcelowe.

Wcisnęła guzik odtwarzania. Kamera miała czujnik ruchu, więc nagranie zaczęło się, gdy Isabella weszła do pokoju, niosąc kawę, oczywiście w kubku z ochronną przykrywką. Małej nie groziło oblanie gorącym płynem. Isabella podniosła z podłogi pluszową żyrafę Lily i wróciła do kuchni, wychodząc z kadru.

– Mamo.

Kamera nie rejestrowała dźwięków, więc Maya odwróciła się i popatrzyła w górę schodów, gdzie stała jej córeczka. Poczuła znajomy przypływ ciepła. Co prawda cynicznie podchodziła do wielu elementów rodzicielstwa, ale doskonale rozumiała to uczucie, gdy patrzysz na swoje dziecko, a reszta świata znika i wszystko poza tą małą buzią staje się tylko dalekim tłem.

– Cześć, skarbie.

Maya przeczytała gdzieś, że typowy dwulatek zna około pięćdziesięciu słów. To by się zgadzało. „Jeszcze" było ważną pozycją na tej dziecięcej liście. Maya szybko weszła po schodach, przechyliła się nad zabezpieczającą bramką i wzięła Lily na ręce. Dziewczynka ściskała w obu dłoniach jedną ze swoich niezniszczalnych tekturowych książeczek, tym razem była to skrócona wersja *One Fish Two Fish Red Fish Blue Fish* Dr. Seussa. Ostatnio wciąż nosiła tę książkę przy sobie, tak jak niektóre dzieci noszą misia. Książka zamiast maskotki – to niezwykle cieszyło Mayę.

– Chcesz, żeby mamusia ci poczytała?

Lily pokiwała głową.

Maya zaniosła córeczkę na dół i posadziła ją przy kuchennym stole. Nagranie z kamery wciąż odtwarzało się na ekranie. Maya nauczyła się, że małe dzieci uwielbiają powtarzalność. Jeszcze nie pragną nowych doświadczeń. Lily miała bogaty zbiór tekturowych książeczek. Mai bardzo podobała się żywa fabuła książeczek P.D. Eastmana, takich jak *Are You My Mother*? albo *A Fish Out of Water*, w których pojawiały się straszne momenty i niespodziewane zakończenia. Lily chętnie ich słuchała – jakakolwiek książeczka była lepsza niż żadna – ale zawsze wracała do rymów i ilustracji Dr. Seussa. Zresztą któż mógłby ją za to winić?

Maya zerknęła na ekran komputera, na którym nadal odtwarzało się nagranie. Lily i Isabella siedziały na kanapie. Isabella karmiła dziewczynkę krakersami w kształcie rybek, dając jej po jednym, jakby to były nagrody dla foki wykonującej sztuczki. Biorąc z niej przykład, Maya przyniosła ze spiżarni krakersy i rozsypała ich trochę na stole. Lily zaczęła je zjadać, jeden po drugim.

– Chcesz coś innego?

Mała pokręciła głową i wskazała książkę.

– Czytaj.

– Nie mówi się: „Czytaj". Powiedz: „Proszę, mamusiu, czy możesz poczytać...".

Maya zamilkła. Dosyć. Wzięła książkę, otworzyła ją na pierwszej stronie i zaczęła czytać wyliczankę z rybkami. Właśnie dotarła do grubej rybki w żółtym kapeluszu, gdy coś na ekranie przyciągnęło jej wzrok.

Przerwała czytanie.

– Jeszcze – zażądała Lily.

Maya nachyliła się w stronę ekranu.

Kamera ponownie się włączyła, lecz obiektyw był całkowicie zasłonięty. Ale jak...? Maya podejrzewała, że patrzy na plecy niani, która stanęła bezpośrednio przed ramką.

Jednak nie.

Isabella była zbyt niska. Mogłaby zasłaniać kamerę głową. Ale plecami? Nie. Poza tym inny kolor. Isabella wczoraj miała na sobie czerwoną bluzkę. Ta koszula była zielona.

Koloru leśnej zieleni.

– Mamusiu?

– Za chwilkę, kochanie.

Ktokolwiek to był, odsunął się od kamery i wyszedł z kadru. Teraz Maya mogła zobaczyć kanapę. Lily siedziała na niej sama. Trzymała w dłoniach tę samą książeczkę i przewracała kartki, udając, że czyta.

Maya czekała.

Ktoś wszedł w kadr z lewej strony, od kuchni. To nie była Isabella.

To był mężczyzna.

A przynajmniej wydawało się, że mężczyzna. Wciąż stał blisko kamery, a z tego kąta nie dało się zobaczyć jego twarzy. Maya przez chwilę myślała, że to Hector wszedł do domu, żeby odpocząć lub napić się wody, ale Hector miał na sobie kombinezon i podkoszulek. Ten facet był ubrany w niebieskie dżinsy i zieloną...

...leśnozieloną...

koszulę...

Na ekranie Lily podniosła wzrok na tego chyba-mężczyznę. Kiedy szeroko się do niego uśmiechnęła, Maya poczuła ucisk w piersi. Lily nie ufała obcym. Zatem ktokolwiek to był, ktokolwiek miał na sobie tę znajomą zieloną koszulę...

Mężczyzna podszedł do kanapy. Był teraz zwrócony plecami do kamery i zasłaniał Lily. Maya poczuła panikę, gdy straciła córkę z oczu, i zaczęła się przechylać w lewo i prawo, jakby mogła wyjrzeć zza pleców tego mężczyzny i upewnić się, że jej córka wciąż tam jest, na kanapie, bezpieczna, z książeczką Dr. Seussa. Miała wrażenie, że Lily coś zagraża i będzie to trwało, dopóki ona ponownie jej nie zobaczy. Oczywiście to był absurd. Zdawała sobie z tego sprawę. Oglądała coś, co już się wydarzyło, a nie transmisję na żywo, i jej córka siedziała tuż obok, zdrowa i najwyraźniej wesoła, a przynajmniej taka była, dopóki jej mama nie umilkła i nie wbiła wzroku w ekran komputera.

– Mamusiu?

– Jeszcze chwileczkę, kochanie, dobrze?

Mężczyzna w znajomych niebieskich dżinsach i leśnozielonej koszuli – właśnie tak zawsze określał tę koszulę, nie jako zieloną, ciemnozieloną czy jasnozieloną, ale jako leśnozieloną – oczywiście nie skrzywdził ani nie porwał jej córki, więc lęk, który ogarnął Mayę, był bezpodstawny i bardziej niż przesadzony.

Na ekranie mężczyzna przesunął się w bok.

Maya znów zobaczyła Lily. Sądziła, że teraz jej strach zniknie. Ale stało się inaczej. Mężczyzna odwrócił się i usiadł na kanapie tuż obok Lily. Skierował twarz w stronę kamery i uśmiechnął się.

Maya jakimś cudem nie krzyknęła.

Napnij, rozluźnij, napnij...

Maya, która zawsze zachowywała spokój na polu bitwy, zawsze potrafiła panować nad pulsem i sprawić, aby przypływ adrenaliny jej nie sparaliżował, teraz starała się wykorzystać te swoje umiejętności. Znajome ubranie, niebieskie dżinsy, a zwłaszcza koszula w kolorze leśnej zieleni, powinny przygotować ją na tę możliwość – czy raczej niemożliwość. Dlatego nie krzyknęła ani nie westchnęła.

Zamiast tego poczuła w piersi ucisk, który utrudniał jej oddychanie. To, co zobaczyła, zmroziło jej krew w żyłach. Usta zaczęły jej lekko drżeć.

Na ekranie widać było, jak Lily wspina się na kolana nieżyjącego męża Mai.

6

To nagranie nie trwało długo.

Ledwie Lily zdążyła usiąść „Joemu" na kolanach, gdy ten wstał i wyniósł ją poza kadr. Nagranie zatrzymało się trzydzieści sekund później, kiedy czujnik ruchu wyłączył kamerę.

To był koniec.

Kamera znów się uruchomiła, gdy Isabella i Lily przeszły z kuchni do pokoju i zaczęły się bawić, jak wiele razy wcześniej. Maya przewinęła nagranie, ale reszta dnia była taka jak zawsze. Isabella i Lily. Żadnych zmarłych mężów ani nikogo innego.

Cofnęła nagranie i obejrzała je drugi raz, a potem trzeci.

– Książka!

Lily zaczynała się niecierpliwić. Maya odwróciła się do córki, zastanawiając się, jak ją o to spytać.

– Kochanie – odezwała się powoli – czy widziałaś tatusia?

– Tatusia?

– Tak, Lily. Widziałaś tatusia?

Dziewczynka nagle posmutniała.

– Gdzie tatuś?

Maya nie chciała denerwować córki, ale wydarzenia przybrały zaskakujący obrót. Jak to rozegrać? Nie było innego wyjścia. Ponownie włączyła nagranie i pokazała je Lily. Mała patrzyła jak urzeczona. Kiedy Joe się pojawił, zapiszczała z radości.

– Tatuś!

– Tak – powiedziała Maya, zazdroszcząc córeczce entuzjazmu. – Widziałaś tatusia?

Dziewczynka wskazała ekran.

– Tatuś!

– Tak, to tatuś. Był tutaj wczoraj?

Lily tylko popatrzyła na nią.

– Wczoraj – powtórzyła Maya. Wstała i podeszła do kanapy. Usiadła w tym samym miejscu, które zajmował „Joe". W myślach brała jego imię w cudzysłów. – Czy tatuś był tutaj wczoraj?

Lily jej nie rozumiała. Maya starała się zachować lekki ton, jakby chodziło tylko o zabawę, bez żadnego napięcia, ale jej mowa ciała najwyraźniej zdradzała coś innego albo też jej córeczka była bardziej domyślna, niż Maya sądziła.

– Mamusiu, przestań.

Mącisz jej w głowie.

Maya przywołała na usta szeroki uśmiech i wzięła dziewczynkę na ręce. Zaniosła ją na górę, po drodze chichocząc i tańcząc, aż z twarzy Lily zniknęły oznaki zdenerwowania. Posadziła małą na łóżeczku i włączyła telewizor. Na kanale Nick Jr. leciał *Bąbelkowy świat gupików*, jeden z ulubionych programów Lily, i chociaż Maya obiecała sobie, że nigdy nie będzie traktować telewizora jako opiekunki – wszyscy rodzice obiecują to sobie, a potem nie dotrzymują słowa – uznała, że może go użyć, żeby na kilka minut odwrócić uwagę dziecka.

Szybko podeszła do szafy Joego i zawahała się przy drzwiach. Nie otwierała jej od jego śmierci. Było zbyt wcześnie. Ale teraz nie miała czasu na wahanie. Korzystając z tego, że Lily wbija wzrok w ekran, otworzyła szafę i zapaliła światło.

Joe uwielbiał ubrania i dbał o nie tak samo, jak Maya dbała o broń. Jego marynarki wisiały równiutko na wieszakach oddalonych od siebie dokładnie o dziesięć centymetrów. Koszule podzielone były według kolorów. Z wieszaków z zaciskami zwisały spodnie. Joe nigdy ich nie składał, żeby uniknąć zagięć.

Lubił samodzielnie robić zakupy. Nie znosił niemal wszystkich ubrań, które dostał w prezencie od Mai. Był jeden wyjątek – leśnozielona koszula z diagonalu, którą zamówiła w firmie Moods of Norway. Jeśli nie mylił jej wzrok, chyba właśnie tę koszulę miał na sobie „Joe" na nagraniu. Wiedziała, gdzie ją trzymał.

Koszuli nie było.

I znów Maya nie krzyknęła ani nie westchnęła. Ale teraz już miała pewność.

Ktoś był w jej domu. Ktoś grzebał w szafie Joego.

▪ ▪ ▪

Dziesięć minut później przyjechała jedyna osoba, która mogła to Mai wyjaśnić.

Isabella.

Była tutaj poprzedniego dnia i opiekowała się Lily, więc mogła, przynajmniej teoretycznie, zauważyć coś niezwykłego, na przykład zmarłego męża Mai, który przetrząsał swoją szafę lub bawił się z córką.

Przez okno sypialni Maya patrzyła, jak Isabella idzie po chodniku. Starała się zlustrować nadchodzącą nianię, jakby ta była wrogiem. Wydawało się, że kobieta nie jest uzbrojona w nic poza torebką, chociaż w środku z pewnością mogła kryć się broń. Ściskała torebkę kurczowo, jakby bała się, że jej ktoś ją wyrwie, ale zawsze tak robiła. Isabella nie była zbyt serdeczną osobą, oczywiście z wyjątkiem sytuacji, w których to liczyło się najbardziej. Podczas opieki nad Lily. Uwielbiała Joego, tak jak lojalni pracownicy uwielbiają swoich dobroczyńców, a Mayę jedynie tolerowała, uznając ją za intruza. Czasami tak bywa z lojalnymi pracownikami. Są bardziej nieufni i przemądrzali wobec osób z zewnątrz niż ich bogaci pracodawcy.

Czy Isabella wydaje się dziś bardziej czujna niż zazwyczaj?

Trudno powiedzieć. Zawsze była czujna, uważnie się rozglądała, jej mina i mowa ciała nie zdradzały emocji. Ale czy dzisiaj nie jest to bardziej widoczne, czy może to tylko wyobraźnia Mai, pracująca na najwyższych obrotach, utrudnia jej trzeźwy osąd sytuacji?

Isabella otworzyła tylne drzwi swoim kluczem. Maya czekała na górze.

– Pani Burkett?

Cisza.

– Pani Burkett?

– Za chwilę zejdziemy.

Maya wyłączyła telewizor pilotem. Spodziewała się, że Lily zaprotestuje, ale tak się nie stało. Dziewczynka usłyszała głos niani i chciała już jak najszybciej znaleźć się na dole. Maya wzięła córeczkę na ręce i ruszyła po schodach.

Isabella stała przy zlewie i myła kubek po kawie. Odwróciła się, kiedy usłyszała kroki. Popatrzyła w oczy Lily, tylko Lily, a czujny, nieruchomy wyraz twarzy ustąpił miejsca uśmiechowi. To ładny uśmiech, pomyślała Maya, ale być może brakuje mu zwykłego blasku.

Dosyć.

Lily wyciągnęła rączki w stronę niani, która zakręciła wodę, wytarła dłonie w ręcznik i podeszła do Mai. Również wyciągnęła ramiona, zagruchała i przywołująco pokiwała palcami.

– Jak się masz, Isabello? – spytała Maya.

– Dobrze, pani Burkett, dziękuje.

Isabella ponownie sięgnęła, by wziąć Lily na ręce, a Maya przez chwilę miała ochotę odsunąć od niej dziecko. Eileen pytała ją, czy ufa tej kobiecie. Na tyle, na ile można komukolwiek zaufać, gdy chodzi o twoje dziecko, odpowiedziała. Ale po tym, co zobaczyła na nagraniu z kamery...

Isabella wyjęła jej Lily z rąk. A Maya na to pozwoliła. Niania bez słowa przeszła do pokoju dziennego i usiadła razem z dzieckiem na kanapie.

– Isabello?

Opiekunka podniosła wzrok, jakby zaniepokojona. Uśmiech zastygł na jej twarzy.

– Tak, pani Burkett?

– Mogłabym zamienić z tobą słowo?

Lily siedziała na kolanach niani.

– Teraz?

– Tak – odrzekła Maya. Jej własny głos nagle zabrzmiał dziwnie w jej uszach. – Chciałabym ci coś pokazać.

Isabella delikatnie posadziła Lily na kanapie. Dała małej

tekturową książeczkę, wstała i wygładziła spódnicę. Potem powoli podeszła do Mai, jakby spodziewała się ciosu.

– Tak, pani Burkett?

– Czy wczoraj ktoś tutaj był?

– Nie bardzo rozumiem.

– Chodzi mi o to, czy wczoraj był w tym domu ktoś poza tobą i Lily – wyjaśniła Maya spokojnym głosem.

– Nie, pani Burkett. – Nieruchomy wyraz twarzy powrócił. – Kogo ma pani na myśli?

– Kogokolwiek. Na przykład, czy Hector wchodził do domu?

– Nie, pani Burkett.

– Czyli nikogo tutaj nie było?

– Nikogo.

Maya zerknęła na komputer, a potem przeniosła wzrok z powrotem na Isabellę.

– Wychodziłaś wczoraj?

– Z domu?

– Tak.

– Poszłyśmy z Lily na plac zabaw. Robimy to codziennie.

– Czy poza tym wychodziłyście z domu?

Isabella popatrzyła w górę, jakby próbowała sobie przypomnieć.

– Nie, pani Burkett.

– A czy wychodziłaś sama?

– Bez Lily?! – spytała Isabella, gwałtownie wciągając powietrze, jakby nie wyobrażała sobie czegoś bardziej oburzającego. – Nie, pani Burkett, oczywiście, że nie.

– W ogóle nie zostawiałaś jej samej?

– Nie rozumiem.

– To proste pytanie, Isabello.

– Nic z tego nie rozumiem. Dlaczego pani zadaje mi te pytania? Nie jest pani zadowolona z mojej pracy?

– Tego nie powiedziałam.

– Nigdy nie zostawiam Lily samej. Nigdy. Może tylko kiedy drzemie na piętrze, schodzę, żeby trochę posprzątać...

– Nie o to mi chodzi.

Isabella wpatrywała się w twarz Mai.

– Więc o co?

Nie było powodu tego ciągnąć.

– Chcę ci coś pokazać.

Laptop stał na kuchennej wyspie. Maya sięgnęła po niego, a Isabella się przybliżyła.

– Mam w pokoju dziennym kamerę – zaczęła Maya.

Niania sprawiała wrażenie zbitej z tropu.

– Dała mi ją przyjaciółka – wytłumaczyła się Maya, chociaż czy w ogóle musiała się tłumaczyć? – Nagrywa to, co się dzieje podczas mojej nieobecności.

– Kamera?

– Tak.

– Nigdy jej nie widziałam, pani Burkett.

– Właśnie o to chodzi. Jest ukryta.

Isabella prześlizgnęła się spojrzeniem w stronę pokoju dziennego.

– Zauważyłaś tamtą nową ramkę na zdjęcia, która stoi na półce? – ciągnęła Maya.

Patrzyła, jak Isabella zatrzymuje wzrok na półce z książkami.

– Tak, pani Burkett.

– To jest kamera.

Opiekunka spojrzała na nią.

– Szpieguje mnie pani?

– Pilnuję swojego dziecka – odparła Maya.

– Ale mnie pani nie uprzedziła.

– Nie.

– Dlaczego?

– Nie musisz się obruszać.

– Nie? – odezwała się Isabella ostrzejszym tonem. – Nie zaufała mi pani.

– A ty byś to zrobiła?

– Słucham?

– Nie chodziło o ciebie, Isabello. Lily jest moim dzieckiem. Jestem za nią odpowiedzialna.

– I uważa pani, że szpiegowanie mnie jest dla niej najlepsze?

Maya powiększyła obraz na cały ekran i włączyła nagranie.

– Przed dzisiejszym porankiem sądziłam, że to w niczym nie zaszkodzi.

– A teraz?

Maya obróciła laptopa, żeby Isabella mogła zobaczyć ekran.

– Patrz.

Nie chciała ponownie oglądać nagrania. Widziała je już wystarczająco wiele razy. Zamiast tego skupiła się na twarzy Isabelli, wypatrując oznak stresu albo oszustwa.

– Na co mam zwrócić uwagę?

Maya zerknęła na ekran. Fałszywy Joe właśnie opuścił kadr po tym, jak zasłaniał obiektyw.

– Po prostu oglądaj.

Isabella zmrużyła oczy. Maya starała się panować nad oddechem. Podobno nigdy nie można z góry powiedzieć, jak ktoś zareaguje, gdy upadnie granat. To zawsze jest niewiadoma. Stoisz ze swoimi towarzyszami broni i nagle u waszych stóp upada granat. Kto ucieknie? Kto się uchyli? Kto skoczy na granat, żeby się poświęcić? Możesz próbować to przewidzieć, ale dopóki granat rzeczywiście nie nadleci, nie masz zielonego pojęcia.

Maya wielokrotnie sprawdzała się w oczach swoich towarzyszy. Wiedzieli, że w wirze walki pozostanie rozsądna, spokojna i opanowana. Jako przywódca raz po raz wykazywała się tymi cechami.

Jednak, o dziwo, nie potrafiła wykorzystywać zdolności przywódczych i chłodnej głowy w prawdziwym życiu. Eileen kiedyś opowiadała jej o swoim synku, Kyle'u, który był zorganizowany i porządny w przedszkolu Montessori, ale w domu działał niezwykle chaotycznie. Coś podobnego działo się z Mayą.

Dlatego kiedy „Joe" pojawił się na ekranie i posadził sobie Lily na kolanach, a wyraz twarzy Isabelli nadal nie uległ zmianie, Maya poczuła, że coś w niej pęka.

– No i co? – spytała.

Isabella na nią popatrzyła.

– Jak to co?

Coś strzeliło w głowie Mai.

– Co to ma znaczyć? – spytała.

Opiekunka się skrzywiła.

– Jak to wyjaśnisz?

– Nie wiem, o co pani chodzi.

– Przestań ze mną pogrywać, Isabello.

Niania cofnęła się o krok.

– Nie rozumiem, o czym pani mówi.

– Obejrzałaś nagranie?

– Oczywiście.

– Więc widziałaś tamtego mężczyznę?

Isabella nic nie odpowiedziała.

– Widziałaś tamtego mężczyznę, prawda?

Opiekunka wciąż milczała.

– Zadałam ci pytanie, Isabello.

– Nie wiem, czego pani ode mnie chce.

– Widziałaś go, czy tak?

– Kogo?

– Jak to kogo? Joego! – Maya chwyciła Isabellę za koszulę przy szyi. – Jak, u diabła, dostał się do domu?

– Proszę, pani Burkett! Przeraża mnie pani!

Maya przyciągnęła Isabellę do siebie.

– Nie widziałaś Joego?

Isabella popatrzyła jej w oczy.

– A pani go widziała? – Mówiła cicho, niemal szeptem. – Chce mi pani powiedzieć, że na tym nagraniu widziała pani Joego?

– A ty... nie?

– Proszę, pani Burkett – odrzekła Isabella. – Sprawia mi pani ból.

– Chwileczkę, twierdzisz, że...

– Proszę mnie puścić!

– Mamusiu...

To była Lily. Maya popatrzyła na córkę. Isabella wykorzystała okazję, żeby się odsunąć, i przyłożyła dłoń do szyi, jakby ktoś ją dusił.

– Wszystko w porządku, kochanie – powiedziała Maya do Lily. – Wszystko dobrze.

Isabella udawała, że z trudem chwyta oddech.

– Mamusia i ja tylko się bawiłyśmy – dodała.

Lily obserwowała je obie.

Niania wciąż trzymała się prawą dłonią za szyję i masowała ją, wyraźnie na pokaz. Maya odwróciła się w jej stronę. Isabella szybko uniosła lewą rękę, dając jej sygnał, żeby się zatrzymała.

– Czekam na odpowiedź – odezwała się Maya.

Isabella z trudem pokiwała głową.

– Dobrze, ale najpierw muszę się napić wody.

Maya zawahała się, po czym podeszła do zlewu. Odkręciła wodę, otworzyła szafkę i wyjęła kubek. Nagle coś jej zaświtało.

To Eileen podarowała jej kamerę.

Maya zastanawiała się nad tym, umieszczając kubek pod kranem. Napełniła go do połowy, odwróciła się od zlewu i wtedy usłyszała dziwny syk.

Wrzasnęła, gdy ogarnął ją przenikliwy ból.

Miała wrażenie, że ktoś wbija jej malutkie kawałki tłuczonego szkła prosto w gałki oczne. Ugięły się pod nią kolana. Upadła na podłogę.

Syk.

Gdzieś w chmurach, poza palącym bólem, poza cierpieniem, nadeszła odpowiedź.

Isabella rozpyliła jej coś w twarz.

Gaz pieprzowy.

Gaz pieprzowy nie tylko pali w oczy, ale także podrażnia śluzówkę nosa, jamy ustnej i płuc. Maya usiłowała wstrzymać oddech, żeby gaz nie wniknął jej do płuc, i zaczęła szybko mrugać, aby łzy wypłukały go z oczu. Ale w tej chwili nie mogła zaznać ulgi ani uciec.

Nie mogła się ruszyć.

Usłyszała odgłos biegnących stóp, a potem trzask drzwi.

Isabella uciekła.

▪ ▪ ▪

– Mamusiu?

Maya zdołała dotrzeć do łazienki.

– Mamusi nic nie jest, kochanie. Narysuj dla mnie obrazek, dobrze? Za chwilę do ciebie przyjdę.

– A Isabella?

– Isabelli też nic się nie stało. Niedługo wróci.

Otrząśnięcie się ze skutków gazu zajęło jej dłużej, niż przypuszczała. Gniew palił ją równie mocno jak oczy. Przez pierwsze dziesięć minut była całkowicie unieruchomiona, nie mogła stawić nawet najmniejszego oporu wrogowi. W końcu ból i suche torsje minęły. Maya zaczerpnęła powietrza. Przepłukała oczy, a twarz umyła płynem do naczyń. Potem zganiła się w myślach.

Odwróciła się plecami do wroga. Jak amatorka.

Jak mogła być tak głupia?

Była wściekła, głównie na siebie. Zaczęła wierzyć w grę Isabelli i pomyślała, że może niania naprawdę o niczym nie wie. Dlatego opuściła gardę. Tylko na sekundę. A oto skutki.

Przecież tyle razy widziała, że wystarczy mała wpadka i chwila dekoncentracji, by zginęli ludzie. Czy nie przyswoiła tej oczywistej lekcji?

To się nie powtórzy.

No dobrze, dosyć tego samobiczowania. Czas zapamiętać nauczkę i ruszyć naprzód.

Co dalej?

Odpowiedź sama się nasuwała. Odczekaj jeszcze kilka minut. Odzyskaj pełnię sił. Potem namierz Isabellę i zmuś ją do mówienia.

Ktoś zadzwonił do drzwi.

Maya ponownie przepłukała oczy i podeszła do drzwi wejściowych. Zastanawiała się, czy najpierw nie pójść po pistolet – już nie chciała ryzykować – ale od razu zobaczyła, że to detektyw Kierce.

Wbił w nią wzrok, kiedy otworzyła.

– Co się stało, do diabła?

– Dostałam gazem pieprzowym.

– Co takiego?

– Od Isabelli. Niani mojej córki.

– Poważnie?

– Nie, jestem urodzoną komediantką. Nic tak nie rozbawia publiki jak żarty o nianiach psikających gazem pieprzowym.

Roger Kierce rozejrzał się po pomieszczeniu i znów popatrzył na Mayę.

– Ale dlaczego?

– Zobaczyłam coś na nagraniu z ukrytej kamery.

– Ma pani taką kamerę?

– Owszem. – Ponownie przypomniała sobie, że dostała kamerę od Eileen, która nawet poinstruowała ją, gdzie dokładnie powinna ustawić sprzęt. – Jest zamontowana w ramce na zdjęcia.

– Mój Boże. Czy... czy widziała pani, jak Isabella robi coś...?

– Słucham? – No tak, to normalne, że umysł gliniarza podąża w takim kierunku. – Nie, nie o to chodzi.

– W takim razie chyba nie rozumiem.

Maya rozważała, jak to rozegrać, i doszła do wniosku, że na dłuższą metę najprostsze wyjście zapewni jej najlepszą ochronę.

– Najprościej będzie, jak panu pokażę.

Podeszła do laptopa stojącego na kuchennej wyspie. Kierce za nią podążył. Sprawiał wrażenie zbitego z tropu. Cóż, za chwilę to uczucie zostanie podniesione do dziesiątej potęgi.

Maya obróciła ekran w jego stronę. Przesunęła strzałkę, kliknęła guzik odtwarzania i czekała.

Nic.

Sprawdziła port USB.

Karta SD zniknęła.

Rozejrzała się po wyspie i podłodze. Ale już znała prawdę.

– Co się stało? – spytał Kierce.

Maya wzięła kilka głębokich, równomiernych oddechów. Musi zachować spokój. Rozważyła szybko parę następnych kroków, jak podczas misji. Nie można myśleć tylko o ostrzelaniu z powietrza czarnego SUV-a. Trzeba zastanowić się nad swoją reakcją. Zgromadzić jak najwięcej danych, zanim podejmie się jakąkolwiek nagłą, brzemienną w skutki decyzję.

Wiedziała, jak to zabrzmi. Gdyby oznajmiła Kierce'owi, co zobaczyła na nagraniu, uznałby ją za wariatkę. Cholera, jej samej wydawało się to szaleństwem, gdy teraz przywołała tamte obrazy. Wciąż była nieco otępiała po ataku gazem pieprzowym. Co tak naprawdę się tutaj wydarzyło? Czy na pewno myśli logicznie?

Bez pośpiechu.

– Pani Burkett?

– Prosiłam, żeby mówił mi pan po imieniu.

Dowód na prawdziwość jej wariackiego twierdzenia – karta SD – zniknął. Isabella go zabrała. Najmądrzej byłoby, gdyby Maya sama się tym zajęła. Ale jeśli tak zrobi, jeśli niczego nie powie detektywowi, a cała sprawa ponownie wypłynie...

– Isabella na pewno ją zabrała.

– Co zabrała?

– Kartę SD.

– Po tym, jak zaatakowała cię gazem pieprzowym?

– Tak – odrzekła Maya, za wszelką cenę starając się, by jej głos brzmiał pewnie.

– A więc atakuje cię gazem, zabiera kartę z nagraniem, a potem ucieka?

– Właśnie.

Kierce pokiwał głową.

– Co było na tym nagraniu?

Maya zerknęła w stronę pokoju dziennego. Lily z zapałem bawiła się olbrzymią czteroelementową układanką ze zwierzętami.

– Zobaczyłam mężczyznę.

– Mężczyznę?

– Tak. Na nagraniu. Lily siedziała mu na kolanach.

– O choroba – syknął Kierce. – Rozumiem, że to był ktoś obcy?

– Nie.

– Znasz go?

Skinęła głową.

– Więc kto to był?

– Nie uwierzy mi pan. Zapewne uzna pan, że mam zwidy.

– Przekonajmy się.

– To był Joe.

Trzeba przyznać, że Kierce nie skrzywił się, nie wstrzymał oddechu ani nie popatrzył na nią jak na największą wariatkę w historii świata.

– Rozumiem. – Najwyraźniej on także starał się nad sobą panować. – Zatem to było stare nagranie?

– Słucham?

– To była jakaś scenka, którą nagrałaś, kiedy Joe jeszcze żył, a potem zapomniałaś skasować albo...

– Dostałam kamerę już po jego śmierci.

Kierce stał jak wryty.

– Według datownika zostało to nagrane wczoraj – dodała Maya.

– Ale...

Cisza.

– Wiesz, że to niemożliwe.

– Wiem – odrzekła Maya.

Przez chwilę wpatrywali się w siebie. Nie było sensu próbować go przekonywać. Maya zmieniła temat.

– Po co pan przyszedł?

– Musisz pojechać na posterunek.

– Po co?

– Nie mogę powiedzieć. Ale to naprawdę ważne.

7

W żłobku dyżur pełniło to samo uśmiechnięte dziewczę.

– Och, pamiętam panią. – Dziewczyna nachyliła się do Lily. – I ciebie też pamiętam. Cześć, Lily!

Dziewczynka nic nie odpowiedziała. Kobiety zostawiły ją z klockami i przeszły do gabinetu.

– Chciałabym ją zapisać – oznajmiła Maya.

– Wspaniale! Od kiedy mogłaby zacząć przychodzić?

– Od zaraz.

– Hm, to dosyć nietypowe. Zazwyczaj potrzebujemy dwóch tygodni na rozpatrzenie wniosku.

– Moja niania niespodziewanie zrezygnowała.

– Przykro mi to słyszeć, ale...

– Panno... przepraszam, zapomniałam, jak pani się nazywa.

– Kitty Shum.

– No tak, Kitty, przepraszam. Kitty, czy widzisz tamten zielony samochód?

Kitty wyjrzała przez okno. Zmrużyła oczy.

– Czy ta osoba panią niepokoi? Mam zadzwonić po policję?

– Nie, to jest nieoznakowany samochód policyjny. Mój mąż niedawno został zamordowany.

– Czytałam o tym – odrzekła Kitty. – Bardzo pani współczuję.

– Dziękuję. Chodzi o to, że tamten policjant musi mnie zawieźć na posterunek. Nie bardzo wiem, po co. Właśnie po mnie przyjechał. Więc mam wybór. Mogę zabrać ze sobą Lily, żeby słuchała, jak wypytują mnie o zabójstwo jej ojca...

– Pani Burkett?

– Mayu.

– Mayu. – Kitty nie odrywała wzroku od samochodu Kierce'a. – Wiesz, jak ściągnąć naszą aplikację na telefon?

– Wiem.

Kitty skinęła głową.

– Najlepiej dla dziecka, żebyś wyszła bez emocjonalnych pożegnań.

– Dziękuję.

▪ ▪ ▪

Kiedy dotarli na posterunek przy Central Parku, Maya spytała:

– Może mi pan powiedzieć, po co tutaj przyjechaliśmy?

Kierce przez całą drogę prawie się nie odzywał. Mai to nie przeszkadzało. Potrzebowała czasu, żeby wszystko przemyśleć – kamerę, nagranie, Isabellę, koszulę w kolorze leśnej zieleni.

– Chcę, żebyś wzięła udział w dwóch okazaniach.

– W jakiej sprawie?

– Wolałbym nie sugerować ci odpowiedzi.

– Nie może chodzić o zabójców. Mówiłam, że mieli na głowach kominiarki.

– Czarne, prawda? Z otworami na oczy i usta?

– Zgadza się.

– Dobrze, chodź ze mną.

– Nic nie rozumiem.

– Za chwilę wszystkiego się dowiesz.

Kiedy szli, Maya przyjrzała się aplikacji żłobka. Pozwalała na dokonanie opłaty, zapisanie się na konkretne godziny, sprawdzenie „rozkładu zajęć" dziecka i przeczytanie biogramów wszystkich opiekunów. Ale jedna z funkcji była zdecydowanie najlepsza i to z jej powodu Maya zainteresowała się tą konkretną placówką. Teraz ją wybrała. Miała do dyspozycji trzy opcje: czerwona sala, zielona sala, żółta sala. Grupa Lily znajdowała się w żółtej. Maya dotknęła żółtej ikony.

Kierce otworzył drzwi.

– Mayu?

– Za chwilę.

Ekran jej telefonu ożył, ukazując obraz z żółtej sali. Można by pomyśleć, że Maya będzie miała dosyć kamer jak na jeden dzień. Ale nie. Obróciła telefon, żeby powiększyć obraz. Lily była w sali. Bezpieczna. Opiekunka – Maya później przeczyta jej biogram – układała klocki razem z Lily i chłopcem w podobnym wieku.

Maya poczuła falę ulgi. Niemal się uśmiechnęła. Powinna była umieścić Lily w takim miejscu już wiele miesięcy temu. Korzystanie z usług niani sprawia, że polegasz na jednej, pozbawionej nadzoru osobie. Tutaj są świadkowie, kamery i nauka życia w społeczeństwie. Z pewnością tak jest bezpieczniej, prawda?

– Mayu?

To znowu Kierce. Zamknęła aplikację i schowała telefon do kieszeni. Weszli do pomieszczenia, w którym siedziały już dwie osoby – prokurator okręgowa, przypisana do jej sprawy, oraz obrońca. Maya usiłowała się skupić, ale jej myśli wciąż krążyły wokół kamery i Isabelli. Ciągle czuła nieprzyjemne skutki gazu pieprzowego w płucach i nozdrzach. Pociągała nosem jak kokainistka.

– Chciałbym ponownie zgłosić protest – odezwał się obrońca. Miał kucyk do połowy pleców. – Świadek przyznała, że nie widziała twarzy napastników.

– Odnotujemy to w aktach – odrzekł Kierce. – Zresztą jesteśmy tego samego zdania.

Kucyk rozłożył ręce.

– Więc po co to robimy?

Maya także się nad tym zastanawiała.

Kierce pociągnął za sznurek, unosząc roletę. Następnie nachylił się do mikrofonu.

– Wprowadźcie pierwszą grupę.

Do pokoju weszło sześć osób. Wszystkie miały na głowach kominiarki.

– Co za idiotyzm! – rzucił Kucyk.

Maya nie spodziewała się tego.

– Pani Burkett – odezwał się Kierce donośnym głosem, jakby był nagrywany, co zapewne było prawdą – czy rozpoznaje pani kogokolwiek w tym pomieszczeniu?

Patrzył na nią i czekał.

– Numer cztery – powiedziała Maya.

– Gówno prawda – żachnął się Kucyk.

– W jaki sposób rozpoznała pani osobę numer cztery?

– „Rozpoznała" to zbyt mocne słowo – odrzekła Maya. – Ale ten człowiek ma taką samą budowę ciała i wzrost jak mężczyzna, który strzelał do mojego męża. Poza tym jest tak samo ubrany.

– Ci pozostali mężczyźni również – zauważył Kucyk. – Więc dlaczego wskazała pani akurat numer cztery?

– Jak już wspomniałam, reszta ma inną budowę ciała lub wzrost.

– Jest pani pewna?

– Tak. Numer dwa jest najbardziej podobny, ale ma na nogach niebieskie tenisówki. Mężczyzna, który strzelał do mojego męża, nosił czerwone.

– Jednak nie może pani z całą pewnością powiedzieć, że mężczyzna numer cztery strzelał do pani męża – ciągnął Kucyk. – Może pani najwyżej stwierdzić, że jest mniej więcej tego samego wzrostu i budowy ciała oraz ma na sobie podobne ubranie...

– Nie podobne – przerwała mu Maya. – To samo.

Kucyk przekrzywił głowę.

– Naprawdę?

– Tak.

– Nie może pani tego wiedzieć, pani Burkett. Na świecie istnieje więcej niż jedna para czerwonych consów, prawda? Gdybym umieścił tam cztery pary czerwonych tenisówek, czy potrafiłaby pani wskazać, które z nich miał na sobie napastnik tamtego wieczoru?

– Nie.

– Dziękuję.

– Ale jego ubranie nie jest „podobne". Consy są czerwone, a nie na przykład białe. Mężczyzna numer cztery jest ubrany identycznie jak napastnik.

– Co prowadzi nas do kolejnej kwestii – podjął Kucyk. – Nie wie pani z całą pewnością, że to właśnie on strzelał, prawda? Ten mężczyzna w kominiarce może po prostu być tak samo ubrany i mieć taką samą budowę ciała. Zgadza się?

Maya pokiwała głową.

– Zgadza się.

– Dziękuję.

Kucyk na razie skończył. Kierce nachylił się do mikrofonu.

– Mogą panowie wyjść. Proszę wprowadzić drugą grupę.

Weszło kolejnych sześciu mężczyzn w kominiarkach. Maya uważnie się im przyjrzała.

– To zapewne numer pięć.

– Zapewne?

– Numer dwa ma takie samo ubranie oraz podobny wzrost i sylwetkę. Wydaje mi się, że to numer pięć, ale są do siebie tak podobni, że nie dam głowy.

– Dziękuję – rzekł Kierce. Ponownie nachylił się do mikrofonu. – To wszystko, dziękuję.

Maya wyszła z pomieszczenia w ślad za detektywem.

– Co się dzieje?

– Zatrzymaliśmy dwóch podejrzanych.

– Jak ich znaleźliście?

– Dzięki twojemu opisowi.

– Mogę ich zobaczyć?

Kierce się zawahał, ale tylko na chwilę.

– Dobrze, chodź.

Zaprowadził ją do stołu, na którym stał duży, co najmniej trzydziestocalowy monitor. Usiedli. Detektyw zaczął coś pisać na klawiaturze.

– Przejrzeliśmy nagrania ze wszystkich pobliskich kamer

monitoringu, zarejestrowane wieczorem w dniu morderstwa, szukając mężczyzn, którzy pasowaliby do twojego opisu. Jak się pewnie domyślasz, trochę to trwało. Przy skrzyżowaniu Siedemdziesiątej Czwartej Ulicy z Piątą Aleją stoi budynek mieszkalny. Zobacz.

Obraz z kamery przemysłowej przedstawiał dwóch mężczyzn uchwyconych z góry.

– To oni?

– Tak – potwierdziła Maya. – Czy woli pan, żebym dostosowała się do prawniczego żargonu i powiedziała, że mają takie same ubrania i są identycznie zbudowani?

– Nie trzeba, rozmawiamy nieoficjalnie. Jak widzisz, nie mają na głowach kominiarek. Nie chodzili w nich po ulicy, żeby nie zwracać na siebie uwagi.

– Mimo wszystko nie wiem, w jaki sposób udało się ich zidentyfikować na podstawie obrazu nagranego pod takim kątem.

– No właśnie. Ta cholerna kamera jest za wysoko. To takie irytujące. Nawet sobie nie wyobrażasz, jak często mamy ten problem. Kamera jest umieszczona absurdalnie wysoko, a sprawcy pochylają głowy albo zakładają czapki, tak że nie widzimy ich twarzy. Ale kiedy znaleźliśmy to nagranie, dowiedzieliśmy się, że byli w okolicy. Szukaliśmy więc dalej.

– Pojawili się jeszcze?

Kierce skinął głową i znów zaczął pisać na klawiaturze.

– Tak. Pół godziny później w drogerii Duane Reade.

Wyświetlił nagranie. Tym razem obraz był kolorowy. Kamera znajdowała się z boku kasy i wyraźnie zarejestrowała twarze obu mężczyzn. Jeden był czarnoskóry. Drugi miał jaśniejszą karnację, może był Latynosem. Zapłacili gotówką.

– Mają nerwy – zauważył Kierce.

– Jak to?

– Spójrz na datownik. Piętnaście minut wcześniej zastrzelili twojego męża. A teraz, niecały kilometr dalej, kupują red bulle i chrupki Doritos.

Maya bez słowa patrzyła w ekran.

– Jak powiedziałem, mają nerwy.

Odwróciła się w jego stronę.

– Albo się pomyliłam.

– Raczej nie. – Kierce zatrzymał wideo, unieruchamiając obu mężczyzn na ekranie. Właśnie, mężczyzn. Nie było wątpliwości, że są bardzo młodzi, jednak Maya służyła z tyloma żołnierzami w ich wieku, że już nie nazywała ich chłopcami. – Popatrz na to.

Wcisnął strzałkę na klawiaturze. Kamera przybliżyła obraz. Kierce skupił się na Latynosie.

– To ten drugi facet, prawda? Ten, który nie strzelał?

– Tak.

– Czy coś ci się rzuca w oczy?

– Raczej nie.

Detektyw jeszcze bardziej przybliżył obraz, kierując się na okolice pasa mężczyzny.

– Zobacz.

Maya skinęła głową.

– Jest uzbrojony.

– Właśnie. Ma pistolet. Jeśli odpowiednio się przybliży obraz, widać rękojeść.

– Niezbyt to subtelne – stwierdziła Maya.

– Właśnie. Ciekawe, jak ci wszyscy patrioci broniący prawa do swobodnego noszenia broni zareagowaliby, gdyby spotkali na ulicy tych dwóch kolesi.

– Wątpię, żeby to była legalnie kupiona broń – wtrąciła.

– Nie jest.

– Znaleźliście ją?

– No pewnie. – Westchnął i wstał. – Oto Emilio Rodrigo. Ma imponującą kartotekę jak na młodego bandziora. Zresztą tak samo jak jego kompan. Pan Rodrigo w chwili zatrzymania miał przy sobie berettę M dziewięć. Nielegalną. Pójdzie za to siedzieć.

Kierce zamilkł.

– Podejrzewam, że jest jakieś „ale" – powiedziała Maya.

– Zdobyliśmy nakaz i przeszukaliśmy ich mieszkania. Właśnie tam znaleźliśmy ubrania, które opisałaś, a dzisiaj rozpoznałaś.

– Czy to wystarczy w sądzie?

– Wątpię. Jak zauważył nasz kolega z kucykiem, to zwykłe czerwone tenisówki, wiele osób takie ma. Poza tym nigdzie nie znaleźliśmy kominiarek, co trochę mnie dziwi. W końcu zachowali resztę ubrań. Dlaczego więc pozbyli się kominiarek?

– Nie wiem.

– Pewnie wsadzili je do kosza na śmieci. No, wiesz, od razu po zabójstwie. Strzelają, uciekają, zdzierają kominiarki, gdzieś je wyrzucają.

– To ma sens.

– Tyle że przeszukaliśmy wszystkie okoliczne śmietniki. Ale mogli znaleźć inne miejsce, może jakiś kanał.

Kierce się zawahał.

– No, co? – popędziła go Maya.

– Chodzi o to, że zlokalizowaliśmy berettę, ale nie znaleźliśmy narzędzia zbrodni. Tamtej trzydziestkiósemki.

Odchyliła się na oparcie krzesła.

– Byłoby dziwne, gdyby ją zachowali.

– Pewnie masz rację. Tylko że...

– Tylko że co?

– Takie uliczne bandziory nie zawsze porzucają broń. Powinni to zrobić, ale się powstrzymują. Broń jest cenna. Dlatego używają jej ponownie. Albo sprzedają kumplowi. Różnie.

– Ale to była duża sprawa, prawda? Ważna i nagłośniona przez media?

– Zgadza się.

Maya patrzyła na niego.

– Pan tego nie kupuje, tak? Ma pan inną teorię.

– Owszem. – Kierce odwrócił wzrok. – Tylko że to nie ma sensu.

– Co takiego?

Zaczął się drapać po ręce. To było jak nerwowy tik.

– Pociski pochodzące z trzydziestkiósemki, które wyjęliśmy z ciała twojego męża, posłaliśmy do analizy balistycznej. No, wiesz, żeby zobaczyć, czy pasują do innych spraw w naszej bazie danych.

Maya podniosła na niego wzrok. Kierce nie przestawał się drapać.

– Po pana minie wnioskuję, że udało się je dopasować – powiedziała.

– Właśnie.

– Więc ci faceci już kiedyś kogoś zabili.

– Nie sądzę.

– Przecież właśnie pan powiedział...

– Ten sam pistolet. To nie znaczy, że ta sama osoba z niego

strzelała. Prawdę mówiąc, Fred Katen, którego wskazałaś jako zabójcę, ma żelazne alibi na czas pierwszego morderstwa. Siedział wtedy w więzieniu. Nie mógł go popełnić.

– Kiedy?

– Co kiedy?

– Kiedy popełniono tamto pierwsze morderstwo?

– Cztery miesiące temu.

W pomieszczeniu zapanował chłód. Kierce nie musiał tego mówić. Wiedział. Ona także wiedziała. Detektyw nie potrafił spojrzeć jej w oczy. Odwrócił wzrok, pokiwał głową i oznajmił:

– Z tego samego pistoletu, z którego zabito twojego męża, zastrzelono także twoją siostrę.

8

– Dobrze się czujesz? – spytał Kierce.

– W porządku.

– Wiem, że trudno to przyjąć.

– Proszę nie traktować mnie protekcjonalnie, detektywie.

– Przepraszam. Masz rację. Powtórzmy wszystko jeszcze raz, dobrze?

Maya skinęła głową. Wbiła wzrok przed siebie.

– Musimy teraz popatrzeć na to w zupełnie nowy sposób. Te dwa morderstwa sprawiają wrażenie przypadkowych i niepowiązanych, ale teraz już wiemy, że do ich popełnienia użyto tej samej broni...

Maya milczała.

– Kiedy zastrzelono twoją siostrę, ty akurat służyłaś na Bliskim Wschodzie. Zgadza się?

– W Camp Arifjan – uściśliła. – W Kuwejcie.

– Wiem.

– Słucham?

– Sprawdziliśmy. Tylko żeby się upewnić.

– Upewnić...? – Prawie się uśmiechnęła. – Aha. Upewnić

się, że jakimś cudem nie przekradłam się do kraju i nie zastrzeliłam siostry, by następnie wrócić do Kuwejtu, odczekać cztery miesiące, po czym zabić męża?

Nie odpowiedział. Nie musiał.

– Wszystko się zgadzało. Masz żelazne alibi.

– Super – odrzekła.

Przypomniała sobie telefon od Joego. Łzy. Szok. Tamten telefon. Tamten cholerny telefon oznaczał koniec życia, jakie znała. Później już nic nie miało być takie samo. Przemierzasz pół świata, żeby w jakiejś piekielnej dziurze walczyć z oszalałym wrogiem. Sądzisz, że właśnie stamtąd pochodzi zagrożenie, że niebezpieczny będzie dla ciebie uzbrojony wróg. Sądzisz, że jeśli twoje życie rozsypie się na kawałki, stanie się to za sprawą granatnika, miny pułapki albo fanatyka z kałasznikowem.

Ale nie. Wróg, jak to często bywa, uderzył tam, gdzie najmniej się tego spodziewała: w starych dobrych Stanach Zjednoczonych.

– Mayu?

– Słucham.

– Śledczy prowadzący sprawę zabójstwa twojej siostry uważali, że to było włamanie. Ona... Znasz szczegóły?

– Wystarczająco wiele.

– Przykro mi.

– Prosiłam, żeby nie traktował mnie pan protekcjonalnie.

– Nie robię tego. Po prostu zachowuję się po ludzku. To, co jej zrobiono...

Maya wyjęła telefon. Chciała zobaczyć twarz swojej córki. Potrzebowała takiego oparcia. Ale się powstrzymała. Nie. Nie teraz. Nie mieszaj do tego Lily. Nawet w najbardziej nieszkodliwy sposób.

– Po zabójstwie policjanci dokładniej przyjrzeli się także mężowi Claire, twojemu szwagrowi... – Detektyw zaczął przeglądać dokumenty.

– Eddiemu.

– Właśnie, Edwardowi Walkerowi.

– On by tego nie zrobił. Kochał ją.

– Cóż, wtedy oczyszczono go z wszelkich podejrzeń – powiedział Kierce. – Ale teraz musimy na nowo zbadać ich życie rodzinne. Musimy spojrzeć świeżym okiem na wszystko.

Maya już rozumiała. Uśmiechnęła się, ale w jej uśmiechu nie było radości ani ciepła.

– Od jak dawna, detektywie?

Nie podniósł wzroku.

– Słucham?

– Od jak dawna zna pan wyniki analizy balistycznej?

Kierce wciąż czytał dokumenty.

– Zna je pan już od dłuższego czasu, prawda? Od dawna wie pan, że Joego i Claire zastrzelono z tego samego pistoletu.

– Dlaczego tak sądzisz?

– Przypuszczam, że kiedy przyszedł pan do mnie, by obejrzeć mojego smitha and wessona, chciał się pan upewnić, że nie jest to narzędzie zbrodni, że nie da się go powiązać z innym morderstwem.

– To nic nie znaczy.

– Nie, ale powiedział pan, że już mnie nie podejrzewa. Pamięta pan?

Kierce milczał.

– To dlatego, że już pan wiedział o moim idealnym alibi. Wiedział pan, że z tej samej broni zabito moją siostrę. I wiedział pan, że byłam za granicą, kiedy zginęła Claire. Wcześniej, cóż, jeszcze nie miał pan dwóch facetów w kominiarkach. Mogłam ich sobie wymyślić. Ale kiedy dostał pan raport balistyczny, wystarczyło skontaktować się z armią i sprawdzić miejsce mojego pobytu. Tak też pan zrobił. Znam procedurę, nie da się tego załatwić jednym telefonem. Więc od jak dawna zna pan wyniki analizy balistycznej?

– Od czasu pogrzebu – odparł cicho.

– No tak. A kiedy pan znalazł Emilia Rodriga i Freda Katena oraz otrzymał potwierdzenie, że byłam w Kuwejcie?

– Wczoraj późnym wieczorem.

Skinęła głową. Właśnie tak podejrzewała.

– Daj spokój, Mayu, nie bądź naiwna. Już mówiłem, że dokładnie przyjrzeliśmy się twojemu szwagrowi po śmierci twojej siostry. W takich sytuacjach nie ma miejsca na seksizm. Tylko pomyśl. Jesteś współmałżonkiem ofiary. Byliście sami w parku. Na moim miejscu kogo uważałabyś za głównego podejrzanego?

– Zwłaszcza że ten współmałżonek służył w wojsku i, przynajmniej w pańskich oczach, ma świra na punkcie broni? – spytała Maya.

Nawet nie próbował się tłumaczyć. Ale w końcu nie musiał. Miał rację. Zawsze podejrzewa się współmałżonka.

– Skoro już to sobie wyjaśniliśmy – powiedziała – co zamierzamy robić dalej?

– Poszukamy powiązań pomiędzy twoją siostrą a twoim mężem – odrzekł Kierce.

– Ja jestem największym z nich.

– Tak. Ale są też inne.

Pokiwała głową.

– Pracowali razem.

– Otóż to. Joe zatrudniał twoją siostrę w swojej firmie maklerskiej. Dlaczego?

– Ponieważ Claire była bystra. – Zabolało ją samo wymówienie jej imienia. – Ponieważ Joe wiedział, że jest pracowita, rzetelna i godna zaufania.

– A także dlatego, że należała do rodziny?

Maya przez chwilę zastanawiała się nad tym.

– Owszem, ale to nie był nepotyzm.

– A co?

– Dla Burkettów rodzina jest niezwykle istotna. Hołdują dawnej klanowej mentalności.

– Nie ufają ludziom z zewnątrz?

– Nie chcą im ufać.

– W porządku, rozumiem. Ale gdybym ja miał codziennie pracować ze swoją szwagierką... uch, wzdrygam się na samą myśl. Wiesz, o co mi chodzi?

– Wiem.

– Oczywiście moja szwagierka jest światowej klasy wrzodem na tyłku. Twoja siostra z pewnością... – Ugryzł się w język i odchrząknął. – Czy wspólna praca powodowała jakieś napięcia między Joem a Claire?

– Martwiłam się o to – przyznała Maya. – Mój wujek też miał firmę. Odnosił duże sukcesy. Kiedy inni członkowie rodziny chcieli, by ich zatrudnił, zgodził się, a wtedy wszystko poszło w diabły. Rodzina i pieniądze to nigdy nie jest dobre połączenie. Ktoś zawsze poczuje się urażony.

– Ale w tym przypadku tak się nie stało?

– Wręcz przeciwnie. Claire i Joe znaleźli nową płaszczyznę porozumienia. Pracę. Bez końca rozmawiali o interesach. Ona dzwoniła do niego z pomysłami. On przypominał sobie coś, co trzeba było zrobić następnego dnia, i wysyłał do niej SMS-a. – Maya wzruszyła ramionami. – Ale prawdę mówiąc...

– Prawdę mówiąc?

Podniosła wzrok.

– Często mnie wtedy nie było.

– Służyłaś za granicą.

– Właśnie.

– Mimo wszystko to się nie trzyma kupy – stwierdził Kierce. – Dlaczego ktoś miałby zastrzelić Claire, a potem przetrzymywać broń przez cztery miesiące i w końcu dać ją Katenowi, aby ten zabił Joego?

– Hej, Kierce?

Młodszy policjant stanął po drugiej stronie pomieszczenia i gestem przywołał do siebie detektywa.

– Przepraszam na chwilę.

Kierce podszedł do kolegi. Młody policjant nachylił się i zaczęli szeptać. Maya ich obserwowała. Nadal kręciło jej się w głowie, ale myślami wciąż wracała do czegoś, co najwyraźniej w ogóle nie interesowało Kierce'a.

Do nagrania z kamery.

Zakładała jednak, że to naturalne. Nie widział samego filmu. Skupił się na faktach, a chociaż nie wziął jej słów za bredzenie majaczącej wariatki, zapewne uznał, że do głosu doszła jej wybujała wyobraźnia albo coś w tym stylu. Szczerze mówiąc, ona również brała to pod uwagę.

Kierce skończył rozmowę i podszedł do Mai.

– Co się stało?

Chwycił marynarkę i zarzucił ją sobie na ramię, jak Sinatra podczas koncertu w hotelu Sands.

– Odwiozę cię do domu – powiedział. – Po drodze możemy dokończyć rozmowę.

▪ ▪ ▪

Kierce odezwał się dopiero po dziesięciu minutach jazdy.

– Widziałaś, jak rozmawiałem z tamtym policjantem, zanim wyszliśmy?

– Tak.

– Chodziło o twoją... eee... sytuację. – Nie odrywał wzroku od drogi. – O to, co powiedziałaś w sprawie kamery, gazu pieprzowego i tak dalej.

Więc nie zapomniał.

– A konkretniej?

– Posłuchaj, na razie zignoruję to, co mówiłaś o treści filmu, dobrze? Dopóki go nie obejrzę i wspólnie go nie przeanalizujemy, nie ma podstaw, żeby odrzucać albo... eee... uznać to, co zostało tam nagrane... Na czym to było, na pendrivie?

– Na karcie SD.

– No tak, na karcie SD. W tej chwili nie będziemy zajmować się tym, do czego nie mamy dostępu. Ale to nie znaczy, że nie możemy niczego zrobić.

– Nie nadążam.

– Zostałaś zaatakowana. To jest fakt. Niewątpliwie ktoś potraktował cię gazem pieprzowym albo innym podobnym środkiem. Wciąż masz zaczerwienione oczy i widzę, że odczuwasz skutki działania gazu. Zatem, niezależnie od innych ustaleń, coś najwyraźniej ci się przydarzyło.

Skręcił, jednocześnie ukradkiem na nią zerkając.

– Powiedziałaś, że zaatakowała cię niania twojej córki, Isabella, czy tak?

– Zgadza się.

– Dlatego posłałem swojego człowieka do jej domu, żeby sprawdził twoją wersję.

Jej wersję. Policyjny żargon w pełnej krasie.

– Czy pański człowiek ją znalazł?

Kierce wciąż patrzył na drogę.

– Pozwolisz, że najpierw o coś cię zapytam?

Nie spodobała jej się ta reakcja.

– Dobrze.

– Czy podczas waszej wymiany zdań – zaczął, starannie dobierając słowa – groziłaś Isabelli Mendez albo ją dusiłaś?

– Tak powiedziała?

– To proste pytanie.

– Nie, nie robiłam tego.

– I nawet jej nie dotknęłaś?

– Możliwe, że dotknęłam, ale...

– Możliwe?

– Niech pan da spokój, detektywie. Może jej dotknęłam, żeby przyciągnąć jej uwagę. Jak to między kobietami.

– Między kobietami. – Prawie się uśmiechnął. – Więc teraz wykorzystujesz argument płci?

– Nie zrobiłam jej żadnej krzywdy.

– Czy ją przytrzymałaś?

Maya już pojęła, dokąd zmierza ta rozmowa.

– Zatem pański człowiek ją znalazł?

– Owszem.

– A ona stwierdziła, że zaatakowała mnie gazem pieprzowym w samoobronie?

– Coś w tym rodzaju. Powiedziała, że zachowywałaś się nieracjonalnie.

– Pod jakim względem?

– Podobno wołałaś, że widziałaś Joego na jakimś nagraniu.

Maya zastanawiała się, jak to rozegrać.

– Co jeszcze mówiła?

– Że ją wystraszyłaś. Chwyciłaś ją za koszulę przy szyi i jej groziłaś.

– Rozumiem.

– Czy ona mówi prawdę?

– Wspomniała, że odtworzyłam dla niej tamto nagranie?

– Tak.

– I co?

– Powiedziała, że ekran był pusty.

– O rany.

– Obawia się, że masz urojenia. Powiedziała, że służyłaś w wojsku i często nosisz przy sobie broń. I że kiedy weźmie się to wszystko pod uwagę, twoją przeszłość, twoje pretensje, twoje urojenia, to, że pierwsza ją zaatakowałaś...

– Zaatakowałam?

– Sama przyznałaś, że jej dotknęłaś.

Maya tylko zmarszczyła czoło.

– Isabella powiedziała, że poczuła się zagrożona, więc użyła gazu pieprzowego i uciekła.

– Czy pański człowiek spytał o zaginioną kartę SD?

– Owszem.

– Niech zgadnę. Nie zabrała jej i nic o niej nie wie.

– Bingo. – Kierce włączył kierunkowskaz. – Nadal chcesz wnieść oskarżenie?

Jednak Maya już wiedziała, jak potoczy się ta sprawa. Fanatyczna miłośniczka broni, o kontrowersyjnej wojskowej przeszłości, wrzeszczy, że jej zabity mąż bawi się z jej córką na nagraniu z kamery, chwyta opiekunkę za ubranie, a potem oskarża ją o nieuzasadnione użycie gazu pieprzowego? Aha, no i jeszcze o kradzież nagrania ze zmarłym mężem.

Jasne, to ma szansę powodzenia.

– Nie teraz – odrzekła.

▪ ▪ ▪

Kierce wysadził ją przed domem. Obiecał, że będzie ją informował o nowych ustaleniach. Maya podziękowała mu. Zastanawiała się, czy nie odebrać Lily ze żłobka, ale kiedy zerknęła na swoją nową aplikację w telefonie – w żłobku akurat czytano bajki, a nawet z dziwacznego kąta, pod jakim umieszczono kamerę, Maya widziała, że Lily jest zachwycona – uznała, że nie musi się śpieszyć.

Miała w telefonie dziesiątki nagranych wiadomości i SMS-ów, wszystkie od rodziny Joego. O cholera. Przegapiła odczytywanie testamentu. Jej samej niespecjalnie na tym zależało, ale krewni Joego z pewnością byli wściekli. Zadzwoniła do jego matki.

Judith odebrała po pierwszym sygnale.

– Mayu?

– Przepraszam za dzisiaj.

– Wszystko w porządku?

– Nic mi nie jest – odparła Maya.

– A Lily?

– Z nią też wszystko dobrze. Coś mi wypadło. Nie chciałam was niepokoić.

– Wypadło ci coś ważniejszego niż...

– Policja znalazła morderców – przerwała teściowej Maya. – Musiałam ich zidentyfikować.

Judith wstrzymała oddech.

– Udało ci się?

– Tak.

– Więc są w więzieniu? Już po wszystkim?

– To nie takie proste – odparła Maya. – Na razie nie mają wystarczających dowodów, żeby ich oskarżyć.

– Nie rozumiem.

– Mieli na sobie kominiarki, więc nie widziałam ich twarzy. Rozpoznanie budowy ciała i ubrań nie wystarczy.

– Czyli... czyli po prostu ich wypuszczą? Zabójcy mojego syna mogą swobodnie chodzić po ulicach?

– Jednego oskarżyli o nielegalne posiadanie broni. Jak mówiłam, to nie takie proste.

– Może porozmawiamy o tym jutro rano u nas. Heather Howell uznała, że najlepiej będzie zaczekać z odczytaniem testamentu, dopóki wszystkie strony nie będą obecne.

Heather Howell była rodzinną prawniczką. Maya pożegnała się z Judith, rozłączyła się i spojrzała na swoją kuchnię. Wszystko było takie eleganckie i nowe, a jej strasznie brakowało tamtego starego kuchennego stołu pokrytego laminatem, pozostawionego w Brooklynie.

Co, u diabła, robi w tym domu? Nigdy nie czuła się tutaj u siebie.

Podeszła do ramki z kamerą. Może karta SD wciąż jest w środku. Maya nie miała pojęcia, jak mogłoby do tego dojść, ale dopuszczała do siebie wszystkie możliwości. Czy naprawdę widziała Joego na nagraniu? Nie. Czy on może nadal żyć? Nie. Czy wyobraziła sobie to wszystko?

Nie.

Jej tata był wielkim miłośnikiem kryminałów. Przy starym kuchennym stole czytywał Mai i Claire książki sir Conana Doyle'a. Jak to ujął Sherlock Holmes? „Kiedy wykluczymy niemożliwe, to, co pozostaje, choćby najbardziej nieprawdopodobne, musi być prawdą".

Maya podniosła ramkę i obejrzała ją od tyłu.

Karty nie było.

„Kiedy wykluczymy niemożliwe..."

Karta SD zniknęła. Czyli zabrała ją Isabella. Czyli skłamała. Użyła gazu pieprzowego, żeby unieruchomić Mayę i zabrać kartę. Była w to zamieszana.

Tylko w co?

Po kolei.

Maya już miała odstawić ramkę na półkę, gdy nagle coś sprawiło, że znieruchomiała. Przyjrzała się ramce, na której zmieniały się zdjęcia wgrane przez Eileen, a w głowie znów zaświtała jej ta sama myśl.

Właściwie po co Eileen dała jej kamerę?

Przecież to wyjaśniła, prawda? Maya była sama. Zostawiała Lily pod opieką niani. Używanie kamery miało sens. Lepiej być ostrożnym, niż później żałować. To wszystko układało się w zgrabną całość.

Maya nie przestawała wpatrywać się w ramkę. Gdy przyjrzała się uważniej, dostrzegła malutki obiektyw kamery wbudowany w górną część czarnej ramki. To dziwne, jeśli się nad tym zastanowić. Jasne, kamera zapewnia dodatkowe bezpieczeństwo, ale kiedy wpuszczasz ją do swojego domu...

Czy wpuszczasz razem z nią także kogoś innego?

Czy ktoś może cię obserwować?

No dobrze, spokojnie. Nie wpadajmy w paranoję.

Zdawała sobie jednak sprawę, że ktoś przecież zamontował tę kamerę. Większość takich gadżetów można podpiąć do bezpośredniego łącza i transmitować obraz na żywo. To nie znaczy, że tak jest w tym wypadku, ale istnieje taka możliwość. Producent może mieć ukryty dostęp i śledzić każdy twój ruch, tak jak ona może włączyć aplikację i patrzeć na Lily w żłobku.

Jasna cholera. Dlaczego umieściła coś takiego w swoim domu?

Przypomniała sobie słowa Eileen:

„Więc jej ufasz?".

A potem:

„Nikomu nie ufasz, Mayu...".

Ale to nieprawda. Ufała Shane'owi. Ufała Claire. A także Eileen?

Poznała ją przez Claire. Maya była w ostatniej klasie szkoły średniej, gdy o rok starsza Claire rozpoczęła naukę w college'u Vassar. Maya zawiozła ją na uczelnię i pomogła się rozpakować. Eileen została przydzielona do Claire jako współlokatorka. Maya stwierdziła, że to czadowa dziewczyna. Urocza, zabawna i klęła jak szewc. Była hałaśliwa, pełna temperamentu i zawzięta. Kiedy podczas przerw w nauce Claire przywoziła ją do Brooklynu, Eileen godzinami dyskutowała z ich tatą i często stawiała na swoim.

Maya uważała ją za prawdziwego twardziela. Jednak życie zmienia ludzi. Potrafi stłamsić nawet najbardziej nieprzeciętne kobiety. Upływ czasu sprawia, że się wyciszają. Gdzie jest teraz tamta wystrzałowa dziewczyna, którą znaliście w szkole średniej? Mężczyzn rzadziej to spotyka. Chłopcy często wyrastają na władców wszechświata. A co z przebojowymi dziewczynami? Powoli duszą się w pętach społeczeństwa.

No więc dlaczego Eileen dała Mai kamerę?

Nie ma sensu się zastanawiać. Najwyższy czas stawić temu czoło i dowiedzieć się, o co, u diabła, w tym wszystkim chodzi. Maya ruszyła do piwnicy. Otworzyła sejf palcem wskazującym. Beretta M9 leżała na swoim miejscu, ale ona wzięła glocka 26. Jest mniejszy. Łatwiej go ukryć.

Nie sądziła, że będzie potrzebowała broni, ale w końcu nikt tego wcześniej nie wie.

9

Eileen była na podwórku i pracowała przy różach, gdy Maya podjechała pod jej dom. Eileen pomachała do niej, a Maya odwzajemniła powitanie i zaparkowała samochód.

Nigdy nie miała wielu koleżanek.

Maya i Claire dorastały na dwóch dolnych piętrach kamienicy w brooklyńskim Greenpoincie. Ich ojciec był wykładowcą na Uniwersytecie Nowojorskim. Matka przez sześć lat pracowała jako adwokat, ale zrezygnowała z pracy, żeby zająć się wychowaniem dzieci. Rodzice nie byli pacyfistami, socjalistami ani nikim w tym rodzaju, ale mieli zdecydowanie lewicowe poglądy. Posyłali córki na letnie obozy na Uniwersytet Brandeis. Kazali im się uczyć gry na instrumentach dętych i czytać dzieła klasyków. Wysyłali córki na lekcje religii, chociaż jednocześnie podkreślali własne przekonanie, że religia to alegorie i mity, a nie fakty. Nie mieli broni. Nie polowali, nie łowili ryb ani nie oddawali się żadnym innym zajęciom na świeżym powietrzu.

Mayę w młodości zafascynowały samoloty. Nikt nie wiedział dlaczego. Nikt w rodzinie nie pilotował samolotu ani nie interesował się niczym, co w jakikolwiek sposób wiązałoby się z lataniem czy mechaniką. Rodzice sądzili, że ta obsesja jej minie. Mylili się. Nie potępili ani nie poparli jej decyzji o wstąpieniu do elitarnej wojskowej szkoły dla pilotów. Po prostu tego nie rozumieli.

Podczas szkolenia podstawowego Maya otrzymała berettę M9. Chociaż szukano wszelkiego rodzaju złożonych psychologicznych przyczyn takiego stanu rzeczy, po prostu lubiła strzelać. Wiedziała, że broń może zabijać, pojmowała jej destrukcyjną naturę i dostrzegała, że wielu ludzi, zwłaszcza mężczyzn, używa jej, by niebezpiecznie i głupio rekompensować sobie własne braki. Rozumiała, że niektórzy lubią broń, gdyż czują się dzięki niej silniejsi, że w niezdrowy sposób przenosi ona na nich swoją siłę, co często ma bardzo niedobre skutki.

Jednak Maya po prostu uwielbiała strzelać. Miała do tego smykałkę i pociąg. Dlaczego? Któż to może wiedzieć, do cholery? Pewnie z tego samego powodu, dla którego ludzie uwielbiają koszykówkę, pływanie, zbieranie antyków czy skoki ze spadochronem.

Eileen wyprostowała się i otrzepała kolana z ziemi. Uśmiechnęła się i ruszyła w stronę Mai, która wysiadła z samochodu.

– Cześć! – zawołała.

– Po co dałaś mi tamtą kamerę?

Tak zwyczajnie.

Eileen zatrzymała się w pół kroku.

– Dlaczego pytasz? Co się stało?

Maya szukała w niej śladów tamtej przebojowej studentki. Od czasu do czasu dało się je dostrzec. Eileen wracała do formy, ale mimo upływu czasu nie wszystkie rany się goją.

Kiedyś była taka bystra, twarda i zaradna – a przynajmniej sprawiała takie wrażenie – lecz potem poznała niewłaściwego mężczyznę. Po prostu.

Robby na początku był bardzo czuły. Zasypywał Eileen komplementami i chwalił się nią. Był z niej dumny, opowiadał wszystkim, jaka jest mądra, ale potem jego duma nadmiernie się rozrosła i zatracił granicę między miłością a obsesją. Claire martwiła się o przyjaciółkę, ale to Maya pierwsza zauważyła siniaki. Eileen zaczęła nosić ubrania z długimi rękawami. Jednak żadna z sióstr początkowo nie reagowała, ponieważ nie mogły w to uwierzyć. Maya sądziła, że ofiarami przemocy domowej zostają zwykle... ofiary. W takie sytuacje wplątują się słabe kobiety. Kobiety biedne albo niewykształcone, pozbawione kręgosłupa – to nad takimi znęcają się mężczyźni.

Silne kobiety takie jak Eileen? Niemożliwe.

– Po prostu odpowiedz – odezwała się Maya. – Po co dałaś mi tamtą kamerę?

– A jak ci się wydaje? – odparła Eileen. – Jesteś wdową z małą córeczką.

– Czyli dla ochrony.

– Naprawdę tego nie rozumiesz?

– Gdzie ją kupiłaś?

– Słucham?

– Ramkę cyfrową z ukrytą kamerą. Gdzie ją kupiłaś?

– W internecie.

– W jakim sklepie?

– Żartujesz, prawda?

Maya tylko jej się przyglądała.

– Rany, no dobrze, kupiłam ją na Amazonie. O co chodzi, Mayu?

– Pokaż.

– Mówisz poważnie?

– Jeśli kupiłaś ją w internecie, to musi figurować na liście twoich transakcji. Pokaż mi.

– Nic z tego nie rozumiem. Co się stało?

Maya kiedyś tak bardzo ją podziwiała. Jej siostra bywała nieco świętoszkowata. Eileen była bardziej niepokorna. Przy niej Maya czuła się dobrze. Eileen ją rozumiała.

Ale to było dawno temu.

Eileen ze złością ściągnęła rękawice ogrodowe i rzuciła je na ziemię.

– Dobrze.

Ruszyła w stronę drzwi. Maya podążyła za nią. Kiedy ją dogoniła, ujrzała napięcie na jej twarzy.

– Eileen...

– Miałaś wtedy rację.

– W jakiej sprawie?

Eileen łzy napłynęły do oczu.

– Robby'ego. Właśnie tak pozbyłam się go na dobre.

– Nie rozumiem.

Wielopoziomowy dom zbudowano w latach sześćdziesiątych dwudziestego wieku. Zatrzymały się w pokoju dziennym. Jedną ze ścian pokrywały fotografie Kyle'a i Missy. Żadnych zdjęć Eileen. Żadnych zdjęć Robby'ego. Jednak to plakat wiszący na przeciwległej ścianie przyciągnął wzrok Mai. Claire miała taki sam. Oprawiona w ramę seria czarno-białych fotografii przedstawiających kolejne etapy budowy wieży Eiffla. Eileen i Claire kupiły te plakaty, gdy wspólnie z Mayą wybrały się na letnią włóczęgę po Francji. Eileen i Claire miały wtedy po dwadzieścia lat, a Maya dziewiętnaście.

Przez pierwszy tydzień podróży dziewczęta każdego wieczoru spotykały się z innymi mężczyznami. Całowały się z nimi, nic więcej, a potem do rana z chichotem opowiadały sobie, jacy uroczy byli François, Laurent czy Pascal. Po tygodniu Claire poznała Jeana-Pierre'a i rozpoczęła idealny letni romans – głęboki, namiętny, romantyczny, pełen publicznie okazywanych czułości (od których Mai i Eileen zbierało się na wymioty) i, niestety, skazany na śmierć po sześciu tygodniach.

Pod koniec pobytu Claire całkiem serio rozważała, czy wracać do Vassar na ostatni rok nauki. Była zakochana. Jean-Pierre był zakochany. Błagał ją, aby została. Twierdził, że jest „romantykiem realistą", więc rozumie, jakie mają szanse, jednak był przekonany, że sobie poradzą. Kochał ją.

„Proszę cię, Claire, wiem, że damy sobie radę".

Claire była zbyt praktyczna. Złamała serce jemu i sobie. Wróciła do domu, wypłakała morze łez, a potem na nowo podjęła swoje uporządkowane życie.

Maya zastanawiała się, gdzie teraz jest Jean-Pierre. Czy się ożenił i jest szczęśliwy? Czy ma dzieci? Czy wciąż myśli o Claire? Czy dowiedział się, na przykład z internetu, że zginęła? Jak zareagował na jej śmierć? Szokiem, gniewem, wyparciem, załamaniem, ponurym wzruszeniem ramion?

Maya rozmyślała, co by się stało, gdyby Claire postanowiła zostać z nim we Francji. Prawdopodobnie ich romans trwałby jeszcze kilka tygodni albo miesięcy, a potem wróciłaby do domu. Opuściłaby jeden semestr w Vassar i skończyła studia trochę później.

Wielka mi rzecz.

Claire powinna była zostać. Nie powinna być taka cholernie praktyczna.

– Wiem, myślałaś, że na dobre uwolniłaś mnie od Robby'ego – powiedziała Eileen. – Jestem ci za to wdzięczna. Ocaliłaś mi życie. Wiesz o tym.

Pewnej nocy Eileen wysłała do Mai prostego SMS-a. „On mnie zabije. Proszę, pomóż". Maya pojechała do przyjaciółki z tą samą bronią w torebce. Robby był pijany i wściekły, wyzywał Eileen od brudnych dziwek. Szpiegował ją i widział, jak uśmiechała się do jakiegoś faceta na siłowni. Gdy Maya przyjechała, ciskał różnymi przedmiotami i szukał żony, która ukryła się w piwnicy.

– Tamtej nocy nieźle go nastraszyłaś.

Maya być może posunęła się o krok za daleko, ale czasami to jedyne wyjście.

– Ale kiedy dowiedział się, że wyjechałaś na misję, znów zaczął się pojawiać.

– Dlaczego nie zadzwoniłaś na policję?

Eileen wzruszyła ramionami.

– Oni nigdy nie wierzą. Mówią to, co trzeba, ale znałaś Robby'ego. Potrafił być czarujący.

A Eileen nigdy nie wniosła oskarżenia, dodała w myślach Maya. Zaklęty krąg przemocy podsycany mieszanką złudnego optymizmu i strachu.

– I co się stało?

– Wrócił i mnie pobił. Złamał mi dwa żebra.

Maya zamknęła oczy.

– Eileen.

– Nie mogłam dłużej żyć w takim strachu. Myślałam o tym, by kupić broń. To byłaby obrona konieczna, prawda?

Maya nie odpowiedziała.

– Tylko co potem? Policja zaczęłaby się zastanawiać,

dlaczego nagle sprawiłam sobie broń. Pewnie i tak postawiono by mi zarzuty. A gdyby nawet nie, to jakie życie mieliby Kyle i Missy? Mama zabiła ich tatę. Myślisz, że kiedykolwiek by to zrozumieli?

Tak, pomyślała Maya, ale zachowała to dla siebie.

– Nie potrafiłam żyć w takim strachu. Dlatego postanowiłam jeszcze raz dać się pobić. To wszystko. Uznałam, że jak uda mi się przeżyć, być może pozbędę się go na zawsze.

Maya zrozumiała, dokąd zmierza ta opowieść.

– Nagrałaś go ukrytą kamerą.

Eileen pokiwała głową.

– Zaniosłam nagranie swojemu prawnikowi. Chciał je pokazać policji, ale mnie zależało tylko na tym, żeby to wszystko się skończyło. Dlatego porozmawiał z prawnikiem Robby'ego. Robby wycofał się z walki o prawa do opieki nad dziećmi. Wie, że nagranie jest u mojego prawnika i że jeśliby wrócił... To rozwiązanie dalekie od ideału, ale teraz czuję się lepiej.

– Dlaczego mi nie powiedziałaś?

– Bo nie mogłaś nic na to poradzić. Zawsze dla wszystkich byłaś obrończynią. Nie chciałam już cię w to wciągać. Pragnęłam, żebyś ty także odetchnęła.

– Nic mi nie jest.

– Nieprawda, Mayu.

Eileen nachyliła się do komputera.

– Wiesz, że ludzie chcą, aby policjanci stale nosili na sobie kamery? Dziewięćdziesiąt dwa procent społeczeństwa. Właściwie dlaczego nie? Ale zastanawiam się, czy wszyscy nie powinniśmy ich nosić. Jak wtedy byśmy się zachowywali? Czy traktowalibyśmy się lepiej? Zaczęłam nad tym rozmyślać.

Uznałam, że powinniśmy nagrywać wszystko, co możemy. Dlatego kupiłam ukryte kamery. Rozumiesz?

– Pokaż mi zamówienie.

– Dobrze. – Eileen już nie protestowała. – Proszę.

Maya popatrzyła na ekran. Widniało tam zamówienie na trzy ramki cyfrowe z ukrytymi kamerami.

– To zamówienie sprzed miesiąca.

– Zamówiłam te ramki dla siebie. Dałam ci jedną ze swoich.

Miesiąc temu. Zatem teoria, że Eileen jest w to wplątana – cokolwiek to jest – wydawała się bardzo wątpliwa. Nikt nie mógłby tego wszystkiego przewidzieć miesiąc wcześniej. A zresztą, co, u diabła, Eileen miałaby zrobić?

To było bez sensu.

– Mayu?

Spojrzała na przyjaciółkę.

– Pominę to, jak bardzo mnie obraża, że mi nie ufasz – powiedziała Eileen.

– Coś zobaczyłam...

– Domyśliłam się. Co takiego?

Maya nie była w nastroju do dzielenia się z nią tym szaleństwem. Przyjaciółka mogła jej uwierzyć albo nie, ale wyjaśnienia zbyt długo by trwały, a Eileen i tak nie potrafiłaby jej pomóc.

– Policja dowiedziała się czegoś dziwnego w sprawie zabójstwa Claire.

– Mają trop?

– Niewykluczone.

– Po tak długim czasie? – Eileen pokręciła głową. – Rany.

– Powiedz mi, co pamiętasz.

– W sprawie zabójstwa Claire?

– Tak.

Eileen wzruszyła ramionami.

– To było włamanie. Policja podejrzewała, że to jacyś włóczędzy. Tylko tyle wiem.

– To nie było włamanie. To nie byli włóczędzy.

– Więc kto?

– Z tej samej broni, z której zginęła Claire, zastrzelono Joego.

Eileen wytrzeszczyła oczy.

– Ale... to niemożliwe.

– A jednak.

– Dowiedziałaś się tego dzięki kamerze?

– Co? Nie. Policja przeprowadziła analizę balistyczną pocisków wyjętych z ciała Joego. Wrzucili dane do komputera, żeby sprawdzić, czy pociski nie pasują do innych spraw w rejestrze.

– I okazało się, że pasują do sprawy Claire? – Eileen gwałtownie odchyliła się do tyłu. – Mój Boże.

– Właśnie dlatego potrzebuję twojej pomocy.

Eileen spojrzała na nią półprzytomnym wzrokiem.

– Jasne.

– Chcę, żebyś coś sobie przypomniała.

– Dobrze.

– Czy zanim to się stało, Claire zachowywała się jakoś inaczej? Czy coś dziwnego działo się w jej życiu? Cokolwiek.

– Zawsze uważałam, że to był przypadek. – Eileen wciąż była oszołomiona. – Włamanie.

– Okazuje się, że nie. Teraz już to wiemy. Skup się, Eileen, dobrze? Claire nie żyje. Joe nie żyje. Oboje zamordowano przy użyciu tej samej broni. Może oboje byli w coś zamieszani...

– Zamieszani? Claire?

– Nie chodzi mi o nic złego. Ale coś się działo. Coś ich łączyło. Pomyśl, Eileen. Znałaś Claire lepiej niż ktokolwiek inny.

Eileen pochyliła głowę.

– Eileen?

– Nie sądziłam, że to może mieć jakikolwiek związek...

Maya poczuła nagły wstrząs. Usiłowała nad sobą zapanować.

– Opowiedz.

– Claire zachowywała się... może nie dziwnie, ale... coś zauważyłam.

Maya skinęła głową, zachęcając przyjaciółkę do mówienia.

– Pewnego dnia jadłyśmy lunch w Baumgart's. To było tydzień, może dwa przed zabójstwem. Zadzwoniła jej komórka. Claire aż pobladła. Zazwyczaj odbierała telefon w mojej obecności. Wiesz, że nie miałyśmy przed sobą tajemnic.

– Mów dalej.

– Ale tym razem chwyciła telefon i wybiegła na zewnątrz. Wyjrzałam przez okno i zobaczyłam, że jest bardzo poruszona. Rozmawiała może przez pięć minut, a potem wróciła.

– Powiedziała ci, kto dzwonił?

– Nie.

– Spytałaś?

– Tak. Odparła, że to nic ważnego...

– Domyślam się, że jest jakieś „ale".

– Ale to z pewnością było ważne. – Eileen pokręciła głową. – Jak mogłam nie zmusić jej, żeby mi powiedziała? Jak mogłam po prostu...? W każdym razie była zdenerwowana do końca posiłku. Próbowałam kilka razy wracać do tego, ale ucinała temat. Jezu, powinnam była zrobić więcej.

– Nie wiem, co jeszcze mogłabyś zrobić. – Maya przez chwilę się nad tym zastanawiała. – Policja na pewno przejrzała jej rejestr połączeń. Sprawdziła wszystkie rozmowy.

– Właśnie w tym rzecz.

– W czym?

– Telefon.

– Co z nim?

– Nie był jej.

Maya się nachyliła.

– Co takiego?

– Jej telefon, ten w etui, ze zdjęciem dzieciaków, został na stoliku – odrzekła Eileen. – Claire miała przy sobie inną komórkę.

10

Służący Burkettów mieszkali w kompleksie niewielkich domków na skraju posiadłości Farnwood, na lewo od bramy dla samochodów dostawczych. Wszystkie domki były parterowe i przypominały Mai koszary. Największy należał do Mendezów, rodziny Isabelli. Matka Isabelli, Rosa, wciąż pracowała w posiadłości, chociaż trudno powiedzieć, co tam robiła, skoro wszystkie dzieci już dorosły.

Maya zapukała do drzwi Isabelli. Nikt się nie odezwał, ale przecież mieszkańcy ciężko pracowali, i to w zwariowanych godzinach. Maya nie była socjalistką, lecz według niej zakrawało na ironię, że Burkettowie tak często narzekają na swoich pracowników i wierzą, że żyją w sprawiedliwym społeczeństwie, a jednocześnie dostają wszystko na tacy tylko dlatego, że dwa pokolenia wcześniej ich dziadek odkrył sposób na sprytne wykorzystanie praw handlu nieruchomościami. Wiedziała, że większość Burkettów nie przetrwałaby nawet tygodnia, gdyby musieli pracować tyle, co ich służący.

Za nią pojawił się dodge ram Hectora. Ogrodnik zaparkował spory kawałek za jej autem i wysiadł.

– Pani Burkett? – Sprawiał wrażenie wystraszonego.

– Gdzie jest Isabella?

– Lepiej niech pani odjedzie.

– Nie. Najpierw muszę z nią porozmawiać.

– Nie ma jej tutaj.

– A gdzie jest?

– Wyjechała.

– Dokąd?

Hector pokręcił głową.

– Chcę tylko ją przeprosić – powiedziała Maya. – Doszło do nieporozumienia.

– Przekażę jej, że pani tak powiedziała. – Hector przestąpił z nogi na nogę. – Lepiej niech pani jak najszybciej odjedzie.

– Gdzie ona jest, Hectorze?

– Nie powiem pani. Naprawdę ją pani wystraszyła.

– Muszę z nią porozmawiać. Możesz być z nami w pokoju. Upewnić się, że nic jej nie grozi.

– Nie ma mowy – usłyszała z tyłu czyjś głos.

Odwróciła się i zobaczyła matkę Isabelli. Kobieta storpedowała ją wzrokiem.

– Proszę odejść.

– Nie.

Rosa zerknęła na syna.

– Wejdź do domu, Hectorze.

Hector okrążył Mayę szerokim łukiem i wszedł do środka. Matka Isabelli posłała Mai jeszcze jedno surowe spojrzenie, po czym zamknęła drzwi, pozostawiając ją na zewnątrz.

Powinna była się tego spodziewać.

Wycofaj się, powiedziała sobie Maya. Przemyśl to.

Zadzwoniła jej komórka. Zerknęła na ekran i zobaczyła, że to Shane.

– Cześć – odezwała się.

– Sprawdziłem dla ciebie tamtą tablicę rejestracyjną – oznajmił bez zbędnych wstępów. – Twojego buicka verano wzięła w leasing firma WTC Limited.

WTC. Nic jej to nie mówiło.

– Wiesz, co oznacza ten skrót?

– Nie mam pojęcia. Jedyny adres to skrytka pocztowa w Houston w Teksasie. Wygląda na to, że to jakaś spółka holdingowa.

– Korzystają z niej ludzie, którzy chcą pozostać anonimowi?

– Właśnie. Jeśli chcemy się dowiedzieć czegoś więcej, będę musiał zdobyć nakaz. A w tym celu potrzebuję powodu, aby ich sprawdzić.

– Dajmy temu spokój – odrzekła.

– Skoro tak mówisz.

– To nic ważnego.

– Nie kłam, Mayu. Nienawidzę, kiedy to robisz.

Nie odpowiedziała.

– Jak będziesz gotowa powiedzieć mi prawdę, zadzwoń.

Shane się rozłączył.

▪ ▪ ▪

Eddie nie wymienił zamków.

Maya nie zaglądała do domu Claire – wciąż tak go nazywała – od czasu, gdy ściągnęła spodenki trenerowi Philowi. Na podjeździe nie było żadnego samochodu. Nikt nie odpowiedział na pukanie, więc wyjęła klucz i sama otworzyła sobie drzwi. Kiedy weszła do przedpokoju, powróciły do niej słowa Eddiego:

„Śmierć idzie za tobą krok w krok, Mayu...".

Może miał rację. Jeśli tak, to czy wolno jej narażać Daniela i Alexę?

A także Lily?

Pudła z rzeczami Claire wciąż stały w tych samych miejscach. Maya pomyślała o tajemniczym telefonie, który widziała Eileen. Wydawało się oczywiste, że drugi telefon kupuje ktoś, kto nie chce, aby inni dowiedzieli się, do kogo dzwoni.

Co więc się z nim stało?

Jeśli Claire miała go przy sobie, kiedy zginęła, to policja z pewnością go sprawdziła. Oczywiście mogło tak się stać, że policjanci natrafili na telefon podczas śledztwa i uznali, że jest nieistotny. Jednak Maya w to wątpiła. Shane miał kontakty w policji. Zajrzał do dokumentacji dochodzenia i nie znalazł tam ani słowa o zapasowym telefonie czy niewyjaśnionych połączeniach.

Co oznaczało, że zapewne telefon jeszcze nie został odkryty.

Pudła nie były podpisane. Eddie najwyraźniej się śpieszył, w przypływie żalu pakując rzeczy, tak że ubrania mieszały się z przyborami toaletowymi, biżuteria z dokumentami, buty z bibelotami. Claire uwielbiała tandetne pamiątki. Antyki i przedmioty kolekcjonerskie uznawała za zbyt drogie, ale zawsze, gdy odwiedzała nowe miasto albo turystyczną atrakcję, kupowała szklaną kulę ze śniegiem. Z Tijuany przywiozła miarkę do alkoholu. W Pizie kupiła skarbonkę w kształcie Krzywej Wieży. Miała tabliczkę upamiętniającą księżnę Dianę, figurkę Hawajki tańczącej hula na tablicy rozdzielczej samochodu, parę używanych kości do gry z kasyna w Las Vegas.

Maya z kamienną twarzą przeglądała zabawne drobiazgi, które kiedyś wywoływały uśmiech na twarzy Claire. Czuła się jak podczas misji. Z jednej strony grzebanie w nic niewartych przedmiotach, które tak ceniła jej siostra, było szalenie bolesne i do umysłu Mai zaczęło się zakradać poczucie winy.

Twój mąż ma rację, zwróciła się w myślach do siostry. Wpuściłam śmierć do naszej rodziny. Powinnam być przy tobie. Powinnam cię chronić...

Ale z drugiej strony – znacznie ważniejszej – poczucie winy i ból były pomocne. Lepiej wyznaczały jej zadanie. Kiedy znasz stawkę i rozumiesz prawdziwy cel swojej misji, zyskujesz dodatkową motywację. Jesteś bardziej skupiony. Odrzucasz wszystko, co cię rozprasza. Masz jasność celu. Nabierasz siły.

Jednak w żadnym z pudeł nie było telefonu.

Po przeszukaniu ostatniego Maya usiadła na podłodze. Zastanów się, powiedziała sobie. Wejdź w głowę Claire. Jej siostra miała telefon, o którym nie chciała nikomu mówić. Gdzie mogła go ukryć...?

Maya coś sobie przypomniała. Claire była wtedy w trzeciej, a Maya w drugiej klasie szkoły średniej. Claire, po raz pierwszy i jedyny zdradzając oznaki buntu, zaczęła palić papierosy. Tata miał wyjątkowo dobry węch. Wyczuł je od niej.

Był bardzo liberalny w większości kwestii. Jako wykładowca w college'u widział wszystko i spodziewał się, że jego dzieci będą eksperymentowały. Jednak na punkcie papierosów miał niemal obsesję. Jego matka zmarła w męczarniach na raka płuc. Pod koniec życia wprowadziła się do małego pokoju gościnnego w ich domu. Maya pamiętała głównie odgłosy, upiorne, straszliwe wilgotne bulgotanie dobiegające z pokoiku babci, która spędzała ostatnie dni życia, powoli i boleśnie się dusząc. Gdy zmarła, Maya z trudem zmuszała się, aby wejść do tamtego pokoju. Śmierć się w nim zadomowiła. Jej woń jakby wniknęła w ściany. Co gorsza, Maya czasami była pewna, że wciąż słyszy ten bulgoczący oddech. Przeczytała gdzieś, że dźwięki nigdy całkowicie nie znikają, jedynie stają się coraz słabsze.

Tak jak odgłosy wirników. Jak odgłosy wystrzałów. Jak wrzaski umierających.

Może właśnie w tamtym straszliwym pokoju... może to tam śmierć zaczęła za nią podążać.

Wciąż siedząc na podłodze, zamknęła oczy. Starała się spowolnić oddech i nie dopuszczać do siebie dźwięków.

Wspomnienie znów do niej powróciło: tata nienawidził papierosów.

No dobrze. A więc Claire zaczęła palić, a tata wariował. Wieczorami przeszukiwał pokój córki, znajdował papierosy i wpadał w szał. Etap palenia nie trwał długo, ale Claire w końcu udało się znaleźć miejsce, do którego ich ojciec nigdy nie zaglądał.

Mai rozbłysły oczy.

Szybko wstała i przeszła do salonu. Był tam stary kufer, który – o ironio – kiedyś należał do babci. Claire używała go jako stolika. Na wierzchu stały rodzinne zdjęcia. Maya zaczęła je zdejmować i odkładać na podłogę. Większość przedstawiała Daniela i Alexę, ale była tam także ślubna fotografia Eddiego i Claire. Maya im się przyjrzała. Oboje wyglądali tak cholernie młodo, ufnie i radośnie; niczego nie podejrzewali. Nie wiedzieli, co im zgotuje los, ale przecież nikt tego nie wie, prawda?

W kufrze przechowywano obrusy i pościel. Maya wyjęła je i zaczęła obmacywać dno.

– Mój ojciec przywiózł ten kufer z Kijowa – powiedziała im babcia podczas jednej z wizyt, gdy były jeszcze małe, zanim rak zadusił ją na śmierć. Była wtedy pełna życia i zdrowa, zabierała je na basen i uczyła grać w tenisa. – Widzicie?

Dziewczynki się nachyliły.

– Sam go zbudował. Tutaj jest ukryta komora.

– Dlaczego ukryta, babciu? – spytała Claire.

– Chował tam biżuterię swojej matki i gotówkę. Każdy obcy może się okazać złodziejem. Pamiętajcie o tym, dziewczęta. Kiedy dorośniecie. Zawsze będziecie miały siebie nawzajem. Ale nigdy nie zostawiajcie cennych przedmiotów tam, gdzie inni mogą je znaleźć.

Palec Mai odnalazł małą rysę. Nacisnęła, usłyszała trzask i odsunęła sekretną płytkę. Potem, tak samo jak w dzieciństwie, pochyliła się i zajrzała do środka.

Zobaczyła telefon.

Wyjęła go z uśmiechem satysfakcji. Gdyby była religijna, pewnie uznałaby, że siostra i babcia spoglądają na nią z góry. Ale nie była. Zmarli na zawsze pozostają nieżywi. W tym cały szkopuł.

Spróbowała włączyć telefon, ale bateria była rozładowana. Nic dziwnego. Zapewne leżał tutaj od czasu śmierci Claire. Odwróciła aparat i przyjrzała się gniazdku do ładowania. Wyglądało znajomo. Później znajdzie kabel i naładuje komórkę.

– Co tutaj robisz?

Ten głos ją wystraszył. Instynktownie przeturlała się po podłodze i wstała, gotowa, aby się bronić.

– Na miłość boską, Eddie.

Eddie poczerwieniał.

– Pytałem...

– Słyszałam. Daj mi chwilę na złapanie oddechu.

Jasność myśli i koncentracja ulotniły się. Maya była tak pochłonięta swoim błyskotliwym odkryciem, że Eddie zdołał niepostrzeżenie się do niej podkraść.

Kolejny błąd.

– Spytałem, co...

– Przeglądałam pudła z jej rzeczami – odrzekła Maya.

Eddie się zbliżył, nieco zbyt chwiejnie.

– Kazałem ci trzymać się z daleka.

– Zgadza się.

Był w tej samej czerwonej flanelowej koszuli z podwiniętymi rękawami, spod których wystawały żylaste przedramiona. Był umięśniony jak bokser wagi półśredniej. Claire zawsze podobała się jego sylwetka. Oczy miał zaczerwienione od alkoholu.

Wyciągnął otwartą dłoń.

– Oddaj swój klucz. Natychmiast.

– Nic z tego, Eddie.

– Mogę zmienić zamki.

– Z trudem zmieniasz ubranie.

Popatrzył na zdjęcia i pościel, rozłożone na podłodze.

– Co robisz z tym kufrem?

Maya nie odpowiedziała.

– Widziałem, że coś zabrałaś. Oddaj mi to.

– Nie.

Przeniósł na nią wzrok i zacisnął pięści.

– Mogę ci to po prostu odebrać...

– Nie, nie możesz. Czy ona miała romans?

To go powstrzymało. Rozdziawił usta.

– Idź do diabła – rzucił w końcu.

– Wiedziałeś o tym?

Eddiemu łzy napłynęły do oczu, a Maya na chwilę odnalazła wzrokiem tamto ślubne zdjęcie, przedstawiające szczęśliwego Eddiego o twarzy pełnej nadziei. Więc może nie tylko alkohol pokrył jego policzki czerwienią. On również zauważył tę fotografię i coś w nim pękło. Opadł na kanapę. Skrył twarz w dłoniach.

– Eddie?

Jego głos był ledwie słyszalny.

– Kto to był? – spytał.

– Nie wiem. Eileen powiedziała, że Claire potajemnie z kimś rozmawiała przez telefon. Właśnie znalazłam komórkę, którą ukryła w tym kufrze.

Wciąż zasłaniał twarz.

– Nie wierzę – odezwał się pustym głosem.

– Co się stało, Eddie?

– Nic. – Spojrzał na nią. – To znaczy nie układało nam się najlepiej. Ale tak już jest w małżeństwie. Bywają takie okresy. Zresztą na pewno o tym wiesz, prawda?

– Nie rozmawiamy o mnie.

Eddie pokręcił głową i znów spuścił wzrok.

– Może tak, może nie.

– Co to ma znaczyć?

– Claire pracowała – odrzekł bardzo powoli – dla twojego męża.

Popatrzył jej w oczy. A ona jemu. Nie lubiła owijania w bawełnę.

– Jeśli sugerujesz, że Claire i Joe...

Było to zbyt niedorzeczne, żeby mogła dokończyć.

– To ty twierdzisz, że Claire miała romans – odparł Eddie, wzruszając ramionami i wstając. – Ja po prostu mówię ci, co robiła.

– Więc podejrzewałeś, że mógł być ktoś inny?

– Tego nie powiedziałem.

– Ależ owszem. Jak to możliwe, że nigdy nie wspomniałeś policji o swoich podejrzeniach?

Teraz to on nie odpowiedział.

– No tak – odezwała się Maya. – Jesteś mężem ofiary. I tak mieli cię na oku. Co by było, gdyby wiedzieli, że podejrzewałeś Claire o romans.

– Mayu?

Czekała. Eddie zbliżył się o krok. Ona się cofnęła.

– Daj mi ten cholerny telefon – warknął. – I wynoś się z mojego domu.

– Zabieram go.

Zagradzał jej drogę.

– Chcesz mnie wystawić na próbę? – spytał.

Pomyślała o pistolecie w torebce. Tak naprawdę o broni nie da się zapomnieć. Jeśli nosisz ją przy sobie, stale o niej myślisz, czujesz, jak ci ciąży albo szarpie cię za rękaw. Zawsze stanowi jedną z możliwości, czy tego chcesz, czy nie.

Eddie podszedł jeszcze o krok bliżej.

Maya nie miała zamiaru oddać telefonu. Przesunęła dłoń w stronę torebki, gdy nagle usłyszała dwa znajome głosy.

– Ciociu Mayu!

– Hura!

Daniel i Alexa wpadli do pokoju z impetem, do jakiego zdolni są tylko młodzi. Z całych sił objęli ciocię. Ona również ich przytuliła, pilnując, żeby żadne z nich nie przycisnęło się do torebki. Ucałowała ich nieco zbyt mocno, szybko przeprosiła i wymknęła się z domu, zanim Eddie zdążył zrobić coś głupiego.

■ ■ ■

Pięć minut później Eddie zadzwonił do niej na komórkę.

– Przepraszam za to, co się stało – powiedział. – Kochałem Claire. Boże, jak bardzo... Zresztą sama wiesz. Mieliśmy kłopoty, to prawda, ale ona też mnie kochała.

Maya akurat prowadziła samochód.

– Wiem, Eddie.

– Zrobisz coś dla mnie, Mayu?

– Co takiego?

– Cokolwiek znajdziesz w tym telefonie, choćby to było coś najgorszego, powiedz mi o tym. Chcę poznać prawdę.

Za tylną szybą znów zauważyła czerwonego buicka.

– Obiecaj mi, Mayu.

– Obiecuję.

Rozłączyła się i ponownie zerknęła w lusterko wsteczne, ale czerwony buick zniknął. Dwadzieścia minut później, kiedy dotarła do żłobka, panna Kitty poprosiła ją o wypełnienie reszty dokumentów i umówiła się z nią w kwestii opłat. Lily nie chciała wychodzić, co Maya uznała za dobry znak.

W domu usadziła córkę pośród zabawek i otworzyła tak zwaną Szufladę Wielu Kabli. Jak większość znanych jej osób, nigdy nie wyrzucała żadnych przewodów. Szuflada była wypchana po brzegi dziesiątkami, może setkami kabli – zapewne znalazłby się tutaj nawet przewód od odtwarzacza kaset Betamax.

Znalazła łącznik, który pasował do gniazda w telefonie Claire, podłączyła ładowarkę i zaczekała, aż bateria podładuje się na tyle, żeby komórka zaczęła działać. Trwało to około dziesięciu minut. Telefon był prosty – bez wydziwiania, droga pani – ale miał rejestr połączeń. Dotknęła ikonki i zaczęła przewijać listę.

Powtarzał się tylko jeden numer.

Maya przewinęła do końca listy i naliczyła szesnaście połączeń. Nie znała tego numeru. Zaczynał się od kierunkowego 201. To wskazywało na północną część New Jersey.

Z kim, u diabła, rozmawiała Claire?

Maya sprawdziła daty. Telefony zaczęły się trzy miesiące przed jej śmiercią. Ostatni miał miejsce cztery dni przed zabójstwem. Co to oznaczało? Schemat połączeń był nieregularny. Na początku i pod koniec było ich dużo, w środku zdarzały się rzadko.

Czyżby Claire umawiała się na spotkania?

Maya przypomniała sobie Jeana-Pierre'a. Wyobraźnia zaczęła jej płatać figle. A może Jean-Pierre skontaktował się z Claire po tych wszystkich latach. Często słyszy się o takich historiach, zwłaszcza w erze internetu. Żaden kochanek całkowicie nie znika, gdy korzystasz z Facebooka.

Ale nie, to nie był Jean-Pierre. Siostra by jej powiedziała.

Czyżby? Czy jest tego pewna? Claire coś knuła, nie ulega wątpliwości, i postanowiła nie mówić jej o tym. Maya zawsze uważała, że wszystkim się dzielą i nie mają przed sobą tajemnic, ale nie oszukujmy się. Kiedy to wszystko się wydarzyło, była po drugiej stronie świata i walczyła za swoją ojczyznę na odludnej pustyni, zamiast być w domu i chronić siostrę.

Miałaś jakąś tajemnicę, Claire.

Co teraz?

Zacznij od tego, co najłatwiejsze. Poszukaj tego numeru w internecie. Może dopisze ci szczęście i coś znajdziesz. Wpisała cyfry do wyszukiwarki Google i wcisnęła enter.

Bingo. No, prawie...

Numer od razu się pojawił, co ją zaskoczyło. Zazwyczaj, kiedy szukasz jakiegoś numeru, najpierw otrzymujesz propozycję kupna informacji albo sprawdzenia danej osoby przez kogoś z zewnątrz. Numer, z którym łączyła się Claire, należał do pewnej firmy, ale efekt poszukiwań, jak wszystko podczas tych ostatnich zwariowanych tygodni, niósł ze sobą więcej pytań niż odpowiedzi. Firma miała siedzibę na północy New Jersey, niedaleko mostu Waszyngtona, jeśli wierzyć mapie Google'a. Nazywała się Skóry i Koronki i była klubem dla panów.

Klub dla panów. Eufemistyczna nazwa klubu ze striptizem.

Maya dla pewności kliknęła w link i powitał ją ekran pełen skąpo odzianych kobiet. Zgadza się. Klub ze striptizem. Jej siostra miała sekretny telefon i ukrywała go w starym kufrze babci, żeby móc dzwonić do klubu ze striptizem.

Czy to ma sens?

Nie.

Maya dodała nowe informacje do tego, co już wiedziała. Kiedy połączyła to wszystko – Claire, Joego, kamerę, telefon, klub ze striptizem, całą resztę – i rozważyła wszystkie możliwości, doszła do wniosku, że to jakaś bzdura. Nic nie miało sensu. Czuła się jak tonący, który chwyta się brzytwy. Może Claire miała romans, a jej chłopak tam pracował. Może Jean-Pierre jest kierownikiem klubu. Strona internetowa proponowała swoim „ekskluzywnym klientom" coś, co nazywało się francuskim tańcem, ale Maya nie wiedziała i nie chciała wiedzieć, co to jest. Może Claire prowadziła drugie życie i pracowała tam. Czasami tak bywa z bohaterkami książek albo kiepskich filmów. Kura domowa za dnia, striptizerka nocą.

Przestań.

Wyjęła telefon i zadzwoniła do Eddiego.

– Znalazłaś coś? – spytał.

– Posłuchaj, Eddie, jeśli będę musiała stale wokół ciebie tańczyć... – uświadomiła sobie, jak ironicznie zabrzmiały te słowa, gdy tylko je wypowiedziała – ...albo myśleć o tym, żeby informować cię na bieżąco, to niczego się nie dowiem.

– Przepraszam, co słychać?

– Chodzisz czasami do klubów ze striptizem?

W słuchawce zapadła cisza.

– Czasami? – odezwał się w końcu.

– Tak.

– W zeszłym roku kilku kumpli z pracy urządziło wieczór kawalerski w takim klubie.

– A od tamtej pory?

– To wszystko.

– Gdzie był ten klub?

– Chwileczkę, co to ma...

– Po prostu odpowiedz, Eddie.

– Na przedmieściach Filadelfii. W okolicy Cherry Hill.

– Nie byłeś w innych?

– Nie.

– Czy słyszałeś o klubie Skóry i Koronki?

– Żartujesz sobie, prawda?

– Eddie?

– Nie. Nic mi to nie mówi.

– W porządku, dzięki.

– Nie powiesz mi, o co chodzi?

– Jeszcze nie. Cześć.

Maya siedziała, wpatrując się w stronę internetową. Po co Claire dzwoniła do Skór i Koronek?

Nie ma sensu tworzyć bezzasadnych teorii. Chciała od razu pojechać do klubu, ale nie miała z kim zostawić Lily.

Jutro, pomyślała. Jutro dotrze do sedna sprawy Skór i Koronek.

11

Maya miała dziwaczny sen dotyczący odczytania testamentu Joego. Była to jedna z tych surrealistycznych nocnych wizji, z których człowiek nie zapamiętuje, co kto powiedział ani gdzie się to działo. Maya pamiętała tylko jedno.

Był tam Joe.

Siedział w przepastnym skórzanym fotelu i miał na sobie ten sam smoking co tamtego wieczoru, kiedy się poznali. Wyglądał piekielnie przystojnie i wpatrywał się w rozmazaną postać czytającą jakiś dokument. Maya nie rozumiała ani słowa – zupełnie jakby słuchała nauczycielki Charliego Browna* – ale wiedziała, że postać czyta testament. Nic jej to nie obchodziło. Skupiała się wyłącznie na Joem. Wołała do niego, próbując zwrócić jego uwagę, ale on nie patrzył w jej stronę.

Gdy się obudziła, znów usłyszała znajome dźwięki – wrzaski, szum wirników, wystrzały. Nakryła głowę poduszką, zasłaniając uszy, by stłumić ten potworny hałas. Oczywiście

* W serialu animowanym *Fistaszki* głos nauczycielki Charliego Browna naśladują dźwięki puzonu.

wiedziała, że to nic nie da, gdyż dźwięki pochodzą z jej umysłu i w ten sposób może najwyżej je tam uwięzić. Jednak i tak to zrobiła. Odgłosy zazwyczaj szybko milkły. Musiała tylko zamknąć oczy – kolejny dziwaczny sposób: zamykanie oczu, gdy chcesz się pozbyć hałasu – i przeczekać.

Kiedy atak minął, wstała z łóżka i poszła do łazienki. Spojrzała w lustro, po czym, rozsądnie, postanowiła otworzyć szafkę z lekarstwami, żeby przynajmniej nie musieć patrzeć na swoją wymizerowaną twarz. Znalazła pojemniki z małymi brązowymi tabletkami. Zastanawiała się, czy nie zażyć jednej lub dwóch, ale tego dnia musiała być przytomna, gdyż czekało ją odczytanie testamentu Joego i stanięcie twarzą w twarz z jego całą rodziną.

Wzięła prysznic i włożyła czarny kostium ze spodniami od Chanel, który wybrał dla niej Joe. Lubił robić dla niej zakupy. Wtedy przymierzyła kostium, zachwycona jego fakturą i krojem, ale udała, że jej się nie podoba, ponieważ był nieprzyzwoicie drogi. Jednak nie nabrała Joego. Następnego dnia wrócił do sklepu i kupił ten kostium. Kiedy przyszła do domu, ubranie leżało na jej łóżku, tak jak teraz.

Wyszykowała się i poszła obudzić Lily.

Pół godziny później zostawiła córkę w żłobku. Panna Kitty miała na sobie strój disnejowskiej księżniczki, której Maya nie rozpoznała.

– Lily, ty też chcesz się przebrać za księżniczkę?

Dziewczynka skinęła głową i poszła z księżniczką Kitty, ledwie pamiętając, by pomachać do matki na pożegnanie. Maya wróciła do samochodu i uruchomiła aplikację żłobka. Popatrzyła na obraz z sali. Lily przebierała się w strój Elsy z *Krainy Lodu*.

– *Let it go* – zaśpiewała Maya pod nosem, ruszając na spotkanie z teściami.

Włączyła radio, żeby zastąpić własny głos, który rozbrzmiewał jej w głowie, papką z jakiejś porannej audycji. Ludzie, którzy prowadzą takie programy, uważają się za niesamowicie zabawnych. Przełączyła na fale średnie – czy ktokolwiek jeszcze z nich korzysta? – i znalazła program informacyjny. Cechowały go uspokajająca, niemal wojskowa precyzja i przewidywalność. Wiadomości sportowe co kwadrans. Informacje o korkach co dziesięć minut. Była rozkojarzona i słuchała jednym uchem, gdy nagle pewna informacja zwróciła jej uwagę:

„Niesławny haker demaskator Corey obiecał, że w tym tygodniu ujawni bogatą kolekcję nowych przecieków, które podobno nie tylko skompromitują obecną administrację, ale doprowadzą do rezygnacji, a zapewne także oskarżenia...".

Mimo iż wcześniej Maya zapewniała Shane'a, że Corey nie może już jej skrzywdzić, teraz znów przeszył ją dreszcz. Shane zastanawiał się, dlaczego Corey nie ujawnił wszystkich materiałów. Czyżby chciał zyskać na czasie przed zrzuceniem prawdziwej bomby – taki dobór słów zasługiwał na smutny chichot – na jej głowę. Oczywiście sama też się nad tym zastanawiała. Maya Stern to stara historia, ale wciąż tkwił w niej potencjał. Wielkie tajemnice w końcu wychodzą na jaw. Powracają, gdy najmniej się tego spodziewasz, odbijając się głośnym echem i wywołując – znowu zauważyła, jak często wojskowy żargon przenika do jej codziennego języka – potężne straty uboczne.

Farnwood była to klasyczna posiadłość bogaczy. Zanim Maya poznała Joego, uważała, że takie miejsca istnieją tylko w książkach historycznych czy powieściach. Okazuje się, że nie. Podjechała do bramy pilnowanej przez Morrisa. Wykonywał tę pracę od początku lat osiemdziesiątych. Mieszkał w tym samym kompleksie pracowniczym co rodzina Isabelli.

– Witaj, Morrisie.

Jak zawsze się skrzywił, na swój sposób przypominając jej, że dołączyła do tej rodziny przez małżeństwo i nie jest częścią rodu. Dzisiaj jego grymas przekazywał coś więcej, uporczywy smutek, być może z powodu śmierci Joego albo, co bardziej prawdopodobne, plotek dotyczących Isabelli i ataku gazem pieprzowym. Niechętnie wcisnął guzik i brama otworzyła się tak powoli, że gołym okiem trudno było zauważyć jej ruch.

Maya ruszyła w górę pofałdowanego wzgórza, mijając trawiasty kort tenisowy i pełnowymiarowe boisko piłkarskie, z których nigdy nie korzystała, aż w końcu dotarła do posiadłości w stylu Tudorów, która przypominała jej dom Bruce'a Wayne'a w starym serialu o Batmanie. Niemal spodziewała się, że powita ją grupa mężczyzn w strojach do polowania na lisa, ale w drzwiach stała tylko jej teściowa Judith. Maya zaparkowała przy wyłożonej kamieniami ścieżce.

Judith była piękną kobietą. Miała drobną sylwetkę, duże okrągłe oczy i delikatne, lalkowate rysy twarzy. Nie wyglądała na swój wiek. Wspomagała się chirurgią plastyczną – botoks, może też coś wokół oczu – ale robiła to z wyczuciem, a młodzieńczy wygląd zawdzięczała głównie genom albo codziennym ćwiczeniom jogi. Jej figura wciąż przyciągała wzrok. Mężczyźni do niej lgnęli – powierzchowność, intelekt, pieniądze – ale jeśli nawet z kimś się spotykała, to Mai nic o tym nie było wiadomo.

– Myślę, że ma potajemnych kochanków – powiedział jej kiedyś Joe.

– Dlaczego potajemnych?

Jednak Joe tylko wzruszył ramionami.

Podobno przed laty była hipiską na Zachodnim Wybrzeżu. Maya w to wierzyła. Wystarczyło uważniej się przyjrzeć, by dostrzec w oczach i uśmiechu tej kobiety coś nieposkromionego.

Judith zeszła po schodach, ale zatrzymała się na przedostatnim stopniu, dzięki czemu zrównała się wzrostem z Mayą. Cmoknęły się w policzek, lecz Judith nie patrzyła na nią.

– Gdzie Lily?

– W żłobku.

Maya sądziła, że na twarzy teściowej pojawi się wyraz zaskoczenia. Tak się nie stało.

– Musisz dogadać się z Isabellą.

– Powiedziała ci?

Judith nie raczyła odpowiedzieć.

– Więc mi w tym pomóż – poprosiła Maya. – Gdzie ona jest?

– Z tego, co mi wiadomo, wyjechała – odrzekła Judith.

– Na jak długo?

– Nie wiem. Tymczasem proponuję, żebyś skorzystała z usług Rosy.

– Raczej nie.

– Wiesz, że była nianią Joego.

– Wiem.

– I co?

– I nie sądzę, żeby to był dobry pomysł.

– Czyli zostawisz córkę w żłobku? – Judith z dezaprobatą

pokręciła głową. – Wiele lat temu miałam zawodowe kontakty ze żłobkami. – Była dyplomowanym psychiatrą i wciąż dwa razy w tygodniu przyjmowała pacjentów w swoim gabinecie na Upper East Side na Manhattanie. – Pamiętasz tamte procesy z lat osiemdziesiątych i dziewięćdziesiątych o znęcanie się nad dziećmi?

– Jasne. Byłaś wzywana jako ekspert?

– Coś w tym rodzaju.

– Myślałam, że to wszystko okazało się nieprawdą. Że była to dziecięca histeria albo coś w tym rodzaju.

– Tak – potwierdziła Judith. – Opiekunowie zostali oczyszczeni z zarzutów.

– Więc?

– Oczyszczono opiekunów, ale nie system.

– Nie rozumiem.

– Dziećmi w żłobkach i przedszkolach łatwo było manipulować. Dlaczego?

Maya wzruszyła ramionami.

– Zastanów się. Tamte dzieci wymyśliły wszystkie te potworne historie. Zadaję sobie pytanie: dlaczego? Dlaczego koniecznie chciały powiedzieć to, co pragnęli usłyszeć ich rodzice? Może gdyby rodzice poświęcali im więcej uwagi...

Maya stwierdziła w duchu, że to już przesada.

– Chodzi o to, że znam Isabellę – ciągnęła Judith. – Znam ją od czasu, gdy była dzieckiem. Ufam jej. A pracowników żłobka nie znam ani im nie ufam... podobnie jak ty.

– Mam coś lepszego niż zaufanie – odparła Maya.

– Słucham?

– Mogę ich obserwować.

– Jak to?

– Im więcej świadków, tym bezpieczniej, a ja jestem jednym z nich. – Wyjęła telefon i uruchomiła aplikację, a wtedy na ekranie pojawiła się Lily w kostiumie Elsy.

Judith wzięła komórkę do ręki i uśmiechnęła się.

– Co ona robi?

Maya zerknęła na ekran.

– Sądząc po tym, jak wiruje, podejrzewam, że tańczy do melodii *Krainy Lodu*.

– Wszędzie te kamery – powiedziała Judith, kręcąc głową. – To nowy świat. – Oddała Mai telefon. – No więc co zaszło między tobą a Isabellą?

Nie byłoby mądrze teraz to roztrząsać, zwłaszcza przed odczytaniem testamentu Joego.

– Nie ma się czym przejmować.

– Mogę być szczera?

– A czy kiedykolwiek nie jesteś?

Judith się uśmiechnęła.

– Pod tym względem jesteśmy takie same. No, nie tylko pod tym. Obie weszłyśmy do tej rodziny poprzez małżeństwo. Obie jesteśmy wdowami. Obie nie boimy się mówić tego, co myślimy.

– Słucham.

– Czy wciąż odwiedzasz swojego lekarza?

Maya nic nie odpowiedziała.

– Okoliczności się zmieniły, Mayu. Twój mąż został zamordowany. Byłaś tego świadkiem. Sama też mogłaś zginąć. Teraz samotnie wychowujesz dziecko. Kiedy dołączysz te wszystkie źródła stresu do poprzedniej diagnozy...

– Co ci powiedziała Isabella?

– Nic – odrzekła Judith. Położyła dłoń na ramieniu Mai. – Mogłabym sama cię leczyć, ale...

– To nie byłby dobry pomysł.

– Tak. To byłoby niewłaściwe. Powinnam pozostać przy swoich rolach czułej babci i pomocnej teściowej. Chodzi mi o to, że mam pewną koleżankę. W zasadzie przyjaciółkę. Studiowała ze mną w Stanfordzie. Jestem pewna, że państwowym psychiatrom pracującym z weteranami nie brakuje kompetencji, ale ta kobieta jest najlepsza w swojej branży.

– Judith?

– Tak?

– Nic mi nie jest.

– Mamo? – rozległ się czyjś głos.

Judith się obróciła. Caroline, jej córka i siostra Joego, stała za jej plecami. Były do siebie podobne i nie ulegało wątpliwości, że są matką i córką, ale podczas gdy Judith zawsze była silna i pewna siebie, Caroline wyglądała, jakby kuliła się ze strachu.

– Witaj, Mayu.

– Caroline.

Kolejne cmoknięcia w policzek.

– Heather czeka na nas w bibliotece – oznajmiła Caroline. – Neil już tam jest.

Judith spochmurniała.

– A więc chodźmy.

Stanęła między córką a synową, pozwalając, aby każda ujęła ją pod rękę. Przeszły w milczeniu przez ogromny hol i salę balową. Nad kominkiem wisiał portret Josepha T. Burketta seniora. Judith przystanęła i przez chwilę mu się przypatrywała.

– Joe tak bardzo przypominał ojca – stwierdziła.

– Owszem – przyznała Maya.

– Kolejna rzecz, która nas łączy – zauważyła Judith z lekkim uśmiechem. – Podobają nam się tacy sami mężczyźni.

– Tak, wysocy, ciemnowłosi i przystojni – odrzekła Maya. – Nie jestem pewna, czy szczególnie nas to wyróżnia.

Judith spodobała się ta odpowiedź.

– Święta racja.

Caroline otworzyła podwójne drzwi i wszystkie trzy weszły do biblioteki. Może to dlatego, że Maya przed chwilą patrzyła na strojące się małe dziewczynki, a może dlatego, że niedawno razem z Lily oglądała *Piękną i Bestię*, w każdym razie biblioteka skojarzyła jej się z tą należącą do Bestii. Pomieszczenie miało dwa poziomy, a każdą ścianę od podłogi po sufit pokrywały wbudowane regały z ciemnej dębiny. Na podłodze leżały orientalne, bogato zdobione dywany. Z sufitu zwisał żyrandol. Dwie przesuwane drabiny stały na żeliwnych szynach. W otwartym dużym starym globusie tkwiła karafka z koniakiem. Neil, brat Joego, już się do niej dobierał.

– Witaj, Mayu.

Kolejne cmoknięcia w policzek, ale bardziej niedbałe. Neil w ogóle był niedbały. Miał gruszkowatą sylwetkę i należał do mężczyzn, którzy wyglądają niedbale nawet w garniturze szytym na miarę.

– Napijesz się?

Wskazał karafkę.

– Nie, dziękuję – odrzekła Maya.

– Na pewno?

Judith zacisnęła usta.

– Jest dziewiąta rano, Neil.

– Ale siedemnasta gdzieś na świecie. Czy nie tak się zawsze mówi? – Roześmiał się. Nikt mu nie zawtórował. – Poza tym nie codziennie odczytują testament twojego brata.

Judith odwróciła wzrok. Neil był najmłodszym z czworga dzieci Burkettów. Joe był pierworodnym, rok później na świat przyszedł Andrew, który „zginął na morzu" – tak to zawsze nazywała jego rodzina – potem urodziła się Caroline, a na końcu Neil. Co ciekawe, to właśnie on kierował obecnie rodzinnym imperium. Joseph senior nie był sentymentalny w kwestiach finansowych, więc przekazał mu władzę nad starszym rodzeństwem.

Joe nie miał o to pretensji. „Neil jest bezlitosny – powiedział kiedyś. – Tata zawsze lubił bezlitosnych ludzi".

– Może usiądziemy – zaproponowała Caroline.

Maya spojrzała na fotele – przepastne, w kolorze burgunda – i przypomniała sobie swój sen. Przez chwilę widziała Joego w smokingu – skrzyżowane nogi, pogniecione mankiety, patrzący w bok, nieosiągalny.

– Gdzie jest Heather? – spytała Judith.

– Jestem tutaj.

Wszyscy odwrócili się w stronę drzwi, skąd dobiegł głos. Heather Howell od dziesięciu lat była rodzinnym prawnikiem. Wcześniej dla Burkettów pracował jej ojciec, Charles Howell III, a przed nim jego ojciec, Charles Howell II.

Nic nie było wiadomo o pierwszym Charlesie Howellu.

– Dobrze – odezwała się Judith. – Zaczynajmy.

W Judith dziwne było, jak szybko potrafiła się zmienić z ciepłej matki w zawodowego psychiatrę, a następnie w klasyczną sztywną matronę mówiącą z brytyjskim akcentem.

Zaczęli zajmować miejsca, ale Heather Howell nie usiadła. Judith spojrzała na nią.

– Jest jakiś problem?

– Obawiam się, że tak.

Heather była jedną z tych prawniczek, które emanują pewnością siebie i kompetencją. Każdy chciał ją mieć po swojej stronie. Maya spotkała ją po raz pierwszy zaraz po oświadczynach Joego. Heather poprosiła ją do tego samego pokoju i położyła przed nią intercyzę. Rzeczowym, ale przyjacielskim tonem oznajmiła jej, że „podpisanie tego dokumentu nie podlega negocjacjom".

Teraz, po raz pierwszy, Heather sprawiała wrażenie nieco zagubionej, a przynajmniej zbitej z tropu.

– Heather? – odezwała się Judith.

Prawniczka odwróciła się w jej stronę.

– Co się dzieje?

– Obawiam się, że będę musiała przełożyć odczytanie testamentu.

Judith popatrzyła na Caroline. Żadnej reakcji. Popatrzyła na Mayę. Ta stała bez słowa. Znów spojrzała na Heather.

– Możesz wytłumaczyć dlaczego?

– Musimy postępować zgodnie z protokołem.

– Jakim protokołem?

– Nie ma się czym martwić, Judith.

Judith nie spodobała się ta odpowiedź.

– Czy wyglądam, jakbym miała ochotę być traktowana protekcjonalnie?

– Nie, nie wyglądasz.

– Więc dlaczego nie możemy odczytać testamentu Joego?

– Nie chodzi o to, że nie możemy go odczytać – odrzekła Heather, ostrożnie ważąc każde słowo.

– Ale?

– Ale doszło do opóźnienia.

– Ponownie pytam: dlaczego?

– Chodzi o biurokrację – odparła Heather.

– Co masz na myśli?

– Nie... nie mamy aktu zgonu.

Cisza.

– Joe nie żyje od niemal dwóch tygodni – zauważyła Judith. – Odbył się pogrzeb.

Przy zamkniętej trumnie, przypomniała sobie nagle Maya. To nie była jej decyzja. Oddała sprawę w ręce rodziny Joego. Dla niej nie miało to znaczenia. Śmierć to śmierć. Niech odprawią taki rytuał, jaki najbardziej złagodzi ich ból. Zamknięta trumna oczywiście miała sens. Joe został postrzelony w głowę. Choćby pracownicy zakładu pogrzebowego bardzo się starali, lepiej było tego nie oglądać.

– Heather? – znów odezwała się Judith.

– Tak, oczywiście, wiem, przecież byłam na pogrzebie. Ale do poświadczenia autentyczności testamentu jest potrzebny akt zgonu, jako dowód. To nietypowa sytuacja. Jeden z moich współpracowników sprawdza precedensy. Ponieważ Joe został zamordowany, potrzebujemy oficjalnego potwierdzenia ze strony policji. Właśnie się dowiedziałam, że uzyskanie tego dowodu jeszcze trochę potrwa.

– Jak długo? – spytała Judith.

– Nie potrafię powiedzieć, ale mam nadzieję, że nie dłużej niż dzień albo dwa, skoro już się tym zajęliśmy.

– Jak to: dowodu? – po raz pierwszy odezwał się Neil. – Chodzi o dowód na to, że Joe nie żyje?

Heather Howell zaczęła się bawić ślubną obrączką.

– Jeszcze nie wiem wszystkiego, ale zanim będziemy mogli poświadczyć testament, musimy rozwiązać ten... galimatias, może tak to nazwijmy. Pracują nad tym moi najlepsi ludzie. Wkrótce dam znać.

Wszyscy zamilkli, a Heather Howell obróciła się na pięcie i wyszła z biblioteki.

12

– To nic – powiedziała Judith, prowadząc synową z powrotem w stronę holu.

Maya milczała.

– Tacy są prawnicy. Wszystko musi być idealnie, częściowo dla naszej ochrony, ale zazwyczaj po to, żeby obciążyć nas rachunkiem za większą liczbę godzin. – Judith usiłowała skwitować to uśmiechem, ale nie bardzo jej się udało. – Jestem przekonana, że chodzi o biurokrację ze względu na okoliczności... – Umilkła, jakby właśnie zrozumiała, że mówi o Joem, a nie o jakiejś prawnej kwestii. – Dwóch synów – odezwała się głucho.

– Słucham?

– Żadna matka nie powinna być zmuszona pochować dwóch synów.

Maya wzięła ją za rękę.

– Nie, nie powinna.

– A żadna młoda kobieta nie powinna być zmuszona pochować siostrę i męża.

„Śmierć idzie za tobą krok w krok, Mayu..."

Może podąża także za Judith.

Teściowa przez chwilę przytrzymała jej rękę.

– Proszę, bądź z nami w kontakcie, Mayu.

– Oczywiście.

Wyszły na słońce. Przed domem czekała czarna limuzyna Judith. Szofer otworzył drzwi.

– Odwiedź nas niedługo razem z Lily.

– Dobrze.

– I proszę, dogadaj się z Isabellą.

– Im szybciej się z nią spotkam, tym szybciej będziemy mogły zapomnieć o tym nieporozumieniu – odrzekła Maya.

– Zobaczę, co się da zrobić.

Judith wślizgnęła się na tylne siedzenie. Szofer zamknął drzwi. Maya zaczekała, aż limuzyna odjedzie i zniknie jej z oczu.

Kiedy wróciła do swojego samochodu, czekała tam na nią Caroline.

– Masz chwilę, żeby porozmawiać? – spytała.

Nie bardzo, pomyślała Maya. Chciała jak najszybciej odjechać. Musiała odwiedzić kilka miejsc, a dokładnie dwa. Najpierw zamierzała jeszcze raz pojawić się w kompleksie dla służby i spróbować zaskoczyć Rosę. Gdyby to się nie powiodło, miała zapasowy plan zlokalizowania Isabelli. Poza tym musiała wybrać się do Skór i Koronek, żeby sprawdzić, co łączyło ten „klub dla panów" z jej zmarłą siostrą.

Caroline położyła dłoń na ręku Mai.

– Proszę...

– No, dobrze.

– Ale nie tutaj. – Caroline pośpiesznie się rozejrzała. – Przespacerujmy się.

Maya powstrzymała westchnienie. Caroline ruszyła kamiennym podjazdem. Jej piesek, hawańczyk Laszlo, podążył za nią. Szedł bez smyczy, ale teren posiadłości był tak duży, że psu nic nie groziło. Maya zastanawiała się, jakie to uczucie, dorastać pośród takiego przepychu, piękna i spokoju, gdzie wszystko jak okiem sięgnąć – trawa, drzewa, budynki – należy do ciebie.

Caroline skręciła w prawo. Laszlo dreptał przy nich.

– Mój ojciec wybudował je dla Joego i Andrew. – Caroline z uśmiechem popatrzyła w stronę boiska do piłki nożnej. – Kort był moim królestwem. Lubiłam tenisa. Dużo ćwiczyłam. Ojciec postarał się, żeby najlepszy zawodowy gracz z Port Washington udzielał mi prywatnych lekcji. Ale nigdy tego nie pokochałam. Można ćwiczyć bez końca i mieć talent, a ja go miałam, byłam najlepszą singlistką w szkole, ale żeby wspiąć się na kolejny poziom, trzeba mieć na tym punkcie obsesję. Tego nie da się udawać.

Maya tylko pokiwała głową, bo nie miała pojęcia, co innego może zrobić. Laszlo szedł z wywieszonym językiem. Caroline wyraźnie przygotowywała się, żeby coś powiedzieć. Maya nie mogła jej naciskać. Musiała być cierpliwa.

– Ale Joe i Andrew... kochali piłkę nożną. Uwielbiali ją. Obaj byli świetnymi graczami. Joe był napastnikiem, jak zapewne wiesz. Andrew stał na bramce. Nie potrafię zliczyć, jak wiele godzin tutaj spędzili. Joe ćwiczył strzały, a Andrew ich blokowanie. Bramka znajduje się jakieś czterysta metrów od domu, prawda?

– Pewnie tak.

– Słyszeliśmy ich śmiech, który niósł się po wzgórzach i wpadał przez okna. Mama siadała w salonie i tylko się uśmiechała.

Caroline też się uśmiechnęła. To był uśmiech jej matki, ale stanowił kopię, która nie miała w sobie magnetycznej siły pierwowzoru.

– Dużo wiesz o moim bracie Andrew?

– Nie – odparła Maya.

– Joe o nim nie opowiadał?

Oczywiście, że tak. Wyjawił olbrzymią tajemnicę dotyczącą śmierci brata, ale Maya nie miała zamiaru mówić o tym szwagierce ani też nikomu innemu.

„Cały świat uważa, że mój brat wypadł z łódki..."

Była z Joem w kurorcie na Turks i Caicos i oboje leżeli nago na łóżku, wpatrując się w sufit. Oczy Joego lśniły w blasku księżyca. Przez otwarte okno wpadała wiejąca od oceanu bryza, od której dostawali gęsiej skórki. Maya wzięła Joego za rękę.

„Tak naprawdę Andrew wyskoczył..."

– Niewiele o nim mówił – powiedziała.

– Pewnie za bardzo go to bolało. Byli sobie tak bliscy. – Caroline na chwilę umilkła. – Proszę, Mayu, nie zrozum mnie źle. Joe i Andrew kochali mnie, a Neil... no cóż, był irytującym młodszym bratem, którego tolerowali. Jednak tak naprawdę liczyli się tylko oni dwaj. Chodzili do tej samej szkoły, kiedy Andrew zginął, wiedziałaś o tym?

Maya kiwnęła głową.

– Franklin Biddle Academy niedaleko Filadelfii. Mieszkali w tym samym internacie i grali w jednej drużynie piłkarskiej. Mamy ten olbrzymi dom, ale Joe i Andrew i tak chcieli dzielić ze sobą pokój.

„Andrew się zabił, Mayu. Tak bardzo cierpiał, a ja nigdy tego nie dostrzegałem..."

– Mayu?

Spojrzała na Caroline.

– Co sądzisz o tym, co się wydarzyło dzisiaj? O tym... opóźnieniu?

– Nie wiem.

– Nie masz żadnych teorii?

– Według waszej prawniczki to tylko biurokratyczne zamieszanie.

– A ty w to wierzysz?

Maya wzruszyła ramionami.

– Byłam w wojsku. Tam biurokratyczne zamieszanie to norma.

Caroline spuściła wzrok.

– Co się stało? – spytała Maya.

– Widziałaś go?

– Kogo?

– Joego – powiedziała Caroline.

Maya poczuła, że cała sztywnieje.

– O czym ty mówisz?

– Jego ciało – szepnęła Caroline. – Przed pogrzebem. Czy widziałaś jego ciało?

Maya wolno pokręciła głową.

– Nie.

Caroline podniosła wzrok.

– Nie sądzisz, że to dziwne?

– Trumna była zamknięta.

– Czy ty o tym zdecydowałaś?

– Nie.

– Więc kto?

– Podejrzewam, że twoja matka.

Caroline pokiwała głową, jakby to miało sens.

– Prosiłam, żebym mogła go zobaczyć.

Zapomnij o błogim spokoju – otaczająca ich cisza zaczynała dławić Mayę. Usiłowała głęboko i równomiernie oddychać. W ciszy zawsze było coś, co zachwycało ją, ale zarazem przerażało.

– Widziałaś wiele trupów, prawda, Mayu?

– Nie rozumiem, do czego zmierzasz.

– Kiedy umierają żołnierze, dlaczego takie ważne jest sprowadzenie ich ciał do ojczyzny?

Caroline zaczynała ją irytować.

– Ponieważ nikogo nie zostawiamy.

– Tak, słyszałam. Ale dlaczego? Na pewno powiesz, że w ten sposób czcimy pamięć zmarłych i tak dalej, ale sądzę, że chodzi o coś jeszcze. Żołnierz nie żyje. Nie można już nic dla niego zrobić... albo dla niej, nie chcę wyjść na seksistkę. Sprowadzacie zwłoki nie dla zmarłego, ale dla jego rodziny, prawda? Najbliżsi muszą go zobaczyć. Potrzebują jego ciała. Potrzebują rozliczenia z tragedią.

Maya nie była w nastroju na roztrząsanie tego tematu.

– O co ci chodzi?

– Ja nie tylko tak po prostu chciałam zobaczyć Joego. Potrzebowałam tego, aby to się stało rzeczywiste. Dopóki nie zobaczysz ciała, nie dociera to do ciebie. Masz wrażenie, że...

– Że co?

– Że może to się nie wydarzyło naprawdę. Że może ten ktoś wciąż żyje. Ta osoba nawiedza cię w snach.

– O zmarłych też się śni.

– Tak, wiem. Ale inaczej jest, jeśli nie rozliczyliśmy się z tym, co się stało. Kiedy straciliśmy Andrew na morzu...

Znów ta idiotyczna frazeologia.

– ...również nie zobaczyłam jego ciała.

To zaskoczyło Mayę.

– Zaraz, dlaczego nie? Przecież je odnaleziono, prawda?

– Tak mi powiedziano.

– Nie wierzysz w to?

Caroline wzruszyła ramionami.

– Byłam młoda. Nie pokazali mi jego zwłok. Trumna również była zamknięta. Mam wizje, Mayu. Śnię o nim na jawie. Po dziś dzień. Śni mi się, że Andrew nie umarł, a ja się budzę i widzę go na boisku, jak uśmiecha się i broni bramki. Wiem, że go tutaj nie ma. Wiem, że zginął w wypadku, ale zarazem nie wiem. Rozumiesz? Nigdy tak naprawdę nie uwierzyłam w jego śmierć. Czasami mam wrażenie, że przeżył upadek, odpłynął i żyje na jakiejś wyspie, a pewnego dnia go spotkam i wszystko będzie dobrze. Ale gdybym wtedy mogła zobaczyć jego ciało...

Maya stała w całkowitym bezruchu.

– Dlatego wiedziałam. Wiedziałam, że tym razem nie mogę popełnić takiego błędu. I dlatego poprosiłam, żeby pozwolono mi zobaczyć ciało Joego. Wręcz błagałam. Nie dbałam o to, czy jest zmasakrowany. To nawet mogłoby mi pomóc. Musiałam to zrobić, żeby uwierzyć, że naprawdę odszedł, rozumiesz?

– Ale go nie zobaczyłaś?

Caroline pokręciła głową.

– Nie pozwolili mi.

– Kto ci nie pozwolił?

Obejrzała się na bramkę.

– Moi dwaj bracia. Obaj zginęli tak młodo. Może to po prostu pech. Zdarza się. Ale w obu przypadkach nie zobaczyłam zwłok. Słyszałaś, co powiedziała Heather? Nikt nie chce oficjalnie potwierdzić śmierci Joego. Zupełnie jakby... – Obróciła się i popatrzyła Mai prosto w oczy. – Jakby obaj mogli wciąż żyć.

Maya się nie poruszała.

– Ale nie żyją.

– Wiem, że to brzmi jak wariactwo...

– To jest wariactwo.

– Pokłóciłaś się z Isabellą, prawda? Powiedziała nam. Podobno krzyczałaś, że widziałaś Joego. Dlaczego to zrobiłaś? Co miałaś na myśli?

– Caroline, posłuchaj. Joe nie żyje.

– Skąd możesz mieć pewność?

– Byłam przy tym.

– Ale nie widziałaś, jak umiera, prawda? Było ciemno. Uciekałaś, kiedy padł trzeci strzał.

– Posłuchaj mnie, Caroline. Przyjechała policja. Prowadzili dochodzenie. On nie wstał po tych dwóch strzałach, które widziałam, i nie odszedł. Policja nawet zatrzymała dwóch podejrzanych. Jak to wszystko wytłumaczysz?

Caroline pokręciła głową.

– Co?

– Nie uwierzysz mi.

– Przekonajmy się.

– Oficer, który prowadzi dochodzenie, nazywa się Roger Kierce – powiedziała Caroline.

– Zgadza się.

Cisza.

– Caroline, o co chodzi?

– Wiem, że to zabrzmi jak wariactwo...

Maya miała ochotę wytrząsnąć z niej dalsze słowa.

– Mamy prywatny rachunek bankowy. Nie będę wchodziła w szczegóły, bo nie są istotne. W każdym razie nie da się go z nami powiązać. Rozumiesz, w czym rzecz?

– Chyba tak. Zaczekaj. Czy chodzi o WTC?

– Nie.

– Bank nie ma siedziby w Houston?

– Nie, za granicą. Dlaczego spytałaś o Houston?

– Nieważne. Mów dalej. Macie prywatny zagraniczny rachunek.

Caroline wpatrywała się w nią odrobinę za długo.

– Zaczęłam przeglądać rejestr ostatnich transakcji internetowych.

Maya pokiwała głową, starając się wyglądać na zainteresowaną.

– Większość przelewów wykonano na numeryczne konta albo na rzecz zagranicznych spółek holdingowych. W ten sposób pieniądze krążą po różnych miejscach i nie da się namierzyć ich pochodzenia. Jak mówiłam, nie ma potrzeby wchodzić w szczegóły. Jednak w całej sprawie pojawia się jedno nazwisko. Kilka przelewów otrzymał niejaki Roger Kierce.

Maya przyjęła ten cios bez mrugnięcia okiem.

– Jesteś pewna?

– Widziałam to na własne oczy.

– Pokaż mi.

– Słucham?

– Masz w internecie dostęp do tego rachunku – odrzekła Maya. – Więc mi pokaż.

■ ■ ■

Carline wpisała hasło. Na ekranie po raz trzeci pojawił się ten sam komunikat: BŁĄD: BRAK DOSTĘPU.

– Nie rozumiem – odezwała się. Siedziała przed komputerem w bibliotece. – Mayu?

Maya stała za jej plecami i wbijała wzrok w ekran. Nie wyciągaj pochopnych wniosków, mówiła sobie. Przemyśl to. Jednak to nie wymagało długiego namysłu. Szybko rozważyła różne możliwości i zrozumiała, że mogą być tylko dwa wytłumaczenia. Albo Caroline ją oszukuje, albo ktoś zmienił hasła, aby nie mogła już mieć dostępu do rejestru transakcji.

– Co dokładnie widziałaś? – spytała Maya.

– Już ci mówiłam. Przelewy na rzecz Rogera Kierce'a.

– Ile?

– Nie wiem. Może trzy?

– Na jaką sumę?

– Dziewięć tysięcy dolarów każdy.

Dziewięć tysięcy. To miało sens. Transakcji poniżej dziesięciu tysięcy nie trzeba zgłaszać.

– Co jeszcze? – spytała Maya.

– To znaczy?

– Kiedy dokonano pierwszej wpłaty?

– Nie wiem.

– Przed śmiercią Joego czy po?

Caroline z namysłem przyłożyła palec do ust.

– Nie mam całkowitej pewności, ale...

Maya czekała.

– Ale jestem niemal przekonana, że pierwszy przelew wykonano wcześniej.

■ ■ ■

Maya mogła to rozegrać na dwa sposoby.

Jeden był oczywisty. Stawić czoło Judith. Stawić czoło Neilowi. Natychmiast z nimi porozmawiać i zażądać wyjaśnień. Jednak z takim bezpośrednim podejściem wiązały się pewne problemy. Po pierwsze, obojga nie było obecnie w domu, a po drugie, czego mogłaby się dowiedzieć? Jeśli coś ukrywają, czy przyznaliby się do tego? Nawet jak zmusi ich do zalogowania się na tym rachunku, to pewnie już usunęli dowody albo jakoś to wszystko zamaskowali.

Tylko co właściwie zamaskowali?

Co tu się dzieje? Dlaczego rodzina Burkettów miałaby opłacać detektywa z wydziału zabójstw, który prowadzi dochodzenie w sprawie śmierci Joego? Czy to ma jakikolwiek sens? Załóżmy, że Caroline mówi prawdę. Jeśli przelewy zaczęły się przed zabójstwem, to skąd Burkettowie mogli wiedzieć, że właśnie Kierce będzie prowadził tę sprawę? Nie, to bez sensu. Zresztą Caroline nie była pewna daty pierwszej wpłaty. Byłoby bardziej logiczne – „bardziej logiczne" w tym wypadku oznaczało tylko odrobinę więcej niż „kompletnie pozbawione logiki" – gdyby przelewy rozpoczęły się po zabójstwie.

Ale w jakim celu je wykonywano?

Analizuj sytuację z wyprzedzeniem kilku ruchów. To była podstawa. A kiedy Maya wybiegła myślami w przyszłość, ku konfrontacji z Neilem albo Judith, zakładając, że to oni stali za domniemanymi przelewami, nie dostrzegała żadnych korzyści. Odsłoniłaby się przed nimi, nie uzyskując w zamian ani jednej cennej informacji.

Bądź cierpliwa. Najpierw dowiedz się jak najwięcej. Dopiero później, jeśli to będzie konieczne, doprowadź do konfrontacji. Mówi się, że prawnik nigdy nie powinien zadawać pytania, jeśli już nie zna odpowiedzi. Podobnie, dobry żołnierz nie atakuje, dopóki nie przewidzi najbardziej prawdopodobnych skutków i nie upewni się, że zdoła sobie z nimi poradzić.

Wcześniej miała plan: odnaleźć Isabellę i zmusić ją do mówienia. Oraz dowiedzieć się, po co Claire w tajemnicy dzwoniła do Skór i Koronek.

Trzymaj się tego planu. Zacznij od domu Isabelli.

Drzwi otworzył Hector.

– Isabelli nie ma.

– Pani Burkett uważa, że ona tu jest i że powinnyśmy porozmawiać.

– Wyjechała z kraju – odparł Hector.

Gówno prawda.

– Kiedy wróci?

– Zadzwoni do pani. Proszę więcej tutaj nie przychodzić.

Zamknął drzwi. Maya się tego spodziewała. Wracając do samochodu, okrążyła pick-upa Hectora i nie zwalniając kroku, przyczepiła magnetyczny nadajnik GPS pod zderzakiem.

Wyjechała z kraju, akurat!

Takie nadajniki mają proste działanie. Ściągasz aplikację, wyświetlasz mapę i możesz śledzić, gdzie znajduje się pojazd, oraz sprawdzić, gdzie był wcześniej. Nie jest trudno je zdobyć. Sprzedają je w dwóch sklepach w centrum handlowym. Maya nawet przez chwilę nie wierzyła, że Isabella wyjechała za granicę.

Mogła się założyć, że Hector w końcu doprowadzi ją do swojej siostry.

13

Ktoś mógłby pomyśleć, że Skóry i Koronki otwierają się dopiero po zmierzchu. Nic bardziej mylnego. Klub, umiejscowiony w cieniu stadionu MetLife, na którym grają drużyny New York Giants oraz Jets, otwierano o jedenastej przed południem, proponując „ekskluzywny, wystawny lunch". Maya już wcześniej bywała w klubach ze striptizem, głównie podczas przepustek. Faceci chodzili tam, żeby odreagować. Kilka razy do nich dołączyła. Z pewnością nie były to miejsca dla niej, choć nikt by tego nie powiedział, widząc, jak traktowano tam żeńską klientelę. Wszystkie dziewczyny tańczące na rurze podrywały Mayę jak szalone. Miała na ten temat swoją teorię – podejrzewała, że kryje się za tym raczej niechęć do mężczyzn niż skłonności lesbijskie – ale zachowała ją dla siebie.

W drzwiach Skór i Koronek stał obowiązkowy mięśniak. Ponad metr dziewięćdziesiąt, sto dwadzieścia kilogramów żywej wagi, zero szyi, ogolona głowa i czarna koszula, tak ciasna, że na jego bicepsach wyglądała jak opaska uciskowa.

– Witam serdecznie – odezwał się, jakby ktoś go poczęstował darmowym aperitifem. – Czym mogę panience służyć?

O rany.

– Muszę porozmawiać z kierownikiem.

Mężczyzna zmrużył oczy i zmierzył ją wzrokiem – jak kawałek mięsa – po czym pokiwał głową.

– Masz referencje?

– Chciałabym porozmawiać z kierownikiem.

Mięśniak zlustrował ją wzrokiem, chyba już po raz trzeci.

– Jesteś trochę za stara do tej pracy – stwierdził. Potem znowu pokiwał głową i posłał Mai uroczy uśmiech. – Ale osobiście uważam, że niezła z ciebie laska.

– Pańska opinia wiele dla mnie znaczy – odparła Maya.

– Mówię śmiertelnie poważnie. Świetna z ciebie sztuka. Masz bardzo wysportowane ciało.

– Zaraz zemdleję z wrażenia. Gdzie mogę znaleźć kierownika?

Kilka minut później Maya minęła zaskakująco długi bar. W klubie było na razie niewielu klientów. Mężczyźni nie podnosili wzroku. Dwie kobiety tańczyły na scenie z entuzjazmem uczennic szkoły średniej, które czeka klasówka z matematyki. Żeby wyglądać na bardziej znudzone, musiałyby pewnie zażyć środki nasenne. Mniejsza z moralnością, według Mai prawdziwy problem takich klubów stanowiło to, że były podniecające niczym próbka kału.

Kierownik, ubrany w krótkie spodenki do jogi i koszulkę bez rękawów, powiedział do Mai: „Mów mi Billy". Był niski i wyraźnie spędzał za dużo czasu na siłowni. Jego gabinet miał ściany pomalowane na jaskrawy kolor awokado. Na ekranach monitorów widać było wnętrze garderoby i scenę. Rozmieszczenie kamer przypominało Mai monitoring ze żłobka.

– Zacznę od tego, że jesteś bardzo seksowna. Naprawdę niezła.

– Często to słyszę – odparła Maya.

– Poza tym wyglądasz na wysportowaną. To obecnie modne. Jak tamta laska z *Igrzysk śmierci*. Jak ona się nazywa?

– Jennifer Lawrence.

– Nie, chodzi mi nie o aktorkę, tylko o postać. Spełniamy tutaj fantazje klientów, więc chcielibyśmy, żebyś wcieliła się w... – Billy strzelił cienkimi palcami. – Katniss. Tak miała na imię bohaterka, prawda? Tamta laska w skórzanym wdzianku, z łukiem, strzałami i tak dalej. Katniss Evercośtam. Ale... – Szerzej otworzył oczy. – O cholera, genialne. Zamiast Kat-niss nazwiemy cię Kat-nip*. Rozumiesz?

Za ich plecami rozległ się kobiecy głos:

– Ona nie przyszła szukać pracy, Billy.

Maya odwróciła się i zobaczyła kobietę w okularach. Trzydzieści kilka lat, elegancki, szyty na miarę kostium, który wyróżniał się jak papieros w klubie fitness.

– O czym ty mówisz? – spytał Billy.

– To nie ten typ.

– Daj spokój, Lulu, jesteś niesprawiedliwa – odrzekł Billy. – Ulegasz uprzedzeniom.

Lulu posłała Mai niewyraźny uśmiech.

– Tolerancję możesz znaleźć w najmniej spodziewanych miejscach. – Następnie zwróciła się do Billy'ego: – Ja się tym zajmę.

Billy wyszedł z gabinetu. Lulu zbliżyła się do biurka

---

* *Nip* (ang.) – slangowe określenie sutka; *catnip* (ang.) – kocimiętka.

i zerknęła na ekrany. Zaczęła klikać myszą, sprawdzając obraz z różnych kamer.

– Co mogę dla pani zrobić? – spytała.

Nie było sensu owijać w bawełnę.

– Moja siostra kiedyś wielokrotnie dzwoniła tutaj. Próbuję się dowiedzieć, w jakim celu.

– Przyjmujemy rezerwację stolików. Może o to chodziło.

– Cóż, nie sądzę.

Lulu wzruszyła ramionami.

– Nie wiem, co pani powiedzieć. Mnóstwo ludzi do nas dzwoni.

– Nazywała się Claire Walker. Czy to nazwisko coś pani mówi?

– To nieistotne. Nawet gdyby tak było, nie powiedziałabym pani. Wie pani, co to za branża. Szczycimy się naszą dyskrecją.

– Miło, że mają się państwo czym poszczycić.

– Proszę sobie darować ten moralizatorski ton, pani...?

– Maya. Maya Stern. A moja siostra została zamordowana.

Zapadła cisza.

– Miała potajemny telefon. – Maya wyjęła komórkę i wyświetliła historię połączeń. – Używała go wyłącznie do kontaktowania się z tym klubem.

Lulu nawet nie spuściła wzroku.

– Współczuję pani z powodu śmierci siostry.

– Dziękuję.

– Ale nie mogę pani niczego powiedzieć.

– Mogłabym oddać ten telefon policji. Claire trzymała to w tajemnicy. Dzwoniła z niego tylko tutaj. Potem została zamordowana. Sądzi pani, że gliny nie zainteresują się klubem?

– Tak właśnie sądzę – odparła Lulu. – Ale nawet gdyby, to nie mamy niczego do ukrycia. Skąd pani wie, że ten telefon należał do pani siostry?

– Słucham?

– Gdzie go pani znalazła? W jej domu? Czy ona z kimś mieszka? Może telefon należy do tego kogoś. Miała męża? Chłopaka? Może to jego komórka.

– Nie.

– Jest pani pewna? Na sto procent? Ponieważ... być może to panią zaszokuje... mężczyźni często kłamią co do wizyt w naszym klubie. Nawet gdyby udało się pani udowodnić, że komórka należała do pani siostry, w klubie telefon odbierają dziesiątki osób. Tancerki, barmani, kelnerki, kucharze, woźni, zmywacze, nawet klienci. Kiedy zamordowano pani siostrę?

– Cztery miesiące temu.

– Kasujemy nagrania z monitoringu co dwa tygodnie. Również w trosce o dyskrecję. Nie chcemy, żeby jakaś kobieta pojawiła się u nas z policyjnym nakazem, aby sprawdzić, czy jej mąż tutaj bywał. Więc nawet gdyby chciała pani obejrzeć taśmę...

– Rozumiem – przerwała jej Maya.

Lulu uśmiechnęła się do niej protekcjonalnie.

– Przykro mi, że nie mogliśmy bardziej pani pomóc.

– Tak, widzę, że ogromnie to panią martwi.

– Przepraszam, ale muszę już iść.

Maya podeszła do Lulu.

– Zapomnijmy na chwilę o przepisach. Przecież pani wie, że nie chodzi mi o przyłapanie was na niedyskrecji. Odwołuję się do pani człowieczeństwa. Moja siostra została zamordowana. Policja dała za wygraną. Jedynym tropem pozostaje ten telefon. Dlatego błagam, tak po ludzku, niech mi pani pomoże.

Lulu ruszyła w stronę drzwi.

– Niezmiernie mi przykro, ale nie mogę pani pomóc.

▪ ▪ ▪

Kiedy Maya wyszła z klubu, zalała ją fala światła słonecznego. W takich miejscach jak to zawsze panuje noc, ale w prawdziwym świecie było dopiero południe. Słońce uderzyło w nią obiema pięściami. Zmrużyła oczy i osłoniła je dłonią, zataczając się jak Dracula wywleczony na światło dnia.

– Nie dostałaś roboty? – spytał mięśniak.

– Miałam pecha.

– Szkoda.

– Właśnie.

Co teraz?

Mogła spełnić swoją groźbę i zanieść telefon na policję. To oczywiście oznaczało oddanie go w ręce Kierce'a. Czy mu ufa? Dobre pytanie. Albo przyjmował łapówki, albo Caroline kłamała. Albo się pomyliła. Albo... nieważne. Nie ufa Caroline. Nie ufa Kierce'owi.

A komu ufa?

W tej chwili nie opłacało się ufać nikomu, ale gdyby miała wskazać jedną osobę, której wciąż wierzy, byłby to Shane. Co oczywiście znaczyło, że musi się mieć na baczności. Shane to jej przyjaciel, ale zarazem człowiek bardzo uczciwy. Już raz nakłoniła go do zrobienia czegoś, co mu się nie podobało.

Wieczorem ma się z nim spotkać na strzelnicy. Może tam z nim porozmawia, choć wydawało się to wątpliwe. Zaczynał zadawać zbyt wiele pytań...

Chwileczkę.

Szła właśnie przez parking, wciąż mrużąc oczy przed jaskrawym światłem, gdy nagle go zauważyła. Początkowo nie zwróciła na niego większej uwagi. Był daleko, a po ulicach jeździ ich całe mnóstwo.

Mnóstwo czerwonych buicków verano.

Ten stał w przeciwległym rogu parkingu, na wpół ukryty pomiędzy ogrodzeniem a cadillakiem escalade, dużym SUV-em. Obejrzała się w stronę drzwi klubu. Mięśniak patrzył na jej tyłek. Wielkie zaskoczenie. Pomachała mu i ruszyła w kierunku czerwonego samochodu.

Musiała sprawdzić, czy numer rejestracyjny się zgadza.

Na szczycie ogrodzenia zauważyła kamery monitoringu. Ale co z tego? Czy ktokolwiek w tej chwili patrzy na ekran, a jeśli nawet, to co może jej zrobić? Miała coś w rodzaju planu. W jednym z rzadkich ostatnio przebłysków rozsądku – nie chcąc ponownie dać się zaskoczyć – kupiła w centrum handlowym kilka nadajników GPS. Pierwszy, rzecz jasna, znalazł się na pick-upie Hectora.

Drugi leżał w jej torebce, gotowy do działania.

Plan był prosty i oczywisty. Po pierwsze, musi sprawdzić tablicę rejestracyjną, aby się upewnić, czy to właściwy samochód. Po drugie, musi przejść obok czerwonego buicka i przyczepić nadajnik pod zderzakiem.

Druga część mogła jej nastręczyć nieco problemów. Samochód zaparkowano w rogu, tuż pod ogrodzeniem, więc trudno było udawać, że przypadkowo się tamtędy przechodzi. Jednak na parkingu było pusto. Nieliczne samochody stały po przeciwnej stronie i chociaż większość osób nie musiała się wstydzić, że się tutaj znalazła, nikt raczej nie wypinał dumnie piersi z tego powodu.

Tablica rejestracyjna pojawiła się w zasięgu jej wzroku. Tak, to ten sam samochód.

Filma holdingowa WTC Limited. Być może Skóry i Koronki korzystają z jej usług.

– Pomyliłaś drogę.

To był mięśniak. Obróciła się. Stał tuż za nią. Zmusiła się do uśmiechu.

– Co takiego?

– To parking dla pracowników.

– Ojej! Naprawdę? Przepraszam. Czasami jestem taka zakręcona. – Spróbowała głupkowato zachichotać. – Zaparkowałam w niewłaściwym miejscu. A może tak bardzo zależało mi na tej pracy...

– Wcale nie.

– Słucham?

Wskazał masywnym palcem w przeciwnym kierunku.

– Zaparkowałaś tam. Po drugiej stronie.

– Poważnie? Ale ze mnie kretynka.

Nie ruszała się z miejsca. On także.

– Nie wpuszczamy nikogo na parking dla pracowników – powiedział. – Takie są przepisy. Niektórzy faceci po wyjściu z klubu czekają na tancerkę przy jej samochodzie. Wiesz, co mam na myśli? Albo próbują spisać jej numer rejestracyjny, żeby później do niej zadzwonić. Czasami musimy eskortować dziewczęta, żeby mogły uniknąć obleśnych klientów. Kumasz?

– Tak, ale ja nie jestem obleśnym klientem.

– Nie, z pewnością nie jesteś.

Nie ruszała się z miejsca. On także.

– Chodź – rzekł w końcu. – Odprowadzę cię do twojego samochodu.

▪ ▪ ▪

Naprzeciwko klubu, mniej więcej sto metrów dalej, wznosił się olbrzymi magazyn. Maya zaparkowała przed nim w taki sposób, żeby widzieć parking dla pracowników Skór i Koronek. Liczyła na to, że ktoś w końcu wsiądzie do czerwonego buicka verano, a ona będzie mogła za nim pojechać.

A co potem?

Wszystko po kolei.

Ale co z bzdurnym postanowieniem, żeby planować kilka ruchów naprzód?

Nie wiedziała. Wcześniejsze przygotowanie na pewno się przydaje, jednak liczy się także improwizacja. Jej kolejny ruch będzie zależał od tego, dokąd pojedzie czerwony buick. Jeśli na przykład zatrzyma się przed jakimś domem, ona może sprawdzić, kto tam mieszka.

W klubach ze striptizem pojawiają głównie przedstawiciele jednej płci, jednak bardzo zróżnicowani pod względem ubioru. Maya widziała pracowników fizycznych w obuwiu roboczym i dżinsach. Biznesmenów w garniturach. Facetów w bojówkach i T-shirtach. Nawet grupkę mężczyzn w strojach do golfa, którzy wyglądali, jakby właśnie skończyli partyjkę. Może podają tutaj świetne jedzenie, kto wie?

Minęła godzina. Cztery osoby odjechały z parkingu dla pracowników; trzy inne przyjechały. Nikt nie zbliżał się do czerwonego buicka verano zaparkowanego przy ogrodzeniu.

Maya miała czas, żeby zastanowić się nad wszystkim, co się ostatnio wydarzyło, ale czas w niczym jej nie pomagał. Nie potrzebowała go. Potrzebowała więcej informacji.

Czerwonego buicka wzięła w leasing firma WTC Limited. Czy to spółka należąca do Burkettów? Caroline wspominała o zagranicznych rachunkach bankowych i anonimowych spółkach. Czy WTC Limited jest jedną z nich? Czy Claire znała kierowcę czerwonego buicka verano? Czy znał go Joe?

Maya i Joe mieli kilka wspólnych kont. Weszła teraz na nie za pomocą aplikacji w telefonie i wyświetliła rejestr obciążeń karty kredytowej. Czy Joe odwiedził kiedyś Skóry i Koronki? Jeśli tak, w rejestrze nie było po tym śladu. Ale czy Joe byłby taki głupi? Zresztą takie kluby z pewnością wiedziały, że wścibskie żony mogą sprawdzać historię płatności swoich mężów, więc – biorąc pod uwagę, jaką wagę Lulu przywiązywała do dyskrecji – Skóry i Koronki mogły używać innej nazwy.

Może WTC Limited?

Z nową nadzieją poszukała wpłat na rzecz WTC Limited. Nic. Klub mieścił się w Carlstadt w New Jersey. Maya poszukała wpłat dla kogoś w tym mieście. Znowu bezskutecznie.

Ktoś zaparkował o dwa miejsca od czerwonego buicka. Drzwi samochodu się otworzyły i wysiadła dziewczyna tańcząca na rurze. Tak, Maya rozpoznała jej zawód. Długie blond włosy, szorty ledwie zakrywające połowę pośladków, piersi sztucznie podniesione tak wysoko, że mogłyby też pełnić funkcję kolczyków – nie trzeba było wyjątkowej intuicji, aby odgadnąć, że ta kobieta albo tańczy na rurze, albo jest wcieleniem fantazji szesnastolatka.

Kiedy kształtna tancerka weszła do budynku przez drzwi dla pracowników, wyłonił się z nich jakiś mężczyzna. Miał zsuniętą mocno na czoło czapkę drużyny Jankesów i zasłaniające oczy okulary przeciwsłoneczne. Nisko trzymał głowę i garbił się, jak ktoś, kto próbuje wmieszać się w tłum albo ukryć. Maya wyprostowała się. Dostrzegła, że mężczyzna ma niechlujną brodę, w rodzaju tych, jakie zapuszczają przesądni sportowcy przed finałowymi rozgrywkami.

Nie mogła mu się dokładnie przyjrzeć, ale było w nim coś znajomego...

Uruchomiła samochód. Mężczyzna, nie podnosząc głowy, przyśpieszył kroku i wślizgnął się do czerwonego buicka verano.

Więc to na niego czekała.

Śledzenie go będzie trudne. Niewykluczone, że najlepiej byłoby od razu stawić mu czoło. Bo może zauważyć, że ktoś za nim jedzie. Może ją zgubić. Mogłaby dać sobie spokój z subtelnościami, podjechać pod klub, zablokować jego auto i zażądać wyjaśnień. Jednak takie rozwiązanie również nie było pozbawione wad. W Skórach i Koronkach zapewne pracował tłum ochroniarzy. Mięśniak by jej przeszkodził. Zresztą nie tylko on. Kierownicy klubów ze striptizem umieją sobie radzić z kłopotami. Shane, który kiedyś pracował w straży miejskiej, mówił to samo co ten mięśniak. Mężczyźni rzeczywiście często kręcą się wokół klubów po zamknięciu, mając nadzieję, że uda im się nawiązać kontakt z którąś tancerką, i wierząc, że interesuje ją coś więcej niż zawartość ich portfela, chociaż tak nigdy nie jest. Faceci, którym całkowicie brakuje pewności siebie, potrafią się łudzić, że kobiety nie mogą się im oprzeć.

Mówiąc w skrócie, w klubie jest ochrona. Lepiej będzie dopaść go na osobności, prawda?

Czerwony buick wycofał się z miejsca parkingowego i ruszył w stronę wyjazdu. Maya pojechała za nim. Włączyła się do ruchu na Paterson Plank Road i od razu poczuła niepokój. Dlaczego? Czy to tylko jej wyobraźnia, czy też kierowca buicka się zawahał, jakby ją jakimś cudem zauważył? To było mało prawdopodobne. Trzymała się w odległości trzech aut.

Dwie minuty później zrozumiała, że siedzenie temu facetowi na ogonie to zły pomysł.

Wcześniej nie zdawała sobie z tego sprawy, ale gdy zaczęła wcielać swój plan w życie, dostrzegła kilka problemów. Po pierwsze: on zna jej samochód. Przecież kilkakrotnie sam ją śledził. Wystarczy jedno spojrzenie w lusterko wsteczne, a wszystkiego się domyśli.

Po drugie: Lulu, Billy, mięśniak albo ktoś inny w klubie mógł go poinformować o jej wizycie i prawie na pewno to zrobił. Zatem Czapka Jankesów będzie się miał na baczności. Niewykluczone, że już ją zauważył.

Po trzecie: jeśli Czapka Jankesów już od dawna śledzi Mayę, to mógł zrobić to samo, co ona zrobiła przy pick-upie Hectora – przyczepić nadajnik GPS. Może od samego początku wiedział, że zaparkowała przed klubem.

Możliwe, że to wszystko zaplanował. Możliwe, że to pułapka.

Mogłaby się wycofać, znaleźć lepszy sposób na dostanie się do Skór i Koronek i wrócić tam z bardziej dopracowanym planem. Ale nic z tego. Dosyć bierności. Potrzebuje wyjaśnień, a jeśli to wymaga odrobiny lekkomyślności i nadmiernej brawury, to trudno.

Wciąż jechali przez dzielnicę przemysłową, oddaloną o kilka kilometrów od autostrady. Kiedy buick do niej dotrze, Maya będzie bez szans. Sięgnęła do torebki. Pistolet był w zasięgu ręki. Zapaliło się czerwone światło. Buick zatrzymał się jako pierwszy w kolejce na prawym pasie. Maya wcisnęła gaz, zjechała na lewy pas, a potem wróciła na prawy. Wiedziała, że musi się śpieszyć. Minęła buicka z lewej strony, po czym zajechała mu drogę.

Wysiadła z auta, trzymając broń w opuszczonej dłoni. Owszem, podejmowała absurdalne ryzyko, ale wszystko sobie przemyślała. Jeśli facet spróbuje się cofnąć albo uciekać, przestrzeli mu opony. Czy ktoś wezwie policję? Zapewne tak. Ale była gotowa podjąć takie ryzyko. W najgorszym wypadku policjanci ją zatrzymają. Wtedy powie im, że jej mąż został zamordowany, a ten facet zaczął ją śledzić. Możliwe, że będzie musiała odegrać zrozpaczoną wdowę, ale wątpliwe, by oskarżyli ją o coś poważnego.

W ciągu kilku sekund znalazła się przy czerwonym buicku. Przez słońce odbijające się w przedniej szybie nie widziała kierowcy, ale to zaraz się zmieni. Początkowo chciała podejść od strony kierowcy i wycelować w niego przez szybę, ale ostatecznie zdecydowała się na drzwi po stronie pasażera. Jeśli będą otwarte, wślizgnie się do środka, a jeśli nie, postraszy faceta pistoletem przez okno.

Chwyciła klamkę i pociągnęła.

Drzwi się otworzyły.

Maya wsiadła i wycelowała w mężczyznę w czapce Jankesów.

Odwrócił się i uśmiechnął.

– Witaj, Mayu.

Znieruchomiała, oszołomiona.

Mężczyzna zdjął czapkę.

– Miło wreszcie spotkać cię osobiście.

Miała ochotę pociągnąć za spust. Marzyła o tej chwili – spotyka go, strzela, rozwala mu łeb. W pierwszej chwili opanowała ją prosta, instynktowna, pierwotna myśl: zabij swojego wroga.

Jednak gdyby to zrobiła, na chwilę zapominając o prawnych i moralnych konsekwencjach, wszystkie wyjaśnienia zapewne zginęłyby razem z nim. A teraz bardziej niż kiedykolwiek musiała poznać prawdę. Ponieważ mężczyzną, który śledził ją czerwonym buickiem i który potajemnie kontaktował się z Claire w tygodniach przed jej śmiercią, nie był nikt inny jak Corey Demaskator.

14

– Dlaczego mnie śledzisz?

Corey nie przestawał się uśmiechać.

– Odłóż broń, Mayu.

Na wszystkich zdjęciach Corey Rudzinski był elegancko ubrany, gładko ogolony i miał buzię dziecka. Niechlujna broda, czapka baseballowa i jasne dżinsy zapewniały mu świetne przebranie. Maya wpatrywała się w niego, nie opuszczając pistoletu. Kierowcy za nimi zaczęli trąbić.

– Blokujemy ruch – odezwał się Corey. – Przestaw samochód, a potem porozmawiamy.

– Chcę wiedzieć...

– Dowiesz się. Ale najpierw przestaw swój samochód na pobocze.

Kolejne klaksony.

Maya zabrała jego kluczyki. Nie ma mowy, żeby pozwoliła mu się wymknąć.

– Nigdzie nie odchodź.

– Nie zamierzam, Mayu.

Zjechała swoim samochodem do krawężnika, zaparkowała, po czym wróciła do buicka. Oddała Coreyowi kluczyki.

– Założę się, że masz mętlik w głowie – powiedział.

Piękny eufemizm. Była oszołomiona. Niczym mocno trafiony bokser, potrzebowała czasu na odzyskanie sił, ochronnego liczenia do ośmiu, żeby wrócić do walki. Przychodziły jej do głowy różne wyjaśnienia, ale na razie bez trudu je obalała.

To wszystko nie miało sensu.

Zaczęła od oczywistego pytania.

– Skąd znasz moją siostrę?

Kiedy zapytała o to, uśmiech zniknął z jego twarzy i zastąpił go szczery smutek, a ona zrozumiała przyczynę. Spytała „skąd znasz", w czasie teraźniejszym. Corey Rudzinski rzeczywiście znał Claire. I najwyraźniej mu na niej zależało.

Popatrzył przed siebie.

– Przejedźmy się – zaproponował.

– Wolałabym, żebyś odpowiedział na moje pytanie.

– Nie mogę tutaj zostać. To zbyt odsłonięte miejsce. Im też się nie spodoba.

– Im?

Nie odezwał się. Wrócił do Skór i Koronek i zaparkował na tym samym miejscu. Za nimi zatrzymały się dwa samochody. Czy towarzyszyły im także na ulicy? Maya podejrzewała, że tak.

Przy wejściu dla pracowników znajdowała się klawiatura. Corey wpisał szyfr. Maya na wszelki wypadek go zapamiętała.

– Nie kłopocz się – powiedział. – Ktoś ze środka i tak musi cię wpuścić.

– Wpisujesz szyfr, a strażnik jeszcze cię sprawdza?

– Zgadza się.

– To chyba lekka przesada. Albo paranoja.

– Z pewnością.

Korytarz był ciemny i cuchnął jak brudne skarpety. Przeszli przez klub. Z głośników rozbrzmiewała piosenka *Wspaniały świat* z disnejowskiego *Aladyna*. Tancerka na rurze była ubrana w kostium księżniczki Dżasminy. Maya zmarszczyła czoło. Jak widać, nie tylko przedszkolaki lubią się przebierać.

Przeszli przez zasłonę z paciorków i znaleźli się w prywatnym pokoju na tyłach klubu. Złoto-zielony wystrój kojarzył się ze strojem cheerleaderki.

– Wiesz, że już tutaj byłam – odezwała się Maya. – Rozmawiałam z Lulu.

– Tak.

Zaczynała łączyć fakty.

– To pewnie widziałeś, jak wyszłam. Zobaczyłeś, że idę do twojego samochodu. Wiedziałeś, że cię śledzę.

Milczał.

– A tamte dwa samochody, które się za nami zatrzymały? Były z tobą?

– Przesada, Mayu. Paranoja. Usiądź.

– Na tym? – Maya zmarszczyła czoło. – Jak często czyszczą tapicerkę?

– Wystarczająco często. Siadaj.

Oboje usiedli.

– Chciałbym, żebyś zrozumiała, czym się zajmuję – zaczął.

– Rozumiem, czym się zajmujesz.

– Czyżby?

– Uważasz, że tajemnice są złe, więc je ujawniasz, nie dbając o konsekwencje.

– Prawdę mówiąc, niewiele się pomyliłaś.

– I darujmy sobie racjonalne uzasadnienia. Skąd znasz moją siostrę?

– Skontaktowała się ze mną – odrzekł.

– Kiedy?

Corey się zawahał.

– Nie jestem radykałem. Nie jestem anarchistą. Nic z tych rzeczy.

Mayę gówno obchodziło, kim on jest. Chciała się dowiedzieć, dlaczego ją śledził, i poznać prawdę o Claire. Jednak nie chciała go niepotrzebnie rozdrażniać ani zniechęcać, dlatego milczała.

– Masz rację co do tajemnic. Zacząłem jako haker. Włamywałem się do różnych miejsc dla zabawy. Potem wziąłem na celownik duże firmy i rządy. To było jak gra. Ale wtedy zacząłem poznawać ich sekrety. Zobaczyłem, jak ci wpływowi wykorzystują zwykłych ludzi. – Przerwał. – Nie masz ochoty na wykład, prawda?

– Nieszczególnie.

– W każdym razie już prawie nie zajmujemy się działalnością hakerską. Zamiast tego zapewniamy demaskatorom swobodę mówienia prawdy. To wszystko. Ponieważ ludzie nie są w stanie sami się kontrolować, gdy w grę wchodzą władza i pieniądze. Taka jest nasza natura. Zniekształcamy prawdę dla własnych zysków. Pracownicy firm z branży tytoniowej nie są odrażający i źli. Po prostu nie potrafią zmusić się do właściwego postępowania, ponieważ to nie leży w ich interesie. Ludzie są mistrzami usprawiedliwiania własnych działań.

A więc jednak wykład.

Do pokoju weszła kelnerka ubrana w top o szerokości opaski na głowę.

– Podać coś do picia?

– Mayu? – spytał Corey.

– Dziękuję.

– Poproszę wodę sodową z limonką.

Kelnerka wyszła. Corey zwrócił się w stronę Mai.

– Ludzie uważają, że chcę osłabić rządy i firmy, ale jest wręcz odwrotnie. Pragnę je wzmocnić, wymuszając na nich właściwe i sprawiedliwe działania. Jeżeli twój rząd albo firma są zbudowane na kłamstwach, zbuduj je na prawdzie. Dlatego koniec z tajemnicami. Wszędzie. Jeśli miliarder płaci urzędnikowi za otrzymanie pola naftowego, niech ludzie się o tym dowiedzą. W twoim przypadku, jeśli rząd zabija cywilów podczas wojny...

– Nie taki był nasz cel.

– Wiem, wiem, straty uboczne. Wspaniale niejasne określenie, nie sądzisz? Niezależnie od tego, czy to był wypadek, czy działanie umyślne, ludzie powinni wiedzieć. Możliwe, że mimo wszystko będziemy chcieli dalej toczyć tę wojnę. Ale powinniśmy wiedzieć. Biznesmeni kłamią i oszukują. Sportowcy kłamią i oszukują. Rządy kłamią i oszukują. A my wzruszamy ramionami. Ale wyobraź sobie świat, w którym tak się nie dzieje. Wyobraź sobie świat, w którym mamy do czynienia z pełną odpowiedzialnością, a nie z niesprawiedliwą władzą. Wyobraź sobie świat, w którym nie ma nadużyć ani sekretów.

– A czy są w nim jednorożce i wróżki? – spytała.

Corey się uśmiechnął.

– Myślisz, że jestem naiwny?

– Corey... mogę cię nazywać Corey?

– Proszę bardzo.

– Skąd znasz moją siostrę?

– Już ci mówiłem. Skontaktowała się ze mną.

– Kiedy?

– Kilka miesięcy przed śmiercią. Wysłała e-maila na moją stronę internetową. W końcu go przeczytałem.

– Co w nim napisała?

– Że chce ze mną porozmawiać.

– O czym?

– A jak sądzisz, Mayu? O tobie.

Kelnerka wróciła.

– Dwie wody sodowe z limonką. – Przyjacielsko mrugnęła do Mai. – Wiem, że niczego nie zamawiałaś, kochana, ale może zachce ci się pić.

Podała im napoje, posłała Mai szeroki uśmiech, po czym wyszła.

– Chyba nie chcesz mi powiedzieć, że to Claire ujawniła tamto nagranie z pola bitwy...

– Nie.

– ...ponieważ niemożliwe, żeby miała dostęp...

– Nie, Mayu, nie chcę tego powiedzieć. Skontaktowała się ze mną już po tym, jak opublikowałem nagranie.

To miało więcej sensu, ale wciąż nie tłumaczyło niczego.

– O co jej chodziło?

– Właśnie dlatego staram się wyjaśnić naszą filozofię. Sens demaskowania. Odpowiedzialność i wolność.

– Nie rozumiem.

– Claire odezwała się do mnie, ponieważ obawiała się, że ujawnię resztę nagrania.

Zapadła cisza.

– Wiesz, o czym mówię, prawda, Mayu?

– Tak.

– Opowiadałaś o tym Claire?

– Powiedziałam jej wszystko. Zawsze o wszystkim sobie mówiłyśmy. Przynajmniej tak sądziłam.

Corey się uśmiechnął.

– Chciała cię chronić. Poprosiła mnie, żebym nie ujawniał ścieżki dźwiękowej.

– I nie ujawniłeś.

– Zgadza się.

– Tylko dlatego, że Claire o to poprosiła.

Upił łyk wody.

– Znam pewnego człowieka. A raczej grupę ludzi. Uważają, że są podobni do mnie, ale tak nie jest. Oni również ujawniają tajemnice, ale w jednostkowej skali. Zdradzający małżonkowie, sportowcy na sterydach, filmiki porno publikowane z zemsty i tak dalej. Prywatne oszustwa. Jeśli chcesz anonimowo zrobić coś nieetycznego w sieci, ta grupa cię zdemaskuje. Jak tamci hakerzy, którzy w zeszłym roku zaatakowali serwis internetowy ułatwiający zdrady małżeńskie.

– A ty się z nimi nie zgadzasz?

– Właśnie.

– Dlaczego? Czy nie uwalniają świata od tajemnic?

– Zabawne – odrzekł.

– Co takiego?

– Twoja siostra także przywołała ten argument. Nie powiem, że jesteśmy hipokrytami, ale rzeczywiście działamy wybiórczo. Nie da się temu zaprzeczyć. Nie ujawniłem tej ścieżki dźwiękowej z egoistycznych pobudek. Zamierzałem zrobić to później, żeby wzmocnić efekt. Zwiększyć liczbę wejść na swoją stronę. Bardziej wyeksponować swoją misję.

– Więc dlaczego tego nie zrobiłeś?

– Twoja siostra mnie o to poprosiła.

– Tak po prostu.

– Była bardzo przekonująca. Wyjaśniła mi, że jesteś tylko pionkiem, Mayu. To skorumpowany system zmusza cię do bycia tym, kim jesteś. Jakaś cząstka mnie chce ujawnić to nagranie, ponieważ prawda rzeczywiście cię wyzwoli. Ale doznałabyś wtedy nieodwracalnej krzywdy. Claire przekonała mnie, że jeśli to zrobię, nie będę lepszy od swoich kolegów, którzy namierzają drobnych oszustów.

Maya zaczynała mieć dosyć tego kluczenia.

– Bardziej zależało ci na skompromitowaniu wojny niż mnie.

– Tak.

– Więc przedstawiłeś ludziom własną wersję wydarzeń. Niech nienawidzą rządu. Gdyby usłyszeli ścieżkę dźwiękową, mogliby zamiast tego znienawidzić mnie.

– Chyba tak.

Zastępowanie prawdy własną narracją, pomyślała Maya. Pod powierzchnią wszyscy jesteśmy tacy sami. Ale teraz nie miała czasu ani powodu tego rozważać.

– Czyli moja siostra skontaktowała się z tobą, żeby mnie chronić.

– Tak.

Maya pokiwała głową. To miało sens. Smutny, straszliwy sens. Znów ogarnęło ją poczucie winy.

– Co się stało potem?

– Przekonała mnie, że kierują nią szlachetne pobudki. –

Na jego ustach zaigrał lekki uśmiech. – A ja przekonałem ją, że to samo dotyczy mnie.

– Nie rozumiem.

– Claire pracowała dla potężnej skorumpowanej korporacji. Miała dostęp do najpilniej strzeżonych informacji.

Maya zaczynała pojmować.

– Przekonałeś ją, żeby ci je przekazywała?

– Uświadomiła sobie, że nasza sprawa jest słuszna.

Mai coś zaświtało.

– Czy to była wymiana? Czy Claire zgodziła się pomóc w pogrążeniu Burkett Enterprises w zamian za to, że nie ujawnisz ścieżki dźwiękowej nagrania?

– Nic tak prymitywnego.

A może jednak?

– Zatem nakłoniłeś Claire, żeby wykonała za ciebie brudną robotę. – Maya czuła, że zbliża się do sedna. – A to doprowadziło ją do śmierci.

Corey spochmurniał.

– Nie tylko Claire.

– Jak to?

– Ona współpracowała z Joem.

Dopiero po chwili, gdy dotarło to do niej, pokręciła głową.

– Niemożliwe, żeby Joe zwrócił się przeciwko swojej rodzinie.

– Twoja siostra najwyraźniej uważała inaczej.

Maya zamknęła oczy.

– Tylko pomyśl. Claire zaczyna drążyć sprawę. Zostaje zabita. Potem to samo zaczyna robić Joe...

Powiązanie, pomyślała Maya. Wszyscy szukali powiązania. Corey twierdził, że je zna.

Ale się mylił.

– Joe skontaktował się ze mną po śmierci twojej siostry.

– Po co?

– Chciał się spotkać.

– I co?

– Nie mogłem się na to zgodzić. Musiałem pozostać w ukryciu. Na pewno o tym czytałaś. Duński rząd usiłował mnie skazać na podstawie sfabrykowanych zarzutów. Powiedziałem Joemu, że mogę znaleźć bezpieczniejszy sposób komunikacji, ale on koniecznie chciał się spotkać osobiście. Myślę, że pragnął mi pomóc i że odkrył jakąś tajemnicę, która kosztowała go życie.

– Co badali Claire i Joe?

– Przestępstwa finansowe.

– A konkretniej?

– Znasz powiedzenie, że za każdą wielką fortuną kryje się zbrodnia? To prawda. Z pewnością zdarzają się wyjątki, ale w historii każdej dużej korporacji można znaleźć przypadki łapówek czy zastraszania konkurencji.

– A w tym wypadku?

– Rodzina Burkettów od dawna opłaca wpływowych polityków w kraju i za granicą. Pamiętasz sprawę firmy farmaceutycznej Ranbaxy?

– Mniej więcej – odrzekła Maya. – Chodziło o podrobione leki czy coś w tym rodzaju.

– Blisko. Za pośrednictwem jednej ze swoich farmaceutycznych spółek holdingowych, o nazwie EAC, Burkettowie robią coś podobnego w Azji. Ludzie umierają, ponieważ lekarstwa nie spełniają norm, ale Burkettowie jak dotąd pozostają bezkarni, składając wszystko na karb niekompetencji miejscowych pracowników. Mówiąc w skrócie, twierdzą, że o niczym nie wiedzieli, a ich własne testy zostały przeprowadzone solidnie. To wszystko kłamstwa. Jesteśmy pewni, że fabrykowali dane.

– Ale nie mogliście tego udowodnić – wtrąciła Maya.

– Właśnie. Potrzebowaliśmy pomocy z wewnątrz, żeby dotrzeć do materiałów.

– Więc posłaliście Claire.

– Nikt jej nie zmuszał, Mayu.

– Nie, tylko ją oczarowałeś.

– Nie obrażaj inteligencji swojej siostry. Zdawała sobie sprawę z ryzyka. Była odważna. Do niczego jej nie zmuszałem. Chciała postąpić właściwie. Akurat ty powinnaś to zrozumieć... zginęła, próbując zdemaskować niesprawiedliwość.

– Przestań.

– No, co?

Nienawidziła, gdy ludzie robili porównania do żołnierzy i wojny. Zawsze brzmiało to protekcjonalnie i niestosownie. Ale to nie był czas na roztrząsanie tej kwestii.

– Czyli według twojej teorii ktoś z rodziny Joego zabił Claire, a potem jego, żeby zapobiec ujawnieniu prawdy?

– Uważasz, że nie byliby do tego zdolni?

Maya przez chwilę się nad tym zastanawiała.

– Być może byliby zdolni do zabicia Claire, ale nigdy nie zamordowaliby jednego ze swoich – odparła.

– Możliwe, że masz rację. – Potarł dłonią twarz i odwrócił wzrok.

Z drugiego pomieszczenia dobiegała piosenka *Gościem bądź* z filmu *Piękna i Bestia*. Tekst: „Sprawdź obsługę naszą, siądź" nabrał nowego sensu.

– Ale sądzę, że Claire dowiedziała się czegoś jeszcze – ciągnął Corey. – Poznała sekret większy niż manipulacje przy wynikach badań leków.

– Na przykład jaki?

Wzruszył ramionami.

– Nie wiem. Lulu powiedziała mi, że znalazłaś drugi telefon Claire.

– Tak.

– Nie będę teraz tłumaczył, jak działała nasza komunikacja, w jaki sposób połączenia przechodzą przez ukrytą sieć, zanim dotrą do mnie. W każdym razie uzgodniliśmy, że Claire odezwie się dopiero wtedy, gdy będzie gotowa przekazać mi ostateczną wersję materiałów albo jeśli zdarzy się coś wyjątkowego.

Maya nachyliła się do przodu.

– Ale skontaktowała się wcześniej.

– Tak. Kilka dni przed śmiercią.

– Co powiedziała?

– Że coś odkryła.

– Coś innego niż przekręty przy lekach?

Skinął głową.

– Coś, co mogło się okazać jeszcze ważniejsze. Powiedziała, że wciąż zbiera materiały, ale chce mi przesłać pierwszy dowód. – Corey zamilkł, a jego bladoniebieskie oczy zapatrzyły się w dal. – Wtedy rozmawialiśmy po raz ostatni.

– Przesłała ci ten dowód?

Znów skinął głową.

– Właśnie dlatego tutaj jesteś.

– Słucham?

Ale już się domyślała. Od początku znał każdy jej krok – wiedział, że odwiedziła klub, że rozmawiała z Lulu, że śledziła jego samochód. Corey Rudzinski nie robił tego wszystkiego bez powodu. Miał konkretny cel.

– Jesteś tutaj po to, żebym mógł ci pokazać, co odkryła Claire.

▪ ▪ ▪

– Nazywa się Tom Douglass. Przez dwa „s".

Corey wręczył jej wydruk. Wciąż siedzieli w prywatnym pomieszczeniu na tyłach klubu ze striptizem. To było świetne miejsce na sekretne spotkanie. Nikt nie zwraca na ciebie uwagi i nikt nie chce, abyś ty zwracał uwagę na niego.

– Czy to nazwisko coś ci mówi? – spytał Corey.

– A powinno?

– Tak tylko pytam.

– Nigdy o nim nie słyszałam – odrzekła Maya. – Kim on jest?

Według wydruku Burkettowie dokonywali comiesięcznych przelewów w wysokości dziewięciu tysięcy dolarów na rzecz firmy Tom Douglass Investigations. Maya od razu zauważyła, że suma odpowiada potajemnym wpłatom na konto Rogera Kierce'a.

Zbieg okoliczności?

– Tom Douglass pracował jako prywatny detektyw w miasteczku Livingston w New Jersey. Prowadził jednoosobową firmę. Zajmował się głównie zdradami małżeńskimi i sprawdzaniem przeszłości ludzi. Przeszedł na emeryturę trzy lata temu, ale wciąż otrzymuje te pieniądze.

– Więc może to legalna kasa. Pozostał detektywem ze stałym wynagrodzeniem. Zwinął interes, ale zatrzymał największego klienta.

– Mogłoby tak być. Tylko że twoja siostra wyraźnie uważała, że kryje się za tym coś więcej.

– Na przykład co?

Corey wzruszył ramionami.

– Jak mogłeś jej nie zapytać?

– Nie rozumiesz, w jaki sposób pracujemy.

– Och, chyba jednak rozumiem. Czy kiedy Claire została zamordowana, skontaktowałeś się z policją?

– Nie.

– Albo powiedziałeś im, co sprawdzała?

– Już ci mówiłem. Kiedy umarła, musiałem zniknąć z radaru.

– Ona nie „umarła" – odparła Maya. – Została napadnięta i zamordowana.

– Wiem. Uwierz mi, że to rozumiem.

– Ale nie na tyle, by pomóc znaleźć jej zabójcę.

– Zapewniamy dyskrecję naszym informatorom.

– Ale twoja informatorka została zamordowana.

– To nie zmienia naszych zobowiązań wobec niej.

– Cóż za ironia.

– Dlaczego?

– Tak ci zależy na świecie bez tajemnic, ale sam je tworzysz i ich strzeżesz. A co z twoją utopią, w której wszystko jest jawne?

– Jesteś niesprawiedliwa, Mayu. Nie byliśmy pewni, czy tamto zabójstwo miało z nami jakikolwiek związek.

– Ależ oczywiście, że byliście. Milczeliście ze strachu, bo gdyby wydało się, że jedna z waszych informatorek została zamordowana, nadszarpnęłoby to waszą reputację. Baliście się, że zginęła, ponieważ ktoś zdradził jej nazwisko. Baliście się, i pewnie nadal się boicie, że ten przeciek mógł pochodzić z waszej organizacji.

– Nie pochodził – odrzekł Corey.

– Skąd wiesz?

– Wspominałaś o naszej paranoi. O przesadzie. Tylko ja wiedziałem o Claire. Mamy zabezpieczenia. To wykluczone, aby jej nazwisko wyciekło z mojej organizacji.

– Wiesz, że opinia publiczna by tego nie kupiła.

Uniósł dłoń do twarzy.

– Rzeczywiście, ludzie mogliby błędnie to zinterpretować.

– Obwinialiby ciebie.

– Nasi wrogowie mogliby to wykorzystać przeciwko nam. Inni informatorzy mogliby się poczuć zagrożeni.

Maya pokręciła głową.

– Naprawdę nie rozumiesz, prawda?

– Czego? – spytał.

– Usprawiedliwiasz zatajanie różnych spraw. Robisz dokładnie to samo co rządy i firmy, które potępiasz.

– To nieprawda.

– Ależ tak. Za wszelką cenę chronisz swoją instytucję. Doprowadziłeś do śmierci mojej siostry. A potem pomogłeś jej zabójcy uniknąć odpowiedzialności, aby osłonić swoją organizację.

Coś zapłonęło w jego oczach.

– Mayu?

– Co?

– Nie potrzebuję twoich umoralniających wykładów.

No tak. Rozdrażniła go, może za bardzo. To był błąd. W końcu chciała, aby jej zaufał.

– Dlaczego Burkettowie opłacają Toma Douglassa?

– Nie mamy pojęcia. Kilka miesięcy temu włamaliśmy się do komputera Douglassa, sprawdziliśmy historię jego przeglądarki, a nawet uzyskaliśmy listę haseł, które wyszukiwał. Nie naprowadziło nas to na żaden trop. Czymkolwiek się zajmował, robił to bardzo nieoficjalnymi kanałami.

– Próbowaliście go zapytać?

– Z nami nie chce rozmawiać, a pytany przez policję, zasłania się tajemnicą adwokacką. Wszystkie efekty jego pracy przechodzą przez rodzinną kancelarię, Howell i Lamy.

To była kancelaria Heather Howell.

– Więc w jaki sposób możemy dowiedzieć się czegoś więcej? – spytała Maya.

– Usiłowaliśmy go dorwać, ale bezskutecznie – rzekł Corey. – Dlatego pomyślałem, że może ty powinnaś spróbować.

15

Inaczej niż to jest w filmach, w drzwiach biura Tom Douglass Investigations nie było matowej szyby z napisem wykonanym za pomocą szablonu. Biuro mieściło się w nijakim ceglanym budynku przy Northfield Avenue w Livingston w New Jersey. Na korytarzu pachniało jak w gabinecie dentysty, co zdawało się zrozumiałe, biorąc pod uwagę długą listę stomatologów wywieszoną przy wejściu. Maya zapukała do solidnych drewnianych drzwi. Nikt jej nie odpowiedział. Spróbowała przekręcić gałkę. Zamknięte.

Zauważyła mężczyznę w szpitalnym fartuchu, stojącego przy recepcji po drugiej stronie korytarza. Gapił się na nią z subtelnością młota kowalskiego. Odwzajemniła uśmiech, wskazała drzwi i wzruszyła ramionami.

Fartuch do niej podszedł.

– Masz piękne zęby – zagadnął.

– Ojej, dziękuję. – Maya udała oszołomienie, nie przestając się uśmiechać. – Wie pan, kiedy wróci pan Douglass?

– Potrzebujesz pomocy detektywistycznej, kochanie?

Kochanie.

– W pewnym sensie. Ale nie mogę powiedzieć nic więcej. – Przygryzła dolną wargę, z powagą, ale też lekką kokieterią. – Widział go pan dzisiaj?

– Nie widziałem Toma od kilku tygodni. To musi być wspaniałe. Móc sobie tak po prostu zrobić wolne.

Maya podziękowała i ruszyła do wyjścia. Fartuch za nią zawołał. Zignorowała go i przyśpieszyła kroku. Corey podał jej domowy adres Toma Douglassa. To było zaledwie pięć minut jazdy. Może tam go zastanie.

Dom Douglassa, w uwielbianym stylu Cape Cod, był niebieski z fioletowymi obramowaniami. Kwiaty w skrzynkach buchały kolorami. Okiennice były zbyt ozdobne. Wszystkiego wydawało się za dużo, ale robiło to wrażenie. Maya zaparkowała na ulicy i ruszyła do drzwi frontowych budynku. Obok garażu stała przyczepa z łodzią rybacką.

Zapukała do drzwi. Otworzyła jej pięćdziesięciokilkuletnia kobieta w czarnym dresie.

– Pani w jakiej sprawie? – spytała, mrużąc oczy.

– Dzień dobry – odezwała się Maya, starając się, by zabrzmiało to beztrosko. – Szukam Toma Douglassa.

Kobieta – zapewne pani Douglass – uważnie przyglądała się twarzy Mai.

– Nie ma go tutaj.

– Czy wie pani, kiedy wróci?

– To może trochę potrwać.

– Nazywam się Maya Stern.

– Tak, widziałam panią w wiadomościach – odrzekła kobieta. – Czego pani chce od mojego męża?

Świetne pytanie.

– Mogę wejść?

Pani Douglass odsunęła się, żeby wpuścić ją do środka. Maya początkowo nie miała zamiaru się wpraszać. Chciała tylko zyskać na czasie, aby obmyślić najlepszą strategię działania.

Pani Douglass poprowadziła ją przez hol do pokoju dziennego. Urządzony był w stylu żeglarskim. Aż do przesady. Z sufitu zwieszały się na żyłkach wypchane ryby. Pokryte boazerią ściany ozdobiono wiekowymi wędkami, sieciami rybackimi, a także starym kołem sterowym i kołami ratunkowymi. Na rodzinnych zdjęciach także pojawiało się morze. Maya zauważyła fotografie dwóch synów, którzy dziś zapewne byli już dorośli. Ta rodzina niewątpliwie lubiła wspólne wypady na ryby. Maya nigdy nie przepadała za wędkowaniem, ale przez lata zauważyła, że trudno o bardziej szczere i radosne uśmiechy niż te na zdjęciach ze złapanymi rybami.

Gospodyni skrzyżowała ręce na piersiach, czekając.

Maya uznała, że najlepiej, jak będzie mówić wprost.

– Pani mąż od dawna pracuje dla rodziny Burkettów.

Żadnej reakcji.

– Chciałam go spytać, czym się zajmuje.

– Rozumiem – odrzekła pani Douglass.

– Wie pani o jego pracy dla Burkettów?

– Pani też należy do rodziny, prawda?

To pytanie nieco zbiło Mayę z tropu.

– Weszłam do niej przez małżeństwo.

– Tak myślałam. Słyszałam, że pani mąż został zabity.

– Zgadza się.

– Bardzo mi przykro. – Po chwili dodała: – Sądzi pani, że Tom wie coś o tym zabójstwie?

Jej bezpośredniość ponownie zaskoczyła Mayę.

– Nie wiem.

– Ale właśnie w tej sprawie pani tutaj przyszła?

– Częściowo.

Pani Douglass pokiwała głową.

– Przykro mi, ale naprawdę nic nie wiem.

– Chciałabym porozmawiać z Tomem.

– Nie ma go.

– Gdzie jest?

– Wyjechał.

Gospodyni ruszyła w stronę drzwi.

– Moją siostrę także zamordowano – dodała Maya.

Pani Douglass zwolniła kroku.

– Nazywała się Claire Walker. Czy to nazwisko coś pani mówi?

– A powinno?

– Tuż przed śmiercią dowiedziała się o potajemnych wpłatach Burkettów na konto pani męża.

– Potajemnych wpłatach? Nie wiem, co pani sugeruje, ale sądzę, że powinna pani wyjść.

– Jaką pracę Tom dla nich wykonuje?

– Nie wiem.

– Mam państwa zeznania podatkowe z ostatnich pięciu lat.

Teraz to pani Douglass wyglądała na zaskoczoną.

– Ma pani... co takiego?

– Ponad połowa rocznych przychodów pani męża pochodzi od Burkettów. To znaczne sumy.

– I co z tego? Tom ciężko pracuje.

– Co dokładnie robi?

– Nie wiem. Zresztą i tak bym pani nie powiedziała.

– Coś w tych wpłatach zaniepokoiło moją siostrę. Kilka

dni po tym, jak się o nich dowiedziała, ktoś poddał ją torturom, a następnie strzelił jej w głowę.

Usta pani Douglass utworzyły idealne kółko.

– I uważa pani, że Tom miał z tym coś wspólnego?

– Tego nie powiedziałam.

– Mój mąż jest dobrym człowiekiem. Tak samo jak pani służył w wojsku. – Skinęła głową w stronę ściany za swoimi plecami. Pod plakietką z napisem *Semper paratus* widniały skrzyżowane srebrne kotwice, emblemat bosmana. Maya znała kilku członków marynarki wojennej w tym stopniu. To było duże wyróżnienie. – Tom pracował jako policjant przez niemal dwadzieścia lat. Przeszedł na wcześniejszą emeryturę, kiedy został ranny na służbie. Otworzył własną firmę i ciężko pracuje.

– A co robił dla Burkettów?

– Już pani mówiłam, że nie wiem.

– Oraz że i tak by mi pani nie powiedziała.

– Zgadza się.

– Ale cokolwiek dla nich robił, płacili mu za to dziewięć albo dziesięć tysięcy miesięcznie... od jak dawna?

– Nie wiem.

– Nie wie pani, kiedy zaczął dla nich pracować?

– Jego praca miała poufny charakter.

– Nigdy nie opowiadał o Burkettach?

Maya po raz pierwszy dostrzegła pęknięcie w zbroi pani Douglass.

– Nigdy – odpowiedziała cicho kobieta.

– Gdzie on jest, pani Douglass?

– Wyjechał. A ja o niczym nie wiem. – Otworzyła drzwi na oścież. – Powiadomię go, że pani nas odwiedziła.

16

Większość ludzi ma przestarzałe wyobrażenie tego, jak wyglądają strzelnica i sklep z bronią. Przed oczami stają im zapleśniałe spreparowane zwierzęta i niedźwiedzie skóry na ścianach, zakurzone, chaotycznie porozmieszczane karabiny i zrzędliwy właściciel za ladą, ubrany w myśliwski strój w stylu wczesnego Elmera Fudda albo w podkoszulek, z hakiem zamiast jednej dłoni.

To już się zmieniło.

Maya, Shane i ich towarzysze spotykali się w nowoczesnym klubie strzeleckim RTSP, co oznaczało Right to Self-Protection, czyli Prawo do Obrony albo, jak żartowali niektórzy, Prawo do Odstrzału. Zapomnijcie o kurzu – wszystko tutaj lśniło jak nowe. Uprzejmi pracownicy nosili czarne koszulki polo wpuszczone w spodnie khaki. Broń leżała w szklanych gablotach, jak droga biżuteria. Na strzelnicy było w sumie dwadzieścia stanowisk, po dziesięć do strzelania z odległości dwudziestu pięciu i piętnastu metrów. Symulator cyfrowy przypominał grę wideo rzeczywistych rozmiarów. Wyobraźcie sobie kino, w którym odtwarza się jakąś niebezpieczną sytuację – atak gangu, uprowadzenie zakładników, Dziki Zachód, a nawet przeniknięcie do strefy opanowanej przez zombie – wyświetlając w pełni uformowane nacierające cele. „Strzela się" do nich za pomocą lasera z broni, która leży w dłoni identycznie jak prawdziwa.

Maya zazwyczaj przychodziła postrzelać z prawdziwej broni do papierowych celów i spotkać się ze znajomymi, z których większość kiedyś służyła w wojsku. Według reklam to miejsce zapewniało „wygodę i styl". Niektórzy ludzie wstępują do klubów, aby grać w golfa, tenisa albo brydża. Maya była członkiem specjalnym elitarnego klubu strzeleckiego, w którym ona i jej znajomi, jako byli wojskowi, mieli pięćdziesięcioprocentową zniżkę.

Klub przy szosie numer 10 miał ściany z ciemnego drewna i na podłogach drogie wykładziny. Wyglądał jak kopia biblioteki Burkettów albo ekskluzywna restauracja ze stekami. Na środku pomieszczenia stał stół bilardowy. Wszędzie było pełno skórzanych mebli. Na trzech ścianach wisiały płaskie telewizory. Na czwartej ogromnymi pochyłymi literami wymalowano treść drugiej poprawki do konstytucji. W klubie były także palarnia, stoły do gry w karty oraz darmowy internet.

Rick, właściciel, również był ubrany w czarną koszulkę polo oraz spodnie khaki i zawsze nosił broń przy pasku. Przywitał Mayę smutnym uśmiechem i uderzeniem pięści o pięść.

– Świetnie znów cię widzieć, Mayu. Kiedy razem z chłopcami usłyszeliśmy, co się stało...

Pokiwała głową.

– Dzięki za kwiaty.

– Po prostu chcieliśmy coś zrobić.

– Doceniam to.

Rick zakaszlał w pięść.

– Nie wiem, czy to właściwa chwila, ale jeśli szukasz pracy z bardziej elastycznymi godzinami...

Rick co jakiś czas proponował jej posadę instruktorki strzelania. Wśród kobiet najszybciej przybywało posiadaczek broni i klientek strzelnic. Jednocześnie kobiety zdecydowanie wolały zajęcia z instruktorkami, których wciąż było bardzo niewiele.

– Będę o tym pamiętała – odrzekła Maya.

– Świetnie. Chłopcy są na górze.

Tego wieczoru w klubie pojawiło się pięcioro członków ich paczki, wliczając Shane'a i Mayę. Pozostała trójka ćwiczyła w symulatorze, a Shane i ona poszli postrzelać z dwudziestu pięciu metrów. Strzelanie ją wyciszało. W delikatnym wydechu poprzedzającym pociągnięcie za spust, w bezruchu i spokoju przed oczekiwanym odrzutem było coś, co przynosiło jej ukojenie i ulgę.

Kiedy skończyli, wrócili do pomieszczenia dla VIP-ów. Maya była tam jedyną kobietą. Można by pomyśleć, że takie miejsce będzie przesiąknięte seksizmem, ale tutaj liczyło się tylko, jak dobrym jesteś strzelcem. A niesławna historia Mai uczyniła ją popularną, bardziej niż jej bohaterstwo. Na niektórych facetach robiła ogromne wrażenie. Kilku trochę się w niej podkochiwało. Nie przejmowała się tym. Wbrew temu, co można przeczytać, większość żołnierzy bardzo szanuje kobiety. W jej przypadku to zauroczenie zmieniało się w czystą, braterską więź.

Przebiegła wzrokiem po wypisanej na ścianie treści drugiej poprawki.

Dobrze zorganizowana milicja będąca niezbędną dla bezpieczeństwa wolnego państwa, prawo ludzi do posiadania i noszenia broni nie może być naruszone.

Niezgrabnie sformułowane, mówiąc delikatnie. Maya nauczyła się, że nie warto spierać się z przedstawicielami żadnej ze stron. Jej ojciec, który był zajadłym przeciwnikiem powszechnego dostępu do broni, mawiał z rozdrażnieniem: „Chcecie mieć wielkie karabiny? Przypomnijcie mi, do jakiej dobrze zorganizowanej milicji należycie?", na co jej znajomi z klubu odpowiadali: „Czego pan nie rozumie w słowach «nie może być naruszone»?". Oczywiście była to zadziwiająco elastyczna frazeologia, którą każdy mógł wykorzystywać do własnych celów. Dla miłośników broni ten dokument znaczył coś innego niż dla jej przeciwników.

Shane wziął dla Mai colę. Na terenie klubu nie wolno było pić alkoholu, ponieważ nawet najmniej rozsądni spośród nich rozumieli, że broń i procenty to złe połączenie. Usiedli całą piątką i zaczęli gawędzić. Rozmowa zawsze zaczynała się od miejscowych drużyn sportowych, ale szybko schodziła na poważniejsze tematy. To Maya lubiła najbardziej. Była jedną z nich, ale zarazem kimś więcej. Mężczyzn często ciekawił kobiecy punkt widzenia, ponieważ – jeśli ktoś nie wie – wojna burzy więzi rodzinne. Twierdzenie, że nikt w domu nie rozumie przeżyć żołnierza, jest tanią wymówką, ale zarazem cholernie celnym spostrzeżeniem. Po tym, jak służyło się w piekle, inaczej patrzy się na świat. Czasami te zmiany są oczywiste, ale częściej chodzi o niuanse rzeczywistości, o jej odcienie i zapachy. Rzeczy, które kiedyś były ważne, tracą na wartości i odwrotnie. Związki i małżeństwa zawsze są trudne, ale jeśli doda się do tego wojnę, drobne zadrapania zmieniają się w ziejące rany. Nikt nie zauważa tego co ty – znów chodzi o jasne i obiektywne postrzeganie rzeczywistości – oprócz innych żołnierzy. To jak w jednym z tych filmów, w których tylko główny bohater widzi duchy, a wszyscy inni mają go za wariata.

W tym pomieszczeniu wszyscy widzieli duchy.

Jako kawaler z problemami emocjonalnymi, Shane nie był najlepszy w zwierzeniach. Usiadł w kącie i zabrał się do czytania nowej powieści Anny Quindlen. Uwielbiał książki – chociaż, jak Maya zauważyła tamtego wieczoru, nie lubił czytać na głos dzieciom – i potrafił czytać wszędzie, nawet w śmigłowcu, gdzie szum wirników był tak głośny, jakby dobiegał z wnętrza głowy.

Maya w końcu przeniosła się bliżej Shane'a. Na ekranie telewizora ponad ich głowami trwała trzecia kwarta meczu nowojorskich Knicksów z brooklyńskimi Netsami. Shane odłożył książkę i oparł długie nogi na skórzanym podnóżku.

– W porządku – powiedział.

– Słucham?

– Podejrzewam, że chcesz mi opowiedzieć, co się wydarzyło.

Nieprawda. Maya chciała go chronić. Zawsze.

Jednak Shane nie zaakceptowałby takiej odpowiedzi, a pozostawienie go z niczym byłoby niesprawiedliwe, może nawet krzywdzące. Rozważała opowiedzenie mu o spotkaniu z Coreyem Rudzinskim, ale nie miała pojęcia, jak mógłby zareagować. Zapewne gniewem. Poza tym Corey na zakończenie ich rozmowy ustalił jasne zasady:

„Żadnych jednorazowych komórek. Kontaktujemy się tylko, gdy zdarzy się coś wyjątkowego. Jeśli będziesz musiała mnie znaleźć, zadzwoń do klubu i poproś o rozmowę z Lulu. Jeśli to ja będę musiał porozmawiać z tobą, ktoś z klubu zadzwoni na twój numer i zaraz się rozłączy. To będzie sygnał, żebyś przyjechała. Ale jeśli poczuję się niepewnie, od razu się wycofam. Prawdopodobnie na zawsze. Więc najlepiej milcz".

Milcz – wydawało się, że to właściwe podejście. Gdyby zerwała ich więź, Corey zniknąłby na dobre. Nie powinna podejmować takiego ryzyka.

Mogła jednak pójść inną drogą.

Shane wpatrywał się w nią i czekał. Mógł to robić przez całą noc.

– Co wiesz o Kiersie? – spytała Maya.

– O tamtym gliniarzu z wydziału zabójstw, który prowadzi sprawę Joego?

Skinęła głową.

– Niewiele. Cieszy się dobrą opinią, chociaż niezbyt dobrze się znamy z nowojorską policją. Dlaczego pytasz?

– Pamiętasz siostrę Joego, Caroline?

– Jasne.

– Powiedziała mi, że jej rodzina przekazuje Kierce'owi pieniądze.

Shane się skrzywił.

– Jak to: przekazuje pieniądze?

– Trzy razy dostał od nich po prawie dziesięć tysięcy.

– Za co?

Maya wzruszyła ramionami.

– Caroline tego nie wie.

Powiedziała mu o przelewach, o niedziałającym haśle oraz o własnym postanowieniu, aby wstrzymać się przed konfrontacją z Neilem albo Judith.

– To bez sensu – stwierdził Shane. – Po co, u diabła, rodzina Joego miałaby przekupywać Kierce'a?

– Ty mi powiedz – odrzekła Maya.

Przez chwilę się zastanawiał.

– Oboje wiemy, że bogacze są dziwni.

– Nie da się ukryć.

– Ale czy płacą Kierce'owi, żeby lepiej wykonywał swoją pracę? Żeby skupił się głównie na sprawie Joego? Przecież już to robi. Czy Burkettowie uważają, że glinom należą się napiwki?

– Nie wiem – przyznała Maya. – Ale to nie wszystko.

– To znaczy?

– Caroline twierdzi, że jej rodzina zaczęła opłacać Kierce'a jeszcze przed śmiercią Joego.

– Bzdura.

– Ona tak uważa.

– Myli się. To nie ma żadnego sensu. Po co mieliby płacić Kierce'owi przed zabójstwem?

– Nie wiem – ponownie odrzekła Maya.

– Przecież nie mogli przewidzieć, że ktoś zamorduje Joego, a ten konkretny detektyw będzie prowadził dochodzenie. – Shane pokręcił głową. – Wiesz, jaka odpowiedź wydaje się najbardziej prawdopodobna?

– Nie.

– Caroline cię oszukuje.

Maya brała to pod uwagę.

– Na przykład ta cała akcja, kiedy przy tobie próbowała połączyć się z bankiem i nagle okazało się, że hasło nie działa. To strasznie wygodne, nie sądzisz?

– Owszem – przyznała Maya.

– Czyli kłamie. Albo nie, chwileczkę.

– Co?

Shane spojrzał na nią.

– Caroline to czystej wody dziwaczka, zgadza się?

– Pierwszej klasy.

– Więc może wcale nie kłamie – rzekł Shane, wyraźnie zadowolony ze swojej nowej teorii. – Może po prostu sobie to wszystko wymyśliła. Poskładaj elementy układanki. Masz czystej wody dziwaczkę. Jej brat zostaje zamordowany. Spotykacie się wszyscy, żeby odczytać jego testament. Wtedy okazuje się, że to niemożliwe z powodu jakiegoś biurokratycznego zamieszania, zgadza się?

– Nie chodzi o zwykłe zamieszanie – odparła. – Coś jest nie tak z aktem zgonu.

– To jeszcze lepiej. Caroline jest zestresowana.

Maya zmarszczyła czoło.

– I tylko wydawało jej się, że widziała przelewy na rzecz policjanta z wydziału zabójstw?

– W tej chwili to równie prawdopodobne jak każdy inny scenariusz. – Shane odchylił się do tyłu. – Mayu?

Wiedziała, co ją czeka.

– Czy możesz przestać? – powiedział.

– O co ci chodzi?

Ściągnął brwi.

– Aż mnie skręca w żołądku, kiedy mnie okłamujesz.

– Nie okłamuję cię.

– No, dobra, złe słowo. Czego mi nie mówisz?

Zapewne zbyt wielu rzeczy. Ponownie zastanowiła się, czy nie zdradzić mu więcej, ale odruchowo chciała go chronić. Rozważała, czy nie powiedzieć mu o ukrytym telefonie Claire, lecz to doprowadziłoby go do Coreya. Wolała jeszcze o nim nie wspominać. Nie powiedziała Shane'owi także o tym, co zobaczyła na nagraniu z kamery, to jednak również mogło zaczekać. Zawsze lepiej zachować ostrożność. To żaden problem wyjaśnić coś później, ale wypowiedzianych słów nie da się już cofnąć.

Shane nachylił się, by zyskać pewność, że nikt ich nie usłyszy.

– Skąd miałaś tamten pocisk? – wyszeptał.

– Powinieneś dać temu spokój.

– Wyświadczyłem ci olbrzymią przysługę.

– A twoje przysługi mnie zobowiązują, Shane?

Tak jak przewidywała, ubodło go to do żywego i zamilkł. Wróciła do tematu Caroline.

– Powiedziałeś coś ciekawego o tym, że Caroline jest zestresowana.

Shane milczał.

– Mówiła nie tylko o Joem, ale także o swoim drugim bracie – dodała Maya.

– O Neilu?

Maya pokręciła głową.

– O Andrew.

Shane się skrzywił.

– Zaraz, o tym, który wypadł z łódki?

– On nie wypadł.

– Co masz na myśli?

Nareszcie. Coś, co mogła spokojnie mu powiedzieć.

– Joe był przy tym. Razem płynęli tamtą łódką.

– No i co?

– Joe powiedział mi, że to nie był wypadek. Andrew popełnił samobójstwo.

Shane gwałtownie odchylił się na oparcie fotela.

– O w mordę.

– No właśnie.

– Rodzina o tym wie?

Maya wzruszyła ramionami.

– Chyba nie. Wszyscy utrzymują, że to był wypadek.

– A Caroline wczoraj o tym wspomniała?

– Tak.

– Dlaczego? – spytał Shane. – Andrew Burkett zginął prawie dwadzieścia lat temu, zgadza się?

– W pewnym sensie to było naturalne – odrzekła Maya.

– Jak to?

– Dwaj bracia. Podobno bardzo sobie bliscy. Obaj umarli młodo i w tragicznych okolicznościach.

Shane ze zrozumieniem pokiwał głową.

– Tym bardziej prawdopodobne, że dała się ponieść fantazji.

– Poza tym nie zobaczyła ciała Joego.

– Słucham?

– Caroline. Nie widziała ciała Joego. Ani ciała Andrew. Pragnęła się z nimi pożegnać. Ale Andrew zginął na morzu. Nigdy nie zobaczyła jego zwłok. Potem Joe został zamordowany. Jego ciała również nie zobaczyła.

– Nie rozumiem – rzekł Shane. – Dlaczego nie mogła zobaczyć ciała Joego?

– Podobno rodzina jej nie pozwoliła. Nie wiem dokładnie. Ale popatrz na to z jej punktu widzenia. Dwaj zmarli bracia. I żadnych ciał. Caroline nie widziała żadnego z nich w trumnie.

Zamilkli, ale Shane już rozumiał. Caroline, mówiąc Mai o potrzebie zobaczenia ciała, uderzyła w czułą strunę. Maya i Shane wielokrotnie spotykali się z tym podczas swojej zagranicznej służby. Kiedy żołnierz ginie w walce, rodzina często nie potrafi pogodzić się z jego śmiercią, dopóki nie zobaczy ostatecznego dowodu.

Zwłok.

Może Caroline miała rację. Może to dlatego żołnierze zawsze starają się sprowadzić wszystkich do ojczyzny, nawet zabitych.

– Więc Caroline ma trudności z pogodzeniem się ze śmiercią Joego – odezwał się Shane.

– Ze śmiercią obu braci – sprostowała Maya.

– I sądzi, że człowiek, który prowadzi dochodzenie w sprawie zabójstwa Joego, jest opłacany przez jej rodzinę.

Nagle do Mai coś dotarło i zaszokowało ją tak, że prawie krzyknęła.

– O nie...

– Co?

Przełknęła ślinę. Usiłowała to przeanalizować, uporządkować myśli. Łódka. Koło sterowe. Trofea rybackie...

– *Semper paratus* – powiedziała.

– Co takiego?

Popatrzyła Shane'owi w oczy.

– *Semper paratus.*

– To po łacinie – odrzekł Shane. – Oznacza: „Zawsze gotowi".

– Znasz to hasło?

Łódka. Trofea rybackie. Koło sterowe i koła ratunkowe. Ale przede wszystkim skrzyżowane kotwice. Maya sądziła, że oznaczają marynarkę wojenną. Często tak bywa. Ale ktoś jeszcze odznacza w ten sposób swoich bosmanów.

Shane skinął głową.

– To motto straży przybrzeżnej.

Straż przybrzeżna.

Odłam sił zbrojnych, sprawujący jurysdykcję na wodach krajowych i międzynarodowych. To straż przybrzeżna zajmuje się wszystkimi przypadkami śmierci na morzu...

– Mayu?

Spojrzała na niego.

– Muszę cię prosić o kolejną przysługę, Shane.

Nic nie odpowiedział.

– Chciałabym, żebyś sprawdził, kto był głównym śledczym w sprawie śmierci Andrew Burketta. Dowiedz się, czy to był funkcjonariusz straży przybrzeżnej, niejaki Tom Douglass.

17

Usypianie Lily zazwyczaj było rutynową czynnością. Maya słyszała wiele przerażających historii o małych dzieciach, które zmieniają wieczory rodziców w koszmar. Ale Lily była inna. Zupełnie jakby miała już dosyć wrażeń i chciała zakończyć dzień. Bez żadnych sprzeciwów kładła głowę na poduszce i od razu zasypiała. Jednak dzisiaj, kiedy Maya ułożyła ją już do snu, córeczka poprosiła:

– Bajka.

Maya była wyczerpana, ale czyż nie jest to jedną z radości macierzyństwa?

– Jasne, kochanie, co chciałabyś przeczytać?

Lily wskazała jedną z książeczek Debi Gliori. Maya zaczęła czytać, mając nadzieję, że podziała to jak hipnoza albo towarzystwo nudnego współpracownika i mała szybko zaśnie. Jednak lektura miała odwrotny skutek – to Mai kleiły się powieki i co trochę przysypiała, a Lily musiała ją budzić. Mai udało się dokończyć książeczkę. Zamknęła ją i chciała wstać, ale Lily powiedziała:

– Jeszcze, jeszcze.

– Już czas iść spać, kochanie.

Lily zaczęła płakać.

– Boję się.

Maya wiedziała, że w takiej chwili nie należy zostawiać dziecka samego w pokoju, ale autorzy poradników dla rodziców zapominają, że wszyscy ludzie, nawet rodzice, wybierają łatwiejsze rozwiązanie, gdy są wyczerpani. Ta dziewczynka straciła ojca. Oczywiście jest za mała, żeby to zrozumieć, ale z pewnością w jej podświadomości pojawiło się jakieś pierwotne bolesne poczucie, że coś jest nie w porządku.

Maya wzięła Lily na ręce.

– Chodź. Możesz spać ze mną.

Zaniosła małą do swojej sypialni i delikatnie położyła ją na połowie łóżka, na której sypiał Joe. Ułożyła poduszki wzdłuż krawędzi łóżka, tworząc prowizoryczną balustradę, a potem, dla pewności, rzuciła jeszcze kilka na podłogę, w razie gdyby Lily przetoczyła się przez tę wątłą zaporę. Starannie okryła córeczkę kołdrą i wtedy poczuła niespodziewany przypływ miłości i troski. Było to jedno z tych nagłych doświadczeń, gdy rodzic doznaje zachwytu, a zarazem paraliżuje go strach, że straci ukochane dziecko. Jak można być spokojnym, wiedząc, jaki niebezpieczny jest świat?

Lily zamknęła oczy i od razu zasnęła. Maya siedziała przy niej, w bezruchu, wpatrując się w jej twarzyczkę, upewniając się, że mała oddycha głęboko i równo. W końcu telefon Mai litościwie zadzwonił i czar prysł.

Miała nadzieję, że to Shane z odpowiedzią na pytanie o Toma Douglassa, chociaż uprzedził ją, że będzie mógł zajrzeć do wojskowej kartoteki Toma dopiero rano. Chwyciła telefon i zobaczyła, że to jej siostrzenica Alexa. Ogarnięta paniką – oto kolejna osoba, której nigdy nie chciała stracić – Maya szybko wcisnęła zielony przycisk.

– Wszystko w porządku?

– Eee, tak – odrzekła Alexa. – Dlaczego miałoby być inaczej?

– Bez powodu. – Rany, lepiej się uspokój, do cholery. – Co słychać, mała? Potrzebujesz pomocy z pracą domową?

– Jasne, a gdyby tak było, myślisz, że zadzwoniłabym do ciebie?

Maya się roześmiała.

– Słuszna uwaga.

– Jutro gramy mecz.

– Słucham?

– To taki trochę wieśniacki festyn, na którym wszystkie roczniki z naszej okolicy grają ze sobą mecze. Sprzedają drużynowe gadżety, jest nadmuchiwany zamek i wesołe miasteczko. No wiesz, zabawa dla dzieciaków.

– Jasne.

– Wiem, że jesteś zajęta, ale miałam nadzieję, że wpadniecie razem z Lily.

– Aha.

– Tata i Daniel też przyjdą. On gra mecz o dziesiątej, a ja o jedenastej. Możemy oprowadzić Lily, dać jej zwierzaka z balonów... pan Ronkowitz, mój nauczyciel angielskiego, robi je dla wszystkich małych dzieci... zabrać ją na karuzelę. Może być fajnie. Tęsknimy za nią.

Maya popatrzyła na śpiącą Lily. Przytłaczające uczucie powróciło z nową siłą.

– Ciociu Mayu?

Alexa i Daniel byli kuzynami Lily. Dziewczynka uwielbiała

ich oboje. Maya chciała, żeby stanowili ważną część życia Lily. Potrzebowała tego.

– Cieszę się, że Lily już śpi – rzekła do Alexy.

– Jak to?

– Gdybym jej powiedziała, że jutro zobaczy swoich kuzynów, byłaby zbyt podniecona, żeby w ogóle się położyć.

Alexa się roześmiała.

– Świetnie, więc do zobaczenia jutro, tak? Festyn odbędzie się na rynku.

– Jasne.

– Aha, i jeszcze jedno. Mój głupi trener tam będzie.

– Bez obaw. Myślę, że już się zrozumieliśmy.

– Dobranoc, ciociu Mayu.

– Dobranoc, Alexo.

▪ ▪ ▪

Noc była ciężka.

Dźwięki zaatakowały, gdy Maya znajdowała się w łagodnym stanie pomiędzy jawą a snem. Wrzawa, wrzaski, szum wirników i wystrzały były nieustępliwe. Nie dawały wytchnienia. Nie odpuszczały. Przybierały na sile i tak trwały. Maya już nie była w swoim łóżku. Nie była również tam. Znalazła się w przejściowym świecie, zawieszona, zagubiona. Wszystko było ciemnością i hałasem, nieustającym, bezkresnym hałasem, który pochodził z jej wnętrza, jakby jakaś mała istota wspięła się do środka jej głowy i zaczęła tam skrzeczeć i drapać.

Nie było ucieczki ani racjonalnych myśli. Nie było żadnego tu i teraz, żadnego wczoraj ani jutro. To miało się pojawić później. W tej chwili była tylko męczarnia dźwięków przecinających jej mózg jak ostrzem kosy. Maya przyłożyła dłonie do głowy i ścisnęła z całej siły, jakby próbowała zmiażdżyć czaszkę.

Było aż tak źle.

Kiedy jest tak źle, jesteś gotowa zrobić wszystko, żeby...

...Boże, proszę...

...żeby to się skończyło. Myślisz o tym, żeby wziąć do ręki broń i uciszyć te dźwięki. Gdybyś tylko wiedziała, gdzie jesteś i jak blisko masz do stolika nocnego, w którym znajduje się mały sejf, a w nim pistolet...

Maya nie miała pojęcia, czy to trwa od kilku minut, czy od kilku godzin. Wydawało się, że nie ma końca. Czas traci znaczenie, gdy dźwięki cię duszą. Po prostu usiłujesz to przeczekać i utrzymać się na powierzchni.

Jednak w pewnej chwili jakiś nowy odgłos, bardziej „zwyczajny", przebił się przez to piekło. Miała wrażenie, że dobiegł z bardzo daleka i potrzebował dużo czasu, żeby do niej dotrzeć i stać się słyszalny. Musiał przedrzeć się przez inne ogłuszające dźwięki – z których jednym był jej własny krzyk, z czego zdała sobie sprawę, gdy zaczęła płynąć ku jawie.

Dzwonek do drzwi. Potem głos:

– Mayu? Mayu?

Shane. Zaczął dobijać się do drzwi.

– Mayu?

Otworzyła oczy. Odgłosy nie tyle zniknęły, ile stopniowo ucichły, jakby drwiąc z niej i przypominając, że chociaż się wycofały, to zawsze będą jej towarzyszyć. Maya znów pomyślała o teorii, że żaden dźwięk nie zamiera, a jeśli krzykniesz w lesie i usłyszysz echo, to będzie się ono stawało coraz słabsze, ale nigdy całkowicie nie zniknie. Z dręczącymi ją odgłosami było tak samo.

Nigdy całkowicie jej nie odstępowały.

Maya popatrzyła w prawo, gdzie wcześniej spała Lily.

Nie było jej tam.

Serce podeszło Mai do gardła.

– Lily?!

Pukanie i dzwonienie do drzwi ustały. Maya poderwała się i spuściła nogi z łóżka. Kiedy próbowała wstać, zakręciło jej się w głowie i z powrotem musiała usiąść.

– Lily?! – zawołała ponownie.

Na dole otworzyły się drzwi.

– Mayu?

To był Shane, który już wszedł do domu. Na wszelki wypadek dała mu klucze.

– Na górze. – Maya znów spróbowała wstać i tym razem zdołała utrzymać się na nogach. – Lily? Nie mogę znaleźć Lily!

Dom się zatrząsł, gdy Shane wbiegł na górę, przeskakując po dwa stopnie.

– Lily!

– Mam ją! – zawołał Shane.

Pojawił się w drzwiach, niosąc dziewczynkę na prawej ręce. Mayę zalała fala ulgi.

– Stała na szczycie schodów – wyjaśnił Shane.

Twarz Lily była mokra od łez. Maya szybko ruszyła w stronę córeczki. Mała skrzywiła się, a Maya zrozumiała, że zapewne obudziły ją krzyki matki.

Zwolniła kroku i zmusiła się do uśmiechu.

– Wszystko w porządku, słonko.

Mała przycisnęła twarz do ramienia Shane'a.

– Przepraszam, Lily. Mamusia miała zły sen.

Dziecko mocno objęło Shane'a za szyję. On popatrzył na Mayę, nawet nie próbując ukrywać współczucia i troski. Serce Mai rozpadło się na milion kawałków.

– Próbowałem dzwonić. Kiedy nie odbierałaś...

Skinęła głową.

– Hej – powiedział Shane zbyt radośnie. Wesołość nie była jego silną stroną. Nawet Lily wyczuła, że nie brzmi to naturalnie. – Chodźmy razem na dół i zjedzmy śniadanie, co wy na to?

Lily wciąż sprawiała wrażenie niespokojnej, ale szybko dochodziła do siebie. Tak już jest z dziećmi. Są niewyobrażalnie odporne. Maya pomyślała, że potrafią sobie radzić w trudnych sytuacjach niczym najlepsi żołnierze.

– A wiesz, co dzisiaj zrobimy? – zwróciła się do małej.

Lily niepewnie popatrzyła na matkę.

– Pójdziemy na festyn z Danielem i Alexą!

Dziewczynka szerzej otworzyła oczy.

– Będą karuzele i balony...

Maya dalej opowiadała o czekających je atrakcjach i w ciągu kilku minut nocna burza ustąpiła miejsca blaskowi nowego dnia. Przynajmniej dla Lily. Maya jeszcze długo musiała się uwalniać ze szponów strachu, zwłaszcza że ten dotknął jej córki.

Co ona narobiła?

Shane nie spytał jej, czy dobrze się czuje. Znał odpowiedź. Kiedy już posadzili Lily przy stole i usunęli się poza zasięg jej słuchu, zagadnął:

– Jest bardzo źle?

– Nic mi nie jest.

Tylko się odwrócił.

– No, co?

– Okłamywanie mnie przychodzi ci coraz łatwiej.

Miał rację.

– Jest fatalnie – odrzekła. – Zadowolony?

Spojrzał na nią. Widziała, że ma ochotę ją przytulić, ale to nie było w ich stylu. Szkoda. Bardzo by jej się to przydało.

– Powinnaś z kimś porozmawiać – rzekł Shane. – Może z Wu?

Wu był psychiatrą pracującym z weteranami.

– Zadzwonię do niego.

– Kiedy?

– Kiedy to się skończy.

– Kiedy co się skończy?

Nie odpowiedziała.

– Nie chodzi już tylko o ciebie, Mayu.

– To znaczy?

Popatrzył na Lily.

– To był cios poniżej pasa, Shane.

– Trudno. Masz córkę, którą musisz samotnie wychowywać.

– Zajmę się tym.

Maya zerknęła na zegar. Kwadrans po dziewiątej. Usiłowała sobie przypomnieć, kiedy ostatnio spała dłużej niż do 4.58, ale nie potrafiła. Myślała o Lily. Co dokładnie się wydarzyło? Czy jej córka obudziła się i słuchała, jak matka krzyczy? Czy próbowała ją obudzić, czy tylko skuliła się ze strachu?

Co z niej za matka?

„Śmierć idzie za tobą krok w krok, Mayu..."

– Zajmę się tym – powtórzyła. – Tylko muszę doprowadzić to do końca.

– Mówiąc „doprowadzić do końca", masz na myśli „dowiedzieć się, kto zabił Joego"?

Nie odpowiedziała.

– Tak przy okazji, miałaś rację – rzekł Shane.

– W jakiej sprawie?

– Właśnie po to przyjechałem. Prosiłaś, żebym przyjrzał się karierze Toma Douglassa w straży przybrzeżnej.

– I co?

– Służył czternaście lat. Tam po raz pierwszy posmakował pracy jako stróż prawa. Rzeczywiście kierował dochodzeniem w sprawie śmierci Andrew Burketta.

Bum. To miało sens. To nie miało żadnego sensu.

– Wiesz, co ustalił?

– Uznano to za wypadek. Zgodnie z raportem Douglassa, Andrew Burkett w nocy wypadł z łodzi i utonął. Zapewne był pod wpływem alkoholu.

Oboje przez kilka chwil przetrawiali tę informację.

– Mayu, co się dzieje, do diabła?

– Nie wiem, ale zamierzam się dowiedzieć.

– Jak?

Szybko wyjęła telefon i zadzwoniła do domu Douglassów. Nikt nie odebrał, więc nagrała wiadomość: „Wiem, dlaczego Burkettowie panu płacili. Proszę oddzwonić". Podała swój numer komórki, po czym się rozłączyła.

– Jak się dowiedziałaś o Douglassie? – spytał Shane.

– To nieistotne.

– Doprawdy?

Shane wstał i zaczął chodzić tam i z powrotem. Nie trzeba było znać go tak dobrze jak Maya, by domyślić się, że nie zwiastuje to niczego dobrego.

– Co się stało? – spytała.

– Dzisiaj rano dzwoniłem do detektywa Kierce'a.

Maya zamknęła oczy.

– Dlaczego to zrobiłeś?

– Och, sam nie wiem. Może dlatego, że wczoraj oskarżyłaś go o bardzo poważną rzecz.

– To nie ja go oskarżyłam, tylko Caroline.

– Nieważne. Chciałem go nieco wybadać.

– I co?

– Spodobał mi się. Myślę, że jest uczciwy, a Caroline ściemnia.

– No dobrze, nie mówmy o tym więcej.

Shane wydał z siebie irytujący dźwięk, jaki rozbrzmiewa w teleturniejach, gdy ktoś błędnie odpowie.

– Co?

– Przykro mi, Mayu, zła odpowiedź.

– O czym ty mówisz?

– Kierce nie chciał udzielić mi żadnych informacji o samym dochodzeniu – ciągnął Shane. – Tak zachowuje się dobry policjant, który działa zgodnie z zasadami i nie przyjmuje łapówek.

Mai nie podobało się, dokąd zmierza ta rozmowa.

– Ale – Shane uniósł palec – uznał, że może mi opowiedzieć o pewnym incydencie, do którego niedawno doszło w twoim domu.

Zerknęła na Lily.

– Powiedział ci o kamerze.

– Otóż to.

Shane czekał, aż Maya się wytłumaczy. Nie zrobiła tego. Długo stali w milczeniu, wpatrując się w siebie nawzajem. W końcu Shane przerwał ciszę.

– Dlaczego mi o tym nie powiedziałaś? – spytał.

– Zamierzałam.

– Ale?

– Ale i tak sądzisz, że jestem niezrównoważona.

Shane ponownie wydał z siebie ten sam irytujący dźwięk.

– Nieprawda. Być może uważam, że potrzebujesz pomocy...

– No właśnie. Koniecznie chcesz, żebym zadzwoniła do Wu. A co byś sobie pomyślał, gdybym powiedziała, że widziałam swojego zamordowanego męża na nagraniu z kamery?

– Wysłuchałbym cię – odrzekł Shane. – Wysłuchałbym i spróbował ci pomóc w dotarciu do prawdy.

Wiedziała, że mówił szczerze. Shane przysunął sobie krzesło i usiadł.

– Opowiedz mi, co się stało. Ze szczegółami.

Nie było sensu dłużej tego ukrywać. Opowiedziała Shane'owi o kamerze w ramce na zdjęcia, o ataku gazem pieprzowym, o zniknięciu ubrań Joego oraz o swojej wizycie w kompleksie domków pracowniczych na terenie Farnwood, gdzie mieszkała Isabella.

– Pamiętam tamtą koszulę – rzekł Shane, kiedy skończyła. – Jeśli wymyśliłaś sobie to wszystko, to dlaczego ona zniknęła?

– Kto wie?

Shane wstał i ruszył w stronę schodów.

– Dokąd idziesz?

– Sprawdzę w szafie, czy rzeczywiście jej nie ma.

Chciała zaprotestować, ale Shane właśnie taki był. Zawsze musiał doprowadzić sprawę do końca. Wrócił po pięciu minutach.

– Zniknęła – oznajmił.

– Co nie musi o niczym świadczyć – odparła Maya. – Jest milion powodów, dla których może jej nie być w szafie.

Shane usiadł naprzeciwko niej i zaczął skubać dolną wargę. Minęło pięć sekund. Dziesięć.

– Porozmawiajmy o tym.

Maya milczała.

– Pamiętasz, co powiedział generał Dempsey, kiedy odwiedził obóz? – spytał Shane. – O nieprzewidywalności działań wojennych?

Skinęła głową. Generał Martin Dempsey, przewodniczący Połączonego Kolegium Szefów Sztabów, stwierdził, że ze wszystkich ludzkich poczynań najmniej przewidywalna jest wojna. Jedyną zasadą obowiązującą podczas walki jest to, że nie wiadomo, co się wydarzy. Należy być gotowym na to, co wydaje się niemożliwe.

– No więc zastanówmy się nad tym – powiedział Shane. – Przypuśćmy, że naprawdę widziałaś Joego na nagraniu z kamery.

– On nie żyje, Shane.

– Rozumiem. Ale po prostu... rozważmy to krok po kroku. W ramach treningu.

Przewróciła oczami, pozwalając, żeby kontynuował.

– No dobrze, więc oglądasz nagranie z kamery na swoim telewizorze...

– Na laptopie. Podłącza się kartę SD.

– Jasne, przepraszam. Kartę SD. To ją zabrała Isabella po tym, jak zaatakowała cię gazem?

– Tak.

– W porządku, więc wkładasz kartę do swojego laptopa. Widzisz Joego, który bawi się z Lily na kanapie. Wykluczmy najbardziej oczywiste wytłumaczenie. To nie było jakieś stare nagranie?

– Nie.

– Jesteś pewna? Powiedziałaś, że Eileen podarowała ci kamerę po pogrzebie. Czy ktoś nie mógłby do niej wgrać starego filmiku? Nakręconego, zanim Joego zamordowano?

– Niemożliwe. Lily była ubrana tak samo jak tamtego dnia. Obraz został nagrany pod właściwym kątem, z tego samego miejsca na półce, w którym stoi ramka. Jasne, to musiała być jakaś sztuczka. Nie ma innej możliwości. Wizerunek Joego dodano, czy ja wiem, na przykład w Photoshopie. Ale to nie było dawne nagranie.

– Dobrze, zatem wyeliminowaliśmy tę możliwość.

Cała rozmowa zaczynała się stawać absurdalna.

– Jaką możliwość?

– Że to było stare nagranie. Spróbujmy inaczej – rzekł Shane, znów skubiąc wargę. – Załóżmy na chwilę, tylko dla potrzeb dyskusji, że to naprawdę był Joe. Że on wciąż żyje. – Uniósł dłonie, mimo że ona się nie odezwała. – Wiem, wiem, ale daj mi dokończyć, dobrze?

Maya powstrzymała westchnienie i z rezygnacją wzruszyła ramionami.

– Jak byś to zrobiła? – spytał Shane. – Gdybyś była na miejscu Joego i chciała upozorować własną śmierć.

– Upozorować śmierć, a potem wślizgnąć się do swojego domu, żeby pobawić się z dzieckiem? Nie wiem, Shane. Może ty mi powiesz? Najwyraźniej masz jakąś teorię.

– Niezupełnie teorię, ale...

– Czy pojawiają się w niej zombie?

– Mayu?

– Tak?

– Uciekasz się do sarkazmu, kiedy przed czymś się bronisz.

Zmarszczyła czoło.

– Te twoje kursy psychologiczne naprawdę się opłacają – odparła.

– Nie wiem, czego tak się obawiasz.

– Obawiam się, że tracę czas. Ale niech ci będzie, Shane. Zapomnij o zombie. Przedstaw mi swoją teorię. Jak byś upozorował własną śmierć, gdybyś był Joem?

Shane cały czas skubał wargę. Maya bała się, że w końcu ją sobie rozkrwawi.

– Oto jak ja mógłbym to zrobić – odrzekł. – Mógłbym wynająć dwóch gnojków. Mógłbym dać im pistolety ze ślepakami.

– O rany – skwitowała Maya.

– Daj mi dokończyć. Na miejscu Joego sam bym to zorganizował. Użyłbym kapsułek z krwią albo czegoś podobnego. Żeby wszystko wyglądało prawdziwie. Joe lubił tamten zakątek w parku, prawda? Wiedział, jakie tam jest oświetlenie. Wiedział, że będzie na tyle ciemno, że nie zobaczysz, co dokładnie się dzieje. Zastanów się. Naprawdę wierzysz, że te dwa gnojki pojawiły się tam przypadkiem? Nie wydało ci się to dziwne?

– Zaraz, właśnie ten element jest dla ciebie dziwny?

– Uznanie tego za napad rabunkowy... – Shane pokręcił głową. – Od początku miałem wrażenie, że to bzdura.

Maya siedziała w milczeniu. Kierce już udowodnił, że to nie był napad rabunkowy, gdyż analiza balistyczna wykazała, że z tej samej broni zastrzelono zarówno Joego, jak i Claire. Shane oczywiście o tym nie wiedział.

– Załóżmy, że to wszystko była ustawka – powiedział, coraz bardziej zapalając się do swojej dziwacznej teorii spiskowej. – Załóżmy, że tych dwóch gnojków wynajęto, aby strzelali ślepakami i odegrali scenę zabójstwa Joego.

– Shane?

– Tak.

– Zdajesz sobie sprawę, że to brzmi jak wariactwo, prawda?

Wciąż skubał dolną wargę.

– Policja też tam była, pamiętasz, Shane? Ludzie widzieli ciało.

– No dobrze, rozważmy wszystko po kolei. Po pierwsze, ludzie, którzy widzieli ciało. Jasne. Gdybyś była jedynym świadkiem, to na pewno by nie wystarczyło. Więc Joe leży zalany sztuczną krwią. W ciemności. Kilka osób go widzi. Przecież nikt mu nie sprawdzał pulsu.

Maya pokręciła głową.

– Żartujesz sobie?

– Coś ci się nie podoba w mojej teorii? – spytał Shane.

– Od czego mam zacząć? Co z policjantami?

Rozłożył ręce.

– Przecież sama mi powiedziałaś, że Burkettowie opłacali policję.

– Chodzi ci o Kierce'a? Twojego nowego kolegę, który ci się spodobał i który przestrzega zasad?

– Mogłem się mylić co do niego. Nie byłby to pierwszy raz. Możliwe, że Kierce postarał się, aby pełnić służbę tamtego wieczoru, gdy dokonano zabójstwa. Jeśli to była ustawka, to Joe wiedział, kiedy i gdzie to nastąpi, a Kierce upewnił się, że będzie miał wtedy zmianę. A może Burkettowie zapłacili także szefowi policji, komendantowi albo komuś innemu, żeby Kierce pierwszy mógł się znaleźć na miejscu zbrodni.

– Powinieneś nakręcić jakiś film o teoriach spiskowych i wrzucić go na YouTube'a. Czy jedenasty września to była według ciebie robota rządu?

– Przedstawiam ci różne możliwości, Mayu.

– A więc podsumujmy. Wszyscy byli wtajemniczeni w spisek. Gnojki, których aresztował Kierce. Policjanci na miejscu zbrodni. Lekarz sądowy. Przecież jeśli Joe został uznany za martwego, to przeprowadzono sekcję zwłok, prawda?

– Chwileczkę – przerwał jej Shane.

– Co?

– Czy nie mówiłaś, że jest jakiś problem z aktem zgonu?

– To tylko biurokratyczne zamieszanie. Przestań wreszcie skubać tę wargę.

Shane prawie się uśmiechnął.

– W mojej teorii są luki, przyznaję. Mógłbym poprosić Kierce'a, żeby pokazał mi zdjęcia z sekcji zwłok...

– Czego nie zrobi.

– Potrafię być bardzo pomysłowy.

– Nie musisz. Zresztą skoro według ciebie zadali sobie tak wiele trudu, to równie dobrze mogli sfałszować zdjęcia.

– Słuszna uwaga.

– To był sarkazm. – Maya pokręciła głową. – On nie żyje, Shane. Joe nie żyje.

– Albo w coś z tobą pogrywa.

Maya przez chwilę to rozważała.

– Albo robi to ktoś inny – rzuciła.

18

Festyn piłkarski przypominał scenę z nostalgicznego amerykańskiego filmu albo z ilustracji Normana Rockwella, zbyt idealną, aby była prawdziwa. Wszędzie widziało się namioty, stoiska, stanowiska gier i karuzele. Ludzie śmiali się i wiwatowali, sędziowie gwizdali, grała muzyka. Z furgonetek sprzedawano hamburgery, kiełbaski, lody i tacos. Można było kupić niemal wszystko w zielono-białych barwach miasteczka – T-shirty, czapki, bluzy z kapturem, koszulki polo, kalkomanie, butelki na wodę, kubki do kawy, breloczki do kluczy, leżaki. Nawet nadmuchiwany zamek i zjeżdżalnie były zielono-białe.

Każdy rocznik zorganizował własne stoisko. Dziewczęta z siódmej klasy robiły zmywalne tatuaże. Chłopcy z ósmej mieli bramkę i ręczny radar, za którego pomocą mierzyli szybkość strzałów. Dziewczęta z szóstej rozstawiły stoisko, przy którym malowały twarze.

Właśnie tam Maya i Lily znalazły Alexę.

Kiedy Alexa je zobaczyła, upuściła pędzelek i podbiegła do nich, wołając:

– Lily! Cześć!

Lily, która dotychczas trzymała Mayę za rękę, teraz uwolniła dłoń, zachichotała i zasłoniła usta rączkami, cała drżąc z podniecenia i radości, do jakich zdolne są tylko małe dzieci. Drżenie i chichoty przybrały na sile, gdy podeszła Alexa. Kiedy podniosła Lily, chichot małej zmienił się w piskliwy śmiech.

Maya, która odgrywała tylko rolę widza, z uśmiechem patrzyła na ich powitanie.

– Lily! Ciociu Mayu!

Teraz podbiegł do nich Daniel. Eddie szedł w tyle za synem, również się uśmiechając. Cała ta scena wydawała się Mai nierzeczywista, niemal nieprzyzwoita w samym środku jej osobistego chaosu, ale to nic. Na świecie istnieją granice i ogrodzenia. Maya ponad wszystko pragnęła, żeby ta trójka dzieci znajdowała się po ich właściwej stronie.

Daniel cmoknął ciocię w policzek i ruszył do Lily. Odebrał ją siostrze i uniósł wysoko nad głowę. Śmiech Lily, odgłos czystej niewinności, sprawił, że Maya zastygła w miejscu. Zastanawiała się, kiedy ostatnio słyszała go z ust córki.

– Możemy ją zabrać na karuzelę, ciociu Mayu? – spytała Alexa.

– Będziemy ostrożni – dodał Daniel.

Eddie podszedł do Mai.

– Jasne – odrzekła. – Dać wam trochę pieniędzy?

– Nie trzeba – powiedział chłopiec, po czym całą trójką się oddalili.

Maya posłała Eddiemu przelotny uśmiech. Jej szwagier wyglądał lepiej, był gładko ogolony i miał jasne spojrzenie.

Pocałował ją w policzek. Nie śmierdziało od niego alkoholem. Maya popatrzyła na odchodzące dzieci. Daniel postawił Lily na ziemi pomiędzy sobą a Alexą. Prawą rączką mała złapała się Daniela, a lewą Alexy.

– Piękny dzień – zauważył Eddie.

Maya skinęła głową. Rzeczywiście był piękny. Słońce świeciło jak na zawołanie. Oto amerykański sen, rozpostarty przed jej oczami niczym ciepły kocyk. Ogarniało ją przytłaczające poczucie, że tutaj nie pasuje, a jej obecność jest jak ciemna chmura, która przesłania światło.

– Eddie?

Osłonił oczy przed słońcem i spojrzał na nią.

– Claire cię nie zdradzała.

Do oczu błyskawicznie napłynęły mu łzy i musiał odwrócić wzrok. Zgarbił się i Maya przez chwilę się obawiała, że szwagier płacze. Wyciągnęła rękę, chcąc dotknąć jego ramienia, ale rozmyśliła się i opuściła dłoń.

– Jesteś pewna? – spytał.

– Tak.

– A tamten telefon?

– Pamiętasz moje... kłopoty z tamtą ujawnioną taśmą z pola bitwy?

– Oczywiście.

– To nie było wszystko.

– Co masz na myśli?

– Facet, który ujawnił nagranie...

– Corey Demaskator – wtrącił Eddie.

– Właśnie. Nie ujawnił ścieżki dźwiękowej.

Sprawiał wrażenie zbitego z tropu.

– Sądzę, że Claire go od tego odwiodła.

– Czy ta ścieżka dźwiękowa pogorszyłaby twoją sytuację?

– Tak.

Eddie pokiwał głową, ale nie spytał, co było na nagraniu.

– Claire tak się denerwowała, kiedy wybuchł tamten skandal. Jak my wszyscy. Martwiliśmy się o ciebie.

– Claire poszła o krok dalej.

– To znaczy?

– Skontaktowała się z Coreyem. Zaczęła współpracować z jego organizacją.

Nie było powodu rozmawiać z Eddiem o możliwych motywach jego żony. Może pomagała Coreyowi w zamian za to, żeby zostawił Mayę w spokoju. Może Corey, który potrafił być sugestywny i uroczy, przekonał ją, że zdemaskowanie rodziny Burkettów to moralne i sprawiedliwe rozwiązanie. Ostatecznie nie miało to znaczenia.

– Claire zaczęła zbierać brudy na Burkettów – powiedziała Maya. – Chciała pomóc organizacji Coreya w ich pogrążeniu.

– Myślisz, że dlatego zginęła?

Popatrzyła na Lily. Cała drużyna Alexy otoczyła dziewczynkę i wznosiła okrzyki zachwytu. Kolejno malowali jej buzię zieloną i białą farbą, a Maya nawet z tej odległości wyczuwała radość córki.

– Tak.

– Nie rozumiem – rzekł Eddie. – Dlaczego Claire mi nie powiedziała?

Maya nie odrywała wzroku od dzieci, odgrywając rolę milczącego stróża. Czuła na sobie spojrzenie szwagra, ale nic nie mówiła. Claire zachowała wszystko w tajemnicy, ponieważ nie chciała go narażać. To, że o niczym nie wiedział, zapewne ocaliło mu życie. Claire kochała męża. Bardzo go kochała. Jean-Pierre był idiotyczną fantazją, która w zetknięciu z prawdziwym życiem skwasiłaby się jak mleko. Claire, kochająca pragmatyczka, wyraźnie dostrzegała to, czego nie widziała Maya, pochłonięta swoim gwałtownym życiem miłosnym. Claire kochała Eddiego. Kochała Daniela i Alexę. Kochała to życie wypełnione festynami piłkarskimi i malowaniem twarzy w blasku słońca.

– Przypominasz sobie coś dziwnego, Eddie? Coś, co mogłoby mieć jakikolwiek związek z tą sprawą?

– Jak już mówiłem, zaczęła później wracać z pracy. Była podenerwowana. Pytałem ją, co się dzieje, ale nie chciała mi powiedzieć. – Jego głos przycichł. – Powtarzała tylko, żebym się nie przejmował.

Dzieciaki skończyły malować twarze i ruszyły w stronę karuzeli.

– Czy kiedykolwiek wspominała o niejakim Tomie Douglassie?

Przez chwilę się nad tym zastanawiał.

– Nie. Kto to jest?

– Prywatny detektyw.

– Po co miałaby się z nim kontaktować?

– Ponieważ Burkettowie go opłacają. Słyszałeś, żeby kiedykolwiek opowiadała o Andrew Burketcie?

Eddie zmarszczył czoło.

– O bracie Joego, tym, który utonął?

– Tak.

– Nie. Co on ma z tym wspólnego?

– Jeszcze nie wiem. Ale chcę, żebyś coś zrobił.

– Słucham.

– Popatrz na to wszystko ponownie, świeżym okiem. Sprawdź historię jej wyjazdów i jej dokumenty, poszukaj skrytek. Cokolwiek przyjdzie ci do głowy. Próbowała pogrążyć Burkettów. Dowiedziała się, że opłacają tego Toma Douglassa, i podejrzewam, że to doprowadziło ją do jakiegoś ważnego odkrycia.

Eddie pokiwał głową.

– Dobrze.

Razem przyglądali się, jak Daniel sadza Lily na koniku na karuzeli. Daniel stanął po jednej, a Alexa po drugiej stronie dziewczynki. Lily promieniała ze szczęścia.

– Popatrz na nich – rzekł Eddie. – Tylko...

Maya pokiwała głową, bojąc się odezwać. Eddie powiedział, że śmierć idzie za nią krok w krok, ale zapewne nie było to takie proste. Wszędzie wokół niej całe rodziny bawiły się, śmiały i rozkoszowały tym na pozór zwyczajnym dniem. Robiły to bez strachu i trosk, ponieważ niczego nie rozumiały. Bawili się, śmiali i czuli się tak cholernie bezpieczni. Nie dostrzegali, jakie to wszystko jest kruche. Wojna wydawała im się tak odległa. Toczyła się nie na innym kontynencie, lecz w innym świecie. Nie mogła ich dotknąć.

Ale to nie była prawda.

Już dotknęła jednej spośród nich – Claire – a Maya była temu winna. To, co zrobiła na pokładzie bojowego śmigłowca nad Al Qa'im, podobnie jak dręczące ją odgłosy, odbiło się echem, które w końcu dotarło do jej siostry.

Prawda była tak oczywista i bolesna. Gdyby Maya wtedy nie popełniła błędów, Claire wciąż by żyła. Stałaby tutaj, zachwycona urokiem i śmiechem swoich dzieci. To przez Mayę jej tutaj nie ma. Claire zniknęła, a pod wesołymi uśmiechami Daniela i Alexy kryje się smutek, który zawsze będzie ich prześladował.

Lily zaczęła się rozglądać. Zauważyła matkę i pomachała do niej. Maya przełknęła ślinę i również pomachała córce. Daniel i Alexa zrobili to samo, po czym gestem zachęcili Mayę, żeby do nich dołączyła.

– Mayu? – odezwał się Eddie.

Nic nie odpowiedziała.

– Idź do nich.

Pokręciła głową.

– Już nie jesteś na służbie – powiedział, jakby czytał jej w myślach. – Naciesz się córką.

Ale Eddie niczego nie rozumiał. Ona tutaj nie pasowała. Czuła się tu obca, to nie był jej świat – mimo że walczyła i ryzykowała wszystko w obronie takiego życia. Właśnie takiego. Takich chwil. A jednak sama nie potrafiła przekroczyć tej granicy i w tym uczestniczyć. Może takie są zasady gry. Możesz tym żyć albo tego bronić, ale nie jedno i drugie. Jej koledzy żołnierze na pewno by zrozumieli. Niektórzy umieli się zmusić do przejścia na drugą stronę. Uśmiechali się, jeździli na karuzeli, kupowali koszulki, choć w głębi ich umysłu kryło się coś, co nie dawało im spokoju i sprawiało, że stale lustrowali otoczenie, czujni na wszelkie zagrożenia.

Czy to kiedykolwiek minie?

Być może. Ale jeszcze nie teraz. Dlatego Maya tylko stała i patrzyła, milczący stróż.

– Ty idź – powiedziała.

Eddie przez chwilę się zastanawiał.

– Nie, dobrze mi tutaj z tobą.

Razem obserwowali dzieci.

– Mayu?

Nie odzywała się.

– Kiedy dowiesz się, kto zabił Claire, będziesz musiała mi powiedzieć.

Chciał samodzielnie pomścić żonę. Nie mogła do tego dopuścić.

– Dobrze – odrzekła.

– Obiecujesz?

Co znaczy jeszcze jedno kłamstwo?

– Obiecuję.

Zabrzęczała jej komórka. Sprawdziła, kto dzwoni. Domowy numer Toma Douglassa. Odeszła na bok i przyłożyła telefon do ucha.

– Słucham?

– Dostałam pani wiadomość – powiedziała pani Douglass. – Niech pani jak najszybciej przyjedzie.

▪ ▪ ▪

– Może zabiorę Lily do nas – zaproponował Eddie. – Dzieciaki będą zachwycone.

To rzeczywiście uprościłoby sprawę. Gdyby Maya spróbowała teraz zabrać córkę z festynu, ta z pewnością wpadłaby w szał godny dwulatki.

– Chodzi o Toma Douglassa – powiedziała, chociaż jej o to nie pytał. – Mieszka w Livingston. Nie powinno mi to zająć więcej niż dwie godziny.

Eddie się skrzywił.

– No, co? – spytała.

– Livingston. To przy zjeździe numer piętnaście, tak?

– Zgadza się. O co chodzi?

– Tydzień przed śmiercią Claire zobaczyłem na jej karcie autostradowej, że dwukrotnie przejeżdżała przez tamtą bramkę.

– To coś dziwnego?

– Nigdy wcześniej nie sprawdzałem jej karty... Ale owszem, to dziwne, bo zazwyczaj nie zapuszczaliśmy się tak daleko.

– Co o tym sądzisz?

– Jest tam jakaś elegancka galeria handlowa. Myślałem, że może się do niej wybrała.

Albo nie chciał zbyt uważnie przyglądać się temu, co było zrozumiałe. Mniejsza z tym. Maya pośpieszyła do samochodu. Jej siostra została zamordowana, ponieważ za bardzo zbliżyła się do jakiejś tajemnicy. Maya była tego pewna. Ta tajemnica miała związek z Tomem Douglassem, a zatem również z bratem Joego, Andrew Burkettem. W jaki sposób Andrew Burkett, który nie żył już od niemal piętnastu lat, kiedy to Maya poznała Joego, mógł doprowadzić do zamordowania Claire, wciąż pozostawało zagadką.

Pojechała w stronę autostrady, po drodze przełączając stacje radiowe i nie znajdując niczego, co by jej się podobało. Teraz nie było sensu zbytnio tego analizować. Najważniejsze, że jej córka jest bezpieczna z rodziną Claire.

Za pomocą Bluetootha podłączyła do radia swój telefon z listą ulubionych utworów i próbowała oczyścić umysł. Lykke Li zaczęła śpiewać *No Rest for the Wicked*. Lykke śpiewała, że zawiodła swojego ukochanego, a potem następowały zabójcze słowa: „Pozwoliłam, by prawdziwa miłość umarła”. Maya jej wtórowała, na chwilę odrywając się od rzeczywistości, a gdy piosenka dobiegła końca, odtworzyła ją ponownie i zaśpiewała aż do równie zabójczej końcówki: „Miałam jego serce, ale wciąż je łamałam".

Joe podarował jej tę piosenkę. Ich związek był jak tornado, ale właśnie tak wyglądały wszystkie katastrofalne miłości Mai. Czterdzieści osiem godzin po tym, jak poznali się na przyjęciu charytatywnym, Joe zaproponował, żeby polecieli jego prywatnym samolotem na Turks i Caicos. Pod Mayą ugięły się nogi i uległa. Spędzili weekend w kurorcie Amanyara.

Spodziewała się, że ten nowy związek będzie się rozwijał, jak zwykle u niej, według gwałtownego schematu: intensywna, namiętna, przesadna, szaleńcza więź, a zaraz potem szybkie zakończenie. Od pożaru do pogorzeliska. Od miłości do pożegnania. Dla Mai każdy nowy mężczyzna stawał się Jeanem-Pierre'em. Na jakieś trzy tygodnie.

Kiedy więc po tygodniu odkryła, że Joe stworzył dla niej internetową listę piosenek, uważnie wysłuchała każdej z nich i odszyfrowywała ukryte znaczenie tekstów, leżąc na plecach i wpatrując się w sufit, jak nastolatka. Zachwycił ją jego gust muzyczny. Wybrane piosenki nie tylko do niej przemawiały, ale też przebiły jej pancerz, osłabiły ją i przygotowały do nauki, jakkolwiek seksistowsko by to brzmiało.

Jednak Maya zdawała sobie sprawę, że do tanga trzeba dwojga. Rozkoszowała się bezwładnym wirowaniem po orbicie Joego – pośród alkoholu, muzyki, podróży i seksu – ale od samego początku, jak przy każdym swoim związku, widziała na horyzoncie koniec. Nie przeszkadzało jej to. Miała swoje życie w wojsku. Małżeństwo, dzieci, festyny piłkarskie – to nie było częścią planu. Joe miał pozostać kolejnym przyjemnym wspomnieniem.

Jej związki zawsze w końcu się psuły. Ale nie dotyczyło to wspomnień.

Tyle że Maya zaszła w ciążę, a gdy zastanawiała się, co z tym fantem zrobić, Joe stanął na wysokości zadania. Oświadczył się na kolanach, przy dźwięku skrzypiec. Obiecał jej szczęście. Obiecał miłość. Powiedział, że jest dumny z jej służby w wojsku, i przysiągł, że zrobi wszystko, żeby mogła osiągać swoje cele zawodowe. Powiedział, że będą żyli inaczej, według własnych zasad. Entuzjazm Joego był jak żywioł. Porwał ją i zanim kapitan Maya Stern się zorientowała, weszła do rodziny Burkettów.

Lykke Li ucichła i zabrzmiało *White Blood* Oh Wonder. Dlaczego, u licha, słucha smutnych piosenek Joego? Prosta odpowiedź: ponieważ je lubi. Nawet w próżni, gdy zapominała, dokąd to wszystko odeszło, te piosenki wciąż dotykały jej wnętrza, nawet ta, nawet jej rozdzierające pierwsze linijki:

Jestem gotowa, by odejść, jestem gotowa, by odejść,
Nie dam rady zrobić tego sama...

Piękne słowa, ale bzdury, pomyślała Maya, zauważając łódź Toma Douglassa stojącą obok garażu. Ona była gotowa zrobić to sama.

Zanim zdążyła zadzwonić, w drzwiach stanęła pani Douglass. Miała ściągniętą twarz. Rozejrzała się na boki i otworzyła siatkowe drzwi.

– Zapraszam.

Maya weszła do środka, a pani Douglass zamknęła za nią drzwi.

– Czy ktoś nas obserwuje? – spytała Maya.

– Nie wiem.

– Pani mąż jest w domu?

– Nie.

Maya milczała. Ta kobieta po nią zadzwoniła, ponieważ czegoś od niej chciała. Niech powie, o co chodzi.

– Dostałam pani wiadomość – rzekła pani Douglass.

Maya niezauważalnie skinęła głową.

– Powiedziała pani, że wie, jaką pracę mój mąż wykonywał dla Burkettów.

Tym razem pani Douglass ją przeczekała. Maya postanowiła się streszczać.

– Tego nie powiedziałam.

– Czyżby?

– Powiedziałam, że wiem, za co Burkettowie płacili pani mężowi.

– Nie widzę różnicy.

– Nie sądzę, żeby dla nich pracował – wyjaśniła Maya. – Chyba że przyjmowanie łapówek to praca.

– O czym pani mówi?

– Pani Douglass, proszę przestać bawić się ze mną w kotka i myszkę.

Kobieta wytrzeszczyła oczy.

– Wcale tego nie robię. Proszę mi powiedzieć, czego się pani dowiedziała.

Maya usłyszała desperację w jej głosie. Jeśli pani Douglass kłamała, to była w tym znakomita.

– A jak pani sądzi, co mąż robił dla Burkettów? – spytała Maya.

– Tom jest prywatnym detektywem. Zakładałam, że prowadzi dochodzenie dla jakiejś potężnej rodziny.

– Ale nigdy nie powiedział, na czym dokładnie polega jego praca?

– Już pani mówiłam, że jego praca jest poufna.

– Proszę dać spokój, pani Douglass. Chce mi pani wmówić, że mąż nigdy słowem nie wspomniał o tym, czym się zajmuje?

Pojedyncza łza spłynęła po policzku kobiety.

– Czym się zajmował Tom? – spytała szeptem. – Proszę, niech mi pani powie.

Maya ponownie zastanowiła się, jaką drogę wybrać, i w końcu zdecydowała się na najprostszą.

– Pani mąż służył w straży przybrzeżnej. Kiedyś prowadził dochodzenie w sprawie śmierci młodego mężczyzny, Andrew Burketta.

– Tak, wiem. Właśnie wtedy Tom poznał tę rodzinę. Podobało im się, w jaki sposób prowadził tamto dochodzenie. Dlatego kiedy założył własną firmę, zaproponowali mu kolejne zlecenia.

– Nie sądzę – odparła Maya. – Podejrzewam, że chcieli, aby uznał tamtą śmierć za wypadek.

– Dlaczego?

– Właśnie o to chcę spytać pani męża.

Pani Douglass usiadła na kanapie, jakby ugięły się pod nią kolana.

– Płacili mu przez tyle lat, tyle pieniędzy...

– Pieniądze nie są problemem dla Burkettów – zauważyła Maya.

– Ale takie sumy? Przez tyle czasu? – Uniosła drżącą dłoń do ust. – Jeśli pani mówi prawdę... a wcale nie jestem przekonana, czy tak jest... to musiało chodzić o jakąś potężną aferę.

Maya przykucnęła.

– Gdzie jest pani mąż?

– Nie wiem.

Maya czekała.

– Właśnie dlatego do pani zadzwoniłam. Tom zaginął przed trzema tygodniami.

19

Pani Douglass zgłosiła zaginięcie męża na policję, ale kiedy pięćdziesięciosiedmioletni mężczyzna znika, a brak podejrzeń o przestępstwo, policja niewiele może zrobić.

– Tom uwielbia łowić ryby. Wyjeżdża na całe tygodnie. Policja o tym wie. Powiedziałam im, że nigdy by tego nie zrobił bez uprzedzenia, ale... – Bezradnie wzruszyła ramionami. – Wprowadzili jego nazwisko do systemu, cokolwiek to znaczy. Jeden z detektywów oznajmił mi, że mogą rozpocząć dochodzenie, ale nie wolno im zajrzeć do jego dokumentacji zawodowej bez nakazu sądowego.

Maya wyszła kilka minut później. Dosyć czekania. Zadzwoniła do teściowej. Po trzecim sygnale Judith odezwała się cichym głosem:

– Mam pacjenta. Wszystko w porządku?

– Musimy porozmawiać.

Zapadła dziwna cisza, a Maya zastanawiała się, czy Judith właśnie przeprasza i wychodzi z pomieszczenia.

– Przyjedź do mojego gabinetu. O siedemnastej, dobrze?

– Załatwione.

Maya rozłączyła się i zadzwoniła do Eddiego z pytaniem, czy ma odebrać Lily.

– Pozwól jej zostać – odrzekł. – Świetnie się bawi z Alexą.

– Na pewno?

– Albo będziesz częściej przywoziła Lily, albo będę musiał wynająć inną uroczą dwulatkę, żeby nas odwiedzała.

Maya się uśmiechnęła.

– Dzięki.

– Wszystko w porządku?

– Tak, dziękuję.

– Nie rób tego, co ona robiła, Mayu.

– To znaczy?

– Nie kłam, żeby mnie chronić.

Miał rację, ale z drugiej strony, co by się z nimi stało, gdyby Claire wyznała mu prawdę?

Na jej podjeździe stał samochód. Na ławce przy tylnych drzwiach domu siedziała znajoma postać i zapisywała coś w żółtym notatniku. Ciekawe, jak dawno przyjechał? A co ważniejsze, w jakim celu?

Może chodzi o Shane'a... albo to kolejny zbieg okoliczności?

Zaparkowała przed domem. Ricky Wu podniósł wzrok dopiero, gdy wysiadła z auta. Z kliknięciem zamknął długopis i posłał jej uśmiech. Maya go nie odwzajemniła.

– Dzień dobry, Mayu.

– Dzień dobry, doktorze Wu.

Nie lubił, kiedy nazywano go doktorem. Był jednym z tych psychiatrów, którzy chcą być z pacjentami na ty. Ojciec Mai często puszczał piosenkę Steely Dana z lat siedemdziesiątych zatytułowaną *Doctor Wu*. Maya zastanawiała się, czy to dlatego Wu lekko się krzywił za każdym razem, gdy go tak nazywała.

– Dzwoniłem i nagrałem kilka wiadomości – powiedział.

– Tak, wiem.

– Pomyślałem, że może będzie najlepiej, jeśli odwiedzę cię osobiście.

– Doprawdy?

Otworzyła drzwi kluczem. Weszła. Wu podążył za nią.

– Postanowiłem złożyć ci kondolencje.

Maya cmoknęła.

– Jestem zaskoczona.

– Słucham?

– Nie sądziłam, że spróbujesz odnowić nasze relacje, uciekając się do kłamstwa.

Jeśli poczuł się urażony, jego uśmiech tego nie zdradzał.

– Możemy na chwilę usiąść?

– Dziękuję, postoję.

– Jak się czujesz, Mayu?

– W porządku.

Pokiwał głową.

– Nie miałaś ostatnio żadnych ataków?

A więc Shane, pomyślała.

Nie uwierzyłby jej, gdyby oświadczyła, że dolegliwości całkowicie zniknęły.

– Lekkie – odrzekła.

– Chciałabyś mi o nich opowiedzieć?

– Mam wszystko pod kontrolą.

– Jestem zaskoczony.

– Dlaczego?

Wu uniósł brew.

– Nie sądziłem, że spróbujesz odnowić nasze relacje, uciekając się do kłamstwa.

Trafiona, zatopiona.

Zaryzykował lekki uśmiech. Maya już miała posłać go do diabła, gdy nagle, niespodziewanie, przypomniała jej się wystraszona twarz Lily, którą widziała tego ranka. Z zaskoczeniem poczuła w oczach piekące łzy. Odwróciła się plecami do Wu i powstrzymała płacz.

– Mayu?

Z trudem przełknęła ślinę.

– Chciałabym, żeby ustały.

Wu nieco się zbliżył.

– Co się stało?

– Przestraszyłam swoje dziecko.

Opowiedziała mu o ostatniej nocy. Słuchał, nie przerywając jej.

– Możliwe, że będę musiał zmienić ci leki – oznajmił, kiedy skończyła. – Pacjentów z podobnymi objawami skutecznie leczę ostatnio serzonem.

Maya nie była pewna, czy zapanuje nad głosem, więc tylko pokiwała głową.

– Mam trochę w samochodzie, jeśli chcesz.

– Dziękuję.

– To żaden problem. – Podszedł bliżej. – Czy mogę coś powiedzieć?

Zmarszczyła czoło.

– Więc nie mogę po prostu dostać lekarstw i mieć świętego spokoju?

– Przykro mi, Mayu, zawsze jest jakiś haczyk.

– Domyśliłam się. No dobrze, co chcesz powiedzieć?

– Nigdy wcześniej nie przyznałaś się, że potrzebujesz pomocy.

– Słuszna uwaga.

– Ale nie to chciałem powiedzieć.

– Aha.

– Przyznałaś się do tego, aby chronić swoje dziecko. Nie zrobiłabyś tego dla siebie. Nie zdecydowałabyś się, gdyby nie Lily.

– Kolejna słuszna uwaga – odrzekła Maya.

– Nie próbujesz wyzdrowieć. Zależy ci tylko na ochronieniu swojego dziecka. – Przekrzywił głowę, jak miał w zwyczaju podczas rozmów z pacjentami. – Kiedy przestaniesz w ten sposób rozumować?

– Kiedy przestanę myśleć o chronieniu swojego dziecka? – Maya wzruszyła ramionami. – Czy jakikolwiek rodzic przestaje o tym myśleć?

– Masz rację. – Wu oparł dłonie na blacie kuchennej wyspy. – Banalna odpowiedź, ale niech ci będzie. Jednak powinnaś mnie wysłuchać. Zespół stresu pourazowego to zaburzenie. Nie można po prostu go przeczekać. Chcesz zadbać o bezpieczeństwo swojego dziecka? Zatem musisz nad sobą popracować.

– Zgadzam się – powiedziała Maya.

Wu się uśmiechnął.

– No, łatwo poszło.

– Zapiszę się na wizytę.

– Może zaczniemy od razu?

– Mam mało czasu.

– Och, pierwsze spotkanie nie potrwa długo.

Zastanowiła się nad tym przez chwilę i uznała, że może spróbować.

– To przypomina doświadczenia, które miałam w przeszłości.

– Jest intensywniejsze?

– Tak.

– Jak często pojawiają się ataki?

– Wciąż mówisz o atakach, ale to nieprecyzyjne określenie, prawda? To są halucynacje.

– Nie lubię tego słowa. Nie podobają mi się skojarzenia, które...

– Mogę o coś spytać? – przerwała mu.

– Oczywiście, Mayu.

To był impuls, ale postanowiła mu ulec. Może Wu okaże się użyteczny.

– Przydarzyło mi się coś jeszcze. Coś, co jest z tym wszystkim powiązane.

Popatrzył na nią i skinął głową.

– Opowiedz.

– Przyjaciółka kupiła mi kamerę do pokoju dziecięcego – zaczęła.

Wu ponownie cierpliwie jej wysłuchał, a z jego twarzy nie dawało się wiele wyczytać. Maya opowiedziała mu o tym, jak zobaczyła Joego na nagraniu.

– Ciekawe – orzekł, gdy skończyła. – To się stało w ciągu dnia, mam rację?

– Tak.

– A więc nie w nocy – powiedział, bardziej do siebie niż do niej. – Ciekawe.

Wystarczy tych komentarzy.

– Chciałam spytać, czy to była halucynacja, oszustwo, czy coś innego?

– Dobre pytanie. – Ricky Wu usiadł wygodnie, skrzyżował nogi i pogładził się po brodzie. – Oczywiście mózg lubi nam płatać figle. A w twoim wypadku... zespół stresu pourazowego, zamordowana siostra, mąż zabity na twoich oczach, presja związana z samotnym macierzyństwem, ignorowanie większości terapii... najbardziej logicznym wnioskiem wydaje się... Cóż, jak mówiłem, nie podobają mi się skojarzenia, które wywołuje ten termin. Ale sądzę, że większość specjalistów uznałaby, że wizerunek Joego na ekranie komputera pojawił się tylko w twojej wyobraźni, a zatem rzeczywiście był halucynacją. Zgodnie z najprostszym wytłumaczeniem, a takie często bywają najlepsze, tak bardzo chciałaś go zobaczyć, że w końcu to się stało.

– Większość specjalistów – powiedziała Maya.

– Słucham?

– Powiedziałeś: „większość specjalistów uznałaby". Nie interesuje mnie większość. Ciekawi mnie, co ty o tym myślisz.

Wu się uśmiechnął.

– Czuję się niemal zaszczycony.

Nic nie odpowiedziała.

– Zapewne sądzisz, że zgadzam się z tą diagnozą. Unikasz mnie, więc przydałaby ci się nauczka. Zrezygnowałaś z terapii wcześniej, niż ci zalecałem. Potem stanęłaś w obliczu nowych wyzwań. Tęsknisz za nim. Nie tylko straciłaś pracę, która stanowiła sens twojego życia, ale teraz jeszcze zostałaś samotną matką.

– Ricky?

– Tak?

– Przejdź od razu do „ale".

– Ale nie masz halucynacji. Masz jaskrawe retrospekcje. To często się zdarza w zespole stresu pourazowego. Niektórzy uważają, że takie retrospekcje mogą przypominać halucynacje, a nawet być z nimi tożsame. Wtedy pojawia się niebezpieczeństwo, że halucynacje doprowadzą do psychozy. Ale twoje doświadczenia, obojętnie, czy nazwiemy je retrospekcjami, czy halucynacjami, zawsze były jedynie słuchowe. Nocami, kiedy pojawiają się ataki, nigdy nie widzisz zmarłych, prawda?

– Nie.

– Nie prześladują cię ich twarze. Tamtych trzech mężczyzn. Matki. – Przełknął ślinę. – Dziecka.

Nie odpowiedziała.

– Słyszysz wrzaski. Nie widzisz twarzy.

– No i?

– To się często zdarza. Trzydzieści do czterdziestu procent weteranów z zespołem stresu pourazowego doświadcza halucynacji słuchowych. W twoim wypadku są one wyłącznie słuchowe. Nie twierdzę, że nie „widziałaś" – palcami zaznaczył w powietrzu cudzysłów – Joego. To możliwe. Ale według mnie to nie pasuje do twoich objawów czy ogólnie do tego rodzaju zaburzenia. Nie mogę potwierdzić hipotezy, że z powodu zespołu stresu pourazowego wyobraziłaś sobie, że widzisz swojego męża na nagraniu bez dźwięku.

– Mówiąc w skrócie, nie sądzisz, że sobie to wyobraziłam.

– To, co nazywasz halucynacjami, Mayu, to retrospekcje. Przedstawiają rzeczy, które faktycznie miały miejsce. Nie widzisz ani nie słyszysz tego, co nigdy się nie wydarzyło.

Maya usiadła wygodniej.

– Co teraz czujesz? – spytał Wu.

– Chyba ulgę.

– Oczywiście nie mogę mieć pewności. Nocami wciąż wydaje ci się, że jesteś na pokładzie śmigłowca?

– Tak.

– Opowiedz mi, co pamiętasz.

– Nic się nie zmienia, Ricky.

– Otrzymujesz rozpaczliwe wezwanie od żołnierzy. Są osaczeni.

– Lecę tam. Otwieram ogień. – Chciała jak najszybciej mieć to za sobą. – Już to przerabialiśmy.

– Owszem. Co się dzieje potem?

– Co chcesz, żebym powiedziała?

– Zawsze przerywasz w tym momencie. Zginęło pięć osób. Cywilów. Jedną z nich była matka dwójki...

– Mam tego dosyć.

– Czego?

– Zawsze to powtarzają. „Jedną z nich była kobieta. Matka". Co za seksistowskie bzdury. Cywil to cywil. Tamci mężczyźni byli ojcami. Nikt o tym nie wspomina. „Matka i kobieta". Jakby to było gorsze od zabicia ojca i mężczyzny.

– Słowa – odrzekł Wu.

– Co takiego?

– Wściekasz się o słowa, ponieważ nie chcesz stawić czoła prawdzie.

– Boże, nienawidzę, kiedy tak mówisz. Jakiej prawdzie nie chcę stawić czoła?

Popatrzył na nią ze współczuciem. Nie znosiła takiego spojrzenia.

– Popełniłaś błąd, Mayu. To wszystko. Musisz sobie wybaczyć. Poczucie winy cię nie opuszcza i od czasu do czasu daje ci o sobie znać w tych retrospekcjach słuchowych.

Skrzyżowała ręce na piersi.

– Jestem rozczarowana, doktorze Wu.

– Dlaczego?

– To takie oklepane wytłumaczenie. Czuję się winna z powodu zabitych cywilów, więc kiedy przestanę się obwiniać, poczuję się lepiej.

– Nie – zaoponował. – To nie jest lekarstwo. Ale może sprawić, że twoje noce będą nieco spokojniejsze.

Niczego nie rozumiał, lecz przecież nie słyszał nagrania z tamtego dnia. Czy wtedy zmieniłby podejście? Może tak, może nie.

Zabrzęczał telefon Mai. Jeden dzwonek. Sprawdziła numer.

– Ricky?

– Tak.

– Muszę odebrać dziecko – skłamała. – Możesz mi dać te nowe leki?

20

Na ekranie telefonu wyświetliło się: „Skóry i Koronki".

Corey postawił sprawę jasno. Jeśli zadzwoni i zaraz się rozłączy, to znaczy, że chce się spotkać.

Kiedy wjechała na parking, bramkarz nachylił się do jej okna i powiedział:

– Cieszę się, że dostałaś robotę.

Rany, miała nadzieję, że facet tylko żartuje i nikt nie uznał, że praca striptizerki będzie dla niej realistyczną przykrywką.

– Zostaw samochód na parkingu dla pracowników i idź do wejścia służbowego.

Maya zrobiła, jak kazał. Kiedy wysiadła z samochodu, dwie jej „koleżanki" uśmiechnęły się do niej i pomachały. Nie chcąc wychodzić z roli, Maya odwzajemniła to powitanie. Wejście służbowe było zamknięte, więc popatrzyła w obiektyw kamery, czekając. W końcu usłyszała charakterystyczne brzęczenie i otworzyła drzwi. Za nimi stał kolejny mężczyzna, który obrzucił ją lodowatym spojrzeniem.

– Masz broń? – spytał.

– Tak.

– To ją oddaj.

– Nie – odparła Maya.

Nie spodobała mu się ta odpowiedź, ale nagle ktoś za jego plecami odezwał się:

– Możesz ją puścić.

To była Lulu.

– Ten sam pokój co wtedy – powiedziała Lulu. – On już na ciebie czeka.

– A więc od razu do pracy – odrzekła Maya, siląc się na nieudolny żart.

Lulu uśmiechnęła się i wzruszyła ramionami.

Maya wyczuła woń marihuany, jeszcze zanim skręciła za róg i zobaczyła palącego Coreya. Zaciągnął się, wyprostował i zaproponował jej skręta.

– Dziękuję, nie. Chciałeś się ze mną zobaczyć?

Corey pokiwał głową, przez chwilę przytrzymując dym w płucach.

– Siadaj.

Znów popatrzyła nieufnie na tapicerkę.

– Nikt oprócz mnie nie korzysta z tego pomieszczenia – zapewnił ją.

– To ma mnie uspokoić?

Oczekiwała, że Corey chociaż się uśmiechnie, ale on nagle zaczął krążyć po pokoju, wyraźnie zdenerwowany. Maya usiadła, mając nadzieję, że to trochę go uspokoi.

– Byłaś u Toma Douglassa? – spytał.

– W pewnym sensie.

– Jak to?

– Byłam u jego żony. Tom Douglass zaginął przed trzema tygodniami.

Corey się zatrzymał.

– Gdzie on jest?

– Czego nie rozumiesz w słowie „zaginął"?

– Jezu. – Ponownie się zaciągnął. – Odkryłaś, dlaczego Burkettowie mu płacili?

– Częściowo. – Wciąż nie była pewna, czy może mu ufać, ale nie miała wyboru. – Tom Douglass służył w straży przybrzeżnej.

– No i co?

– Prowadził dochodzenie w sprawie wypadku i śmierci Andrew Burketta.

– O czym ty mówisz, do diabła?

Przekazała mu to, czego się dowiedziała, a także co mówił Joe o śmierci Andrew: że było to samobójstwo. Corey kiwał głową, nieco zbyt nakręcony, a Maya zaczęła się zastanawiać, kiedy wreszcie się wyciszy.

– No dobrze, spróbujmy to uporządkować – powiedział, nie przestając chodzić. – Twoja siostra rozpoczyna śledztwo. Odkrywa wpłaty Burkettów na konto Toma Douglassa. Bum, ktoś ją torturuje i zabija. Bum, ktoś zabija twojego męża. Bum, Tom Douglass znika. Zgadza się?

Trochę pomieszała mu się chronologia. To nie byli Claire, Joe, Tom, tylko Claire, Tom, Joe. Ale nie miała ochoty go poprawiać.

– Jednak musimy wziąć pod uwagę coś jeszcze – odparła.

– Mianowicie?

– Nie morduje się kogoś, żeby zatuszować samobójstwo syna. Można temu komuś zapłacić, ale się go nie zabija.

Corey pokiwał głową.

– A zakładając, że to Burkettowie dokonywali wpłat – wciąż zbyt energicznie kiwał głową – z pewnością nie zabija się własnego syna.

Miał zaczerwienione oczy. Od marihuany albo płaczu, Maya nie potrafiła ocenić.

– Corey?

– Słucham.

– Macie informatorów. I to dobrych. Chciałabym, żebyście zbadali życie Toma Douglassa.

– Już to zrobiliśmy.

– Owszem, przed kilkoma tygodniami, gdy szukaliście tropów dotyczących jego pracy. Ale teraz potrzebujemy wszystkiego. Wyciągów z jego kart kredytowych, historii wypłat z bankomatów, informacji, kiedy ostatnio coś kupował, jakie ma zwyczaje, dokąd mógł pojechać. Musimy go znaleźć. Możecie to zrobić?

– Tak, możemy.

Znów zaczął krążyć po pokoju.

– Co jeszcze jest nie tak? – spytała Maya.

– Obawiam się, że znowu muszę zniknąć. Może na bardzo długo.

– Dlaczego?

Ściszył głos niemal do szeptu.

– Chodzi o coś, co powiedziałaś, kiedy byłaś tu poprzednio.

– Na jaki temat?

Popatrzył w lewo, potem w prawo.

– Znam drogi wyjścia stąd – rzekł. – Sekretne.

Maya nie bardzo wiedziała, o co mu chodzi.

– W porządku.

– W tamtej ścianie są ukryte drzwi. Mogę się schować albo dotrzeć tunelem do rzeki. Jeśli gliny kiedyś spróbują okrążyć klub, nawet po cichu, zdołam się wydostać. Nie uwierzyłabyś, jakimi dysponuję środkami.

– Właśnie widzę. Ale nie rozumiem, dlaczego musisz zniknąć.

– Przeciek! – zawołał Corey, wypluwając to słowo, jakby wzbudzało w nim szczerą odrazę, i zapewne tak było. – Sama o tym wspomniałaś, prawda? Powiedziałaś, że ktoś z mojej organizacji mógł ujawnić imię Claire. Dużo o tym myślałem. Załóżmy, że moja operacja... Załóżmy, że nie jesteśmy aż tak szczelni, jak sądziłem. Zdajesz sobie sprawę, ilu ludzi może być narażonych? Wiesz, ilu z nich grożą poważne, może nawet śmiertelnie niebezpieczne konsekwencje?

Rany, musiała go jakoś uspokoić.

– Nie sądzę, żeby to był przeciek, Corey.

– Dlaczego nie?

– Z powodu Joego.

– Nie nadążam.

– Claire zginęła. Joe zginął. Już wcześniej mówiłeś, że mój mąż mógł jej pomagać. Oto twój przeciek. Claire powiedziała Joemu. Możliwe, że powiedziała jeszcze komuś albo zrobił to Joe, a może popełnili jakiś błąd podczas śledztwa.

Nie dbała o to, czy jest to prawda. Po prostu nie chciała, żeby Corey zniknął.

– No, nie wiem – rzucił. – Nie czuję się bezpiecznie.

Wstała i położyła dłonie na jego ramionach.

– Potrzebuję twojej pomocy, Corey.

Nie patrzył jej w oczy.

– Może miałaś rację. Może powinniśmy skontaktować się z policją. Tak jak mówiłaś. Mógłbym im przekazać wszystkie informacje, jakie posiadam. Anonimowo. Niech oni zajmą się resztą.

– Nie – zaoponowała.

– Myślałem, że właśnie tego chcesz.

– Już nie.

– Dlaczego?

– Nie da się tego zrobić bez zdemaskowania ciebie i twojej organizacji.

Zmarszczył czoło i spojrzał na nią.

– Troszczysz się o moją organizację?

– Ani trochę – odparła Maya. – Ale jeśli to zrobisz, zaprzepaścisz nasze szanse. Uciekniesz. Potrzebuję cię, Corey. Możemy to zrobić lepiej niż policja.

Zamilkła.

– Jest coś jeszcze – zauważył. – O co chodzi?

– Nie ufam im.

– Policji?

Pokiwała głową.

– Ale mnie tak?

– Moja siostra ci zaufała.

– I przez to zginęła.

– Owszem. Ale nie można bez końca się cofać. Gdybyś nie wykorzystał jej jako informatorki, zapewne wciąż by żyła. Ale gdybym ja nie zabiła cywilów, pilotując śmigłowiec, ty nie ujawniłbyś tamtej taśmy, a Claire nigdy by cię nie poznała. A gdybym na dodatek wybrała inny zawód, Claire prawdopodobnie byłaby teraz w domu i bawiła się ze swoimi dziećmi, zamiast gnić w ziemi. Jest dużo możliwości, Corey. Takie rozważania to strata czasu.

Odsunął się o krok i znów głęboko się zaciągnął.

– Nie wiem, co robić – przyznał, gdy już mógł się odezwać.

– Zostań. Sprawdź Toma Douglassa. Pomóż mi to dokończyć.

– I pewnie powinienem ci zaufać.

– Nie musisz mi ufać – odparła. – Pamiętasz?

Wreszcie zrozumiał.

– Ponieważ wciąż mam na ciebie haka.

Maya nie zadała sobie trudu, by odpowiedzieć. Corey popatrzył na nią. Wiedziała, że chce ją zapytać o ścieżkę dźwiękową z nagrania, jednak ona również miała do niego pytanie w tej kwestii.

– Dlaczego nie ujawniłeś ścieżki audio? – spytała.

– Już ci mówiłem.

– Powiedziałeś, że moja siostra cię od tego odwiodła.

– Zgadza się.

– Tylko że ja nie do końca to kupuję. Jej wiadomość dotarła do ciebie dopiero po jakimś czasie. Moja historia odbiła się głośnym echem, ale wtedy już zaczynała przycichać. Mogłeś wrócić na pierwsze strony gazet.

– Sądzisz, że tylko na tym mi zależy?

Znów nie odpowiedziała.

– Dzięki nagłośnieniu w mediach prawda może dotrzeć do ludzi, a my mamy szansę zwerbować nowych informatorów.

Nie miała ochoty słuchać jego przemowy.

– Tym bardziej powinieneś był ujawnić nagranie, Corey. Dlaczego tego nie zrobiłeś?

Podszedł do kanapy i usiadł.

– Ponieważ jestem także człowiekiem.

Maya również usiadła.

Corey skrył twarz w dłoniach i kilka razy głęboko odetchnął. Kiedy podniósł wzrok, miał bardziej przytomne, spokojniejsze i mniej spanikowane spojrzenie.

– Ponieważ uznałem, że i tak będziesz musiała żyć z samą sobą. Z tym, co zrobiłaś. Czasami to wystarczająca kara.

Nie odezwała się.

– Więc jak sobie z tym radzisz, Mayu?

Jeśli spodziewał się szczerej odpowiedzi, to musiałby się ustawić w bardzo długiej kolejce.

Przez dłuższą chwilę siedzieli w milczeniu. Gwar klubu docierał do nich jakby z odległości wielu kilometrów. Maya stwierdziła, że niczego więcej się tutaj nie dowie. Zresztą musiała już iść na spotkanie z Judith.

Wstała i ruszyła w stronę drzwi.

– Postaraj się czegoś dowiedzieć o Tomie Douglassie.

21

Gabinet Judith znajdował się na parterze apartamentowca na Upper East Side na Manhattanie, w odległości jednej przecznicy od Central Parku. Maya nie miała pojęcia, jakich pacjentów obecnie przyjmuje Judith. Skończyła psychiatrię na Uniwersytecie Stanforda, a ostatnio prowadziła ćwiczenia ze studentami Weill Cornell Medicine. To, że ktoś pracujący w niepełnym wymiarze godzin może piastować takie stanowisko, dziwiło tylko tych, którzy nie zdawali sobie sprawy z potęgi nazwiska Burkettów i ich sowitych dotacji.

Przygotujcie się na szok: pieniądze dają władzę i mogą wiele kupić.

W pracy Judith używała panieńskiego nazwiska, Velle. Nie wiadomo, czy chciała w ten sposób ukryć swoje powiązania z rodziną Burkettów, czy może podążała za przykładem wielu innych kobiet. Maya minęła portiera i znalazła drzwi gabinetu. Judith dzieliła go z dwiema innymi lekarkami pracującymi na pół etatu. Przy wszystkich trzech nazwiskach – Judith Velle, Angela Warner i Mary McLeod – wypisanych na drzwiach figurowały długie listy tytułów.

Maya przekręciła gałkę i pchnęła drzwi. Weszła do poczekalni, pustej i małej – jedna kozetka, jedna kanapa. Obrazy na ścianach były tak pospolite, że sprawdziłyby się w motelu. Ściany i wykładzina miały beżowy kolor. Na drzwiach w głębi widniał napis: TRWA SESJA. PROSZĘ ZACZEKAĆ.

Nie było recepcji. Maya zgadywała, że Judith często przyjmuje sławne osoby, którym zależy na jak największej dyskrecji. U psychiatry przebywał jeden pacjent. Po zakończeniu sesji wychodził na korytarz drzwiami znajdującymi się w gabinecie. Dopiero wtedy kolejny pacjent – a w tym przypadku Maya – mógł wejść do środka. Pacjenci nie widzieli się nawzajem.

Pragnienie prywatności i dyskrecji było oczywiście zrozumiałe – Maya również nie chciała, aby ktokolwiek dowiedział się o jej „zaburzeniu" – ale zapewne także szkodliwe. Lekarze podkreślają, że choroby psychiczne nie różnią się od chorób fizycznych. Powiedzenie osobie z depresją, aby wzięła się w garść i wyszła do ludzi, jest tym samym co powiedzenie człowiekowi ze złamanymi nogami, aby przebiegł przez pokój. Tak to wygląda w teorii, w praktyce jednak chorych psychicznie wciąż się piętnuje.

Być może, w wersji optymistycznej, dzieje się tak dlatego, że chorobę psychiczną można ukryć. Może gdyby Maya mogła ukryć złamane nogi i jakimś cudem wciąż na nich chodzić, właśnie tak by robiła. Kto wie? Na razie musi zająć się całą tą sprawą, na terapię przyjdzie pora później. Odpowiedzi znajdują się na wyciągnięcie ręki. Nikt nie będzie bezpieczny, dopóki Maya nie dotrze do prawdy i nie ukarze winnych.

Może nie udałoby się jej tego dokonać ze złamanymi nogami. Ale z pewnością nie przeszkodzi jej zespół stresu pourazowego.

Zerknęła na zegarek. Za pięć piąta. Spróbowała czytać durne czasopisma, ale słowa rozpływały jej się przed oczami. Przez chwilę bawiła się komórką, grając w jakąś grę polegającą na układaniu czteroliterowych wyrazów, ale nie mogła się skupić. Zbliżyła się do drzwi. Nie przyłożyła do nich ucha, lecz stanęła na tyle blisko, że słyszała dwa ciche kobiece głosy. Czas płynął powoli, jednak w końcu rozległ się odgłos otwierania wewnętrznych drzwi. Pacjentka zapewne wychodziła z gabinetu.

Maya pośpiesznie wróciła na kanapę, wzięła do ręki czasopismo i skrzyżowała nogi. Wcielenie niewinności. Drzwi się otworzyły i stanęła w nich uśmiechnięta kobieta, która wyglądała na dobrze trzymającą się sześćdziesięciolatkę.

– Maya Stern?

– Tak.

– Tędy proszę.

A więc jednak jest recepcja. Po prostu to część gabinetu. Maya podążyła za kobietą, zakładając, że zastanie Judith przy biurku, obok kanapy bądź w jakimś innym otoczeniu typowym dla psychiatry. Ale Judith tu nie było. Maya spojrzała na recepcjonistkę. Kobieta wyciągnęła rękę.

– Mam na imię Mary.

Maya zrozumiała. Zerknęła na dyplomy na ścianie.

– Mary McLeod?

– Zgadza się. Jestem koleżanką Judith. Chciała, żebyśmy porozmawiały.

Według dyplomów obie kobiety studiowały medycynę na Uniwersytecie Stanforda. Judith ponadto ukończyła studia licencjackie na Uniwersytecie Południowej Kalifornii, a Mary na Uniwersytecie Rice'a w Houston i odbyła staż na Uniwersytecie Kalifornijskim.

– Gdzie jest Judith?

– Nie wiem. Obie pracujemy w niepełnym wymiarze godzin. Dzielimy się tym gabinetem.

Maya nawet nie starała się ukryć rozdrażnienia.

– Tak, przeczytałam pani nazwisko na drzwiach.

– Może lepiej usiądź, Mayu.

– Może lepiej się wypchaj, Mary.

Jeśli nawet bezczelność Mai zbiła Mary McLeod z tropu, to lekarka nie dała tego po sobie poznać.

– Sądzę, że mogę ci pomóc.

– Pomożesz mi, jeśli powiesz, gdzie jest Judith.

– Już powiedziałam. Nie wiem.

– W takim razie do widzenia.

– Mój syn dwukrotnie służył, raz w Iraku, raz w Afganistanie.

Maya mimo woli się zawahała.

– Jackowi brakuje tego. Nigdy o tym nie rozmawiacie, prawda? To go odmieniło. Nienawidził służby, a jednak chce tam wrócić. Po części kierują nim wyrzuty sumienia. Ma poczucie, że zostawił swoich przyjaciół. Ale jest coś jeszcze. Coś, czego nie potrafi wyrazić.

– Mary?

– Słucham?

– Okłamujesz mnie, że masz syna w wojsku?

– Nie zrobiłabym czegoś takiego.

– Oczywiście, że byś zrobiła. Jesteś zdolna do manipulacji. Razem z Judith podstępem zwabiłyście mnie tutaj. Podstępem zwabiłaś mnie do tego pokoju. Próbujesz różnych sztuczek, żeby nakłonić mnie do rozmowy.

Mary McLeod wyprostowała się jak struna.

– Nie kłamię w sprawie syna.

– Może nie – odrzekła Maya. – Ale tak czy inaczej, obie z Judith powinnyście wiedzieć, że bez zaufania nie da się zbudować więzi z pacjentem. Sposób, w jaki mnie tutaj ściągnęłyście, zburzył to zaufanie.

– Bzdura.

– Co jest bzdurą?

– Że bez zaufania nie można zbudować więzi z pacjentem.

– Mówisz poważnie?

– Wyobraź sobie, że ktoś bliski, na przykład twoja siostra, ma wszystkie objawy nowotworu...

– Możesz sobie darować?

– Dlaczego, Mayu? Czego się boisz? Załóżmy, że ten nowotwór można wyleczyć, jeśli tylko zaprowadzi się tę bliską osobę do lekarza. Gdybyś wspólnie z lekarzem uknuła spisek, aby ściągnąć tę osobę do jego gabinetu...

– To nie to samo.

– Nieprawda, Mayu. To jest to samo. Nie rozumiesz tego, ale potrzebujesz pomocy, tak samo jak osoba chora na nowotwór.

Kompletna strata czasu. Maya zastanawiała się, czy Mary McLeod jest częścią spisku, czy też mówi szczerze, a Judith po prostu zmanipulowała ją i okłamała. To było bez znaczenia.

– Muszę się zobaczyć z Judith – powiedziała.

– Przykro mi. Nie mogę ci w tym pomóc.

Maya ruszyła do drzwi.

– W niczym nie możesz mi pomóc.

▪ ▪ ▪

Pieprzyć to.

Idąc do samochodu, Maya wybrała numer. Judith odezwała się po drugim sygnale.

– Słyszałam, że nie dogadałaś się z moją koleżanką.

– Gdzie jesteś, Judith?

– W Farnwood.

– Nigdzie się nie ruszaj.

– Czekam na ciebie.

Ponownie wjechała przez bramę dla służby, licząc na to, że spotka Isabellę, ale domki wyglądały na opustoszałe. Może powinna się włamać i nieco rozejrzeć w poszukiwaniu wskazówek, gdzie ukrywa się Isabella, ale uznała, że to zbyt ryzykowne, a poza tym nie miała czasu. Judith wie, jak długo jedzie się z centrum Nowego Jorku do Farnwood.

Drzwi otworzył lokaj. Maya nigdy nie mogła zapamiętać jego imienia. Żadne wyszukane, jak Jeeves czy Carson, ale pospolite, jak Bobby albo Tim. Mimo wszystko, jak przystało na jego profesję, Bobby albo Tim popatrzył na nią z wyższością.

– Przyjechałam zobaczyć się z Judith – oznajmiła Maya bez zbędnych wstępów.

– Pani już czeka – odpowiedział z udawanym brytyjskim akcentem. – Jest w salonie.

„Salon" – tak bogaci nazywali pokój dzienny. Judith miała na sobie czarny kostium ze spodniami oraz sznur pereł, który sięgał jej niemal do pasa, a w uszach kolczyki w kształcie srebrnych obręczy. Włosy modnie zaczesała do tyłu. W dłoni trzymała kryształowy kieliszek, zupełnie jakby pozowała do zdjęcia na okładkę czasopisma.

– Witaj, Mayu.

Nie było sensu wymieniać uprzejmości.

– Opowiedz mi o Tomie Douglassie.

Judith zmrużyła oczy.

– O kim?

– O Tomie Douglassie.

– Nie znam tego nazwiska.

– Zastanów się.

Przez kilka sekund rzeczywiście zastanawiała się albo udawała, że to robi, po czym teatralnie wzruszyła ramionami.

– Pracował w straży przybrzeżnej – dodała Maya. – Prowadził dochodzenie w sprawie utonięcia twojego syna.

Kieliszek wypadł Judith z dłoni i roztrzaskał się o podłogę. Maya nie odskoczyła do tyłu. Judith również nie. Przez chwilę stały nieruchomo pośród toczących się okruchów szkła.

Kiedy Judith wreszcie się odezwała, jej głos przypominał syk.

– O czym ty mówisz, do diabła?

Jeżeli udawała...

– Tom Douglass jest teraz prywatnym detektywem – odrzekła Maya. – Twoja rodzina od lat płaci mu co miesiąc niemal dziesięć tysięcy dolarów. Chciałabym się dowiedzieć dlaczego.

Judith lekko się zachwiała, jak bokser, który próbuje wrócić do walki po wyliczeniu. To pytanie niewątpliwie nią wstrząsnęło. Nie wiadomo było, czy dlatego, że nie wiedziała o płatnościach, czy też dlatego, że nie spodziewała się, że Maya odkryje prawdę.

– Z jakiego powodu miałabym płacić temu Tomowi... Jak on się nazywa?

– Douglass. Przez dwa „s”. Ty mi powiedz.

– Nie mam pojęcia. Andrew zginął w tragicznym wypadku.

– Nie – odparła Maya. – To wcale nie był wypadek. Ale sama już o tym wiesz, prawda?

Z twarzy Judith odpłynęły wszystkie kolory. Jej cierpienie było teraz tak wyraźne, tak oczywiste, że Maya niemal odwróciła wzrok. Dobrze się czuła w ofensywie, ale niezależnie od tego, jaka była prawda, rozmawiały o śmierci dziecka tej kobiety. Jej ból był prawdziwy i całkowicie ją pochłaniał.

– Nie mam pojęcia, o czym mówisz – powiedziała Judith.

– Więc jak do tego doszło?

– Słucham?

– Jak to się stało, że Andrew wypadł z łodzi?

– Mówisz poważnie? Po co wyciągasz to po tylu latach? Przecież nawet go nie znałaś.

– To ważne. – Maya zbliżyła się o krok do teściowej. – Jak on zginął?

Judith próbowała podnieść głowę, ale nie była w stanie.

– Andrew był taki młody – powiedziała, z trudem nad sobą panując. – Urządzili imprezę na jachcie. Za dużo wypił. Morze było niespokojne. Był sam na pokładzie i wypadł.

– Nie.

– Co? – warknęła Judith.

Maya przez ułamek sekundy myślała, że teściowa się na nią rzuci. Jednak ta chwila minęła. Judith spuściła wzrok, a kiedy znów się odezwała, jej głos był cichy, niemal błagalny.

– Mayu?

– Tak.

– Powiedz mi, co wiesz o śmierci Andrew.

Czy to była gra? Trudno stwierdzić. Judith sprawiała wrażenie całkowicie wyczerpanej i zdruzgotanej. Czy naprawdę o tym wszystkim nie wiedziała?

– Andrew popełnił samobójstwo – odrzekła Maya.

Judith bardzo się starała powstrzymać grymas bólu. Sztywno pokręciła głową.

– To nieprawda.

Maya postanowiła zaczekać, dać jej czas na uporanie się z fazą wyparcia.

– Kto ci to powiedział? – wykrztusiła wreszcie Judith.

– Joe.

Znów pokręciła głową.

– Dlaczego opłacacie Toma Douglassa? – spytała Maya.

Na wojnie żołnierze, którzy zbyt dużo widzieli, często mają puste, rozproszone, pozbawione emocji spojrzenie. Coś takiego właśnie działo się z Judith.

– On był ledwie chłopcem – wyszeptała, a chociaż w pokoju nie było nikogo oprócz Mai, nie do niej były skierowane te słowa. – Nie miał nawet osiemnastu lat...

Maya zbliżyła się o krok.

– Naprawdę nie wiedziałaś?

Judith gwałtownie podniosła wzrok.

– Nie rozumiem, do czego zmierzasz.

– Do prawdy.

– Jakiej prawdy? Co to ma wspólnego z tobą? Nie rozumiem, po co zaczęłaś w tym grzebać.

– Nie zaczęłam grzebać. Joe mi powiedział.

– Joe powiedział ci, że Andrew popełnił samobójstwo?

– Tak.

– Wyznał ci to w tajemnicy?

– Tak.

– A ty po tylu latach postanowiłaś mi o tym powiedzieć, wbrew jego życzeniu. – Judith zamknęła oczy.

– Nie chcę ci sprawiać bólu.

– Jasne. – Judith ponuro zachichotała. – Właśnie widzę.

– Ale muszę się dowiedzieć, dlaczego opłacaliście funkcjonariusza straży przybrzeżnej, który prowadził dochodzenie w sprawie śmierci Andrew.

– Z jakiego powodu musisz się tego dowiedzieć?

– To długa historia.

W chichocie Judith było więcej cierpienia, niż byłoby w szlochu.

– Nie brakuje mi czasu, Mayu.

– Moja siostra się o tym dowiedziała.

Judith zmarszczyła czoło.

– Dowiedziała się o tych domniemanych płatnościach?

– Tak.

Cisza.

– A potem Claire została zamordowana – dodała Maya. – A następnie Joe został zamordowany.

Judith uniosła brew.

– Twierdzisz, że te dwa zabójstwa są powiązane? Claire i Joego?

A więc Kierce jej nie powiedział.

– Oboje zastrzelono z tej samej broni.

Słowa Mai były jak cios, od którego Judith aż się zachwiała.

– Niemożliwe.

– Dlaczego niemożliwe?

Judith znów zamknęła oczy, zebrała się w sobie, po czym na powrót je otworzyła.

– Mayu, zwolnij trochę i powiedz mi, co się tutaj dzieje.

– To proste. Opłacacie Toma Douglassa. Chcę się dowiedzieć dlaczego.

– Sądzę, że już się tego domyśliłaś.

Nagła zmiana postawy teściowej zaskoczyła Mayę.

– Z powodu samobójstwa?

Judith zdołała się uśmiechnąć.

– Chcieliście zatuszować samobójstwo?

Stała bez słowa.

– Dlaczego? – spytała Maya.

– Burkettowie się nie zabijają, Mayu.

Czy to miało sens? Oczywiście, że nie. Co przegapiła? Czas zmienić kierunek, ponownie zbić Judith z tropu.

– A dlaczego opłacaliście Rogera Kierce'a?

– Kogo? – Jej teściowa się skrzywiła. – Zaraz. Tamtego policjanta?

– Tak.

– Po co, u licha, mielibyśmy go opłacać?

– Ty mi powiedz.

– Zapewniam cię, że nie mam pojęcia. Czy to też rzekomo odkryła twoja siostra?

– Nie, powiedziała mi o tym Caroline.

Na ustach Judith znów pojawił się lekki uśmiech.

– A ty jej uwierzyłaś?

– Dlaczego miałaby kłamać?

– Caroline nie kłamie. Ale... czasami miesza jej się w głowie.

– To ciekawe, Judith.

– Co?

– Opłacaliście dwie osoby, które prowadziły dochodzenia w sprawie śmierci twoich synów.

Judith pokręciła głową.

– To wszystko bzdury.

– Na szczęście możemy to łatwo wyjaśnić – odrzekła Maya. – Spytajmy Caroline.

– Jej tu teraz nie ma.

– Więc do niej zadzwoń. Jest dwudziesty pierwszy wiek. Wszyscy mają komórki. – Maya podała jej swój telefon. – Proszę, mam tutaj jej numer.

– To nic nie da.

– Dlaczego?

– Powiedzmy – Judith coraz wolniej wypowiadała kolejne słowa – że Caroline nie wolno przeszkadzać.

Maya opuściła rękę, w której trzymała telefon.

– Caroline... źle się czuje. To jej się czasami zdarza. Potrzebuje odpoczynku.

– Wsadziliście ją do wariatkowa? – Maya rozmyślnie użyła tego prostackiego określenia, żeby sprowokować Judith. Skutecznie. Ta aż się wzdrygnęła.

– Co za paskudne słowo – odparła. – Akurat po tobie spodziewałam się większego współczucia.

– Dlaczego akurat po mnie...? Aha, chodzi ci o moje problemy z zespołem stresu pourazowego?

Judith nie raczyła odpowiedzieć.

– A jaką traumę przeżyła Caroline?

– Nie trzeba być na wojnie, żeby doznać urazu psychicznego, Mayu.

– Wiem. Wystarczy, że straci się dwóch braci, którzy giną młodo i tragicznie.

– Właśnie. Te przeżycia spowodowały pojawienie się pewnych problemów.

– Pojawienie się pewnych problemów – powtórzyła Maya. –

Na przykład chodzi o to, że Caroline uważa, że jej bracia wciąż żyją?

Maya spodziewała się, że tymi słowami zada kolejny cios, ale jej teściowa tym razem była przygotowana.

– Umysł może czegoś tak bardzo pragnąć, że pojawiają się urojenia – odparła. – Teorie spiskowe, paranoja, wizje... im bardziej ktoś jest zdesperowany, tym łatwiej im ulega. Caroline jest niedojrzała. To wina jej ojca. Trzymał ją pod kloszem i nadmiernie chronił. Nigdy nie pozwalał, aby samodzielnie stawiała czoło problemom. Dlatego gdy silni mężczyźni, którzy stanowili jej podporę, zaczęli umierać, Caroline nie potrafiła tego zaakceptować.

– Dlaczego nie pozwoliliście jej zobaczyć ciała Joego?

– Tak ci powiedziała? – Judith pokręciła głową. – Nikt z nas go nie widział.

– Dlaczego?

– Akurat ty powinnaś to zrozumieć. Mój syn został zamordowany. Postrzelono go w twarz, prawda? Kto chciałby to oglądać?

Po chwili zastanowienia Maya stwierdziła, że to również nie do końca ma sens.

– A kiedy Andrew wyciągnięto z wody?

– To co?

– Wtedy widzieliście jego ciało?

– Dlaczego o to pytasz? Mój Boże, chyba nie wierzysz...

– Po prostu powiedz, że go widziałaś.

Judith z trudem przełknęła ślinę.

– Ciało Andrew przebywało w wodzie ponad dwadzieścia cztery godziny. Mój mąż go zidentyfikował, ale... nie było to łatwe. Dobrały się do niego ryby. Dlaczego miałabym chcieć... – Urwała i zmrużyła oczy. Jej głos zmienił się w szept. – Co ty próbujesz zrobić, Mayu?

Maya popatrzyła na nią.

– Za co płacicie Tomowi Douglassowi?

Judith nie śpieszyła się z odpowiedzią.

– Załóżmy, że to, co Joe mówił o śmierci Andrew, jest prawdą – odezwała się w końcu.

Maya czekała.

– Załóżmy, że Andrew rzeczywiście popełnił samobójstwo. Byłam jego matką, a jednak nie udało mi się tego przewidzieć. Nie zdołałam go ocalić za życia. Ale może zdołam ochronić go teraz. Rozumiesz?

Maya przyglądała się jej twarzy.

– Jasne – odrzekła.

Ale nie rozumiała.

– Cokolwiek spotkało Andrew, cokolwiek przeżywał wiele lat temu, nie ma to nic wspólnego z dniem dzisiejszym. Nie ma nic wspólnego z Joem ani z twoją siostrą.

Maya ani trochę jej nie wierzyła.

– A wpłaty dla Rogera Kierce'a?

– Już ci mówiłam. To nieprawda. Caroline zmyśliła to sobie.

Maya wiedziała, że nie dowie się tutaj niczego więcej. Przynajmniej na razie. Musi pokopać głębiej, zdobyć więcej informacji. Wciąż brakowało jej zbyt wielu elementów układanki.

– Lepiej już pójdę.

– Mayu?

Spojrzała na Judith.

– Nie tylko Caroline przydałby się odpoczynek. Nie tylko ona tak rozpaczliwie czegoś pragnie, że może zacząć widywać rzeczy, których nie ma.

Maya pokiwała głową.

– Bardzo subtelnie, Judith.

– Szkoda, że nie chcesz skorzystać z pomocy Mary albo mojej.

– Nic mi nie jest.

– To nieprawda. Obie zdajemy sobie z tego sprawę. Obie znamy prawdę, czyż nie?

– Jaką prawdę, Judith?

– Moi chłopcy już wystarczająco dużo wycierpieli – odrzekła Judith ostrym tonem. – Nie popełniaj błędu i nie przysparzaj im kolejnych cierpień.

22

Lily była na podwórku przed domem i bawiła się w berka z wujkiem Eddiem, gdy Maya wyjechała zza rogu. Zatrzymała samochód przy krawężniku. Przez dłuższą chwilę tylko siedziała i patrzyła. Alexa wyszła z domu i dołączyła do zabawy. Oboje z ojcem udawali, że nie mogą dogonić Lily, i efektownie się przewracali, gdy im uciekała, a Maya nawet z tej odległości i mimo zamkniętego okna słyszała piskliwy śmiech córki.

Cóż za ckliwe myśli, ale czy istnieje bardziej radosny dźwięk niż beztroski śmiech dziecka? Kontrast między tymi odgłosami – śmiechem, który zbyt rzadko rozbrzmiewał w uszach Mai, i hałasami, które bezlitośnie dręczyły ją w nocy – był oczywisty, ale nie miała ochoty o nim rozmyślać. Wrzuciła bieg, zmusiła się do uśmiechu i powoli podjechała pod dom Claire i Eddiego.

Krótko zatrąbiła i pomachała. Eddie się obejrzał, zaczerwieniony od radosnego wysiłku, i uniósł dłoń na powitanie. Maya wysiadła z auta. Alexa także popatrzyła na nią. Lily nie spodobało się, że Eddie i Alexa przerwali zabawę, więc nadal klepała ich po nogach, zachęcając do nowej gonitwy.

Alexa podeszła i uściskała ciocię. Eddie pocałował ją w policzek. Lily skrzyżowała ręce na piersiach i wydęła wargi.

– Zostaję! – oznajmiła.

– Możemy się pobawić w berka, kiedy wrócimy do domu – powiedziała Maya.

Jej słowa, jak należało się spodziewać, nie udobruchały Lily.

Eddie położył dłoń na ramieniu Mai.

– Masz chwilę? Chciałem ci coś pokazać. – Odwrócił się w stronę swojej córki. – Alexo, możesz zająć się Lily jeszcze przez kilka minut?

– Pewnie.

Lily się uśmiechnęła. Gdy Maya wchodziła do domu razem z Eddiem, znów usłyszała śmiech małej.

– Sprawdziłem rejestr karty autostradowej Claire – powiedział Eddie. – Okazało się, że odwiedziła tego Douglassa dwukrotnie w ciągu tygodnia.

– To mnie nie dziwi – odrzekła Maya.

– Tak myślałem. Ale może cię zdziwić, dokąd pojechała po drugiej z tych wizyt. – Wręczył jej wydruk rejestru i wskazał pierwszą podkreśloną pozycję. – A zatem na tydzień przed śmiercią Claire pojechała do Livingston – kontynuował. – Widzisz godzinę?

Maya pokiwała głową: 8.46.

– Jeśli prześledzimy jej trasę, zobaczymy, że o dziewiątej trzydzieści trzy wjechała na Parkway, a nie na Turnpike. Widzisz kolejne kilka linijek?

– Tak.

– Nie wróciła do domu. Zamiast tego pojechała na południe. Na zjeździe sto dwudziestym dziewiątym wróciła z Parkway na New Jersey Turnpike, a potem skorzystała ze zjazdu numer sześć.

Ta pozycja znajdowała się na dole strony. Maya wiedziała, że zjazd numer sześć prowadzi na Pennsylvania Turnpike.

– Wiesz, co było dalej? – spytała.

– Proszę bardzo. Pojechała na południe międzystanową numer czterysta siedemdziesiąt sześć.

– W stronę Filadelfii – zauważyła Maya.

– A przynajmniej w jej okolice – odrzekł Eddie.

Maya oddała mu wydruk.

– Czy Claire miała jakiś powód, żeby tego dnia tam pojechać?

– Żadnego.

Maya nawet nie próbowała sugerować, że Claire zapragnęła odwiedzić koleżankę, wybrać się na zakupy czy zobaczyć Independence Hall. Wiedziała, że siostra nie pojechała tam w takim celu. Rozmawiała z Tomem Douglassem. Czegoś się od niego dowiedziała i dlatego ruszyła do Filadelfii.

Maya zamknęła oczy.

– Czy coś ci to mówi? – spytał Eddie.

Nie miała wyboru, więc ponownie skłamała.

– Nie, absolutnie nic.

▪ ▪ ▪

A jednak coś jej to mówiło, chociaż mgliście.

Caroline przypomniała jej, że kiedy zginął Andrew, on i Joe uczyli się jeszcze w szkole średniej. A ściślej, w szkole z internatem. Ekskluzywnej, starej prywatnej Franklin Biddle Academy.

Znajdującej się na przedmieściach Filadelfii.

Gdy Maya jechała do domu, zadzwoniła do niej Eileen.

– Pamiętasz, jak w środowe wieczory kupowałyśmy chińszczyznę na wynos?

– Oczywiście.

– Wznawiam tę tradycję. Jesteś w domu?

– Prawie.

– Świetnie – powiedziała Eileen z nadmiernym entuzjazmem. – Wezmę twoje ulubione danie.

– Coś się stało?

– Przyjadę za dwadzieścia minut.

Mai przychodziło do głowy zbyt wiele możliwości. Po raz pierwszy spróbowała odpuścić. Chociaż na kilka minut. Wrócić do podstaw. Wiesz to, co wiesz. Większość ludzi zbytnio upraszcza zasadę brzytwy Ockhama, uważając, że według niej najprostsze rozwiązanie zazwyczaj jest prawdziwe. Jednak franciszkański mnich William Ockham tak naprawdę pragnął podkreślić, że nie należy niepotrzebnie komplikować teorii, jeśli istnieje prostsze wytłumaczenie. Warto dążyć do prostoty. Pozbywać się nadmiaru.

Andrew nie żyje. Claire nie żyje. Joe nie żyje.

Ale przecież Maya nie może zignorować wszystkiego, czego się dowiedziała, prawda? Czy może zlekceważyć to, co widziała na własne oczy, i zaakceptować najprostsze wyjaśnienie? A jakie wyjaśnienie jest najprostsze?

Cóż, to nic przyjemnego.

Ale uprość swoje rozumowanie, choćby dla treningu. Bądź jak najbardziej obiektywna. Potem spytaj siebie: czy osoba, która widziała nagranie z kamery, jest godna zaufania, czy też przeżyła tyle stresów, napięć i traumatycznych wydarzeń, że jej osąd można zakwestionować?

Bądź obiektywna, Mayu.

Łatwo jest uwierzyć własnym oczom, prawda? Wszyscy to robimy. To nie my oszaleliśmy. To oni. Tak funkcjonują ludzie. Zbyt dobrze rozumiemy własny punkt widzenia.

Dlatego spróbuj go porzucić.

Wojna. Nikt nie rozumie. Nikt nie potrafi dostrzec jej prawdy. Wszyscy myślą, że Maya dźwiga brzemię wyrzutów sumienia po śmierci cywilów. To miałoby sens. Patrzą na to ze swojej perspektywy. Według ich teorii, czujesz się winna i dlatego doświadczasz tych retrospekcji. Próbujesz terapii. Bierzesz leki. Śmierć cię otacza. Nie, to nieprawda. Śmierć robi coś więcej.

„Śmierć idzie za tobą krok w krok, Mayu..."

Czy taka osoba – którą otacza śmierć i która oszukała nawet najbliższych, że jej problemy częściowo wynikają z poczucia winy – jest godna zaufania? Pozbądźmy się nadmiernych komplikacji: czy można wierzyć, że taka osoba racjonalnie oceni fakty i pozna prawdę?

Obiektywnie rzecz biorąc – nie.

Ale z drugiej strony, pieprzyć obiektywizm.

Wniosek: ktoś ostro z nią pogrywa.

Judith była okropnie skryta w kwestii miejsca pobytu Caroline. Maya zadzwoniła do swojej szwagierki, ale odezwała się poczta głosowa. Można się było tego spodziewać. Kiedy usłyszała sygnał, powiedziała: „Caroline, chciałam się upewnić, że wszystko w porządku. Proszę, zadzwoń do mnie, jak odsłuchasz tę wiadomość".

Gdy dotarła do domu, na podjeździe stał już samochód Eileen. Lily spała na tylnym siedzeniu. Maya wysiadła i zaczęła otwierać tylne drzwi.

– Niech sobie śpi – odezwała się Eileen. – Musimy porozmawiać.

Maya odwróciła się w stronę przyjaciółki i zobaczyła, że Eileen płakała.

– Co się stało?

– Chyba pokpiłam sprawę – powiedziała Eileen. – Z tą kamerą.

Zaczęła dygotać.

– W porządku – odrzekła Maya. – Zaniosę Lily do domu i będziemy mogły...

– Nie – zaprotestowała Eileen. – Musimy porozmawiać tutaj.

Maya spojrzała na nią pytająco.

– W środku może nie być bezpiecznie – wyjaśniła Eileen, ściszając głos. – Ktoś może nas podsłuchiwać.

Maya zerknęła przez szybę na Lily. Dziewczynka nadal spała.

– Co się stało?

– Chodzi o Robby'ego. – Brutalnego byłego męża.

– Co z nim?

– Nie chciałaś mi powiedzieć, co się stało z twoją kamerą, pamiętasz?

– Zgadza się. I co?

– Przyszłaś do mojego domu. Byłaś wściekła, zdenerwowana. I pełna podejrzeń. Żądałaś, żebym udowodniła, że kupiłam tę kamerę.

– Pamiętam – odrzekła Maya. – Co to ma wspólnego z Robbym?

– On wrócił – powiedziała Eileen, a po jej policzkach popłynęły łzy. – Obserwował mnie.

– Zaraz, zwolnij trochę, Eileen.

– Dostałam je e-mailem. – Sięgnęła do torebki i wyjęła plik fotografii. – Oczywiście wysłano je z anonimowego adresu. Jest nie do namierzenia. Ale wiem, że to Robby.

Maya zaczęła przeglądać zdjęcia. Zrobiono je wewnątrz domu Eileen. Pierwsze trzy przedstawiały pokój dzienny. Na dwóch kolejnych Kyle i Missy bawili się na kanapie. Na ostatnim widniała Eileen trzymająca szklankę wody z lodem, spocona, w sportowym biustonoszu.

– Właśnie wróciłam z treningu – wyjaśniła Eileen. – Nikogo w domu nie było, więc zdjęłam koszulę i wrzuciłam ją do kosza na brudną bieliznę.

Maya czuła wzbierającą panikę, ale zapanowała nad głosem.

– Zwróć uwagę na kąt ujęcia – powiedziała, przerzucając fotografie. – Zrobiono je za pomocą twoich kamerek?

– Tak.

Maya poczuła, że żołądek wywraca się jej na drugą stronę.

– Popatrz na ostatnie.

Na fotografii Eileen siedziała na kanapie z jakimś mężczyzną, którego Maya nigdy wcześniej nie widziała. Całowali się.

– To Benjamin Barouche. Poznaliśmy się dzięki stronie Match.com. To była nasza trzecia randka. Zaprosiłam go do siebie. Dzieci spały na górze. Nawet nie zastanawiałam się nad tym. Dziś po południu dostałam te zdjęcia e-mailem.

Dlaczego Maya wcześniej o tym nie pomyślała?

– Czyli ktoś przejął... – zaczęła.

– Nie ktoś – przerwała jej Eileen. – Robby. To musiał być Robby.

– No dobrze, czyli Robby przejął kontrolę nad twoimi kamerkami?

Eileen zaczęła płakać.

– Myślałam, że nie są połączone z siecią. Bo korzystają z kart SD. Nie zdawałam sobie sprawy. A przecież to wcale nie jest rzadkie zjawisko. Mam na myśli przejmowanie kontroli nad kamerami. Ludzie robią tak w przypadku kamer, których używają przy rozmowach przez FaceTime'a albo Skype'a. Powinnam była zainstalować jakieś zabezpieczenia. Ale nie wiedziałam. – Umilkła i otarła łzy z twarzy. – Tak mi przykro, Mayu.

– Nie mam do ciebie pretensji.

– Nie wiem, co się stało z twoją kamerą. Nie musisz mi mówić, jeśli nie chcesz. Ale pomyślałam, że może to stanowi wytłumaczenie. Może ktoś dobrał się do niej i oglądał ciebie i Lily.

Maya starała się przetrawić te nowe informacje. W tej chwili nie potrafiła ocenić, co dla niej znaczą ani w jakim stopniu są związane z jej sytuacją. Czy ktoś mógł nagrać Joego w innym miejscu i wczytać to nagranie do jej kamery? A jeśli tak, to co z tego? Wideo zostało przecież nakręcone w jej pokoju, na jej kanapie.

Ale czy ktoś ją obserwuje?

– Mayu?

– Nie dostałam takich e-maili – powiedziała. – Nikt nie wysłał mi zdjęć.

Eileen popatrzyła na nią.

– Więc co? Co się stało z twoją kamerą?

– Zobaczyłam Joego – odrzekła Maya.

23

Maya zaniosła Lily na górę i położyła ją do łóżeczka. Rozważała sprawdzenie z tyłu ramki na zdjęcia, czy łącze Wi-Fi jest aktywne, ale na razie nie chciała wzbudzać podejrzeń u osoby, która mogła ją obserwować.

Obserwować. Rany. Co za paranoja.

Razem z Eileen rozstawiły chińskie jedzenie w jadalni, z daleka od wścibskiego oka kamery. Maya opowiedziała przyjaciółce o tym, co widziała na nagraniu, o Isabelli... a potem przerwała te zwierzenia, ponieważ uświadomiła sobie, jak głupio się zachowuje.

Fakt: Eileen przyniosła tę kamerę do jej domu.

Maya usiłowała o tym nie myśleć, jednak wciąż dźwięczały jej w głowie podejrzenia. Mogła je wyciszyć, ale nigdy nie znikały całkowicie.

– Co zamierzasz zrobić w sprawie Robby'ego? – spytała.

– Przekazałam kopie zdjęć swojemu prawnikowi. Powiedział, że bez dowodu niczego nie zdziałam. Upewniłam się, że sieć Wi-Fi jest wyłączona. Później przyjadą specjaliści i sprawdzą, czy łącze jest bezpieczne.

Wydawało się, że to bardzo dobry plan.

Pół godziny później, po odprowadzeniu Eileen do samochodu, Maya zadzwoniła do Shane'a.

– Muszę cię prosić o kolejną przysługę.

– Nie widzisz tego, ale właśnie teatralnie westchnąłem – odrzekł Shane.

– Chciałabym, żeby ktoś zaufany sprawdził moje mieszkanie pod kątem pluskiew.

Opowiedziała mu o Eileen i zdjęciach z kamery.

– Wiesz, czy do twojej kamery ktoś się włamał? – spytał Shane.

– Nie. Znasz kogoś, kto może mi pomóc?

– Znam. Ale muszę być z tobą szczery. To wszystko brzmi jak...

– Paranoja? – dokończyła za niego.

– Być może.

– To ty zadzwoniłeś po doktora Wu?

– Mayu?

– Słucham?

– Z tobą nie wszystko jest w porządku.

Nic nie odpowiedziała.

– Mayu?

– Wiem.

– Nie ma nic złego w szukaniu pomocy.

– Najpierw muszę się z tym uporać.

– Z czym dokładnie?

– Błagam, Shane.

Przez chwilę milczał.

– Znów westchnąłem – odezwał się w końcu.

– Teatralnie?

– Jakżeby inaczej? Rano wpadnę do ciebie z kilkoma facetami i sprawdzimy wszystko. – Odchrząknął. – Masz broń?

– A jak sądzisz?

– Pytanie retoryczne. Do zobaczenia rano.

Rozłączyła się. Nie była gotowa na kolejną noc pełną grozy i wspomnień. Skupiła się więc na wyprawie Claire do Filadelfii.

Lily wciąż spała. Maya wiedziała, że powinna obudzić córkę, zdjąć jej ubranie, w którym chodziła przez cały dzień, wykąpać ją i przebrać w czystą piżamę. „Dobre" matki oczywiście by tak zrobiły i Maya przez chwilę czuła na sobie ich krytyczne spojrzenia. Ale te matki nie nosiły broni i nie musiały sobie radzić z morderstwami, prawda? Nie zdawały sobie sprawy, że zbroczone krwią światy istnieją tuż obok i podczas gdy one same martwią się o warsztaty rękodzieła, zajęcia pozaszkolne, treningi karate i rozwój osobisty, rodzina mieszkająca po sąsiedzku zmaga się ze śmiercią i strachem.

Czy ktoś ją obserwuje?

Niewiele mogła teraz na to poradzić. Najpierw musiała się zająć innymi, ważnymi sprawami, więc odłożyła paranoję na bok i otworzyła laptopa. Jeśli jej dom rzeczywiście jest na podsłuchu – co wciąż wydawało jej się grubą przesadą – to ktoś mógł również podpiąć się pod jej sieć Wi-Fi. Dla pewności zmieniła nazwę domowej sieci i hasło, a z internetu skorzystała za pośrednictwem wirtualnej sieci prywatnej.

To pewnie nie wystarczy, ale kto wie?

Połączyła się z internetem i wpisała nazwisko „Andrew Burkett". Jak należało się spodziewać, było ich kilku – wykładowca z college'u, sprzedawca samochodów, doktorant.

Dodała inne kluczowe słowa i zaczęła szukać dawniejszych informacji. Pojawiło się kilka tekstów dotyczących śmierci Andrew. Duża lokalna gazeta oznajmiała:

MŁODY DZIEDZIC BURKETTÓW TONIE
PODCZAS REJSU JACHTEM

Modne słowa. „Jacht", a nie „łódka". No i oczywiście „dziedzic". Użyli tego samego określenia wobec Joego. „Dziedzic" – bogacze tak nazywają swoich potomków. Maya przejrzała artykuły. Nikt nie wiedział, gdzie dokładnie na Atlantyku Andrew wypadł za burtę, ale tamtej nocy rodzinny jacht *Szczęściara* znajdował się mniej więcej w połowie drogi między Savannah w stanie Georgia a portem docelowym w Hamilton na Bermudach. To spory kawałek oceanu.

Według serwisów informacyjnych Andrew Burketta ostatni raz widziano, gdy wychodził na górny pokład *Szczęściary* o pierwszej w nocy dwudziestego czwartego października, po długiej imprezie w towarzystwie „członków rodziny i kolegów z klasy". Zaginięcie zgłoszono o szóstej. Joe wspominał, że na pokładzie znajdowali się trzej ich koledzy ze szkolnej reprezentacji piłkarskiej, a także jego siostra, Caroline. Rodziców nie było na jachcie. Judith i Joseph, wraz z najmłodszym synem, Neilem, czekali w luksusowym hotelu na Bermudach. Jak pisano w artykule, podczas rejsu młodzieżą opiekowała się liczna załoga, a także – no proszę – Rosa Mendez, matka Isabelli, która głównie „zajmowała się młodą Caroline".

Maya ponownie przeczytała najważniejsze fragmenty. Przetrawiała je przez chwilę, nim zabrała się do dalszej lektury.

Ciało Andrew odnaleziono następnego dnia po zgłoszeniu zaginięcia. W późniejszych artykułach jako przyczynę śmierci podawano utonięcie. Nie wspominano o udziale osób trzecich ani o samobójstwie.

No dobrze, co teraz?

Maya wpisała do wyszukiwarki nazwisko Andrew i słowa „Franklin Biddle Academy". Pojawiła się strona szkoły oraz link do internetowej społeczności absolwentów. Maya kliknęła w niego i zobaczyła rozwijane menu z poszczególnymi rocznikami. Policzyła w myślach, w którym roku Andrew powinien był skończyć naukę, i wybrała odpowiednią pozycję. Wyświetliła się lista uroczystości, informacja o zbliżającym się zjeździe absolwentów, a także – oczywiście – link umożliwiający dokonanie wpłaty na rzecz akademii.

Na dole strony widniał przycisk z napisem: „In Memoriam".

Kiedy Maya w niego kliknęła, pojawiły się dwa zdjęcia portretowe uczniów. Obaj wyglądali tak cholernie młodo, ale to samo dotyczyło dzieciaków, z którymi służyła w wojsku. Znów pomyślała o ogrodzeniach, cienkich granicach, odmiennych światach istniejących obok siebie. Młodym mężczyzną na fotografii po prawej stronie był Andrew Burkett. Maya nigdy wcześniej nie przyglądała się dokładnie jego twarzy. Joe nie należał do osób, które trzymają w domu stare zdjęcia, a chociaż Burkettowie mieli portret Andrew w jednym z salonów, Maya nigdy nie poświęcała mu większej uwagi. Na tej fotografii Andrew nie przypominał swojego znacznie przystojniejszego brata, Joego. Był podobny do matki. Maya wpatrywała się w tę młodzieńczą twarz, jakby mogła znaleźć w niej jakąś wskazówkę, jakby Andrew Burkett mógł zaraz wyjść ze swojego szkolnego portretu i zażądać, by ujawniono prawdę.

Nic takiego się nie stało.

Rozwiążę tę sprawę, Andrew. Ciebie również pomszczę.

Przeniosła wzrok na zdjęcie drugiego nieżyjącego młodzieńca. Widniał pod nim podpis: „Theo Mora". Theo wyglądał na Latynosa, a może po prostu była to kwestia nieco ciemniejszej karnacji. Na zdjęciu miał niezręczny, wymuszony uśmiech, jakiego można się spodziewać u ucznia szkoły średniej, który pozuje do szkolnego portretu. Jego włosy sprawiały wrażenie, jakby próbowano je przygładzić, ale uparcie wymykały się spod kontroli. Podobnie jak Andrew miał na sobie marynarkę i krawat, ale podczas gdy krawat Andrew był zawiązany w idealny węzeł windsorski, Theo przypominał urzędnika, który wraca pociągiem do domu po całym dniu pracy.

Nagłówek na górze strony głosił: „Odeszli za wcześnie, ale na zawsze pozostaną w naszych sercach". Poza tym nie było żadnych informacji. Maya wpisała do wyszukiwarki nazwisko Theo Mory. Zajęło jej to trochę czasu, ale w końcu znalazła w jednym z filadelfijskich dzienników nekrolog. Nic więcej. Tylko prosty nekrolog. Jako datę śmierci podano dzień dwunasty września, czyli około sześciu tygodni przed wypadnięciem Andrew za burtę. Theo Mora miał siedemnaście lat, gdy umarł, tak samo jak Andrew.

Przypadek?

Maya ponownie przeczytała nekrolog. Nie podano przyczyny śmierci. Spróbowała poszukać zestawienia nazwisk „Andrew Burkett" i „Theo Mora". Pojawiły się dwie strony związane z Franklin Biddle Academy. Jedną był dział „In Memoriam", który przed chwilą odwiedziła. Kliknęła w drugi link i trafiła na stronę szkolnych reprezentacji sportowych. Znalazła archiwum składów drużyn i sprawdziła reprezentację piłki nożnej z tamtego roku.

No proszę, Andrew i Theo Mora grali w jednej drużynie. Czy to może być zbieg okoliczności, że dwaj uczniowie ostatniej klasy z tej samej szkoły średniej, którzy grali w tej samej drużynie piłkarskiej, umarli w odstępie niecałych dwóch miesięcy?

Jasne.

Ale kiedy dodamy do tego wpłaty dla Toma Douglassa, wyprawę Claire do Filadelfii, zaginięcie Toma Douglassa oraz tortury i zabójstwo Claire...

Nie ma takich przypadków.

Przejrzała listę pozostałych zawodników. Joe, który w tamtym roku był już na studiach, również grał w tej drużynie. Nic dziwnego – był jej współkapitanem. Ale to dużo wypadków śmierci jak na jedną szkolną drużynę piłkarską.

Maya kliknęła w kolejny link i znalazła zdjęcie drużyny. Połowa zawodników stała, a druga połowa klęczała. Wszyscy wyglądali dumnie, młodo i zdrowo. Szybko odnalazła Joego, który – jakżeby inaczej – stał w samym środku. Już wtedy miał ten zawadiacki uśmiech. Patrzyła na niego przez chwilę. Był tak cholernie przystojny, pewny siebie, gotowy wziąć się za bary z całym światem, wiedząc, że go pokona. Nie mogła nie pomyśleć o losie, jaki go spotkał.

Na zdjęciu Andrew stał obok brata i niemal dosłownie znajdował się w jego cieniu. Theo Mora klęczał na jednym kolanie w pierwszym rzędzie, drugi od prawej. Tutaj również miał na ustach ten niezręczny, wymuszony uśmiech. Maya przyjrzała się pozostałym chłopcom, licząc, że kogoś rozpozna. Nic z tego. Trzech z nich było na jachcie tamtej nocy. Czy kiedykolwiek spotkała któregoś? Raczej nie.

Wróciła do listy zawodników i wydrukowała nazwiska. Rano je sprawdzi i...

I co?

Pewnie wyśle do nich e-maile lub zadzwoni. Spyta, czy byli na jachcie. Sprawdzi, czy wiedzą, co się stało z Andrew, albo, co może jest nawet istotniejsze, jak umarł Theo Mora.

Jeszcze przez chwilę szperała w internecie, ale już nic więcej nie znalazła. Ciekawiło ją, czy Claire robiła coś podobnego. Możliwe, że dowiedziała się od Toma Douglassa czegoś o tej cholernej szkole, a jako że zawsze miała w zwyczaju sięgać do źródła, pojechała do Franklin Biddle Academy i zaczęła zadawać pytania.

Czy właśnie przez to zginęła?

Jest tylko jeden sposób, żeby się tego dowiedzieć. Następnego dnia Maya wybierze się na przejażdżkę do Filadelfii.

24

Kolejna straszna noc pełna retrospekcji.

Nawet w samym jej środku, gdy odgłosy odbijały się rykoszetem wewnątrz jej głowy jak rozpalone odłamki, Maya usiłowała się skupić i sprawdzić, czy Wu miał rację, czy są to jedynie wspomnienia, a nie odgłosy, których nigdy wcześniej nie słyszała. Halucynacje. Jednak za każdym razem, kiedy była już blisko, jak zwykle podczas takich nocnych podróży odpowiedzi rozwiewały się i stawały nieuchwytne niczym dym. Ból wywoływany przez dźwięki przybierał na sile, więc Maya ostatecznie dała za wygraną, starając się tylko wytrwać do rana.

Obudziła się wykończona. Przypomniała sobie, że jest niedziela. Nie zastanie w Franklin Biddle Academy nikogo, kto mógłby odpowiedzieć na jej pytania. Żłobek także jest zamknięty. Może to i dobrze. Żołnierz powinien wykorzystywać chwile spokoju. Jeśli masz okazję do odpoczynku, nie zmarnuj jej. Pozwól, aby twoje ciało i umysł się goiły, gdy to tylko możliwe.

Cały ten koszmar może poczekać jeszcze jeden dzień, prawda?

A ona chętnie odpocznie od śmierci i zniszczenia i spędzi zwyczajny dzień z córką.

Sama radość, zgadza się?

Jednak Shane pojawił się o ósmej, razem z dwoma facetami, którzy tylko skinęli jej głową i zabrali się do szukania urządzeń podsłuchowych i kamer. Kiedy ruszyli na górę, Shane wziął do ręki ramkę na zdjęcia i przyjrzał się jej od tyłu.

– Łącze Wi-Fi jest nieaktywne – stwierdził.

– To znaczy?

– To znaczy, że nikt nie mógłby cię szpiegować za pomocą tej kamery, nawet gdyby miał takie możliwości techniczne.

– W porządku.

– Chyba że istnieje jakaś tylna furtka. W co wątpię. Albo ktoś przyszedł i wyłączył Wi-Fi, ponieważ wiedział, że będziemy to sprawdzać.

– To mało prawdopodobne – odparła Maya.

Shane wzruszył ramionami.

– To w twoim domu szukamy pluskiew. Więc niczego nie lekceważmy, dobrze?

– Zgoda.

– Pierwsze pytanie: kto oprócz ciebie ma klucze do domu?

– Ty.

– No tak. Ale już się przesłuchałem i jestem niewinny.

– Zabawne.

– Dzięki. Kto jeszcze?

– Nikt. – Nagle sobie przypomniała. – Cholera.

– Co?

Podniosła na niego wzrok.

– Isabella ma klucze.

– A jej już nie ufamy, prawda?

– Ani odrobinę.

– Sądzisz, że naprawdę mogłaby się tu znowu pojawić i manipulować przy ramce? – spytał Shane.

– Powiedziałabym, że to wątpliwe.

– Może powinnaś postarać się o monitoring i ochronę. A przynajmniej zmień zamki.

– Dobrze.

– Zatem ty masz klucze, ja mam klucze i Isabella ma klucze. – Shane oparł dłonie na biodrach i przeciągle westchnął. – Nie odgryź mi głowy.

– Ale?

– Ale co się stało z kluczami Joego?

– Z kluczami Joego?

– Tak.

– Nie wiem.

– Miał je przy sobie, kiedy... eee...

– Został zamordowany? – dokończyła za niego Maya. – Tak, miał klucze. Przynajmniej tak zakładam. Zazwyczaj nosił je przy sobie. Jak wszyscy ludzie w wolnym świecie.

– Odzyskałaś jego rzeczy osobiste?

– Nie. Zapewne wciąż ma je policja.

Shane pokiwał głową.

– No dobrze.

– Co to znaczy?

– To nic nie znaczy. Nie wiem, co jeszcze mam powiedzieć, Mayu. To takie cholernie dziwne. Niczego nie rozumiem, więc zadaję pytania, dopóki coś nie stanie się jasne. Ufasz mi, prawda?

– Bezgranicznie.

– A jednak nie chcesz mi powiedzieć, co się dzieje.

– Przecież mówię, co się dzieje.

Shane się obrócił, popatrzył na siebie w lustrze i zmrużył oczy.

– Co robisz? – spytała Maya.

– Sprawdzam, czy rzeczywiście wyglądam na takiego idiotę. – Shane znów odwrócił się do niej. – Dlaczego pytałaś mnie o tamtego funkcjonariusza straży przybrzeżnej? Co, u diabła, ma z tym wszystkim wspólnego Andrew Burkett, który zginął wiele lat temu?

Zawahała się.

– Mayu?

– Jeszcze nie wiem. Ale może istnieć związek.

– Między czym? Twierdzisz, że śmierć Andrew na łódce ma coś wspólnego z zabiciem Joego w Central Parku?

– Twierdzę, że jeszcze tego nie wiem.

– Więc jaki masz plan? – spytał Shane.

– Na dzisiaj?

– Tak.

Łzy niemal napłynęły jej do oczu, ale je powstrzymała.

– Żadnego, Shane. Rozumiesz? Żadnego. Jest niedziela. Dziękuję, że przyjechaliście, ale oto, na czym mi zależy: chcę, żebyście skończyli sprawdzać mój dom, a potem sobie poszli, abym mogła wyjść z córką i spędzić z nią do bólu schematyczną, cudowną jesienną niedzielę.

– Serio?

– Tak, Shane, serio.

Uśmiechnął się.

– Świetna sprawa.

– Owszem.

– Dokąd się wybieracie?

– Do Chester.

– Na zbieranie jabłek?

Maya skinęła głową.

– Moi rodzice mnie tam zabierali – rzekł Shane ze śpiewną intonacją.

– Chcesz z nami pojechać?

– Nie – odpowiedział najłagodniejszym głosem, jaki kiedykolwiek słyszała. – Zresztą masz rację. Jest niedziela. Pośpieszymy się z robotą i zaraz nas tu nie będzie. Wyszykuj Lily.

Wkrótce skończyli, nie znalazłszy żadnych podsłuchów. Shane cmoknął ją w policzek i wyszedł. Maya posadziła Lily w foteliku samochodowym i rozpoczął się ich wspólny dzień. Matka i córka niczego sobie nie odmawiały. Przejechały się na wozie z sianem. Karmiły kozy w małym zoo. Zbierały jabłka, jadły lody i znalazły klauna, który oczarował Lily zwierzątkami z balonów. Wszędzie dookoła ludzie, po całym tygodniu pracy, spędzali swój bezcenny wolny dzień, śmiejąc się, dotykając, narzekając, sprzeczając się i uśmiechając. Maya ich obserwowała. Starała się żyć tą chwilą, rozpłynąć się w radości jesiennego dnia spędzanego z córką, ale wszystko wydawało jej się tak ulotne i odległe, jakby nie doświadczała tego sama, tylko patrzyła na to z zewnątrz. Czuła się dobrze, gdy walczyła w obronie takich chwil, ale nie uczestniczyła w nich. Mijały godziny, dzień dobiegł końca, a Maya nadal nie bardzo wiedziała, co o tym wszystkim sądzi.

Niedzielna noc nie była lepsza. Maya wzięła nowe pigułki, ale nie zdołały uciszyć jej upiorów. Wręcz przeciwnie, miała wrażenie, że odgłosy karmią się zażytymi przez nią lekami i przybierają na sile.

Kiedy się obudziła, gwałtownie wciągając powietrze, od razu sięgnęła po telefon, żeby zadzwonić do Wu. Jednak zrezygnowała, zanim wcisnęła guzik połączenia. Przez chwilę zastanawiała się, czy nie zadzwonić do Mary McLeod, koleżanki Judith, ale wiedziała, że tego również nie zrobi.

Poradź sobie z tym, Mayu. To już nie potrwa długo.

Ubrała się, odwiozła Lily do żłobka i zadzwoniła do pracy, informując, że nie da rady przyjechać.

– Nie możesz mi tego zrobić, Mayu – powiedziała Karena Simpson, jej szefowa i była wojskowa pilotka. – Prowadzę poważną firmę. Nie możesz w ostatniej chwili odwoływać zajęć.

– Przepraszam.

– Posłuchaj, wiem, że masz problemy...

– Tak, Kareno, mam – przerwała jej Maya. – I obawiam się, że za wcześnie wróciłam do pracy. Przykro mi, że wystawiam cię do wiatru, ale chyba potrzebuję więcej czasu.

Częściowo skłamała, a częściowo powiedziała prawdę. Nie znosiła okazywać słabości, ale to także było konieczne. Wiedziała, że już nie wróci do tej pracy. Nigdy.

Dwie godziny później wjechała do Bryn Mawr w Pensylwanii i minęła przystrzyżone żywopłoty oraz kamienny znak z napisem: „Franklin Biddle Academy". Znak był niewielki i gustowny, a pośród bujnej jesiennej roślinności łatwo było go przegapić. Oczywiście właśnie o to chodziło. Kiedy minęła zielony dziedziniec i wjechała na parking dla gości, wyczuła panującą tu atmosferę rozkapryszenia, uprzywilejowania i władzy. Nawet teren wokół uczelni sprawiał dumne wrażenie. Woń świeżych banknotów była tutaj bardziej wyczuwalna od zapachu opadłych liści.

Za pieniądze możemy kupić odosobnienie. Możemy kupić ogrodzenia. Możemy kupić różne stopnie odizolowania. Pieniądze czasami zapewniają nam przepustkę do miasta. Czasami do podmiejskich dzielnic. A czasami – gdy jest ich bardzo dużo – właśnie do takich miejsc. Wszyscy staramy się coraz bardziej ukryć w ochronnym kokonie.

Główne biuro mieściło się przy Main Line, w kamiennej rezydencji zwanej Windsor House. Maya postanowiła, że się nie zapowie. Sprawdziła w internecie godziny dyżurów dyrektora i zdecydowała, że go zaskoczy. Jeśli go nie będzie, to trudno. Znajdzie kogoś innego, z kim uda jej się porozmawiać. A jeśli będzie obecny, to z pewnością ją przyjmie. W końcu to dyrektor szkoły średniej, a nie głowa państwa. Poza tym na terenie szkoły wciąż znajdował się Internat Burkettów. Jej nazwisko bez wątpienia mogło otworzyć wiele drzwi.

Kobieta w recepcji mówiła przyciszonym głosem.

– Czym mogę pani służyć?

– Nazywam się Maya Burkett, chciałabym porozmawiać z dyrektorem. Przepraszam, ale nie byłam umówiona.

– Proszę usiąść.

Nie musiała długo czekać. Dowiedziała się z internetu, że dyrektorem od dwudziestu trzech lat jest Neville Lockwood IV, absolwent akademii, a następnie nauczyciel. Przy takim nazwisku i rodowodzie spodziewała się konkretnego wyglądu – rumianej twarzy, arystokratycznych rysów, blond włosów z łysiną na skroniach – i właśnie to zobaczyła, a na dodatek okulary w drucianej oprawce, tweedową marynarkę oraz, tak jest, muszkę w romby.

Dyrektor ujął w ręce jej obie dłonie.

– Och, pani Burkett – odezwał się z akcentem, który bardziej świadczył o przynależności klasowej niż pochodzeniu geograficznym. – Wszyscy w szkole chcielibyśmy przekazać pani szczere kondolencje.

– Dziękuję.

Zaczął ją prowadzić w stronę gabinetu.

– Pani mąż był jednym z naszych najbardziej uwielbianych uczniów.

– Miło mi, że pan tak mówi.

W gabinecie znajdował się duży kominek wypełniony szarymi polanami. Obok stał wysoki zegar. Lockwood usiadł przy biurku z wiśniowego drewna i wskazał Mai obite pluszem krzesło naprzeciwko. Było nieco niższe od jego krzesła, zapewne nie przez przypadek.

– Zawdzięczamy Joemu połowę trofeów, które zdobią naszą halę sportową. Wciąż należy do niego rekord liczby strzelonych bramek w karierze. Chcielibyśmy... Chcielibyśmy w jakiś sposób uczcić w hali jego pamięć. Tak bardzo lubił tam przychodzić.

Neville Lockwood uśmiechnął się do niej nieco protekcjonalnie. Maya odwzajemniła się tym samym. Sportowe wspomnienia mogą być wstępem do prośby o pieniądze – Maya nie była dobra w odczytywaniu takich sygnałów – ale mimo wszystko postanowiła brnąć dalej.

– Czy zna pan może moją siostrę?

To pytanie go zaskoczyło.

– Pani siostrę?

– Tak. Claire Walker.

Przez chwilę się zastanawiał.

– To nazwisko coś mi mówi...

Maya zamierzała powiedzieć, że Claire była tutaj mniej więcej cztery albo pięć miesięcy temu, a wkrótce potem została zamordowana, ale coś tak poważnego mogłoby zaszokować dyrektora i sprawić, że zamknąłby się w sobie.

– Zresztą to nie jest takie istotne. Chciałabym zadać panu kilka pytań dotyczących czasów, gdy mój mąż uczęszczał do tej szkoły.

Skrzyżował ręce na piersiach i czekał.

Musiała stąpać ostrożnie.

– Jak pan wie, dyrektorze Lockwood...

– Proszę, wystarczy Neville.

– Neville. – Uśmiechnęła się. – Jak pan wie, ta akademia jest dla rodziny Burkettów źródłem zarówno wielkiej dumy... jak i tragedii.

Dyrektor zrobił należycie uroczystą minę.

– Jak rozumiem, mówi pani o bracie swojego męża?

– Owszem.

Neville pokręcił głową.

– Cóż za straszna historia. Wiem, że jego ojciec zmarł przed kilku laty, ale biedna Judith. Straciła kolejnego syna.

– Tak – powiedziała Maya nieśpiesznie. – Nie wiem, jak to ująć, ale wliczając Joego, zginęło już trzech członków tej samej szkolnej drużyny piłkarskiej.

Twarz Neville'a Lockwooda pobladła.

– Chodzi mi o śmierć Theo Mory – dodała Maya. – Przypomina pan sobie tamto wydarzenie?

Neville Lockwood dopiero po chwili odzyskał głos.

– Pani siostra.

– Co z nią?

– Przyjechała do szkoły, żeby spytać o Theo. Właśnie dlatego jej nazwisko wydało mi się znajome. Nie było mnie wtedy w akademii, ale później mnie o tym poinformowano.

Potwierdzenie. Maya była na właściwym tropie.

– Jak zginął Theo? – spytała.

Dyrektor odwrócił wzrok.

– Mógłbym panią teraz odprawić, pani Burkett. Mógłbym powiedzieć, że w naszej szkole obowiązują ścisłe przepisy chroniące prywatność, a ujawnianie jakichkolwiek szczegółów byłoby ich pogwałceniem.

Maya pokręciła głową.

– To byłoby niemądre.

– Dlaczego pani tak mówi?

– Ponieważ jeśli nie odpowie pan na moje pytania, być może będę musiała zaangażować w tę sprawę mniej dyskretne organy.

– Naprawdę? – Na ustach dyrektora zamajaczył uśmiech. – To ma mnie przestraszyć? Czy to przykład sytuacji, w której zły dyrektor kłamie, aby chronić reputację swojej elitarnej instytucji?

Maya milczała.

– Cóż, nie tym razem, pani kapitan Stern. Tak, znam pani prawdziwe nazwisko. Wiem o pani wszystko. Podobnie jak w wojsku, w naszej akademii obowiązuje kodeks honorowy. Dziwię się, że Joe pani o tym nie powiedział. Nasze kwakierskie korzenie wymagają od nas zgodnych przekonań i otwartości. Niczego nie ukrywamy. Wierzymy, że im więcej człowiek wie, tym lepiej chroni go prawda.

– Rozumiem – odrzekła Maya. – Więc w jaki sposób zginął Theo?

– Jednakże muszę poprosić, aby uszanowała pani prywatność jego rodziny.

– Uszanuję.

Dyrektor westchnął.

– Theo Mora umarł z powodu zatrucia alkoholem.

– Zapił się na śmierć?

– Niestety, takie rzeczy się zdarzają, chociaż niezbyt często. To był jedyny taki przypadek w historii naszej szkoły. Pewnej nocy Theo pił na umór. Nigdy nie uchodził za imprezowicza, ale zazwyczaj właśnie tak to wygląda. Ktoś, kto nie wie, co robi, może przesadzić. Theo zapewne by odnaleziono i uratowano, gdyby nie to, że potknął się i wpadł do piwnicy. Dozorca znalazł go dopiero rano. Wtedy chłopiec już nie żył.

Maya nie była pewna, co o tym myśleć.

Neville Lockwood położył dłonie na biurku i nachylił się nad nim.

– Czy mogę się dowiedzieć, dlaczego pani i pani siostra właśnie teraz się tym interesujecie?

Maya zignorowała to pytanie.

– Czy nie dziwi pana, że dwaj uczniowie tej samej szkoły, którzy grali w tej samej drużynie piłkarskiej, umarli w tak niewielkim odstępie czasu?

– Owszem, dziwi – odrzekł Neville Lockwood. – Często się nad tym zastanawiam.

– Czy w takim razie brał pan pod uwagę, że może istnieć jakiś związek między śmiercią Theo i Andrew?

Dyrektor odchylił się do tyłu i złożył palce w piramidę.

– Prawdę mówiąc, nie widzę możliwości, aby takiego związku nie było.

Takiej odpowiedzi Maya się nie spodziewała.

– Mógłby pan rozwinąć tę myśl?

– Byłem nauczycielem matematyki. Prowadziłem wiele lekcji na temat statystyki i teorii prawdopodobieństwa. Danych dwuwymiarowych, regresji liniowej, odchylenia standardowego i tak dalej. Dlatego patrzę na wszystko przez pryzmat równań i wzorów. Tak działa mój umysł. Prawdopodobieństwo, że dwaj uczniowie tej samej niewielkiej elitarnej prywatnej szkoły średniej dla chłopców umrą w odstępie kilku miesięcy, jest bardzo małe. Jeszcze mniej prawdopodobne, że spotka to uczniów tej samej klasy. A jeśli dodatkowo weźmiemy pod uwagę, że obaj grali w tej samej drużynie piłkarskiej, w zasadzie można wykluczyć przypadek. – Niemal się uśmiechnął, w zamyśleniu unosząc palec, jakby znów był w klasie. – Ale kiedy doda się do równania ostatni czynnik, prawdopodobieństwo przypadku maleje niemal do zera.

– Jaki to czynnik? – spytała Maya.

– Theo i Andrew mieszkali w jednym pokoju.

Zapadła cisza.

– Prawdopodobieństwo, że dwaj siedemnastolatkowie, którzy dzielą pokój w małej prywatnej szkole, umrą młodo, a ich śmierć nie będzie w żaden sposób powiązana... Przyznam, że nie wierzę w takie zbiegi okoliczności.

W oddali rozległ się dźwięk, który przypominał bicie kościelnego dzwonu. Maya usłyszała odgłos wielu otwieranych drzwi. A potem chłopięcy śmiech.

– Kiedy Andrew Burkett utonął, pojawił się tutaj śledczy – kontynuował Neville Lockwood. – Ktoś ze straży przybrzeżnej, kto zajmuje się wszystkimi przypadkami śmierci na morzu.

– Czy nazywał się Tom Douglass?

– Możliwe. Już nie pamiętam. W każdym razie przyszedł do mojego gabinetu i usiadł na tym samym krześle, na którym siedzi teraz pani. On również pytał, czy widzę związek między oboma zgonami.

Maya przełknęła ślinę.

– A pan potwierdził.

– Tak.

– Może mi pan powiedzieć, jaki to związek?

– Śmierć Theo stanowiła ogromny szok dla naszej społeczności. Szczegóły nigdy nie przedostały się do prasy. Tak sobie życzyła rodzina. Wszyscy byliśmy oszołomieni, ale Andrew Burkett wręcz się załamał. Był najlepszym przyjacielem Theo. Zakładam, że poznała pani Joego na długo po śmierci Andrew, więc nigdy go pani nie spotkała?

– Zgadza się.

– Bracia bardzo się od siebie różnili. Andrew był znacznie bardziej wrażliwy. Był miłym dzieckiem. Jego trener twierdził, że ta cecha nie pozwalała mu w pełni rozwinąć skrzydeł na boisku. Nie musiał zwyciężać, tak jak Joe. Brakowało mu agresji, potrzeby rywalizacji, instynktu zabójcy, jaki jest nieodzowny na polu bitwy.

Znów durne wojskowe porównania przy mówieniu o sporcie, pomyślała Maya.

– Możliwe, że Andrew miał także inne problemy – ciągnął dyrektor. – Nie mogę więcej wyjawić, ale dla nas najistotniejsze jest to, że Andrew bardzo ciężko przeżył śmierć Theo. Zamknęliśmy wtedy szkołę na tydzień. Zaproponowaliśmy uczniom wsparcie psychologów, ale większość chłopców pojechała do swoich domów, żeby odzyskać równowagę.

– Andrew i Joe też? – spytała Maya.

– Tak, oni również. Pamiętam, że przyjechały po nich pani teściowa i dawna niania Andrew. W każdym razie po tygodniu wszyscy chłopcy, wliczając pani męża, wrócili do szkoły. Wszyscy... poza jednym.

– Poza Andrew.

– Tak.

– Kiedy wrócił?

Neville Lockwood pokręcił głową.

– Andrew Burkett nigdy nie wrócił. Jego matka uznała, że najlepiej będzie, jeśli przerwie naukę na jeden semestr. Życie szkoły wróciło do normy. Tak to już jest. Joe poprowadził drużynę piłkarską do wielu sukcesów. Zdobyli mistrzostwo ligi i wygrali rozgrywki międzystanowe. Po zakończeniu sezonu Joe zaprosił kilku chłopców z drużyny na przyjęcie na rodzinnym jachcie...

– Wie pan, którzy to byli chłopcy?

– Nie jestem pewien. Na pewno Christopher Swain, który był drugim kapitanem. Nie pamiętam, kto jeszcze. Pytała pani o związek. Myślę, że odpowiedź sama się nasuwa, ale oto moja hipoteza. Mamy wrażliwego chłopca, którego najlepszy przyjaciel umiera w tragicznych okolicznościach. Chłopiec zostaje zmuszony do odejścia ze szkoły, być może zmaga się z depresją. Niewykluczone, że zażywa leki przeciwdepresyjne albo inne środki psychotropowe. Potem wybiera się w rejs z ludźmi, którzy przypominają mu o przeżytej tragedii, a także o tym, za czym tęskni i co kocha w swojej szkole. Na pokładzie trwa hałaśliwe przyjęcie. Chłopiec wypija zbyt wiele alkoholu, który wchodzi w reakcję z zażywanymi lekami. Jest na łodzi pośrodku oceanu. Wychodzi na pokład i patrzy na wodę. Straszliwie cierpi.

Neville Lockwood przerwał.

– Sądzi pan, że Andrew popełnił samobójstwo.

– Niewykluczone. To jedna z teorii. A może mieszanka alkoholu z lekarstwami sprawiła, że stracił równowagę i wypadł za burtę. Tak czy inaczej, związek między oboma zgonami pozostaje. Śmierć Theo bezpośrednio doprowadziła do śmierci Andrew. Najbardziej prawdopodobna wydaje się hipoteza, że oba te wydarzenia są powiązane.

Maya siedziała w milczeniu.

– A więc, skoro przedstawiłem pani swoją teorię, może mi pani wytłumaczy, dlaczego ma ona takie znaczenie dzisiaj?

– Chciałabym panu zadać jeszcze tylko jedno pytanie.

Dyrektor skinął głową.

– Jeśli śmierć dwóch osób z tej samej drużyny jest tak mało prawdopodobna, to co powiedzieć o trzech?

– Trzech? Nie rozumiem.

– Chodzi mi o Joego.

Dyrektor zmarszczył czoło.

– On zginął siedemnaście lat później.

– Mimo wszystko. Zna się pan na rachunku prawdopodobieństwa. Jakie są szanse, że jego śmierć nie ma z tym żadnego związku?

– Twierdzi pani, że zabicie pani męża jest jakoś powiązane ze śmiercią Theo i Andrew?

– Mam wrażenie, że sam pan to powiedział – odparła Maya.

25

Wiedziała, że nie dowie się już tutaj niczego więcej.

Kilka minut później Neville Lockwood odprowadził ją na zewnątrz. Przed nią znajdowała się legendarna wizytówka szkoły, ośmiokondygnacyjna anglikańska dzwonnica. Ponownie zabrzmiały cztery nuty westminsterskiego kuranta. Maya zerknęła na zegarek. Zapewne rozlegały się co kwadrans.

Wyjęła telefon i weszła do Google'a. Rodzice Theo Mory mieli na imię Javier i Raisa. Zaczęła przeglądać strony z książką telefoniczną, sprawdzając, czy mieszkają oni w okolicy. Znalazła Raisę Morę zamieszkałą w Filadelfii. Warto spróbować.

Zadzwoniła jej komórka. Na ekranie wyświetliło się: „Skóry i Koronki". Maya podniosła telefon do ucha, ale dzwoniąca osoba już się oczywiście rozłączyła. To był sygnał, że Corey chce się z nią spotkać. Cóż, dzieliło ich co najmniej dwie godziny jazdy, a ona miała inne sprawy do załatwienia. Corey będzie musiał zaczekać.

Wzdłuż ulicy, przy której mieszkała Raisa Mora, tłoczyły się zaniedbane szeregowce. Maya znalazła właściwy adres i wspięła się po popękanych betonowych schodkach. Nacisnęła dzwonek i zaczęła nasłuchiwać kroków, ale za drzwiami panowała cisza. Na chodniku leżały rozbite butelki. Stojący dwa domy dalej mężczyzna w rozpiętej flanelowej koszuli i podkoszulku posłał jej bezzębny uśmiech.

Znajdowali się bardzo daleko od westminsterskich kurantów.

Maya szarpnęła siatkowe drzwi, które otworzyły się ze zgrzytem zardzewiałych zawiasów. Mocno zapukała.

– Kto tam? – zawołała z wnętrza jakaś kobieta.

– Nazywam się Maya Stern.

– Czego pani chce?

– Czy pani Raisa Mora?

– Czego pani chce?

– Chcę porozmawiać o pani synu Theo.

Drzwi się otworzyły. Raisa Mora była ubrana w strój kelnerki, w wyblakłym musztardowym kolorze. Miała rozmazany tusz do rzęs. Związane w kok włosy były bardziej siwe niż czarne. Na nogach miała skarpetki i Maya przypuszczała, że kobieta właśnie przyszła do domu po długiej zmianie w pracy i dopiero co zrzuciła buty.

– Kim pani jest?

– Nazywam się Maya Stern. – Po chwili namysłu dodała: – Burkett.

To nazwisko zainteresowało kobietę.

– Jest pani żoną Joego.

– Tak.

– Służy pani w wojsku, zgadza się?

– Służyłam – sprostowała Maya. – Czy mogę wejść?

Raisa skrzyżowała ręce na piersiach i oparła się o futrynę.

– Czego pani chce?

– Chcę zapytać o śmierć pani syna.

– Dlaczego to panią interesuje?

– Ma pani oczywiście pełne prawo mnie o to pytać, ale naprawdę nie mam czasu, żeby to wszystko tłumaczyć. Powiem tylko tyle. Nie jestem pewna, czy wiemy wszystko o śmierci Theo.

Raisa wpatrywała się w nią przez dłuższą chwilę.

– Pani mąż niedawno został zamordowany. Czytałam o tym w gazetach.

– Tak.

– Zatrzymano dwóch podejrzanych. O tym też czytałam.

– Są niewinni – odparła Maya.

– Nie rozumiem. – Maska nie pękła, tylko odrobinę się zsunęła, pozwalając na pojawienie się pojedynczej łzy. – Uważa pani, że śmierć Joego ma jakiś związek z moim Theo?

– Nie wiem – odpowiedziała Maya, najłagodniej jak potrafiła. – Ale chyba nic złego się nie stanie, jeśli odpowie pani na moje pytania?

Raisa wciąż miała skrzyżowane ręce.

– Co pani chce wiedzieć?

– Wszystko.

– Więc zapraszam do środka. Muszę usiąść.

▪ ▪ ▪

Kobiety usiadły na wytartej kanapie, która najlepsze dni miała za sobą, co zresztą dotyczyło całego pokoju. Raisa wręczyła Mai oprawione w ramkę rodzinne zdjęcie. Kolory wyblakły od upływu czasu albo od słońca, a zapewne jednego i drugiego. Na fotografii było pięć osób. Maya rozpoznała

Theo, który stał razem z dwoma mniejszymi chłopcami, prawdopodobnie swoimi braćmi. Za trójką dzieci zobaczyła Raisę, która może nie wyglądała na dużo młodszą, ale wydawała się znacznie szczęśliwsza. Towarzyszył jej krępy mężczyzna o bujnych wąsach i szerokim uśmiechu.

– To Javier – powiedziała Raisa, wskazując mężczyznę. – Ojciec Theo. Zmarł dwa lata po śmierci Theo. Na raka. Przynajmniej tak mówią, ale...

Javier miał dobry uśmiech, którego ciepło Maya czuła nawet na fotografii. Zastanawiała się, jak brzmiał jego śmiech. Raisa wzięła z powrotem zdjęcie i ostrożnie odstawiła je na półkę.

– Javier przyjechał tutaj z Meksyku. Ja byłam biedną dziewczyną z San Antonio. Spotkaliśmy się i... nie musi pani tego słuchać.

– Proszę mówić dalej.

– To bez znaczenia. Trafiliśmy do Filadelfii, ponieważ kuzyn Javiera załatwił mu pracę u projektanta terenów zielonych. No wie pani, koszenie trawników bogaczy i tym podobne. Ale Javier... – Przerwała i uśmiechnęła się do swoich wspomnień. – Był bystry, ambitny. No i bardzo ujmujący. Wszyscy go lubili. Miał taki dar. Wie pani, o czym mówię? Niektórzy ludzie... po prostu mają w sobie coś magicznego. Przyciągają do siebie innych. Mój Javier był właśnie taki.

Maya skinęła głową w stronę zdjęcia.

– To widać.

– Prawda? – Uśmiech zniknął z ust Raisy. – Javier często pracował dla rodzin mieszkających przy Main Line, w tym dla rodziny Lockwoodów.

– Chodzi o dyrektora szkoły?

– O jego kuzyna. To ogromnie bogaty finansista. Mieszkał głównie w Nowym Jorku, ale tutaj też miał posiadłość. Największy snob, jakiego znam, z blond włosami, wystającą szczęką i tak dalej, ale zarazem serdeczny facet. Lubił Javiera. Dużo ze sobą rozmawiali. Pewnego dnia Javier opowiedział mu o Theo. – Cierpienie w jednej chwili powróciło na jej twarz. – Mój Theo był wyjątkowym chłopcem. Niezwykle mądrym. Świetnym sportowcem. Niczego mu nie brakowało, jak to się mówi. Jak wszyscy rodzice, chcieliśmy, żeby miał lepsze życie. Javier pragnął przenieść go do lepszej szkoły. Okazało się, że Franklin Biddle Academy zamierzała przyjąć kilku uczniów na stypendia, oferując im pomoc finansową, żeby potem móc się pochwalić, że szkoła jest „zróżnicowana". – Palcami zaznaczyła w powietrzu cudzysłów. – Lockwood chciał nam pomóc, więc porozmawiał ze swoim kuzynem dyrektorem i zanim się obejrzeliśmy... Była pani w akademii?

– Tak.

– Absurd, prawda?

– Pewnie tak.

– Ale Javier był taki szczęśliwy, kiedy Theo się dostał. Osobiście trochę się o niego martwiłam. Jak można się dopasować do takiego miejsca, gdy ma się takie pochodzenie? To trochę jak... czy ja wiem... Co się dzieje z nurkiem, kiedy za szybko się wynurza? Choroba kesonowa. Takie odnosiłam wrażenie. Ale milczałam. Nie jestem głupia. Rozumiałam, jaka to szansa dla Theo. Wie pani, co mam na myśli?

– Tak, oczywiście.

– Pewnego ranka Javier pojechał do pracy. – Raisa Mora złożyła dłonie, jakby w rozpaczliwej modlitwie, a Maya zrozumiała, że kobieta zbliża się do sedna. – Ja pracowałam na popołudniową zmianę, więc byłam w domu. Ktoś zadzwonił do drzwi. – Podążyła wzrokiem w tamtym kierunku. – Oni nigdy nie telefonują. Przyszli osobiście, jakby Theo był żołnierzem albo kimś w tym rodzaju. Zjawił się dyrektor Lockwood i jakiś inny pracownik szkoły, nie pamiętam jego nazwiska. Stanęli w progu, a ja patrzyłam na ich twarze i chyba powinnam się była domyślić, prawda? Kiedy tak wbijali wzrok w ziemię, ze smutnymi minami, powinnam była od razu zrozumieć i upaść na podłogę, krzycząc: „Nie, nie!". Ale tak się nie stało. Uśmiechnęłam się do nich. Powiedziałam: „Co za miła niespodzianka". Wpuściłam ich do domu. Zaproponowałam kawę, a potem... – Prawie się uśmiechnęła. – Chce pani usłyszeć coś strasznego?

Maya sądziła, że już usłyszała – co mogłoby być straszniejsze? – ale pokiwała głową.

– Później dowiedziałam się, że nagrali wszystko, co do mnie mówili. Podobno tak im poradził prawnik. Mieli włączony dyktafon przez cały czas, gdy opowiadali mi o tym, że jakiś dozorca znalazł ciało mojego syna w piwnicy. Nie rozumiałam, co do mnie mówią. „Dozorca?", spytałam. Powiedzieli, jak się nazywał, jakby to w ogóle miało znaczenie. Poinformowali mnie, że Theo za dużo wypił. Przedawkował alkohol. „Theo nie pije", odparłam, a oni pokiwali głowami, jakby to było zrozumiałe, i dodali, że najczęściej właśnie chłopcy, którzy nie mają doświadczenia w piciu, wypijają za dużo i umierają. Powiedzieli, że zazwyczaj w takiej sytuacji dziecko można uratować, ale Theo potknął się i wylądował w kącie piwnicy. Znaleziono go dopiero następnego dnia. Wtedy już było za późno.

To samo, niemal słowo w słowo, powiedział Mai Neville Lockwood.

Zaczynała mieć wrażenie, że to dobrze przećwiczona historia.

– Czy wykonano sekcję zwłok? – spytała.

– Tak. Javier i ja osobiście spotkaliśmy się z panią koroner. Miła kobieta. Usiedliśmy w jej gabinecie, a ona powiedziała nam, że przyczyną śmierci było zatrucie alkoholem. Tamtego wieczoru upiło się wielu chłopców. To była jakaś impreza, która wymknęła się spod kontroli. Ale Javier w to nie uwierzył.

– A myślał, że co się stało?

– Nie był pewien. Sądził, że może ktoś wywarł presję na Theo. Wie pani, nowy uczeń w szkole, chłopak z biednej rodziny, więc bogate dzieciaki go naciskały i wypił za dużo. Mąż chciał rozdmuchać tę sprawę.

– A pani?

– Nie widziałam w tym sensu – odrzekła Raisa, ze znużeniem wzruszając ramionami. – Nawet jeśli to była prawda, przecież nie wróciłoby to życia Theo. Zresztą takie rzeczy dzieją się wszędzie. Dzieciaki w tej dzielnicy też są pod presją. Więc po co miałabym to robić? A poza tym... Wiem, że to podłe, ale musiałam wziąć pod uwagę także kwestie finansowe.

Maya zrozumiała, do czego zmierza Raisa.

– Szkoła złożyła propozycję?

– Widzi pani pozostałych dwóch chłopców na tym zdjęciu? – Otarła łzy z oczu i wypięła pierś. – To Melvin. Teraz jest wykładowcą w Stanfordzie, chociaż ma dopiero trzydzieści lat. Z kolei Johnny studiuje medycynę na Uniwersytecie Johnsa Hopkinsa. Akademia zatroszczyła się o to, żeby nasi chłopcy nigdy nie musieli płacić za wykształcenie. Javier i ja także dostaliśmy trochę pieniędzy. Ale wpłaciliśmy je na rachunki dzieci.

– Czy pamięta pani kolegę, z którym Theo mieszkał w internacie?

– Chodzi pani o Andrew Burketta?

– Tak.

– On byłby pani szwagrem, prawda? Biedny chłopak.

– Więc go pani pamięta?

– Oczywiście. Wszyscy pojawili się na pogrzebie Theo. Wszyscy ci przystojni, bogaci chłopcy w niebieskich marynarkach i szkolnych krawatach, z falującymi włosami. Ubrani identycznie, podchodzący kolejno, żeby złożyć kondolencje, jak roboty. Ale Andrew był inny.

– To znaczy?

– Był smutny. Bardzo, bardzo smutny. To nie było... czy ja wiem... zachowanie na pokaz.

– Czy byli ze sobą zżyci? Andrew i Theo?

– Chyba tak. Theo mówił, że Andrew jest jego najlepszym przyjacielem. Andrew wkrótce po tym wypadł za burtę i utonął. Czytałam, że to był wypadek, ale nie bardzo w to wierzyłam. Biedny chłopak traci najlepszego przyjaciela... a potem wypada za burtę? – Popatrzyła na Mayę, unosząc brew. – To nie był wypadek, prawda?

– Sądzę, że nie – odrzekła Maya.

– Javier tak podejrzewał. Poszliśmy na pogrzeb Andrew, wiedziała pani o tym?

– Nie.

– Pamiętam, że powiedziałam do Javiera: „Andrew był taki smutny po śmierci Theo". Zastanawiałam się, czy nie zabił go właśnie ten smutek, rozumie pani, o co mi chodzi? Może był taki smutny, że aż wyskoczył za burtę?

Maya pokiwała głową.

– Ale Javier uważał inaczej.

– A co uważał?

Raisa popatrzyła na swoje splecione dłonie.

– Powiedział do mnie: „Smutek tak nie działa na człowieka. Co innego poczucie winy".

Zapadła cisza.

– Widzi pani, Javier nie radził sobie z tym, co się stało. Nie chciał ugody ze szkołą, twierdząc, że to brudne pieniądze. Ja tego tak nie traktowałam. Możliwe, że bogaci koledzy trochę naciskali Theo, ale myślę, że gniew Javiera wynikał stąd, że czuł się winny. To on nalegał, aby syn wstąpił do szkoły, do której nie pasował. Zresztą sama również go obwiniałam, niech Bóg mi przebaczy. Próbowałam to ukrywać, ale mam wrażenie, że Javier dostrzegał to na mojej twarzy. Nawet kiedy zachorował. Nawet kiedy się nim opiekowałam. Nawet gdy leżał na łóżku, trzymając mnie za rękę, i umierał. Widział to na mojej twarzy... być może była to ostatnia rzecz, jaką widział przed śmiercią.

Uniosła głowę i palcem wskazującym otarła łzę.

– Może miał rację. Może to nie smutek zabił Andrew Burketta, tylko wyrzuty sumienia.

Siedziały w milczeniu przez dłuższą chwilę. Maya ujęła Raisę za rękę. To nie było w jej stylu. Rzadko pozwalała sobie na takie gesty. A jednak czuła, że tak należy.

– Pani męża zamordowano kilka tygodni temu – odezwała się w końcu Raisa.

– Tak.

– A teraz jest pani tutaj.

Maya skinęła głową.

– To nie jest przypadek, prawda?

– Nie – przyznała Maya.

– Kto zabił mojego syna, pani Burkett? Kto zamordował mojego Theo?

Maya odparła, że nie zna odpowiedzi.

Ale zaczynała się jej domyślać.

26

Kiedy Maya wróciła do samochodu, przez chwilę tylko siedziała, patrząc przed siebie. Najchętniej rozpłakałaby się teraz. Ale nie miała na to czasu. Sprawdziła swoją komórkę. Dwa kolejne sygnały od Skór i Koronek. Pewnie są zdesperowani. Postanowiła złamać zasady. Zadzwoniła do klubu i poprosiła do telefonu Lulu.

– Czym mogę służyć? – spytała Lulu.

– Starczy tych podchodów. Jestem w Filadelfii.

– Jedna z naszych najlepszych dziewczyn zachorowała, więc możesz dzisiaj zatańczyć. Jeśli chcesz dostać tę robotę, musisz jak najszybciej przyjechać.

Maya mało nie przewróciła oczami.

– Przyjadę.

Wygooglowała w swoim smartfonie Christophera Swaina, drugiego kapitana drużyny piłkarskiej, który tamtej nocy też był na jachcie. Pracował na Manhattanie w agencji nieruchomości o nazwie Swain Real Estate. Rodzina miała mnóstwo firm holdingowych we wszystkich pięciu dzielnicach Manhattanu. Świetnie. Maya znów wkraczała do świata wielkich pieniędzy. Znalazła adres e-mailowy Swaina na stronie absolwentów akademii i wysłała mu krótką wiadomość.

> Nazywam się Maya Burkett. Moim mężem był Joe. Koniecznie musimy porozmawiać. Proszę, niech pan się ze mną jak najszybciej skontaktuje.

Dołączyła wszystkie swoje dane kontaktowe.

Dwie godziny później podjechała do Skór i Koronek i zatrzymała się na parkingu dla pracowników. Kiedy już miała wysiąść, otworzyły się drzwi od strony pasażera i do środka wślizgnął się Corey.

– Jedź – szepnął.

Nie wahała się ani chwili. Wrzuciła bieg wsteczny i błyskawicznie opuściła parking.

– Co się stało? – spytała, gdy byli już na ulicy.

– Musimy się przejechać.

– Dokąd?

Podał adres w Livingston, przy szosie numer 10.

– Livingston – rzekła Maya. – Podejrzewam, że to ma coś wspólnego z Tomem Douglassem?

Corey wciąż się oglądał.

– Nikt nas nie śledzi – uspokoiła go.

– Jesteś pewna?

– Tak.

– Muszę się stąd wydostać. Nie chcę, żeby się dowiedzieli.

Maya nie pytała o powody. To nie był jej problem.

– Więc dokąd jedziemy?

– Namierzyłem e-maile Toma Douglassa.

– Ty osobiście?

Zobaczyła kątem oka, że się uśmiechnął.

– Pewnie myślisz, że mam wielu pracowników.

– Wiem, że masz wielu... „Zwolennicy" to chyba zbyt słabe słowo. Raczej wyznawcy.

– Tylko do czasu. Nie mogę im ufać. Jestem dla nich nową atrakcją, ale ludzie łatwo się zniechęcają. Pamiętasz kampanię „Kony dwa tysiące dwanaście"*? Owszem, większość rzeczy robię sam.

Maya usiłowała wrócić do tematu.

– A więc tropiłeś e-maile Toma Douglassa?

– Zgadza się. Wyobraź sobie, że on wciąż korzysta z internetu przez AOL. Facet jest do bólu staroświecki. Bardzo niewiele spraw załatwia e-mailowo. Nie odebrał ani nie wysłał żadnego e-maila od prawie miesiąca.

Maya skręciła w prawo i wjechała na autostradę.

– Według jego żony to wtedy zniknął.

– Właśnie. Dzisiaj Douglass dostał e-maila od niejakiego Juliana Rubinsteina w sprawie niezapłaconego rachunku. Jak zrozumiałem z tej wiadomości, Rubinstein wynajmuje Douglassowi swój magazyn za warsztatem w Livingston.

– Warsztatem samochodowym?

– Chyba tak.

– Dziwne miejsce na magazyn – zauważyła Maya.

– Douglass nie obciąża tą płatnością swojej karty kredytowej, nie prowadzi dokumentacji, nic z tych rzeczy. Płaci gotówką.

Próbuje ukrywać te transakcje, pomyślała Maya.

---

* Międzynarodowa kampania mająca na celu powstrzymanie zbrodni ugandyjskiej Armii Bożego Oporu podległej Josephowi Kony'emu.

– A więc nie dokonał ostatniej wpłaty – rzekł Corey. – Właśnie dlatego Julian Rubinstein wysłał mu ponaglenie. Było utrzymane w przyjacielskim tonie, coś w stylu: „Hej, Tom, dawnośmy się nie widzieli, trochę się spóźniasz".

Maya mocniej zacisnęła dłonie na kierownicy. To mogło być ważne.

– Masz jakiś plan?

Corey pokazał jej niedużą torbę, którą wziął ze sobą.

– Dwie kominiarki, dwie latarki, nożyce do metalu.

– Moglibyśmy poprosić jego żonę, by nas tam wpuściła.

– Zakładając, że ma prawo to zrobić. A jeśli odmówi?

Miał rację.

– Jest coś jeszcze, Mayu.

Nie podobał jej się ton jego głosu.

– Nie okłamałem cię, ale powinnaś to zrozumieć. Musiałem sprawdzić twoją lojalność.

– Aha – mruknęła Maya.

Zatrzymali się na czerwonym świetle. Spojrzała na Coreya wyczekująco.

– Nie powiedziałem ci wszystkiego.

– No to powiedz teraz – odparła.

– Chodzi o twoją siostrę.

– To znaczy?

– Wysłała nam więcej materiałów dotyczących EAC Pharmaceuticals, niż ci mówiłem.

Maya pokiwała głową.

– Domyśliłam się.

– Jak?

Nie było powodu, aby ona miała mu o wszystkim mówić.

– Wiedzieliście, że Burkettowie knują coś nielegalnego,

ale nie znaliście konkretów. Tak powiedziałeś na początku. Potem wskazałeś na EAC Pharmaceuticals. Domyśliłam się, że dała wam coś więcej.

– No tak. Tyle że to, co od niej dostaliśmy, nie wystarczyło. Mogliśmy to ujawnić, ale wtedy oni mieliby dość czasu, żeby zamieść całą aferę pod dywan. Było jeszcze za wcześnie, by wyłożyć karty na stół. Potrzebowaliśmy więcej materiałów.

– Więc Claire kopała dalej?

– Tak.

– I dotarła do Toma Douglassa.

– Właśnie. Tylko że według niej Douglass nie miał nic wspólnego z EAC Pharmaceuticals. Chodziło o coś innego, znacznie większego.

Zapaliło się zielone światło. Maya wcisnęła pedał gazu.

– Dlaczego po śmierci Claire nie ujawniliście tego, co odkryła?

– Jak już mówiłem, było tego za mało. Ale przede wszystkim chciałem ustalić, jaką rolę odgrywał Tom Douglass. Claire była tym bardziej przejęta niż podrabianymi lekami. Obawiałem się, że jeśli ujawnimy to, co wiemy, oni zdołają wszystko zatuszować. Chciałem dowiedzieć się czegoś więcej.

– I wykorzystałeś mnie, żebym zbierała dla ciebie materiały – podsumowała Maya.

Nie zaprzeczył.

– Niezły z ciebie numer, Corey.

– Przyznaję, że zdarza mi się manipulować ludźmi.

– Delikatnie powiedziane.

– Wszystko w szlachetnym celu.

– Jasne. Więc dlaczego teraz mi o tym mówisz?

– Ponieważ ktoś zmarł po zażyciu tych podrabianych

lekarstw. Trzyletni chłopiec z Indii. Gorączkował z powodu infekcji. Podano mu amoksycylinę w wersji EAC. Nie zadziałała. Zanim lekarz zmienił mu antybiotyk, było już za późno. Chłopiec zapadł w śpiączkę i umarł.

– To straszne. Jak się o tym dowiedziałeś?

– Od kogoś w szpitalu. Anonimowy lekarz chce zostać naszym informatorem. Sporządził szczegółową dokumentację, wykonał nagrania audio i wideo, nawet zachował próbki tkanek. Ale jego materiały i ustalenia Claire... To wciąż za mało, Mayu. Burkettowie zrzucą winę na Hindusów kierujących firmami farmaceutycznymi. Ukryją się za plecami drogich prawników, którzy potrafią skutecznie zamącić sprawę. Być może trochę ucierpią. Możliwe, że stracą miliony, nawet setki milionów, ale...

– Sądzisz, że Tom Douglass jest ich piętą achillesową.

– Owszem. – Głos Coreya stał się bardziej melodyjny. – Claire też tak uważała.

– Sprawia ci to przyjemność – zauważyła.

– A tobie czasami nie sprawiała przyjemności walka?

Nie odpowiedziała.

– To nie znaczy, że nie traktuję tego poważnie. Ale owszem, to bywa podniecające.

Włączyła prawy kierunkowskaz i skręciła.

– Czy właśnie tak się czułeś, kiedy dostałeś nagranie z mojego śmigłowca? Byłeś podniecony?

– Szczerze? Tak.

Zapadła cisza. Maya skupiała się na drodze. Corey bawił się radiem. Po jakiejś półgodzinie zjechali z Eisenhower Parkway. Według GPS-u od celu dzieliło ich około kilometra.

– Mayu?

– Tak.

– Wciąż masz wielu przyjaciół w wojsku. Na przykład Shane'a Tessiera.

– Sprawdzasz mnie?

– Odrobinę.

– Do czego zmierzasz, Corey?

– Czy którykolwiek z nich wie, co się znajduje na ścieżce dźwiękowej nagrania ze śmigłowca? Chodzi mi o...

– Wiem, o co ci chodzi – odburknęła. – Nie.

Chciał zadać kolejne pytanie, ale Maya go uprzedziła.

– Jesteśmy na miejscu.

Kiedy skręciła w lewo, na drogę gruntową, zaczęła wypatrywać kamer monitoringu. Żadnych nie dostrzegła. Zaparkowała w odległości jednej przecznicy od warsztatu Juliana Rubinsteina.

Corey podał jej kominiarkę. Pokręciła głową.

– Bez nich będziemy mniej rzucać się w oczy. Wyglądamy jak para, która szuka swojego samochodu.

– Muszę zachować szczególną ostrożność – odrzekł.

– Wiem.

– Nikt nie może mnie rozpoznać.

– Masz zarost, masz czapkę baseballową. Nic ci się nie stanie. Bierz nożyce do metalu i patrz w ziemię.

Corey nie wydawał się przekonany.

– Albo zaczekaj tutaj, a ja się tym zajmę.

Otworzyła drzwi i wysiadła. Nie był zachwycony, jednak złapał nożyce i podążył za nią. Szli w milczeniu. Było już ciemno, ale Maya nie włączyła latarki. Cały czas uważnie się rozglądała. Żadnych kamer. Żadnej ochrony. Żadnych domów.

– Ciekawe – powiedziała.

– Co?

– Że Tom Douglass wynajął magazyn akurat tutaj.

– Co masz na myśli?

– Przy tej ulicy znajdują się też magazyny CubeSmart. A także Public Storage. Z kamerami, łatwym dojściem i tak dalej. A jednak Tom Douglass ich nie wybrał.

– Ponieważ jest staroświecki.

– Możliwe – odrzekła Maya. – A może nie chciał, aby ktokolwiek się o tym dowiedział. Zastanów się. Dobraliście się do rejestru transakcji z jego kart kredytowych. Gdyby płacił czekiem albo kartą w normalnej firmie wynajmującej magazyny, zapewne byście to odkryli. Najwyraźniej chciał tego uniknąć.

Betonowy budynek warsztatu Juliana Rubinsteina był pomalowany na jaskrawożółty kolor. Podwójne podnoszone drzwi były zamknięte. Maya już z daleka widziała kłódki. Trawnika nie strzyżono od dawna, może nawet nigdy. Po całym terenie poniewierały się zardzewiałe części samochodowe. Maya i Corey przeszli na tył budynku. Zagrodziło im drogę cmentarzysko samochodów. Maya zauważyła zniszczonego, niegdyś białego oldsmobile'a cutlass cierę z połowy lat dziewięćdziesiątych, takiego samego, jakim kiedyś jeździł jej tata, i na chwilę wróciła myślami do tamtych czasów: Tata wyjeżdżał zza rogu, oczekiwany przez całą rodzinę, trąbił, z tym swoim krzywym uśmiechem na twarzy, mama wskakiwała na przednie siedzenie, Claire i Maya wślizgiwały się na tylne fotele. To nie było efektowne auto, nic z tych rzeczy, ale tata je uwielbiał. Chociaż Maya wiedziała, że to głupie, zastanawiała się, czy to przypadkiem nie ten sam samochód, który sprawiał ojcu tyle radości. Myślała o tym, że każde auto na tym złomowisku było kiedyś nowe i błyszczące i ktoś nim jeździł, z przejęciem, nadzieją i oczekiwaniami, a teraz wszystkie, zdezelowane, stopniowo umierały na parkingu za starym warsztatem przy szosie numer 10.

– W porządku? – spytał Corey.

Nie odpowiedziała, tylko ruszyła naprzód. Włączyła latarkę. Podwórze miało powierzchnię dwóch, może trzech akrów. W prawym rogu, w głębi, niemal ukryta przed ich wzrokiem, stała stara furgonetka Chevroleta. Maya zauważyła dwa składane domki, jakie ludzie kupują w Home Depot albo w Lowe's, żeby przechowywać łopaty, grabie i inny sprzęt ogrodowy.

Wskazała je snopem światła z latarki. Corey zmrużył oczy i pokiwał głową. Zbliżyli się w milczeniu, przechodząc nad kołpakami, częściami silników i drzwiami samochodowymi, które leżały im na drodze.

Domki były niewielkie, miały niecałe półtora metra wysokości i półtora szerokości. Maya zgadywała, że wykonano je z jakiegoś tworzywa sztucznego, odpornego na różne warunki atmosferyczne. Składało się je samemu mniej więcej w godzinę. Oba były zamknięte na kłódkę.

Maya i Corey szli dalej, ale kiedy znaleźli się w odległości około dziesięciu metrów od składzików, poczuli bijący stamtąd odór i oboje gwałtownie się zatrzymali.

Corey, z rosnącym przerażeniem, popatrzył na Mayę. Tylko skinęła głową.

– O nie – powiedział.

■ ■ ■

Corey chciał natychmiast zawrócić i uciec.

– Nie – odezwała się Maya.

Zatrzymał się.

– Jeśli uciekniemy, będzie gorzej – powiedziała.

– Nawet nie wiemy, co tak śmierdzi. Może to zwierzę.

– Możliwe.

– Lepiej stąd odejdźmy.

– Ty odejdź, Corey.

– Słucham?

– Ja zostaję. Zamierzam tam zajrzeć. Poradzę sobie z konsekwencjami. Ty nie. Rozumiem to. Już jesteś poszukiwany. Więc idź. Nikomu nie powiem, że tutaj byłeś.

– Co im powiesz?

– Nie martw się o to. Idź.

– Będę chciał się dowiedzieć, co znalazłaś.

Maya miała dosyć jego niezdecydowania.

– No to zaczekaj jeszcze minutę.

Nożyce do metalu weszły w kłódkę jak rozgrzany nóż w masło. Kiedy drzwi się otworzyły, ze środka wypadła ludzka ręka.

– O Boże – wyjąkał Corey.

Od smrodu zakrztusił się i cofnął, bliski torsji. Maya nie ruszyła się z miejsca.

Ze składziku zaczęła się wysuwać pozostała część zwłok. Były w fatalnym stanie. Twarz już gniła, ale Maya na podstawie zdjęć, które widziała, wielkości ciała i siwych włosów, domyśliła się, że to Tom Douglass. Podeszła do trupa.

– Co ty wyprawiasz?

Nie traciła czasu na odpowiedź. To nie tak, że zwłoki przestały robić na niej wrażenie, bo tyle ich dotąd oglądała. Po prostu ich widok już jej nie paraliżował. Zajrzała do wnętrza domku. Pusto.

Coreyowi znów zaczęło się zbierać na wymioty.

– Idź – poleciła.

– Co?

– Jeśli zwymiotujesz tutaj, policja się zorientuje. Zmywaj się. Szybko. Wracaj na autostradę i znajdź jakąś knajpę. Zadzwoń do Lulu albo kogoś innego, żeby cię zabrał.

– Nie czuję się dobrze, zostawiając cię tutaj samą.

– Nic mi nie grozi. Ale tobie tak.

Popatrzył w lewo. Popatrzył w prawo.

– Jesteś pewna?

– Idź.

Podeszła do drugiego składziku, przecięła kłódkę, zajrzała do środka.

Pusto.

Kiedy się obejrzała, Corey już był daleko – chwiejnym krokiem omijał części samochodowe, zmierzając do wyjścia. Zaczekała, aż zniknie jej z oczu. Potem zerknęła na zegarek. Starła odciski palców z nożyc do metalu i schowała je do oldsmobile'a. Nawet jeśli je znajdą, niczego jej nie udowodnią. Dla pewności odczekała jeszcze dwadzieścia minut.

Następnie zadzwoniła na policję.

27

Maya trzymała się swojej wersji:

– Otrzymałam wskazówkę, że powinnam tutaj przyjechać. Na miejscu zastałam zniszczoną kłódkę. Ze składziku wystawała ręka. Otworzyłam szerzej drzwi. A potem zadzwoniłam na policję.

Policjanci spytali, co to była za „wskazówka". Maya odparła, że anonimowa. Spytali, jaki jest jej związek z tą sprawą. Zdecydowała się trzymać prawdy, ponieważ wiedziała, że i tak powie im to wdowa po Tomie Douglassie. Jej siostra, Claire, która została zamordowana, niedługo przed śmiercią rozmawiała z Tomem Douglassem, a Maya chciała się dowiedzieć dlaczego.

Policjanci wciąż zadawali jej rozmaite pytania. W końcu oświadczyła, że musi zorganizować odbiór córki ze żłobka, więc na chwilę dali jej spokój. Zadzwoniła do Eddiego i szybko wyjaśniła sytuację.

– Nic ci nie jest? – spytał.

– Wszystko w porządku.

– To musi mieć jakiś związek z zabójstwem Claire, prawda?

– Niewątpliwie.

– Zaraz odbiorę Lily.

Maya przez Skype'a skontaktowała się ze żłobkiem i, przy policjantach, zapowiedziała, że małą odbierze wujek Eddie. Panna Kitty nie od razu przystała na to. Kazała Mai dopełnić wszystkich formalności i dla pewności umówiła się na telefon kontrolny. Mai spodobała się ta przesadna dbałość o bezpieczeństwo.

Po kilku godzinach miała już dosyć.

– Czy jestem aresztowana?

Policjant prowadzący, detektyw z hrabstwa Essex, o cudownych bujnych kędzierzawych włosach i gęstych rzęsach, zawahał się.

– Możemy panią aresztować za wtargnięcie na teren prywatny.

– Więc to zróbcie – odparła, wyciągając do niego złączone nadgarstki. – Muszę wracać do domu do córki.

– Jest pani podejrzana.

– O co dokładnie?

– A jak się pani wydaje? O morderstwo.

– Na jakiej podstawie?

– W jaki sposób znalazła się pani tutaj dziś wieczorem?

– Już tłumaczyłam.

– Dowiedziała się pani od żony zamordowanego o jego zniknięciu, zgadza się?

– Zgadza się.

– Potem otrzymała pani wskazówkę z tajemniczego źródła, żeby zajrzeć do tego składziku?

– Tak.

– Co to za tajemnicze źródło?

– Anonimowe.

– Otrzymała pani informację telefonicznie? – spytał Kędzierzawy.

– Tak.

– Na telefon domowy czy komórkowy?

– Domowy.

– Sprawdzimy rejestr połączeń.

– Proszę bardzo. Ale zrobiło się późno. – Zaczęła wstawać. – Więc jeśli to już wszystko...

– Chwileczkę.

Maya rozpoznała głos i zaklęła pod nosem.

Detektyw z nowojorskiego wydziału policji Roger Kierce podszedł do nich zawadiackim krokiem jaskiniowca. Ręce sterczały mu po bokach krępego ciała.

– Kim pan jest? – spytał Kędzierzawy.

Kierce mignął odznaką i podał nazwisko.

– Prowadzę dochodzenie w sprawie zastrzelenia Joego Burketta, męża pani Stern. Czy ustalono przyczynę śmierci?

Kędzierzawy przez chwilę nieufnie spoglądał na Mayę.

– Może lepiej porozmawiajmy na osobności.

– Wygląda mi to na poderżnięcie gardła – powiedziała Maya. Obaj policjanci popatrzyli na nią. – Hej, naprawdę się śpieszę. Próbuję zaoszczędzić nam wszystkim trochę czasu.

Kierce się skrzywił i zwrócił wzrok na Kędzierzawego.

– Ofiara ma na szyi ranę, która wygląda, jakby zadano ją nożem – oznajmił Kędzierzawy. – Ale niczego więcej nie wiemy. Lekarz sądowy hrabstwa rano przekaże nam wyniki.

Kierce przysunął sobie krzesło, obrócił je oparciem do przodu i teatralnie usiadł na nim okrakiem. Maya go obserwowała, przypominając sobie, co Caroline mówiła o łapówkach Burkettów dla niego. Czy to była prawda? Raczej nie, ale tak czy inaczej, poruszanie tego tematu w tej chwili wydawało się niemądre.

– Mogłabym teraz zadzwonić do swojego adwokata – odezwała się. – Wszyscy doskonale wiemy, że nie macie wystarczających powodów, by mnie zatrzymać.

– Doceniamy twoją współpracę – powiedział Kierce bez cienia szczerości – ale zanim odejdziesz... Sądzę, że dotychczas niewłaściwie patrzyliśmy na tę sprawę.

Czekał, aż Maya chwyci przynętę.

– Na co niewłaściwie patrzyliśmy – wymówiła to słowo z naciskiem – detektywie Kierce?

Położył dłonie na szczycie oparcia.

– Wciąż natrafiasz na trupy, prawda?

Słowa Eddiego: „Śmierć idzie za tobą krok w krok, Mayu...".

– Najpierw twój mąż. Teraz ten prywatny detektyw.

Uśmiechnął się do niej.

– Do czegoś pan zmierza?

– Tak tylko mówię. Najpierw wybierasz się z mężem do parku. Twój mąż ginie. Potem przyjeżdżasz tutaj, Bóg raczy wiedzieć, po co. Tom Douglass jest martwy. Jaki może być wspólny mianownik?

– Niech zgadnę – odrzekła Maya. – Ja?

Kierce wzruszył ramionami.

– Trudno tego nie zauważyć.

– Rzeczywiście trudno. Więc jaką ma pan teorię, detektywie? Czy to ja ich obu zabiłam?

Kierce ponownie wzruszył ramionami.

– Ty mi powiedz.

Maya uniosła ręce, udając, że się poddaje.

– No tak, ma mnie pan. Pewnie zabiłam Toma Douglassa kilka tygodni temu, oceniając po stanie zwłok, potem wepchnęłam jego ciało do tego składziku, a gdy to wszystko uszło mi płazem, wybrałam się do jego żony i z jakiegoś powodu o niego wypytywałam, aż na koniec... proszę pomóc mi to wyjaśnić... wróciłam tutaj i odkryłam ciało, ściągając na siebie podejrzenia.

Kierce słuchał jej w milczeniu.

– No i widzę oczywisty związek z zabójstwem mojego męża. Pewnie już taka za mnie idiotka, że zawsze kręcę się w miejscach zbrodni, ponieważ to świetny sposób na niezwracanie na siebie uwagi, prawda? A w przypadku Joego nawet jakimś cudem namierzyłam broń, z której zastrzelono moją siostrę, i właśnie tej broni użyłam, by go zabić. Kurczę, mam talent. Czy wszystko się zgadza, detektywie Kierce? Niczego nie przegapiłam?

Kierce nie odpowiedział.

– A kiedy pan będzie udowadniał, że popełniłam te dwa... Zaraz, a może zabiłam też swoją siostrę? Nie, już mi pan mówił, że to niemożliwe, ponieważ wtedy służyłam ojczyźnie za granicą... Ale gdy będzie pan to wszystko udowadniał, może przy okazji przyjrzymy się pańskim powiązaniom z rodziną Burkettów?

To przyciągnęło jego uwagę.

– O czym ty mówisz?

– Nieważne. – Maya wstała i ruszyła do wyjścia. – Mogą panowie do woli tracić czas, ale ja muszę odebrać córkę.

▪ ▪ ▪

Zatrzymali jej samochód.

– Macie nakaz? – spytała Maya.

Kędzierzawy wręczył jej dokument.

– Szybka robota – przyznała.

Wzruszył ramionami.

– Podwiozę cię – zaproponował Kierce.

– Nie, dziękuję.

Przez swój telefon wezwała taksówkę, która pojawiła się po dziesięciu minutach. Kiedy Maya wróciła do domu, wzięła drugi samochód – który należał do Joego – i pojechała do domu Claire i Eddiego.

Szwagier znalazł się przy drzwiach frontowych, jeszcze zanim do nich podeszła.

– No i co?

Zatrzymała się w progu i wszystko mu opowiedziała. Za plecami Eddiego widziała Alexę bawiącą się z Lily. Pomyślała o siostrzenicy i siostrzeńcu. To takie dobre dzieci. Maya zawsze skupiała się na związkach przyczynowo-skutkowych. Jeśli masz dobre dzieci, zapewne jesteś dobrym rodzicem. Czy to była wyłączna zasługa Claire? Komu Maya powierzyłaby wychowanie swojej córki?

– Eddie?

– Tak?

– Coś zataiłam przed tobą.

Popatrzył na nią.

– Filadelfia coś dla mnie znaczyła. Tam Andrew Burkett chodził do szkoły.

Opowiedziała mu o tym tropie. Zastanawiała się, czy nie pójść o krok dalej i nie wyznać mu, że zobaczyła Joego na nagraniu z kamery, ale w tej chwili nie widziała w tym sensu.

– A więc mamy trzy morderstwa – rzekł Eddie, kiedy skończyła. Miał na myśli Claire, Joego i znalezionego teraz Toma Douglassa. – I wygląda na to, że łączy je tylko osoba Andrew Burketta.

– Zgadza się – przyznała Maya.

– Czy to nie oczywiste? Coś się wydarzyło na tamtej łodzi. Coś tak złego, że po tylu latach wciąż giną przez to ludzie.

Maya pokiwała głową.

– Kto jeszcze tam był tamtego wieczoru? – spytał Eddie. – Kto jeszcze płynął łodzią?

Pomyślała o swoim e-mailu do Christophera Swaina. Jak dotąd nie otrzymała odpowiedzi.

– Tylko rodzina i przyjaciele.

– Którzy z Burkettów byli na pokładzie?

– Andrew, Joe i Caroline.

Eddie podrapał się po brodzie.

– Dwie z tych osób nie żyją.

– Tak.

– Czyli pozostaje...?

– Caroline była wtedy dzieckiem. Co mogłaby zrobić? – Maya zerknęła mu przez ramię. Lily sprawiała wrażenie sennej. – Robi się późno, Eddie.

– Dobrze.

– Muszę cię dodać do listy osób uprawnionych do odbierania Lily – powiedziała. – Nie wydadzą ci jej ponownie, jeśli wcześniej nie pojawimy się tam osobiście.

– Tak, panna Kitty mi powiedziała. Muszę przyjść tam z tobą, wyrobić sobie dokument ze zdjęciem i tak dalej.

– Może wybierzemy się jutro, jeśli masz czas.

Eddie popatrzył na zaspaną Lily, która bawiła się z Alexą w jakąś wyliczankę.

– Zgoda.

– Dzięki, Eddie.

Cała trójka – Eddie, Alexa i Daniel – odprowadziła Mayę i Lily do samochodu. Mała próbowała protestować, ale była zbyt zmęczona, żeby jej bunt dwulatki odniósł jakikolwiek skutek. Oczy jej się zamknęły, zanim matka zdążyła przypiąć ją pasem.

W drodze powrotnej Maya usiłowała nie myśleć o śmierci, ale okazało się to nie takie łatwe. Eddie miał rację. Obecne wydarzenia były bezpośrednio powiązane z tym, co stało się na pokładzie jachtu przed siedemnastu laty. Oczywiście nie miało to żadnego sensu, ale takie były fakty. Maya raz jeszcze zatęskniła za prostotą brzytwy Ockhama, choć może właściwsze rozumowanie znowu podsuwał sir Arthur Conan Doyle za pośrednictwem swojego Sherlocka Holmesa: „Kiedy wykluczymy niemożliwe, to, co pozostaje, choćby najbardziej nieprawdopodobne, musi być prawdą".

Ludzie mówią, że nie da się pogrzebać przeszłości. Zapewne mają rację, a tak naprawdę oznacza to, że po każdym tragicznym wydarzeniu pozostają fale i echa, już na zawsze. Nie różniło się to zbytnio od tego, czego Maya wciąż doświadczała. Traumatyczne przeżycia z pokładu bojowego śmigłowca ciągle wywoływały fale, odbijały się echem i żyły, przynajmniej w jej wnętrzu.

Dlatego musiała się cofnąć. Od czego to wszystko się zaczęło?

Ktoś mógłby powiedzieć, że od nocy na jachcie, ale początek był inny.

Jaki?

Cofnij się jak najdalej. Tam zwykle kryje się odpowiedź. W tym wypadku Maya mogła ją odnaleźć na terenie Franklin Biddle Academy, w dniu śmierci Theo Mory.

Kiedy wróciła, dom wydał jej się zaskakująco opustoszały. Zazwyczaj szukała samotności. Ale nie tego wieczoru. Lily wciąż zamykały się oczy, była znacznie bliżej snu niż jawy, gdy Maya kąpała ją i przebierała. Po cichu liczyła na to, że córka się rozbudzi i będą mogły spędzić ze sobą trochę czasu, ale tak się nie stało. Lily nie otworzyła oczu. Maya zaniosła ją do łóżeczka i ułożyła do snu.

– Kochanie, może przeczytam ci bajkę?

Słyszała pragnienie w swoim głosie, ale Lily się nie poruszyła.

Maya stała nad łóżeczkiem i obserwowała córkę. Przez chwilę czuła się cudownie zwyczajnie. Chciała zostać w tym pokoju razem ze swoim dzieckiem. Nie wiedziała, czy ta potrzeba bierze się z bycia dzielną strażniczką, czy raczej matką lękającą się samotności. Ale czy to ważne? Przysunęła sobie krzesło i usiadła przy toaletce obok drzwi. Długo tylko wpatrywała się w Lily. Rozmaite emocje napływały i rozbijały się jak fale na plaży. Maya nie powstrzymywała ich ani nie oceniała. Pozwalała, aby swobodnie się przez nią przetaczały.

Czuła się dziwnie spokojna.

Nie miała powodu się kłaść. Gdyby to zrobiła, ożyłyby odgłosy. Dobrze o tym wiedziała. Niech jeszcze przez chwilę pozostaną cicho. Posiedź tutaj i popatrz na Lily. Czy to nie bardziej relaksujące i uspokajające niż wskoczenie na koszmarną nocną karuzelę, która wirowała w jej głowie?

Nie była pewna, ile czasu minęło. Może godzina. Niewykluczone, że dwie. Nie chciała wychodzić z pokoju nawet na sekundę, ale musiała przynieść notatnik i długopis. Zrobiła to pośpiesznie, z jakiegoś powodu bojąc się spuścić córkę z oczu choćby na kilka minut. Kiedy wróciła do pokoju Lily, znów usiadła przy drzwiach i zaczęła pisać listy. Długopis źle leżał jej w dłoni. Rzadko pisała odręcznie. Kto jeszcze to robił? Wiadomości wystukiwało się na laptopie, a potem kilkało przycisk „wyślij".

Ale nie dzisiaj. Nie w tym przypadku.

Właśnie kończyła, gdy zawibrował jej telefon. Zerknęła na ekran: dzwoniła siostra Joego, Caroline.

– Caroline?

Po drugiej stronie linii rozległ się szept:

– Widziałam go, Mayu.

Jej słowa zmroziły Mai krew w żyłach.

– On wrócił. Nie wiem, jak to możliwe. Powiedział, że niedługo się z tobą zobaczy.

– Caroline, gdzie jesteś?

– Nie mogę powiedzieć. Nie mów nikomu, że dzwoniłam. Proszę.

– Caroline...

Połączenie zostało przerwane. Maya oddzwoniła, ale usłyszała pocztę głosową. Nie zawracała sobie głowy nagrywaniem wiadomości.

Oddychaj głęboko. Wdech i wydech. Napnij, rozluźnij...

Nie będzie panikować. To nic nie da. Usiadła, próbując racjonalnie przeanalizować rozmowę z Caroline. Po raz pierwszy od dawna sytuacja stała się jaśniejsza.

Jednak ta jasność nie trwała długo.

Maya usłyszała, że na podjeździe zatrzymuje się samochód.

Przypomniała sobie słowa Caroline: „Powiedział, że niedługo się z tobą zobaczy...".

Szybko podeszła do okna, spodziewając się, że ujrzy...

Właściwie co?

Na podjeździe zaparkowały dwa auta. Roger Kierce wysiadł z nieoznakowanego samochodu policyjnego. Kędzierzawy wysiadł z radiowozu policji hrabstwa Essex.

Maya odwróciła się od okna. Jeszcze raz spojrzała na córkę, po czym ruszyła na dół. Czuła się nieco otępiała ze zmęczenia, ale wzięła się w garść. Zakończenie jest na horyzoncie. Może jeszcze daleko, ale wreszcie w zasięgu wzroku.

Nie chciała, żeby swoim dzwonieniem obudzili Lily, więc otworzyła im drzwi, gdy tylko do nich podeszli.

– Co się stało? – spytała bardziej zniecierpliwionym głosem, niż zamierzała.

– Coś znaleźliśmy – odpowiedział Kierce.

– Co?

– Musisz pojechać z nami.

28

Panna Kitty zdołała zachować promienny uśmiech, mimo że rozpoznała nieoznakowany radiowóz, którym Maya przyjechała do niej za pierwszym razem. Zanim Maya zdążyła cokolwiek powiedzieć, panna Kitty powstrzymała ją, unosząc dłoń.

– Nie musisz niczego tłumaczyć.

– Dziękuję.

Lily, zgodnie z nowym zwyczajem, bez oporów podeszła do panny Kitty, która otworzyła drzwi jaskrawożółtej sali. Lily weszła do środka, nawet nie oglądając się na matkę.

– Cudowna dziewczynka – powiedziała panna Kitty.

– Dziękuję.

Maya zostawiła swój samochód na parkingu przed żłobkiem i wsiadła do auta Kierce'a. W drodze detektyw próbował nawiązać rozmowę, ale Maya się nie odzywała. Jechali do Newark w milczeniu. Pół godziny później Mayę posadzono w typowym pokoju przesłuchań na posterunku policji hrabstwa. Na blacie stała kamera na niewielkim trójnogu. Kędzierzawy upewnił się, że obiektyw jest skierowany na Mayę, a następnie włączył sprzęt. Spytał, czy Maya jest gotowa odpowiadać na pytania. Odrzekła, że tak. Poprosił, by to potwierdziła, podpisując stosowny formularz. Podpisała.

Kierce miał duże dłonie o owłosionych knykciach. Położył ręce na stole i spróbował krzepiąco się do niej uśmiechnąć. Maya nie odwzajemniła uśmiechu.

– Możemy zacząć od początku? – spytał.

– Nie.

– Słucham?

– Powiedział pan, że pojawiły się jakieś nowe informacje – odparła Maya.

– Zgadza się.

– Więc może niech pan zacznie od nich.

– Najpierw proszę mnie wysłuchać, dobrze?

Nie odpowiedziała.

– Kiedy pani mąż został zastrzelony, rozpoznała pani dwóch mężczyzn, którzy, jak pani twierdziła, próbowali obrabować panią i pani męża?

– Jak twierdziłam?

– To tylko terminologia, pani Burkett. Czy mogę tak się do pani zwracać?

– Proszę bardzo. Jak brzmi pytanie?

– Znaleźliśmy dwóch mężczyzn pasujących do pani opisu. To Emilio Rodrigo i Fred Katen. Poprosiliśmy, żeby zidentyfikowała ich pani, co pani zrobiła, najlepiej jak umiała, ale zgodnie z pani zeznaniem napastnicy byli w kominiarkach. Jak pani wie, nie mogliśmy ich zatrzymać, chociaż oskarżyliśmy Rodriga o nielegalne posiadanie broni.

– Rozumiem.

– Czy wcześniej, zanim zginął pani mąż, znała pani Emilia Rodriga albo Freda Katena?

Rany. Do czego on zmierza?

– Nie.

– Nigdy wcześniej nie spotkała pani żadnego z nich?

Popatrzyła na Kędzierzawego. Miał kamienne oblicze. Zwróciła się z powrotem w stronę Kierce'a.

– Nigdy.

– Jest pani pewna?

– Tak.

– Ponieważ według jednej z teorii to wcale nie był napad, pani Burkett. Rozważamy możliwość, że wynajęła ich pani, aby zamordowali pani męża.

Maya ponownie spojrzała na Kędzierzawego, a potem na Kierce'a.

– Wie pan, że to nieprawda, detektywie Kierce.

– Czyżby? Dlaczego miałbym to wiedzieć?

– Z dwóch powodów. Po pierwsze, gdybym wynajęła Emilia Rodriga i Freda Katena, to nie wskazałabym ich policji, prawda?

– Może chciała ich pani oszukać.

– Wydaje się to ryzykowne, nie uważa pan? Z tego, co zrozumiałam, jedynym tropem, który doprowadził policję do tych dwóch mężczyzn, było moje zeznanie. Gdybym się nie odzywała, nigdy by ich nie zatrzymano. Więc po co miałabym ich identyfikować? Czy w moim interesie nie byłoby trzymanie buzi na kłódkę?

Nie potrafił na to odpowiedzieć.

– A jeśli z jakiegoś dziwnego powodu uważa pan, że wynajęłam ich, a następnie usiłowałam wystawić, to po co twierdziłabym, że mieli na głowach kominiarki? Czy nie lepiej byłoby zidentyfikować ich ponad wszelką wątpliwość, żeby mogli zostać aresztowani?

Kierce otworzył usta, ale Maya, wzorem panny Kitty, uciszyła go ruchem dłoni.

– Zanim poda mi pan jakąś bzdurną wymówkę, proszę przyznać, że nie po to mnie tutaj przywieziono. A jeśli pana ciekawi, skąd to wiem, to jesteśmy w Newark, a nie w Nowym Jorku. Tutaj jurysdykcję ma Kędzierzawy... przepraszam, nie mam pojęcia, jak pan się nazywa.

– Detektyw policji hrabstwa Demetrius Mavrogenous.

– Świetnie, czy mogę dalej nazywać pana Kędzierzawym? Ale nie traćmy już czasu, dobrze? Gdyby chodziło o zabójstwo Joego, bylibyśmy na posterunku w rejonie Central Parku, detektywie Kierce. Tymczasem przyjechaliśmy do Newark, czyli do hrabstwa Essex, którego jurysdykcji podlega Livingston w New Jersey, gdzie wczoraj zlokalizowano ciało Toma Douglassa.

– Nie zlokalizowano – powiedział Kierce, starając się utrzymać chociaż odrobinę inicjatywy – tylko znaleziono. Pani to zrobiła.

– Cóż, to nie jest ta nowa informacja, prawda?

Umilkła i czekała.

– Nie – rzekł w końcu Kierce. – Nie chodzi o to.

– Świetnie. A ja nie jestem aresztowana, zgadza się?

– Zgadza się.

– Więc darujmy sobie te gierki, detektywie. Niech pan powie, jakie nowe odkrycie sprawiło, że musiałam tutaj przyjechać.

Kierce spojrzał na Kędzierzawego, który pokiwał głową.

– Proszę popatrzeć na ekran po pani prawej stronie.

Na ścianie wisiał płaski telewizor. Kędzierzawy wcisnął guzik pilota i ruszyło nagranie. Pochodziło z kamery monitoringu na stacji benzynowej. Widać było jeden dystrybutor, a w tle ulicę i światła jadących samochodów. Maya nie rozpoznała, gdzie dokładnie znajduje się ta stacja, ale domyślała się już, dokąd to wszystko zmierza. Zerknęła na Kierce'a. Uważnie obserwował jej reakcję.

– Zatrzymajmy nagranie – odezwał się Kędzierzawy – o, tutaj.

Wcisnął guzik pauzy. Zaczął przybliżać obraz, a Maya zobaczyła swój samochód, który stał na czerwonym świetle po prawej stronie. Kamera skupiła się na tylnej części auta.

– Odczytaliśmy tylko dwie pierwsze litery, ale są zgodne z numerem rejestracyjnym pani samochodu. Czy to pani auto, pani Burkett?

Mogła zaprzeczyć i utrzymywać, że to pewnie inne bmw z tablicą o takich samych dwóch pierwszych literach, ale nie miało to większego sensu.

– Tak się wydaje.

Kierce skinął na Kędzierzawego, który uniósł pilota i wcisnął guzik. Kamera przesunęła się na szybę po stronie pasażera. Obaj wbili teraz wzrok w Mayę.

– Kim jest mężczyzna obok pani? – spytał Kierce.

Światło odbijało się od szyby, więc widać było tylko czapkę baseballową i jakąś smugę, ale niewątpliwie był to człowiek.

Maya nie odpowiedziała.

– Pani Burkett.

Wciąż milczała.

– Wczoraj wieczorem powiedziała nam pani, że była sama, kiedy znalazła ciało Toma Douglassa, zgadza się?

Popatrzyła na ekran.

– Nie widzę tutaj niczego, co zaprzeczałoby moim słowom.

– Wyraźnie nie jest pani sama.

– I wyraźnie nie jestem w warsztacie, gdzie znaleziono ciało.

– Chce nam pani powiedzieć, że ten mężczyzna...

– Jest pan pewien, że to mężczyzna?

– Słucham?

– Widzę jakąś smugę i czapkę baseballową. Kobiety też je noszą.

– Kto to jest, pani Burkett?

Nie zamierzała im mówić o Coreyu Rudzinskim. Zgodziła się tutaj z nimi przyjechać, ponieważ chciała się dowiedzieć, co odkryli. Teraz już wiedziała. Dlatego spytała ponownie:

– Czy jestem aresztowana?

– Nie.

– No to chyba już pójdę.

Kierce wyszczerzył zęby w uśmiechu, który wcale jej się nie spodobał.

– Mayu?

A więc koniec z panią Burkett.

– Nie dlatego cię tutaj przywieźliśmy.

Pozostała na miejscu.

– Rozmawialiśmy z panią Douglass, wdową. Opowiedziała nam o twojej wizycie.

– To żadna tajemnica. Wspominałam o niej wczoraj wieczorem.

– Rzeczywiście. Pani Douglass powiedziała nam, że przyszłaś do niej, ponieważ uważasz, że twoja siostra, Claire, wypytywała o coś jej męża. Czy to prawda?

Nie widziała powodu, aby zaprzeczać.

– Już to panu mówiłam.

Kierce przekrzywił głowę.

– Skąd wiedziałaś, że twoja siostra odwiedziła Toma Douglassa?

Na to pytanie nie chciała odpowiadać. Kierce najwyraźniej się tego spodziewał.

– Kolejna anonimowa wskazówka od twojego tajemniczego informatora?

Maya milczała.

– A zatem, jeśli dobrze zrozumiałem, dostałaś cynk z tajemniczego źródła, że Claire kontaktowała się z Tomem Douglassem. Potem dostałaś kolejną wskazówkę z tajemniczego źródła, dotyczącą składziku Toma Douglassa. Powiedz mi, Mayu: czy sprawdziłaś którąkolwiek z tych informacji?

– Co pan ma na myśli?

– Czy miałaś dowód, że twoje tajemnicze źródło mówi prawdę?

Skrzywiła się.

– Cóż, wiem, że Claire rzeczywiście odwiedziła Toma Douglassa.

– Naprawdę?

Maya poczuła mrowienie na karku.

– I chociaż Tom Douglass rzeczywiście znajdował się w składziku, a więc na pewno była to dobra wskazówka, to twój tajemniczy informator zrobił z ciebie kozła ofiarnego, nie uważasz?

Kierce wstał i podszedł do ekranu.

– Zakładam, że to jest twoje tajemnicze źródło – powiedział, wskazując smugę w czapce baseballowej.

Milczała.

– Zakładam, że właśnie ten mężczyzna... dla zabawy uznajemy, że to mężczyzna; chyba dostrzegam zarost... doprowadził cię do składziku?

Maya splotła dłonie i położyła je na blacie.

– A jeśli tak?

– Niewątpliwie był w twoim samochodzie, zgadza się?

– I co w związku z tym?

– To – Kierce podszedł do stołu, oparł się o niego pięściami i nachylił się w stronę Mai – że znaleźliśmy krew w bagażniku pani samochodu, pani Burkett.

Maya nawet nie drgnęła.

– Grupy AB plus. Takiej samej, jaką miał Tom Douglass. Powie nam pani, skąd ona się tam wzięła?

29

Ustalili grupę krwi, ale wciąż czekali na wyniki badania DNA, by stwierdzić, czy krew znaleziona w bagażniku należała do Toma Douglassa. Nie mieli wystarczająco silnych dowodów, żeby zatrzymać Mayę.

Ale byli coraz bliżej. Czas uciekał.

Kierce zaproponował, że odwiezie ją do domu. Tym razem się zgodziła. Przez pierwsze dziesięć minut jazdy milczeli. Detektyw w końcu przerwał ciszę.

– Mayu?

Wyglądała przez okno. Myślała o Coreyu Rudzinskim, człowieku, który w pewnym sensie to wszystko rozpoczął. To Corey ujawnił nagranie ze śmigłowca, które zapoczątkowało jej upadek. Oczywiście mogła się cofnąć jeszcze bardziej, do swoich działań podczas tamtej misji, do swojej decyzji o wstąpieniu do wojska i tak dalej. Ale tym, co tak naprawdę sprawiło, że jej życie zaczęło się sypać, a Claire i Joe zginęli, było ujawnienie tej przeklętej taśmy.

Czyżby Corey Demaskator z niej zakpił?

Maya tak mocno pragnęła, by Corey jej zaufał, że sama

bez namysłu, niezbyt mądrze, zaufała jemu, człowiekowi, który zrobił tak wiele, aby ją zniszczyć. Odtworzyła w myślach jego słowa. Powiedział, że to Claire do niego przyszła, że skontaktowała się z nim przez jego stronę internetową. Maya przyjęła to na wiarę. Ale czy to była prawda? Zastanówmy się. Niby miało to sens, że Claire chciała powstrzymać Coreya przed ujawnieniem ścieżki dźwiękowej. Jednak równie – a może nawet bardziej – sensowna wydawała się możliwość, że to Corey skontaktował się z Claire i wykorzystał nagranie, aby zmusić ją, stosując manipulację albo zwykły szantaż, do zbierania informacji o Burkettach i firmie EAC Pharmaceuticals.

Czy zmanipulował także Mayę?

Czy posunął się tak daleko, że podstępem wrobił ją w zabójstwo Toma Douglassa?

– Mayu? – powtórzył Kierce.

– Słucham.

– Okłamujesz mnie od samego początku.

Dosyć tego, pomyślała. Najwyższy czas przejść do kontrataku.

– Caroline Burkett powiedziała mi, że przyjmuje pan łapówki od rodziny Burkettów.

Kierce lekko się uśmiechnął.

– To kłamstwo.

– Czyżby?

– Tak. Nie wiem tylko, czy to Caroline Burkett cię okłamała... – zerknął na nią, a następnie szybko wrócił spojrzeniem na drogę – ...czy też okłamujesz mnie teraz ty, żeby odwrócić moją uwagę.

– Poziom zaufania w tym samochodzie nie jest najwyższy.

– Rzeczywiście – przyznał. – Ale kończy ci się czas, Mayu. Kłamstwa nigdy nie umierają. Możesz chwilowo je zatuszować, jednak zawsze znajdą sposób, aby znów się ujawnić.

Pokiwała głową.

– Bardzo głębokie.

Zachichotał.

– Tak, chyba trochę przesadziłem, prawda?

Zatrzymał się na jej podjeździe. Maya sięgnęła do klamki, ale drzwi auta były zamknięte. Popatrzyła na Kierce'a.

– Znajdę wyjaśnienie – powiedział. – Mam tylko nadzieję, że nie doprowadzi mnie ono do ciebie. Ale jeśli tak się stanie...

Czekała na trzask otwieranego zamka. Kiedy się rozległ, szarpnęła za drzwi i wysiadła bez słowa pożegnania. Weszła do domu, starannie zamknęła drzwi wejściowe i ruszyła w dół po ciemnych schodach.

Piwnica pierwotnie była ekskluzywną „męską jaskinią", z trzema płaskimi telewizorami, dębowym barkiem, kubełkiem do chłodzenia wina, stołem bilardowym i dwoma fliperami, ale Joe powoli przekształcał ją w pokój zabaw dla Lily. Usunął ciemną boazerię i pomalował ściany na biało, a następnie ozdobił je kalkomaniami przedstawiającymi różne postacie, w naturalnej wielkości, z *Kubusia Puchatka* i książeczek o przygodach Madeline. Dębowy barek wciąż był na swoim miejscu, chociaż Joe obiecał, że go wyniesie. Mai było to obojętne. W kącie, w głębi piwnicy, stał plastikowy domek, który Joe kupił w sklepie Toys „R" Us przy szosie numer 17. Miał kształt fortu („coś dla chłopców", stwierdził), aneks kuchenny („coś dla dziewczynek", chciał powiedzieć, ale powstrzymał go instynkt samozachowawczy), działający dzwonek oraz okna z okiennicami.

Podeszła do sejfu z bronią. Pochyliła się, spojrzała na schody, chociaż wiedziała, że jest sama, po czym przyłożyła opuszkę palca do szkła. Sejf mógł zapamiętać trzydzieści dwa różne odciski palców, ale otwierali go tylko ona i Joe. Maya zastanawiała się nad dodaniem odcisków Shane'a, na wypadek gdyby kiedyś potrzebował jej broni albo z jakiegoś powodu musiał, na jej prośbę, otworzyć sejf, ale nigdy nie zdążyła tego zrobić.

Dwa stuknięcia wskazały, że jej odcisk palca został rozpoznany i sejf jest dostępny. Przekręciła gałkę i otworzyła metalowe drzwi.

Wyjęła glocka 26, a następnie – ponieważ wolała mieć spokojną głowę – upewniła się, że reszta broni jest na swoim miejscu, że nikt tutaj nie przyszedł, nie otworzył sejfu i niczego nie zabrał.

Nie, nie wierzyła, że Joe żyje, ale na tym etapie musiałaby być obłąkana, żeby całkowicie wykluczać taką możliwość.

Wyjmowała kolejne sztuki broni i chociaż robiła to niedawno, rozkładała je i dokładnie czyściła. Zawsze tak postępowała. Za każdym razem, gdy dotknęła pistoletu, ponownie zabezpieczała go i czyściła. Taka staranność w obchodzeniu się z bronią zapewne ocaliła jej życie.

Albo je zrujnowała.

Na chwilę zamknęła oczy. W tej sprawie było tak wiele gdybania i zwariowanych zależności. Czy wszystko zaczęło się w internacie Franklin Biddle Academy, czy może na pokładzie jachtu? Czy mogłoby się to wtedy zakończyć, czy też jej akcja nad Al Qa'im obudziła dawne demony? A może zrobił to Corey? Albo Claire? Czy przyczyną było ujawnienie nagrania ze śmigłowca? Skontaktowanie się z Tomem Douglassem?

A może otwarcie tego przeklętego sejfu?

Maya już nic nie wiedziała. Nie była też pewna, czy jeszcze ją to w ogóle obchodzi.

Pistolety leżące na widoku, te, które wcześniej pokazała Rogerowi Kierce'owi, były legalnie zarejestrowane w New Jersey. Wszystkie znajdowały się na swoim miejscu. Maya wsunęła dłoń do sejfu, znalazła odpowiedni punkt na tylnej ściance i nacisnęła.

Ukryta komora.

Przypomniała sobie kufer babci w domu Claire. Pomysł umieszczenia skrytki za atrapą ściany pojawił się wiele pokoleń temu w Kijowie, a teraz Maya kontynuowała rodzinną tradycję.

Wciąż trzymała tutaj dwa pistolety, które kupiła poza granicami stanu, więc nie dało się ich z nią powiązać. Nie było w tym nic nielegalnego. Oba leżały na miejscu, ale czego się spodziewała? Że duch Joego przyszedł i ukradł któryś z nich? Przecież duchy nie mają odcisków palców, prawda? Duch Joego nie mógłby otworzyć sejfu, nawet gdyby chciał.

O rany, poczucie humoru jej dopisuje.

Podskoczyła, gdy zabrzęczał telefon. Sprawdziła numer, ale go nie rozpoznała. Odebrała połączenie.

– Słucham?

– Czy rozmawiam z Mayą Burkett?

To był męski głos, przyjemny, jak u prezentera radiowego, ale wyraźnie roztrzęsiony.

– Tak. Kto mówi?

– Nazywam się Christopher Swain. Przysłała mi pani e-maila.

Drugi kapitan szkolnej drużyny piłkarskiej Joego.

– Tak, dziękuję, że pan dzwoni.

Cisza. Przez chwilę sądziła, że się rozłączył.

– Chciałam zadać panu kilka pytań – powiedziała.

– Na jaki temat?

– Mojego męża. Oraz jego brata, Andrew.

Cisza.

– Panie Swain?

– Joe nie żyje. Czy to prawda?

– Tak.

– Kto jeszcze wie, że się pani ze mną skontaktowała?

– Nikt.

– Na pewno?

Maya poczuła, że jej dłoń mocniej zaciska się na telefonie.

– Tak.

– W takim razie porozmawiam z panią. Ale nie przez telefon.

– Dokąd mam przyjechać?

Podał jej adres w Connecticut.

– Będę tam za dwie godziny – powiedziała.

– Proszę nikomu nie mówić, że pani tam jedzie. Jeśli ktoś będzie pani towarzyszył, oni pani nie wpuszczą.

Rozłączył się.

Oni?

Upewniła się, że glock jest naładowany, po czym zamknęła sejf. Przypięła do paska skórzaną kaburę, dzięki której broni nie było widać, zwłaszcza gdy Maya wkładała elastyczne dżinsy i ciemny żakiet. Lubiła uczucie, które towarzyszy noszeniu broni. Na jakiejś innej planecie ludziom nie powinno to sprawiać przyjemności – ponieważ jest niewłaściwe, świadczy o zamiłowaniu do przemocy i tak dalej – ale człowiek, który ma przy sobie pistolet, zyskuje coś w rodzaju pierwotnego poczucia bezpieczeństwa. Oczywiście bywa ono złudne. Skłania do zbytniej pewności siebie i pakowania się w sytuacje, których lepiej unikać, ponieważ zakładamy, że w razie czego broń nas uratuje. Zaczynamy się czuć niezniszczalni i stajemy się nieco aroganccy, nieco zbyt odważni, nieco zbyt męscy.

Noszenie broni daje ci więcej możliwości, a to nie zawsze jest dobre.

▪ ▪ ▪

Maya położyła ramkę z kamerą na tylnym siedzeniu samochodu. Już nie chciała trzymać jej w domu.

Wprowadziła adres otrzymany od Christophera Swaina do nawigacji, która poinformowała ją, że przy obecnym natężeniu ruchu podróż zajmie jej godzinę i trzydzieści sześć minut. Po drodze słuchała piosenek z listy ułożonej przez Joego. Sama nie wiedziała dlaczego. Pierwsza była piosenka *Open* zespołu Rhye, która zaczyna się gorącym wersem: „Szaleję na punkcie twoich ud", ale już po kilku linijkach ten nastrój się rozmywa i między kochankami rośnie dystans: „Wiem, że zblakłeś, mmm, ale zostań, nie zamykaj oczu".

W następnej piosence Lapsley cudownie wyśpiewała: „Spodziewałam się tego od dawna, ale nie radzę sobie". Rany, bardzo na temat.

Maya zatraciła się w muzyce, śpiewając na głos i bębniąc palcami w kierownicę. W prawdziwym życiu, w śmigłowcu, na Bliskim Wschodzie, w domu, wszędzie, od wszystkiego się odcinała i zamykała się w sobie. Ale nie tutaj. Nie w cholernym samochodzie. Kiedy była sama w aucie, puszczała muzykę na cały regulator i wykrzykiwała każde słowo.

Właśnie tak.

Ostatnim utworem, który zabrzmiał, gdy Maya wjeżdżała do miasteczka Darien, była uwodzicielsko piękna piosenka Cocoon, z jakiegoś powodu zatytułowana *Sushi*, a pierwsze słowa znów okazały się uderzająco celne: „Rankiem zejdę na cmentarz, by upewnić się, że odszedłeś na zawsze...".

To ją otrzeźwiło.

Bywają dni, gdy wydaje ci się, że każda piosenka przemawia wprost do ciebie, prawda?

A czasami teksty mogą się okazać aż nazbyt trafne.

Jechała wąską spokojną ulicą, którą z obu stron otaczał gęsty las. Nawigacja pokazywała, że szukany adres znajduje się na końcu ślepej uliczki. Jeśli tak było, a Maya nie miała powodu, by w to wątpić, to dom stał na uboczu. Na początku podjazdu znajdowała się budka strażnika. Brama była zamknięta. Kiedy Maya się zatrzymała, strażnik podszedł do jej auta.

– Czym mogę pani służyć?

– Przyjechałam spotkać się z Christopherem Swainem.

Strażnik zniknął w swojej budce i podniósł słuchawkę telefonu. Po chwili się rozłączył i wrócił do Mai.

– Proszę pojechać na parking dla gości. To po prawej stronie. Ktoś będzie tam na panią czekał.

Parking dla gości?

Kiedy jechała podjazdem, zrozumiała, że to wcale nie jest dom mieszkalny. W takim razie co? Na drzewach wisiały kamery. Wokół niej zaczęły się pojawiać szare kamienne budynki. Panująca tu atmosfera odosobnienia, kamienne budowle i rozplanowanie terenu sprawiły, ża Maya poczuła się podobnie jak we Franklin Biddle Academy.

Na parkingu dla gości stało około dziesięciu aut. Gdy zaparkowała, kolejny strażnik podjechał do niej meleksem. Szybko wyjęła broń – nie miała wątpliwości, że sprawdzą ją wykrywaczem metalu – i wepchnęła ją do schowka.

Strażnik zlustrował wzrokiem jej samochód i zaprosił ją na siedzenie pasażera w meleksie. Maya usiadła bez słowa.

– Mogę zobaczyć pani dokument tożsamości?

Wręczyła mu swoje prawo jazdy. Sfotografował je telefonem i oddał Mai.

– Pan Swain jest w Sali Brocklehursta. Zawiozę panią.

Kiedy ruszyli w drogę, Maya zauważyła sporą liczbę białych dwudziestokilkulatków, kobiet i mężczyzn, którzy stali w grupkach albo szybko spacerowali w parach. Wielu z nich – zbyt wielu – paliło. Większość miała na sobie dżinsy, tenisówki oraz różnego rodzaju bluzy bądź grube swetry. Dostrzegła także coś, co wyglądało jak uczelniany dziedziniec, tylko że na środku stała fontanna z figurą Matki Boskiej.

Maya wypowiedziała na głos pytanie, które zadawała sobie w duchu.

– Co to za miejsce?

Strażnik wskazał figurę.

– Może pani nie uwierzy, ale aż do końca lat siedemdziesiątych mieścił się tutaj klasztor.

Uwierzyła.

– Wtedy było tu pełno zakonnic.

– Poważnie? – Starała się, by nie zabrzmiało to zbyt sarkastycznie. Kogo innego mogłoby być pełno w klasztorze? – A teraz?

Strażnik zmarszczył czoło.

– Nie wie pani?

– Nie.

– Do kogo pani przyjechała?

– Do Christophera Swaina.

– Nie do mnie należy udzielanie wyjaśnień.

– Proszę – odezwała się głosem, który sprawił, że strażnik wciągnął brzuch. – Chcę tylko wiedzieć, gdzie jestem.

Westchnął, udając, że się namyśla.

– To Ośrodek Leczenia Uzależnień Solemani.

Ośrodek leczenia uzależnień. Eufemistyczne określenie ośrodka odwykowego. To wszystko tłumaczyło. Cóż za ironia losu – bogaci przejęli piękny, leżący na uboczu obiekt, niegdyś zamieszkany przez mniszki, które zapewne ślubowały życie w ubóstwie. Może nie do końca była to ironia losu, ale coś w tym rodzaju.

Meleks zatrzymał się przed budynkiem, który wyglądał jak akademik.

– Jesteśmy na miejscu. Proszę iść do tamtych drzwi.

Otworzył jej kolejny strażnik i Maya rzeczywiście musiała przejść przez wykrywacz metalu. Po drugiej stronie czekała na nią kobieta, która powitała ją uśmiechem i uściskiem dłoni.

– Dzień dobry, nazywam się Melissa Lee. Jestem tu w Solemani asystentką.

Asystentka. Kolejny pojemny eufemizm.

– Christopher prosił, żebym zaprowadziła panią na werandę. Pokażę pani drogę.

Stukanie obcasów Melissy Lee odbijało się echem w pustym korytarzu. Nie licząc tego odgłosu, w budynku było cicho jak w klasztorze. Skoro kobieta o tym wiedziała – a musiała wiedzieć, jeśli pracowała tutaj każdego dnia – to dlaczego postanowiła zakłócać ten spokój swoimi butami? Czy to część jej obowiązkowego stroju? Czy to zamierzone? Dlaczego nie może nosić tenisówek?

No i dlaczego Maya rozmyśla o takich banalnych sprawach?

Christopher Swain wstał, żeby się z nią przywitać. Był zdenerwowany jak na pierwszej randce. Dobrze skrojony czarny garnitur, biała koszula i cienki czarny krawat. Zarost, przystrzyżony z wielką dbałością, tak by wyglądał na niedbały. Włosy z jasnymi pasemkami, jak u skatera. Był przystojny, chociaż za bardzo się starał. Cokolwiek sprowadziło go w to miejsce, naznaczyło jego twarz zmarszczkami. Zapewne nie był tym zachwycony. Zapewne wolałby to naprawić za pomocą botoksu, jednak Maya uważała, że zmarszczki dodają jego zbyt wymuskanemu obliczu nieco charakteru.

– Czy coś pani przynieść? – zwróciła się do niej Melissa Lee.

– Nie, dziękuję.

Asystentka uśmiechnęła się niewyraźnie i popatrzyła na Swaina.

– Na pewno chcesz, żebym odeszła, Christopherze? – spytała ze wzruszającą troską.

– Tak, proszę – odrzekł niepewnym głosem. – Myślę, że to dla mnie ważny krok.

– Ja również tak myślę – przyznała Melissa.

– Dlatego będziemy potrzebowali odrobiny prywatności.

– Rozumiem. W razie czego będę w pobliżu. Wystarczy zawołać.

Melissa posłała Mai kolejny półuśmiech, po czym wyszła, zamykając za sobą drzwi.

– Ojej, naprawdę jest pani piękna – odezwał się Swain, kiedy zostali sami.

Maya nie wiedziała, co na to odpowiedzieć, więc milczała. Swain uśmiechnął się i bez skrępowania zmierzył ją wzrokiem.

– Jest pani oszałamiająca, a do tego otacza panią aura niedostępności. Jakby była pani ponad tym wszystkim. – Pokręcił głową. – Założę się, że Joe od pierwszej chwili nie mógł się pani oprzeć, mam rację?

To nie była właściwa chwila na zgrywanie feministki czy obrażanie się. Maya chciała, żeby zaczął mówić.

– Właśnie tak było.

– Niech zgadnę. Joe próbował panią poderwać jakimś tandetnym tekstem, zabawnym i pewnie autoironicznym. Mam rację?

– Owszem.

– Zwalił panią z nóg, prawda?

– Tak.

– Ach ten Joe. Facet był mistrzem charyzmy, kiedy tylko mu zależało. – Swain znów pokręcił głową, a uśmiech zaczął znikać z jego twarzy. – Więc on naprawdę nie żyje?

– Tak.

– Nie wiedziałem. Nie docierają tutaj żadne wiadomości. To jedna z zasad. Bez serwisów społecznościowych, bez internetu, bez dostępu do świata zewnętrznego. Raz dziennie możemy sprawdzać skrzynkę e-mailową. Dzięki temu przeczytałem wiadomość od pani. Kiedy to zrobiłem... Cóż, lekarz pozwolił mi przeczytać relację prasową. Muszę powiedzieć, że zaszokowały mnie wieści o Joem. Może pani usiądzie?

Oszklona weranda wyraźnie była nowym dodatkiem, który w zamierzeniu miał pasować do starszych części ośrodka, ale nie do końca się to powiodło. Czuło się tutaj pośpiech i prowizorkę. Dach miał postać kopuły ze sztucznym witrażem. Owszem, w środku znajdowały się rośliny, ale mniej, niż można by się spodziewać w takim pomieszczeniu. Na środku stały dwa skórzane fotele zwrócone ku sobie. Maya usiadła na jednym, a Swain na drugim.

– Nie wierzę, że on nie żyje.

Często to słyszę, pomyślała Maya.

– Była pani przy tym, prawda? Kiedy został zastrzelony?

– Tak.

– Według doniesień prasowych wyszła pani z tego bez szwanku.

– Tak.

– W jaki sposób?

– Uciekłam.

Swain popatrzył na nią, jakby nie do końca w to wierzył.

– Pewnie się pani bardzo wystraszyła.

Nic nie odpowiedziała.

– W prasie pisano, że to był napad rabunkowy.

– Tak.

– Ale oboje wiemy, że to nieprawda, czyż nie, Mayu? – Przeczesał włosy dłonią. – Nie przyjechałabyś tutaj, gdyby to był zwykły napad.

Jego zachowanie zaczynało ją irytować.

– Po prostu staram się zrozumieć, co się wtedy wydarzyło – odparła.

– Niesamowite. Nie mogę w to uwierzyć.

Na jego twarzy pojawił się dziwny uśmiech.

– W co?

– Że Joe nie żyje. Przepraszam, że ciągle do tego wracam, ale on był... Nie wiem, czy to będzie właściwe, jeśli powiem, że był pełen życia. To taki banał. Ale powiedzmy, że Joe był jak żywioł. Wydawał się taki silny, potężny, jak szalejący pożar, nad którym nie sposób zapanować. Było w nim coś niemal... wiem, że to głupie... nieśmiertelnego...

Maya poprawiła się na fotelu.

– Christopherze?

Patrzył w okno.

– Byłeś na jachcie tamtego wieczoru, gdy Andrew wypadł za burtę.

Nie poruszył się.

– Co się naprawdę stało z Andrew?

Swain z trudem przełknął ślinę. Pojedyncza łza spłynęła mu po policzku.

– Christopherze?

– Nie widziałem tego, Mayu. Byłem na dolnym pokładzie – odrzekł lodowatym głosem.

– Ale coś wiesz.

Kolejna łza.

– Proszę, powiedz mi. Czy to był naprawdę wypadek?

Jego głos zabrzmiał jak kamień wpadający do studni.

– Nie wiem. Ale wątpię.

– Więc co się stało z Andrew?

– Myślę... – zaczął Christopher Swain, a potem wziął głęboki oddech i dokończył: – Myślę, że to Joe wypchnął go za burtę.

30

Swain siedział z obiema dłońmi zaciśniętymi na podłokietnikach.

– Wszystko się zaczęło, kiedy Theo Mora wstąpił do Franklin Biddle Academy. Lub może właśnie wtedy zacząłem to dostrzegać.

Zbliżyli do siebie fotele, tak że niemal stykali się kolanami. Potrzebowali fizycznej bliskości w pomieszczeniu, w którym robiło się jakby coraz zimniej.

– Zapewne uważasz, że chodziło o klasyczną do bólu sytuację, gdy bogaci nie chcą, aby biedota kalała ich elitarne instytucje. Niemal to sobie wyobrażasz, prawda? My, bogate dzieciaki, zmawialiśmy się przeciwko Theo albo mu dokuczaliśmy. Ale było inaczej.

– Czyli jak? – spytała Maya.

– Theo był zabawny i towarzyski. Nie wycofywał się ani nie płaszczył się przed nami, co byłoby błędem. Doskonale się wpasował. Wszyscy go lubiliśmy. Pod wieloma względami wcale się od nas nie różnił. Wiem, że ludzie lubią podkreślać różnice między bogatymi a biednymi, ale kiedy jesteś dzieckiem, a my byliśmy dziećmi, przynajmniej tak mi się wydawało, chcesz po prostu spędzać czas z innymi i należeć do grupy.

Otarł oczy.

– Poza tym Theo świetnie grał w piłkę nożną. Nie po prostu dobrze. Świetnie. Byłem zachwycony. Mieliśmy szansę wygrać wszystko w tamtym sezonie. Nie tylko tytuł najlepszej szkoły prywatnej w stanie, co nam się udało, ale całe mistrzostwa stanu, w których biorą udział wszystkie duże szkoły państwowe i parafialne. Theo był aż taki dobry. Potrafił zdobywać bramki z każdej pozycji. I może w tym tkwił problem.

– Jak to?

– Mnie nie zagrażał, ponieważ grałem na środku pola. Nie zagrażał też Andrew, swojemu współlokatorowi i najlepszemu przyjacielowi, który był bramkarzem.

Swain przerwał i popatrzył na Mayę.

– Ale Joe także był napastnikiem – powiedziała.

Swain pokiwał głową.

– Nie twierdzę, że otwarcie okazywał Theo wrogość, ale... Znałem Joego od pierwszej klasy. Razem dorastaliśmy. Zawsze byliśmy kapitanami drużyny. A kiedy spędza się tyle czasu z inną osobą, czasami widzi się, jak opada z niej maska. Dostrzega się przejawy gniewu. Przebłyski wściekłości. Gdy byliśmy w ósmej klasie, Joe pobił jakiegoś chłopaka kijem baseballowym, tak że ten trafił do szpitala. Nawet nie pamiętam, o co poszło. Pamiętam tylko, że we trzech musieliśmy Joego odciągać od tego biednego dzieciaka. Chłopak miał pękniętą czaszkę. Rok później dziewczyna, która podobała się Joemu, Marian Barford, postanowiła wybrać się na bal z Tomem Mendiburu. Dwa dni wcześniej w laboratorium wybuchł pożar, z którego Tom ledwie uszedł z życiem.

Maya z trudem przełknęła ślinę.

– Nikt tego nie zgłosił?

– Nie znałaś ojca Joego, prawda?

– Nie.

– Był groźnym człowiekiem. Krążyły plotki, że trzyma z ostrymi typami. Tak czy inaczej, płacił łapówki. W każdej chwili mogli cię odwiedzić jacyś podejrzani przyjaciele rodziny i poprosić o milczenie. Zresztą Joe był w tym dobry. Nie zostawiał śladów. Już mówiliśmy o jego uroku osobistym. Umiał świetnie udawać skruchę. Przepraszał. Przymilał się. Był bogaty i wpływowy i kiedy chciał, potrafił ukrywać swoją ciemną stronę. Znałem go przez całe życie, ale nawet ja dostrzegłem ją tylko kilka razy. Jednak gdy tak się stało...

Łzy znów popłynęły mu po policzkach.

– Pewnie się zastanawiasz, co robię w takim miejscu.

Nie zastanawiała się. Uznała, że pewnie jest od czegoś uzależniony i szuka tutaj pomocy. Niby z jakiego innego powodu? Chciała, żeby dalej opowiadał, ale jeśli potrzebował tej dygresji, lepiej było go nie powstrzymywać.

– Jestem tutaj z powodu Joego.

Próbowała się nie skrzywić.

– Wiem, wiem, powinienem brać odpowiedzialność za siebie. Zawsze tak się mówi. A ja tylko zmieniam jedno uzależnienie na drugie. Trafiałem tutaj z powodu alkoholu, tabletek, koki... pełen zestaw. Ale nie zawsze taki byłem. W szkole koledzy kpili ze mnie, że nigdy nie pozwalałem sobie na więcej niż jedno piwo. Nie smakowało mi. Na ostatnim roku spróbowałem trawki. Tylko zrobiło mi się od niej niedobrze.

– Christopherze?

– Tak?

– Co się stało z Theo?

– To miał być żart. Tak powiedział Joe. Nie wiem, czy mu uwierzyłem, czy nie, ale... byłem taki słaby. Poprawka, wciąż jestem. Joe był przywódcą, a ja wykonywałem rozkazy. Andrew również. A zresztą co złego mogłoby się stać? Zwykłe otrzęsiny. To się zdarza cały czas w takich szkołach. Tamtego wieczoru rzuciliśmy się na Theo. Wiesz, o czym mówię? Przyszliśmy do jego pokoju, ja i Joe, bo Andrew już tam był, i rzuciliśmy się na niego, po czym zanieśliśmy go na dół.

Odwrócił wzrok i zapatrzył się w dal, a na jego ustach pojawił się osobliwy uśmiech.

– Wiesz co?

– Co?

– Theo całkowicie się nam podporządkował. Jakby to było oczywiste. Czekały go otrzęsiny. To tradycja. Był takim świetnym gościem. Pamiętam, że się uśmiechał, jakby nie miał żadnych pretensji. Zeszliśmy do tamtego pokoju i pchnęliśmy Theo na krzesło. Joe zaczął go przywiązywać. Pomagaliśmy mu. Wszyscy się śmialiśmy, a Theo udawał, że woła o pomoc i tak dalej. Pamiętam, że zostawiłem jeden węzeł poluzowany, ale Joe podszedł i go zacisnął. Potem, kiedy Theo był już przywiązany, Joe przyniósł lejek. No wiesz, taki do picia piwa. Wetknął go Theo do ust, a jemu wtedy oczy się zmieniły. Jakby nagle zrozumiał. Byli tam jeszcze dwaj chłopcy. Larry Raia i Neil Kornfeld. Wszyscy się zaśmiewaliśmy. Andrew zaczął wlewać do lejka piwo, a my skandowaliśmy: „Pij, pij". Dalszy ciąg był jak sen. Jak koszmar. Wciąż nie wierzę, że to się stało, ale w pewnym momencie Joe zastąpił piwo spirytusem zbożowym. Pamiętam, że Andrew powiedział: „Zaczekaj, Joe, przestań...".

Swain umilkł.

– Co się stało? – spytała Maya, chociaż odpowiedź wydawała się oczywista.

– Noga Theo nagle zaczęła drgać, jakby dostał jakiegoś ataku.

Christopher Swain się rozpłakał. Maya miała ochotę położyć mu dłoń na ramieniu, ale zarazem zdzielić go pięścią w twarz. Dlatego tylko siedziała i czekała.

– Do wczoraj nie opowiadałem tej historii. Nikomu. Ale po twoim e-mailu... Teraz moja lekarka zna jej część. To ona uznała, że powinienem z tobą porozmawiać. Tamtej nocy zupełnie się rozsypałem. Byłem przerażony. Wiedziałem, że jeśli komuś o tym powiem, Joe mnie zabije. Nie tylko wtedy. Teraz. Nawet teraz. Wciąż mam wrażenie...

– Więc wepchnęliście ciało do piwnicy? – spytała Maya, chcąc go nakłonić, by mówił dalej.

– Joe to zrobił.

– Ale ty też tam byłeś?

Swain przytaknął.

– Chyba Joe nie zdołałby sam go przenieść, prawda?

Pokręcił głową.

– Kto mu pomógł?

– Andrew. – Christopher podniósł wzrok. – Joe zmusił brata, żeby mu pomógł.

– Czy to dlatego Andrew się załamał?

– Nie wiem. Może i tak by się to stało. Andrew i ja... już nigdy nie byliśmy tacy jak przedtem.

Javier Mora miał rację. To nie był żal. To było poczucie winy.

– Co się stało później?

– Co mogłem zrobić?

Mógł zrobić mnóstwo rzeczy, ale Maya nie przyjechała tutaj, żeby go oskarżać czy rozgrzeszać. Potrzebowała informacji. Niczego więcej.

– Musiałem zachować tajemnicę, prawda? Więc zdusiłem to w sobie. Próbowałem żyć normalnie, ale nic już nie było takie samo. Pogorszyły mi się oceny. Nie umiałem się skupić. Wtedy zacząłem pić. Tak, wiem, że to brzmi jak wygodna wymówka...

– Christopherze?

– Słucham.

– Sześć tygodni później wszyscy znaleźliście się na pokładzie jachtu.

Zamknął oczy.

– Co się wydarzyło?

– A jak sądzisz, Mayu? Daj spokój, przecież już wiesz. Sama mi opowiedz. Poskładaj to wszystko w jedną całość.

Maya nachyliła się do przodu.

– Jesteście razem na łodzi i płyniecie na Bermudy. Wszyscy zaczynacie pić. Ty pewnie najwięcej. Spotkaliście się po raz pierwszy od śmierci Theo. Andrew też tam jest. Chodził na terapię, ale niewiele mu ona pomogła. Poczucie winy go niszczy. Dlatego podejmuje decyzję. Nie wiem, jak dokładnie to przebiegło, Christopherze, więc może mi powiesz. Czy Andrew wam groził?

– Nie groził – odrzekł Christopher. – Nie można tak tego nazwać. Po prostu... Zaczął nas prosić. Nie mógł spać. Nie mógł jeść. Boże, wyglądał strasznie. Powiedział, że musimy się przyznać, ponieważ on nie wie, jak długo zdoła to jeszcze w sobie dusić. Byłem taki pijany, że ledwie rozumiałem, co do nas mówił.

– A potem?

– Potem Andrew wyszedł na górny pokład. Chciał się od nas oddalić. Po kilku minutach Joe poszedł za nim. – Swain wzruszył ramionami. – Koniec.

– Nigdy nikomu o tym nie powiedziałeś?

– Nigdy.

– A pozostali dwaj, Larry Raia i Neil Kornfeld...

– Neil wybierał się do Yale. W końcu zmienił zdanie i poszedł do Stanforda. Larry chyba wyjechał do szkoły za granicą. Może do Paryża. Dokończyliśmy ostatnią klasę jak w transie i nigdy więcej się nie widzieliśmy.

– A ty ukrywałeś ten sekret przez te wszystkie lata.

Swain pokiwał głową.

– Więc dlaczego teraz? – spytała Maya. – Dlaczego teraz zdecydowałeś się powiedzieć prawdę?

– Przecież wiesz.

– Nie, raczej nie.

– Ponieważ Joe nie żyje. Ponieważ wreszcie czuję się bezpieczny.

31

Słowa Christophera Swaina odbijały się echem w jej głowie, gdy wracała na parking dla gości.

„Ponieważ Joe nie żyje..."

Ostatecznie wszystko sprowadza się do kamery w jej domu, prawda?

Czas podsumować fakty. Istnieją trzy możliwe wyjaśnienia tego, co widziała na nagraniu:

Pierwsze, najbardziej prawdopodobne, to że ktoś sfałszował nagranie, używając jakiegoś programu w rodzaju Photoshopa. Technika na to pozwala. Maya widziała filmik tylko przez chwilę. Coś takiego można bez trudu zrobić.

Drugie, niemal równie prawdopodobne, to że Mai jedynie przywidziało się, że zobaczyła Joego. Umysł mógł jej spłatać figla i podsunąć obraz żywego męża. Eileen Finn lubiła przysyłać Mai filmiki z iluzjami optycznymi. Gdy oglądasz taki, wydaje ci się, że coś dostrzegasz, ale potem kamera lekko się przesuwa i wtedy uświadamiasz sobie, że twoje oko samo skonstruowało nieistniejący obraz. Jeśli dodać do tego zespół stresu pourazowego, zażywane leki, śmierć siostry, związane z tym poczucie winy, wieczór w Central Parku, całą resztę... jak Maya mogłaby wykluczyć taką możliwość?

Trzecie wyjaśnienie, najmniej prawdopodobne, było takie, że Joe jakimś cudem wciąż żyje.

Jeżeli właściwa jest druga odpowiedź – czyli wszystko rozegrało się tylko w jej głowie – niewiele można na to poradzić. Maya i tak musi przez to przejść, ponieważ prawda może nas nie wyzwala, lecz z pewnością pomaga nam uporządkować świat. Ale jeśli właściwa jest odpowiedź pierwsza (Photoshop) albo trzecia (Joe żyje), to wynika z tego jeden niepodważalny wniosek.

Ktoś ostro sobie z nią pogrywa.

I jeśli to pierwsza albo trzecia odpowiedź, pewne jest coś jeszcze: Isabella skłamała. Widziała Joego na nagraniu. Istnieje tylko jeden powód, dla którego mogła udawać, że go nie widzi, a następnie zaatakować Mayę gazem pieprzowym, zabrać kartę SD i gdzieś się ukryć: jest w to zamieszana.

Maya wróciła do swojego samochodu, uruchomiła silnik i włączyła listę ulubionych piosenek. Imagine Dragons zaśpiewali jej, żeby nie podchodziła za blisko, bo wewnątrz panuje mrok, w którym kryją się demony.

Gdyby tylko znali prawdę.

Uruchomiła aplikację śledzenia nadajnika, który przyczepiła do auta Hectora. Po pierwsze, jeśli Isabella była w to zamieszana, to nie działała sama. Jej matka, Rosa, obecna na jachcie tamtej nocy, na pewno też maczała w tym palce. A także brat, Hector. Po drugie – rany, ależ ma dzisiaj matematyczny umysł – chociaż nie można wykluczyć, że Isabella ukryła się gdzieś daleko, wydaje się to raczej wątpliwe. Zapewne jest w pobliżu. Trzeba ją tylko znaleźć.

Maya wyjęła ze schowka pistolet, sprawdziła sygnał z nadajnika GPS i zobaczyła, że pick-up Hectora stoi na terenie dla służby w Farnwood. Sprawdziła historię i zobaczyła, dokąd Hector jeździł w ciągu ostatnich kilku dni. Jedynym miejscem, które nie pasowało do zwyczajowej trasy ogrodnika, było osiedle mieszkalne w Paterson w New Jersey, które często odwiedzał. Oczywiście mógł tam mieć znajomych albo dziewczynę. Ale coś tu śmierdziało.

Co dalej?

Nawet jeśli Isabella się tam ukrywa, Maya nie może tak po prostu pojechać do Paterson i pukać do kolejnych drzwi. Musi zacząć działać aktywniej. Nie pozostało nic innego. Miała już większość odpowiedzi. Teraz musi poznać resztę i zakończyć to raz na zawsze.

Zabrzęczał telefon. Zobaczyła na ekranie, że dzwoni Shane.

– Halo?

– Coś ty narobiła?

Ton jego głosu zmroził jej krew w żyłach.

– O czym ty mówisz?

– Detektyw Kierce.

– Co z nim?

– On wie, Mayu.

Nic nie odpowiedziała. Miała wrażenie, że znalazła się w potrzasku.

– Wie, że zbadałem dla ciebie tamten pocisk.

– Shane...

– Z tej samej broni zabito Claire i Joego, Mayu. Jak to możliwe, do cholery?

– Shane, wysłuchaj mnie. Musisz mi zaufać, rozumiesz?

– Wciąż to powtarzasz. „Zaufaj mi”. Jak jakąś mantrę.

– Pewnie nie powinnam tego mówić. – Bez sensu, pomyślała. Nie może mu teraz nic wytłumaczyć. – Muszę lecieć.

– Mayu?

Rozłączyła się i zamknęła oczy.

Odpuść, powiedziała sobie.

Ruszyła spokojną ulicą, zdenerwowana telefonem Shane'a, słowami Christophera Swaina oraz emocjami i myślami, które wirowały jej w głowie.

Być może tak dałoby się wytłumaczyć to, co wydarzyło się później.

Z przeciwka jechała furgonetka. Zadrzewiona ulica była wąska, więc Maya powoli odbiła w prawo, żeby zrobić dla furgonetki miejsce. Jednak kiedy ta się zbliżyła, nagle skręciła w lewo, zajeżdżając jej drogę.

Maya wcisnęła hamulec, by uniknąć zderzenia. Gwałtownie poleciała do przodu, przytrzymywana pasami, a gadzią częścią mózgu błyskawicznie wszystko zrozumiała.

Została zaatakowana.

Furgonetka stanęła, więc Maya sięgnęła do dźwigni zmiany biegów, żeby wrzucić wsteczny, ale wtedy usłyszała pukanie w szybę. Zobaczyła pistolet wycelowany w jej głowę. Kątem oka dostrzegła także kogoś przy oknie po stronie pasażera.

– Spokojnie. – Mężczyznę ledwie było słychać zza szyby. – Nie jesteśmy tutaj po to, żeby panią skrzywdzić.

Jakim cudem ten facet tak szybko znalazł się obok jej auta? Niemożliwe, żeby wysiadł z furgonetki. To nie trwało tyle czasu. Wszystko musiało zostać starannie zaplanowane. Ktoś dowiedział się, że ona będzie w ośrodku Solemani. Uliczka była spokojna. Prawie żadnego ruchu. Więc ci dwaj mężczyźni zapewne stali za drzewami. Furgonetka zajechała jej drogę, a wtedy oni wyszli z ukrycia.

Maya siedziała bez ruchu i rozważała, jakie ma możliwości.

– Proszę wysiąść z samochodu i pójść z nami.

Pierwsza możliwość: sięgnąć do dźwigni zmiany biegów i wrzucić wsteczny.

Druga możliwość: sięgnąć po broń do kabury na biodrze.

Z obiema wiązał się oczywisty problem. Mężczyzna celował jej w głowę z pistoletu. Możliwe, że jego towarzysz przy drugim oknie robił to samo. Maya nie była Wyattem Earpem, a to nie było O.K. Corral. Gdyby mężczyzna postanowił ją zastrzelić, nie miałaby szansy nawet dotknąć broni ani dźwigni zmiany biegów.

Czyli pozostawała trzecia możliwość: wysiąść z auta...

Wtedy mężczyzna z bronią powiedział:

– Zapraszam. Joe czeka.

Boczne drzwi furgonetki zaczęły się odsuwać. Siedząc w samochodzie, z dłońmi zaciśniętymi na kierownicy, Maya czuła, jak serce tłucze jej się w piersi. Drzwi furgonetki zatrzymały się w połowie. Maya zmrużyła oczy, ale nie była w stanie dojrzeć niczego w środku. Odwróciła się w stronę uzbrojonego mężczyzny.

– Joe...? – spytała.

– Tak. – Głos mężczyzny nagle złagodniał. – No dalej. Przecież chce się pani z nim zobaczyć, prawda?

Po raz pierwszy spojrzała na twarz mężczyzny. Potem popatrzyła na jego towarzysza. Nie miał broni w ręce.

Trzecia możliwość...

Maya zaczęła płakać.

– Pani Burkett?

– Joe... – wykrztusiła przez łzy.

– Tak. Proszę otworzyć drzwi, pani Burkett – rzekł z naciskiem mężczyzna.

Nie przestając płakać, zaczęła niemrawo szukać dłonią guzika. Wcisnęła go, a następnie pociągnęła za klamkę. Mężczyzna cofnął się o krok, żeby drzwi mogły się otworzyć. Wciąż w nią celował. Maya prawie wypadła z samochodu. Uzbrojony mężczyzna wyciągnął do niej rękę, ale ona, wciąż zalana łzami, pokręciła głową.

– Nie trzeba – rzuciła.

Wyprostowała się i chwiejnym krokiem ruszyła w stronę furgonetki. Mężczyzna ustąpił na bok. A to stanowiło dla Mai wystarczającą odpowiedź.

Drzwi furgonetki nieco bardziej się uchyliły.

W środku było czterech mężczyzn, jak obliczyła Maya. Kierowca, ktoś, kto otwiera drzwi, facet po stronie pasażera, gość z bronią.

Kiedy zbliżyła się do furgonetki, doszło w niej do głosu całe szkolenie, wszystkie godziny spędzone w symulatorze i na strzelnicy. Poczuła dziwny spokój, moment zen, uczucie, jakiego doznaje się w oku cyklonu. Wiedziała, że za chwilę wszystko się wyjaśni, i zamierzała działać, obojętnie, czy wyjdzie z tego żywa. Nie panowała w pełni nad własnym losem – takie przekonanie to absurd – ale dzięki wyszkoleniu i przygotowaniu mogła zachować krzepiącą pewność siebie.

Wciąż chwiejąc się na nogach, lekko obróciła głowę, ponieważ wiedziała, że to, co teraz zobaczy, zdecyduje o wszystkim. Mężczyzna z bronią nie chwycił jej, gdy wysiadła z auta. Właśnie po to udawała płacz i histerię. Żeby sprawdzić, jak zareaguje. Facet dał się nabrać. Puścił ją wolno.

Nie obszukał jej.

To prowadziło do trzech spostrzeżeń...

Obejrzała się. Mężczyzna rzeczywiście opuścił broń wzdłuż boku. Odprężył się. Poczuł, że Maya już nie stanowi zagrożenia.

Po pierwsze: nikt go nie ostrzegł, że będzie uzbrojona...

Maya planowała kolejne działania od chwili, gdy zaczęła płakać. Łzy miały posłużyć jako broń – uspokoić porywaczy i uśpić ich czujność, a jej dać czas, aby przed opuszczeniem auta mogła dokładnie się zastanowić, co zrobi.

Po drugie: Joe wiedziałby, że będzie uzbrojona...

Kiedy puściła się biegiem, jej dłoń już wędrowała do biodra. Oto ciekawostka, o której nie wie większość ludzi. Celne strzelanie z pistoletu jest trudne. Strzelanie do ruchomego celu jest bardzo trudne. W siedemdziesięciu sześciu procentach przypadków wyszkoleni policjanci pudłują nawet o kilka metrów. Jeśli chodzi o cywilów, ten odsetek wynosi ponad dziewięćdziesiąt procent.

Dlatego zawsze warto się poruszać.

Maya popatrzyła w stronę tylnej części furgonetki. Następnie, nie zwalniając kroku, nagle, bez chwili wahania, upadła, przetoczyła się po ziemi i wyciągnęła z kabury glocka, którego wycelowała w mężczyznę z bronią. Zauważył jej ruch i chciał zareagować, ale nie zdążył.

Maya wymierzyła w sam środek jego klatki piersiowej.

W prawdziwym życiu nigdy nie strzela się po to, by tylko zranić ofiarę. Mierzy się w środek klatki piersiowej, czyli największy cel, dzięki czemu ma się szansę trafienia, nawet jeśli strzał będzie nieprecyzyjny, po czym wielokrotnie pociąga się za spust.

Właśnie tak zrobiła Maya.

Mężczyzna upadł.

Po trzecie, wniosek: to nie Joc ich przysłał.

Kilka rzeczy wydarzyło się jednocześnie.

Maya wciąż się przetaczała po ziemi, wciąż się poruszała, dzięki czemu nie była nieruchomym celem. Odwróciła się w kierunku drugiego mężczyzny, który podszedł do jej samochodu od strony pasażera. Podniosła broń, gotowa do strzału, ale mężczyzna schował się za autem.

Nie zatrzymuj się, Mayu...

Drzwi furgonetki się zatrzasnęły. Silnik z rykiem zbudził się do życia. Maya znajdowała się za pojazdem, używając go jako osłony, na wypadek gdyby ten drugi facet zaczął do niej strzelać. Oczywiście wiedziała, że nie może tutaj zostać. Furgonetka za chwilę ruszy, zapewne do tyłu, aby ją przejechać.

Maya podjęła instynktowną decyzję.

Uciekaj.

Uzbrojony mężczyzna leżał na ziemi. Faceci w furgonetce wpadli w panikę. Ostatni z przeciwników się ukrył.

Kiedy masz wątpliwości, wybierz najprostsze rozwiązanie.

Używając furgonetki jako osłony, puściła się biegiem w kierunku lasu. Samochód gwałtownie ruszył do tyłu, prawie ją potrącając. Maya przez chwilę biegła obok niego, a następnie, całkowicie zasłonięta przed wzrokiem faceta kryjącego się za jej autem, skręciła i pokonała kilka ostatnich metrów.

Nie zatrzymuj się...

Las był zbyt gęsty, żeby biegnąc, mogła się oglądać, ale w pewnej chwili schowała się za drzewem i zaryzykowała spojrzenie do tyłu. Mężczyzna, który krył się za jej samochodem, nie próbował jej ścigać. Popędził prosto do furgonetki i wskoczył do niej, kiedy już ruszyła. Samochód zawrócił na trzy i z piskiem opon pomknął ulicą.

Zostawili swojego postrzelonego towarzysza na poboczu. Cała akcja, od chwili, gdy Maya przetoczyła się po ziemi, trwała zapewne niecałe dziesięć sekund.

Co teraz?

Podjęła decyzję niemal natychmiast. Nie miała wyboru. Gdyby wezwała policję albo zaczekała na jej przyjazd, z pewnością zostałaby aresztowana. Obecność w parku, kiedy zastrzelono Joego, znalezienie ciała Toma Douglassa, wyniki analizy balistycznej, a teraz ten mężczyzna, zastrzelony z jej broni – nie zdołałaby się z tego łatwo wytłumaczyć.

Pośpieszyła z powrotem do ulicy. Mężczyzna leżał na plecach, z rozłożonymi nogami.

Możliwe, że udawał, ale Maya raczej w to wątpiła. Mimo wszystko trzymała broń w pogotowiu.

Niepotrzebnie. Nie żył.

Zabiła go.

Nie pora teraz rozmyślać o tym. W każdej chwili ktoś mógł nadjechać. Szybko przeszukała mu kieszenie i wzięła jego portfel. Nie miała czasu sprawdzać, kim był. Rozważała, czy nie zabrać jego telefonu – swojego już nie mogła używać – ale z oczywistych względów wydało jej się to zbyt ryzykowne. Zastanawiała się też, czy nie wziąć jego pistoletu, który wciąż ściskał w dłoni, ale gdyby wszystko inne zawiodło, to był jedyny dowód na to, że działała w samoobronie.

Poza tym wciąż miała swojego glocka.

W myślach już oceniła sytuację. Ciało mężczyzny leżało na poboczu drogi. Wystarczyło przepchnąć je niecały metr dalej i stoczyć z nasypu.

Szybko upewniła się, że nikt nie nadjeżdża, po czym wcieliła ten plan w życie.

Zwłoki dały się przetoczyć łatwiej, niż się spodziewała, a może adrenalina dodała jej sił. Bezwładne ciało ześlizgnęło się na sam dół i uderzyło o drzewo.

Przynajmniej chwilowo zniknęło z widoku.

Oczywiście w końcu ktoś je znajdzie. Może za godzinę. Może następnego dnia. Ale na razie Maya zyskała wystarczająco dużo czasu.

Pośpiesznie wróciła do swojego samochodu i usiadła za kierownicą. Jej telefon szalał. Shane próbował się do niej dodzwonić. Kierce pewnie też zaczynał się już zastanawiać, co się, u diabła, dzieje. W oddali pojawił się jakiś samochód, który zmierzał w jej stronę. Maya zachowała spokój. Uruchomiła silnik i delikatnie wcisnęła gaz. Była jednym z wielu gości opuszczających ośrodek Solemani. Jeśli gdzieś w pobliżu znajdują się kamery monitoringu, to zarejestrują szybko oddalającą się furgonetkę, a po kilku minutach normalnie jadące bmw, którego obecność w tej okolicy jest w pełni usprawiedliwiona.

Oddychaj głęboko, Mayu. Wdech i wydech. Napnij, rozluźnij...

Pięć minut później wróciła na autostradę.

▪ ▪ ▪

Coraz bardziej oddalała się od ciała zabitego mężczyzny.

Wyłączyła telefon, a następnie, obawiając się, że mimo wszystko da się go namierzyć, rozbiła aparat o kierownicę. Czterdzieści pięć kilometrów dalej zatrzymała się na parkingu przed apteką CVS. Zajrzała do portfela napastnika. Nie było tam dokumentów, ale znalazła czterysta dolarów w gotówce. Świetnie. Kończyły jej się pieniądze, a nie chciała korzystać z bankomatu.

Za gotówkę kupiła trzy jednorazowe komórki i czapkę baseballową. Poszła do łazienki i przyjrzała się w lustrze swojej twarzy. Katastrofa. Umyła się, najdokładniej jak mogła, i związała włosy w kucyk. Kiedy założyła czapkę, wyglądała całkiem przyzwoicie.

Dokąd mogli pojechać porywacze?

Przypuszczalnie już nie stanowili zagrożenia. Istniało wprawdzie niebezpieczeństwo, że czekają na nią przy jej domu, ale raczej uznaliby to za zbyt wielkie ryzyko. Furgonetka prawdopodobnie była kradziona, wynajęta albo miała fałszywe tablice, więc pewnie po prostu dali sobie spokój.

Maya mimo wszystko nie miała zamiaru wracać do domu.

Zadzwoniła do Eddiego. Odebrał po drugim sygnale. Powiedziała mu, gdzie się z nim spotka. Odrzekł, że już wyrusza, i litościwie nie zadawał żadnych pytań. To również było ryzykowne, ale tylko trochę. Tak czy inaczej, kiedy zbliżyła się do żłobka, uważnie zlustrowała okolicę. Co ciekawe, żłobek pod względem położenia przypominał bazę wojskową. Nie dałoby się do niego zbliżyć niepostrzeżenie. Chroniły go liczne środki bezpieczeństwa. Oczywiście, ktoś uzbrojony mógłby się do niego wedrzeć, ale dzięki drzwiom z domofonami przy głównym wejściu i w każdej sali pracownicy zdążyliby wezwać policję – posterunek był oddalony o jedną przecznicę.

Maya ponownie okrążyła placówkę. Nie zauważyła nic podejrzanego.

Kiedy zobaczyła, że samochód szwagra wjeżdża na parking,

podążyła za nim. Trzymała glocka w kaburze przy pasku. Eddie zaparkował. Maya stanęła obok i wysiadła ze swojego auta. Wślizgnęła się do Eddiego na siedzenie pasażera.

– Co się dzieje, Mayu?

– Muszę cię zgłosić, żebyś mógł odbierać Lily.

– Co to za dziwny numer, z którego do mnie dzwoniłaś?

– Najpierw to załatwmy, dobrze?

Eddie na nią popatrzył.

– Wiesz, kto zabił Claire i Joego?

– Tak.

Chwilę odczekał.

– Ale mi nie powiesz – dodał.

– Nie teraz.

– Ponieważ...?

– Ponieważ nie mam czasu. Ponieważ Claire chciała cię chronić.

– Może ja nie chcę, żeby ktoś mnie chronił.

– To tak nie działa.

– No właśnie. Może najwyższy czas, żebym jakoś pomógł.

– W tej chwili najbardziej mi pomożesz, jeśli wejdziesz tam ze mną – odparła.

Pociągnęła za klamkę. Eddie ciężko westchnął i też sięgnął do klamki. Kiedy odwrócił się do niej plecami i zaczął wysiadać z auta, Maya wcisnęła na dno jego torby z laptopem kopertę. Potem również wysiadła.

Panna Kitty wpuściła ich do środka i pomogła im wypełnić formularz. Gdy Eddie robił sobie zdjęcie do dokumentu, Maya zajrzała do jaskrawożółtej sali i zauważyła córkę. Na widok Lily nagle się rozpogodziła. Dziewczynka miała na sobie ubranie robocze, jedną ze starych koszul Mai, i dłonie pokryte farbą. Szeroko się uśmiechała. Maya poczuła się tak, jakby ktoś chwycił jej serce i ścisnął.

Panna Kitty stanęła za jej plecami.

– Chcesz wejść i się przywitać?

Maya pokręciła głową.

– Już wszystko załatwione?

– Tak. Twój szwagier może ją teraz odbierać o dowolnej porze.

– Nie muszę dzwonić, żeby wyrażać zgodę?

– Właśnie o to prosiłaś, prawda?

– Tak.

– I właśnie tak zostało to załatwione.

Maya pokiwała głową, nie spuszczając wzroku z Lily. W końcu odwróciła się w stronę panny Kitty.

– Dziękuję.

– Wszystko w porządku?

– Tak, oczywiście. – Maya popatrzyła ponad jej ramieniem na Eddiego. – Musimy już iść.

Kiedy oboje znaleźli się na parkingu, Maya poprosiła szwagra o pożyczenie telefonu. Wręczył go jej, o nic nie pytając. Za pośrednictwem strony internetowej połączyła się z aplikacją śledzącą samochód Hectora.

Wrócił do Paterson.

Dobrze. Trzeba dalej działać. Zastanawiała się, czy nie poprosić Eddiego, aby pozwolił jej zatrzymać komórkę, ale uznała, że ktoś w końcu mógłby się tego domyślić i ją namierzyć. Oddała mu telefon.

– Dziękuję.

– Wyjaśnisz mi, co się dzieje?

Kiedy dotarli do swoich aut, Maya powiedziała:

– Zaczekaj chwilę.

Otworzyła tylne drzwi bmw, znalazła skrzynkę z narzędziami i wyjęła z niej śrubokręt.

– Co robisz? – spytał Eddie.

– Zmieniam tablice rejestracyjne.

Nie sądziła, aby Kierce zdążył już wysłać za nią list gończy, ale wolała nie ryzykować. Zaczęła od przedniego zderzaka. Eddie wyjął dziesięciocentówkę i używając jej jako śrubokręta, zabrał się do odkręcania tylnej tablicy. Skończyli w ciągu dwóch minut.

Maya już miała wsiąść do swojego samochodu. Eddie stał obok i na nią patrzył.

Na chwilę się zawahała. Chciała mu powiedzieć o milionie spraw – o Claire, o Joem, o wszystkim. Otworzyła usta, ale dobrze wiedziała, że niczego nie wykrztusi. Nie dzisiaj. Nie teraz.

– Kocham cię, Eddie.

Osłonił dłonią oczy przed słońcem.

– Ja też cię kocham, Mayu.

Wsiadła do samochodu i ruszyła w drogę do Paterson.

32

Dodge'a rama Hectora znalazła na parkingu przed jednym z wieżowców przy Fulton Street w Paterson.

Zatrzymała samochód na ulicy i weszła na parking. Sprawdziła drzwi dodge'a, licząc na to, że może są otwarte. Nic z tego. Zastanawiała się, co robić. W żaden sposób nie zdoła odnaleźć w tym budynku Hectora. Nie wiedziała także, czy jest on z Isabellą, czy nie. Ale było już za późno, żeby się tym przejmować. Miała jasno wytyczony cel.

Zmusi Hectora, by powiedział jej, gdzie jest Isabella.

Wróciła do samochodu i czekała. Obserwowała wejście do wieżowca, co jakiś czas zerkając na pick-upa, na wypadek gdyby Hector nadszedł z innej strony. Minęło pół godziny. Żałowała, że nie ma dostępu do internetu – chciała sprawdzić, czy Corey, tak jak się spodziewała, zaczął ujawniać informacje dotyczące EAC Pharmaceuticals – ale rozbiła swój telefon, a jednorazowe komórki pozwalały tylko na dzwonienie i SMS-owanie. Mogła się założyć, że to zrobił. To by tłumaczyło próbę porwania. Corey opublikował części historii i teraz ktoś, zapewne członek rodziny Burkettów, próbował pozamykać niedokończone wątki.

Hector pojawił się w drzwiach budynku.

Maya już wcześniej wyciągnęła pistolet z kabury. Hector wyjął breloczek do kluczy i wcisnął guzik. Kierunkowskazy jego auta mignęły i drzwi się otworzyły. Wyglądał na zmartwionego, ale w końcu nigdy nie wydawał się odprężony ani radosny.

Plan Mai był prosty. Podążyć za nim do jego samochodu. Podkraść się. Przystawić mu pistolet do głowy. Zmusić go, aby zabrał ją do Isabelli.

Może nie był to finezyjny plan, ale na taki nie miała czasu.

Jednak gdy ruszyła w stronę Hectora, podchodząc do pick-upa od tyłu, okazało się, że być może nie będzie musiała tego wszystkiego robić.

Isabella również wyszła z budynku.

Bingo.

Maya schowała się za samochodem. Co teraz? Czy powinna zaczekać, aż Hector odjedzie, i dopiero wtedy wykonać następny ruch? Gdyby wycelowała w Isabellę przy jej bracie, to jak by zareagował? Podejrzewała, że nie najlepiej. Miał komórkę. Zadzwoniłby po pomoc albo... jakoś pokrzyżował jej szyki.

Nie, musiała zaczekać, aż odjedzie.

Wsiadł do swojego pick-upa. Maya podkradła się nieco bliżej, kryjąc się za kolejnym autem. Teraz schowała pistolet. Miała nadzieję, że nikt jej nie zauważy, ale gdyby tak się stało, widok pistoletu wzbudziłby dodatkowe podejrzenia. Wątpiła, żeby ktoś wezwał policję, ale musiała liczyć się z takim ryzykiem.

Isabella skręciła w lewo.

Zaraz, chwileczkę.

Maya sądziła, że Isabella wyszła, żeby pożegnać się z bratem albo zamienić z nim jeszcze słowo przez otwarte okno samochodu. Ale było inaczej.

Wsiadła do pick-upa od strony pasażera.

Maya miała dwie możliwości. Po pierwsze, wrócić do swojego samochodu i pojechać za nimi. Rozważała takie rozwiązanie, ale obawiała się, że ich zgubi, a bez swojej komórki nie mogłaby ponownie ich namierzyć.

Po drugie...

Dosyć tego.

Szybko podeszła do pick-upa, otworzyła tylne drzwi, wsiadła i przystawiła lufę pistoletu do głowy Hectora.

– Ręce na kierownicę – rzuciła, po czym na chwilę skierowała broń w stronę Isabelli. – Ty też, Isabello. Ręce na deskę rozdzielczą.

Oboje popatrzyli na nią z oszołomieniem.

– Już.

Powoli przesunęli ręce tam, gdzie kazała. Pamiętając o tym, że nie doceniła Isabelli podczas ich pierwszego starcia, Maya zabrała jej torebkę. Zajrzała do niej.

Tak jest, w środku był gaz pieprzowy oraz telefon.

Komórka Hectora tkwiła we wgłębieniu na kubek. Maya wzięła ją i wrzuciła do torebki Isabelli. Zastanawiała się, czy Hector jest uzbrojony. Wciąż trzymając go na muszce, szybko obszukała go w najbardziej oczywistych miejscach. Niczego nie znalazła. Zabrała kluczyki od samochodu i schowała je do tej samej torebki. Upuściła ją na podłogę przed sobą, a wtedy zauważyła coś, co sprawiło, że znieruchomiała.

Jej wzrok przyciągnęło coś kolorowego.

– Czego pani chce? – spytała Isabella.

Na podłodze za siedzeniem kierowcy leżała sterta ubrań.

– Nie może pani tak po prostu przystawiać pistoletu...

– Zamknij się – warknęła Maya. – Jeśli choćby piśniesz, odstrzelę Hectorowi głowę.

Na szczycie sterty leżał szary podkoszulek. Odsunęła go stopą, a wtedy jej oczom ukazało się coś, co sprawiło, że z wściekłości niemal pociągnęła za spust. Zobaczyła znajomą koszulę w kolorze leśnej zieleni.

▪ ▪ ▪

– Gadaj – nakazała Maya.

Isabella wbiła w nią wzrok.

– Ostatnia szansa.

– Nie mam nic do powiedzenia.

Wtedy Maya sama zaczęła mówić.

– Hector przypomina Joego wzrostem i budową ciała. Zakładam, że to on odegrał jego rolę na waszym nagraniu. Wpuściłaś go do domu. Odstawił tę scenkę. Lily znała Hectora, więc chętnie do niego podeszła. Potem zdobyliście nagranie twarzy Joego z... – Tamten uśmiech, który pojawił się na filmie. – Mój Boże, czyżby z filmu z naszego ślubu?

– Nie mamy pani nic do powiedzenia – odparła Isabella. – Nie zabije nas pani.

Wystarczy. Mocniej ściskając metalową rękojeść, Maya z całych sił zdzieliła pistoletem Hectora w nos. Rozległ się głośny trzask. Hector zawył. Zasłonił twarz, a krew wypłynęła spomiędzy jego palców.

– Może was nie zabiję, ale pierwszy pocisk trafi go w ramię. Drugi w łokieć. Trzeci w kolano. Więc lepiej zacznij mówić.

Isabella się zawahała.

Maya cofnęła broń i ponownie uderzyła Hectora, tym razem w ucho. Jęknął i przewrócił się na bok. Siostra instynktownie oderwała ręce od deski rozdzielczej i wyciągnęła je w stronę brata. Maya zdzieliła ją pistoletem w twarz, na tyle mocno, żeby sprawić jej ból, ale nie na tyle, by spowodować poważne obrażenia.

Mimo to Isabelli także popłynęła krew.

Tymczasem Maya przystawiła Hectorowi lufę do ramienia i zaczęła naciskać spust.

– Zaraz! – krzyknęła Isabella.

Maya znieruchomiała.

– Zrobiliśmy to, ponieważ pani zabiła Joego!

Maya nie odrywała pistoletu od ramienia Hectora.

– Kto wam to powiedział?

– Co za różnica?

– Sądzisz, że zabiłam własnego męża. – Maya wskazała głową broń, którą trzymała w dłoni. – Więc dlaczego uważasz, że nie zastrzelę twojego brata?

– To nasza matka. – Hector wreszcie przemówił. – Powiedziała, że pani zabiła Joego, a my musimy pomóc to udowodnić.

– W jaki sposób?

Hector się wyprostował.

– Nie zabiła go pani?

– W jaki sposób mieliście pomóc, Hectorze?

– Tak jak pani mówiła. Przebrałem się za Joego. Kamera

to nagrała. Zabrałem kartę SD do Farnwood. Rodzina wynajęła speca od Photoshopa. Godzinę później przywiozłem kartę z powrotem do domu. Isabella umieściła ją w ramce.

– Chwileczkę – wtrąciła Maya. – Skąd wiedzieliście, że mam ukrytą kamerę?

Isabella parsknęła kpiąco.

– Już następnego dnia po pogrzebie pojawia się w domu nowa ramka cyfrowa z wgranymi zdjęciami rodziny. Bez żartów! Jest pani jedyną matką, jaką znam, która nie ma w mieszkaniu zdjęć swojego dziecka. Nie wiesza pani nawet rysunków córki. Więc kiedy zobaczyłam tę ramkę... Nie jestem idiotką.

Maya przypomniała sobie, jak grzeczna była Isabella na wszystkich nagraniach, stale uśmiechnięta i zaangażowana.

– I powiedziałaś o tym swojej matce?

Isabella nie zaszczyciła jej odpowiedzią.

– I to pewnie ona wymyśliła, żebyś zaatakowała mnie gazem pieprzowym.

– Nie wiedziałam, jak się pani zachowa po obejrzeniu nagrania. Miałam po prostu zdobyć kartę SD, żeby nie mogła jej pani pokazać innym.

Chcieli ją odizolować.

– Gdyby pokazała mi pani nagranie, miałam udawać, że niczego na nim nie zobaczyłam – kontynuowała Isabella.

– Dlaczego?

– A jak się pani wydaje?

Odpowiedź była oczywista.

– Chodziło o to, żebym się załamała, zwątpiła we własne zdrowie psychiczne...

Maya nagle umilkła i wbiła wzrok w przednią szybę pick-
-upa. Isabella i Hector popatrzyli na nią, a potem obejrzeli się, żeby sprawdzić, co przyciągnęło jej uwagę.

Tuż przed samochodem Hectora stał Shane.

▪ ▪ ▪

– Jeśli się ruszycie, to was zastrzelę – ostrzegła Maya Hectora i Isabellę.

Otworzyła tylne drzwi i wysiadła, zabierając ze sobą torebkę Isabelli. Shane na nią czekał. Miał zaczerwienione oczy.

– Co ty robisz? – spytał.

– Wrobili mnie – odrzekła Maya.

– Jak to?

– Hector włożył ubranie Joego. Potem ktoś, używając Photoshopa, wstawił twarz Joego do nagrania.

– Czyli Joe...?

– Nie żyje. Jak mnie znalazłeś?

– GPS.

– Nie mam przy sobie telefonu.

– Umieściłem nadajniki na obu twoich samochodach – wyjaśnił Shane.

– Dlaczego to zrobiłeś?

– Ponieważ nie zachowywałaś się racjonalnie. Nawet przed tą całą aferą z nagraniem. Musisz to zrozumieć.

Maya milczała.

– Dlatego zadzwoniłem do doktora Wu. Pomyślałem, że może namówi cię na terapię. Poza tym umieściłem te nadajniki na twoich samochodach na wypadek, gdybyś potrzebowała pomocy. Kiedy Kierce skontaktował się z tobą w sprawie analizy balistycznej, a ty przestałaś odbierać telefon...

Obejrzała się na pick-upa. Żadnego ruchu.

Oddychaj głęboko...

– Muszę ci coś powiedzieć, Shane.

– W sprawie analizy balistycznej?

Pokręciła głową.

Napnij, rozluźnij...

– W sprawie tamtego dnia nad Al Qa'im.

Wydawał się zbity z tropu.

– To znaczy?

Tylko otworzyła i zamknęła usta.

– Mayu?

– Już wcześniej straciliśmy ludzi. Dobrych żołnierzy. Nie zamierzałam pozwolić, aby to się powtórzyło.

Oczy napełniły jej się łzami.

– Wiem – odrzekł Shane. – Na tym polegała nasza misja.

– A potem zauważyliśmy tamtego SUV-a. Słuchałam, jak nasi ludzie wzywają pomocy, a SUV się do nich zbliżał. Wzięliśmy go na cel. Zgłosiliśmy to dowództwu. Ale oni nie pozwalali nam otworzyć ognia.

– To prawda, chcieli się upewnić, że to nie są cywile.

Skinęła głową.

– Dlatego czekaliśmy – dodał.

– Podczas gdy nasi chłopcy błagali o ratunek.

Shane'owi drgnął kącik ust.

– Trudno było tego słuchać, wiem – powiedział. – Ale zrobiliśmy to, co należało. Czekaliśmy. Działaliśmy zgodnie z przepisami. To nie była nasza wina, że tamci cywile zginęli. Kiedy otrzymaliśmy potwierdzenie...

– Nie otrzymaliśmy potwierdzenia – przerwała mu.

Znieruchomiał i wbił w nią wzrok.

– Odcięłam ci sygnał.

– Co... o czym ty...?

– Dowództwo poleciło nam wstrzymać się z atakiem.

Shane pokręcił głową.

– O czym ty mówisz?

– Nie zezwolili nam na otwarcie ognia. Uważali, że w SUV-ie jest przynajmniej jeden cywil, być może osoba niepełnoletnia. Mieli tylko pięćdziesiąt procent pewności, że ludzie w samochodzie to nasz wróg.

Shane z trudem chwytał oddech.

– Przecież słyszałem...

– Nie słyszałeś, Shane. To ja przekazałam ci ich słowa, pamiętasz?

Stał nieruchomo.

– Sądzisz, że tamta ścieżka dźwiękowa pokaże nas w negatywnym świetle, ponieważ wiwatowaliśmy po zniszczeniu celu. Ale Corey ma na mnie innego haka. Posiada nagranie, na którym dowództwo informuje mnie, że w SUV-ie mogą jechać cywile.

– A ty mimo wszystko otworzyłaś ogień – rzekł Shane.

– Tak.

– Dlaczego?

– Ponieważ nie dbałam o cywilów, tylko myślałam o naszych chłopcach – odparła Maya.

– Jezu.

– Dokonałam wyboru. Nie zamierzałam pozwolić, byśmy stracili kogoś z naszych. Zwłaszcza że mogłam coś na to poradzić. A jeśli przy okazji zginą cywile, to trudno. Już mnie to nie obchodziło. Taka jest prawda. Myślisz, że dręczą mnie te straszne odgłosy, ponieważ mam wyrzuty sumienia z powodu zabitych cywilów. Wręcz przeciwnie, Shane, wcale nie mam. Nie prześladuje mnie śmierć tamtych ludzi. Prześladuje mnie i nigdy nie opuszcza świadomość, że gdybym ponownie tam się znalazła, zrobiłabym to samo.

Teraz to Shane miał łzy w oczach.

– Nie trzeba być psychiatrą, żeby to zrozumieć. Muszę każdej nocy na nowo przeżywać tamten dzień, ale nie mogę zmienić jego przebiegu. Dlatego te odgłosy nigdy nie dadzą mi spokoju. Każdej nocy wracam do tamtego śmigłowca. Każdej nocy próbuję znaleźć sposób na ocalenie naszych żołnierzy.

– I każdej nocy ponownie zabijasz tamtych cywilów – zauważył Shane. – Chryste...

Podszedł do niej z rozpostartymi ramionami, ale odwróciła się od niego. Nie potrafiłaby sobie z tym poradzić. Spojrzała na Isabellę i Hectora. Oboje wciąż trwali w bezruchu.

Czas ruszać dalej.

– Co ci powiedział Kierce? – spytała.

– Joego i Claire zastrzelono z tej samej broni. Wiedziałaś o tym, prawda? Od Kierce'a.

Skinęła głową.

– Ale nic mi nie powiedziałaś.

Milczała.

– Mówiłaś mi o wszystkim, tylko nie o wynikach analizy balistycznej.

– Shane...

– Domyślałem się, że na własną rękę szukasz zabójcy Claire. Gliniarze byli do niczego. Uznałem, że na coś wpadłaś.

Maya wpatrywała się w pick-upa. Nie dlatego, że chciała mieć na oku Hectora i Isabellę, ale dlatego, że nie potrafiła stawić czoła Shane'owi.

– Dałaś mi tamten pocisk, zanim Joe zginął – rzekł Shane. – Poprosiłaś, żebym sprawdził, czy pochodzi z tej samej broni, z której zamordowano Claire. I pochodził. Nie chciałaś powiedzieć, skąd go masz. A teraz wiem, że z tego samego pistoletu zastrzelono Joego. Jak to możliwe?

– Jest tylko jedno wytłumaczenie – odparła Maya.

Pokręcił głową, ale już znał odpowiedź. Maya śmiało popatrzyła mu w oczy.

– To ja go zabiłam. Zabiłam Joego.

33

Maya założyła czapkę baseballową i siadła za kierownicą pick-upa Hectora. Wjechała do Farnwood przez tylną bramę i ruszyła w stronę głównego budynku. Zapadł zmrok. Ochroniarze wciąż kręcili się po okolicy, ale bez specjalnej czujności. Żaden nie sprawdził znajomego im dodge'a.

Shane przytrzymywał Hectora i Isabellę, tak by nie mogli ostrzec nikogo o przybyciu Mai. Używając jednorazowej komórki, zadzwoniła do Skór i Koronek i poprosiła do telefonu Lulu.

– Już nie mogę ci pomóc – oznajmiła Lulu.

– Chyba jednak tak.

Po zakończeniu tej rozmowy Maya zaparkowała obok domu. Wokół panowała ciemność. Podkradła się od tyłu i sprawdziła drzwi kuchenne. Były otwarte. Dom wydawał się opustoszały i spokojny. Nie paliły się żadne światła. Na chwilę zatrzymała się przy kominku. Potem usiadła w salonie i czekała. Czas mijał. Jej oczy przyzwyczajały się do mroku.

Przewijały się przed nią obrazy z przeszłości, ale ten jeden moment, kiedy otworzyła sejf z bronią, wszystko zmienił.

Wróciła właśnie z zagranicznej misji – była w domu po raz pierwszy od śmierci Claire. Odwiedziła cmentarz. Joe ją tam zawiózł. Zachowywał się dziwnie, ale nie wzbudziło to jej niepokoju. Co prawda zastanawiała się nad ich związkiem, nad tym, jak błyskawicznie się w sobie zakochali i jak mało czasu spędzali razem przez jej służbę i jego pracę, lecz nie przywiązywała do tego większej wagi.

Czy wtedy uważała, że nie dość dobrze go zna? Nie. Dochodziła do takiego wniosku teraz, z perspektywy czasu.

Dopiero otwarcie sejfu wszystko zmieniło.

Maya bardzo skrupulatnie dbała o broń. Zawsze utrzymywała ją w idealnej czystości, więc gdy tylko wydobyła swoje rewolwery Smith & Wesson 686, wiedziała, że coś jest nie w porządku.

Jednego z nich – tego, który trzymała w ukrytym schowku – ktoś używał.

Kiedy wracała do domu, Joe rozprawiał o tym, jak nienawidzi broni, mówił, że nie ma ochoty chodzić z Mayą na strzelnicę i że zdecydowanie wolałby, aby nie trzymała pistoletów w domu.

Mówiąc w skrócie, za bardzo protestował.

Z perspektywy czasu wydaje się dziwne, że człowiek, którego nie interesuje broń, chciał, aby jego odciski palców wprowadzono do bazy danych w sejfie. „Na wszelki wypadek. Nigdy nic nie wiadomo", tłumaczył.

Są takie chwile w życiu, gdy wszystko się zmienia. Przypominało to również jedną z tych iluzji optycznych. Widzisz coś, a potem lekko przesuwasz obraz i wszystko jest już inne. Właśnie tak Maya się czuła, gdy trzymała w dłoni broń, którą wyraźnie próbował wyczyścić ktoś, kto zupełnie się na tym nie znał.

To był cios pięścią w żołądek. Zdrada najgorszego rodzaju. Sypianie z wrogiem. Czuła się jak idiotka, a nawet gorzej. A jednak to wszystko nabrało straszliwego sensu.

Domyśliła się prawdy.

Chociaż próbowała to wyprzeć, wiedziała, że z jej broni zastrzelono Claire. Wiedziała to, jeszcze zanim pojechała na strzelnicę, a potem dostarczyła pocisk Shane'owi, aby w tajemnicy porównał go z pociskiem kalibru .38, który wydobyto z czaszki jej siostry.

Joe zabił Claire.

Jednak istniała szansa, że się myliła. Istniała szansa, że jakiś cwaniak włamał się do sejfu, użył jej broni, a potem odłożył ją na miejsce. Istniała szansa, że to nie był Joe. Właśnie dlatego zamieniła miejscami rewolwer Smith & Wesson 686, który Joe zabrał ze schowka na broń kupioną poza granicami stanu, z tym zarejestrowanym w New Jersey, który leżał w sejfie na widoku. Przy okazji upewniła się, że broń nie jest naładowana...

Poza smithem & wessonem w tajnym schowku.

Zaczęła szperać w rzeczach Joego, celowo zostawiając ślady. Chciała, aby domyślił się, że wpadła na jego trop. Ciekawiło ją, jak zareaguje. Zamierzała zdobyć o nim tyle informacji, aby musiał powiedzieć jej, dlaczego zabił Claire.

Tak, Kierce miał rację. To Maya zadzwoniła do Joego tamtego wieczoru, a nie odwrotnie.

– Wiem, co zrobiłeś – oświadczyła.

– O czym ty mówisz?

– Mam dowody.

Powiedziała Joemu, żeby spotkali się w ich ulubionym miejscu w Central Parku. Pojawiła się tam wcześniej i sprawdziła teren. Zauważyła dwóch ulicznych chuliganów – później się dowiedziała, że nazywają się Emilio Rodrigo i Fred Katen – którzy przechodzili obok fontanny Bethesda. Po sposobie, w jaki Rodrigo szedł, odgadła, że jest uzbrojony.

Idealnie. Kozły ofiarne, których nigdy nie uda się skazać.

Kiedy się spotkali, postanowiła dać Joemu szansę.

– Dlaczego zabiłeś Claire?

– Mówiłaś, że masz dowody, Mayu. Ale widzę, że niczego nie masz.

– Znajdę dowody. Nie spocznę, dopóki tego nie zrobię. Zmienię twoje życie w piekło.

Wtedy wyjął naładowanego smitha & wessona 686, którego znalazł w tajnym schowku w sejfie. Uśmiechał się do niej. A przynajmniej tak jej się wydawało. Było zapewne zbyt ciemno, żeby mogła to dostrzec, a poza tym skupiała wzrok na broni. Jednak gdy teraz wracała myślą do tamtej chwili, mogłaby przysiąc, że Joe się uśmiechał.

Wycelował w środek jej klatki piersiowej.

Cokolwiek dotychczas myślała i cokolwiek mu mówiła, przestało się liczyć, kiedy zobaczyła, jak mężczyzna, którego ślubowała kochać do końca życia, kieruje w jej stronę naładowaną broń. Chociaż poznała prawdę, nie uwierzyła w nią ani jej nie zaakceptowała. Czuła, że to musi być pomyłka i że jeśli przyciśnie Joego, to zrozumie, co przeoczyła i na czym polegał jej błąd.

Joe, ojciec jej dziecka, nie był mordercą. Przecież nie

dzieliła łóżka i serca z zabójcą, który torturował i zastrzelił jej siostrę. Wciąż istniała szansa, aby to wszystko wyjaśnić. Dopóki nie pociągnął za spust.

Siedząc w mrocznym salonie, Maya zamknęła oczy.

Wciąż pamiętała wyraz jego twarzy, gdy broń nie wypaliła. Ponownie pociągnął za spust. I jeszcze raz.

– Usunęłam iglicę.

– Co?

– Usunęłam iglicę, żeby nie dało się wystrzelić.

– To bez znaczenia, Mayu. Nigdy nie udowodnisz, że ją zabiłem.

– Masz rację.

Wtedy wyjęła drugiego smiha & wessona, tego samego, którego Joe użył do zabicia Claire, i wystrzeliła trzy razy. Rozmyślnie nie zabiła go pierwszym strzałem. Świetnie posługiwała się bronią palną. Większość ulicznych chuliganów nie jest w tym dobra, więc zabójstwo jednym strzałem byłoby mało wiarygodne.

Kierce: „Pierwszy pocisk trafił twojego męża w lewe ramię. Drugi uderzył w prawy obojczyk".

Miała na sobie trencz i rękawiczki, które kupiła za gotówkę w sklepie Armii Zbawienia. Na nich zatrzymał się osad z prochu. Zdjęła te rzeczy i rzuciła przez mur, prosto do pojemnika na śmieci przy Piątej Alei. Wiedziała, że nikt ich nie znajdzie, ale jeśli nawet i jeśli ktoś zechce poszukać na nich śladów prochu, to nie szkodzi – i tak nie zdołają trafić na jej trop. Pochyliła się i objęła umierającego Joego, aby ubrudzić sobie koszulę jego krwią. Schowała oba rewolwery do torebki. Potem chwiejnym krokiem ruszyła w stronę fontanny Bethesda.

– Pomocy... proszę... niech ktoś mi pomoże... mój mąż...

Nikt jej nie przeszukał. Niby po co? Wszyscy od razu skupili się głównie na tym, czy nie jest ranna, i na znalezieniu zabójców. To zamieszanie jej się opłaciło. Wcześniej planowała, że wyrzuci gdzieś torebkę – nie miała w niej niczego poza bronią – ale w końcu nie było to konieczne. Trzymała ją przy sobie i wróciła z nią do domu. Narzędzie zbrodni wrzuciła do rzeki. Zamontowała iglicę do zarejestrowanego pistoletu i odłożyła go do sejfu. To tę broń badał Kierce.

Maya wiedziała, że analiza balistyczna potwierdzi jej „niewinność" i zbije policję z tropu. Joego i Claire zastrzelono z tej samej broni. Maya miała żelazne alibi na czas śmierci siostry – przebywała wtedy na zagranicznej misji – zatem nie mogła popełnić żadnego z tych zabójstw. Nie podobało jej się, że wystawiła policji dwóch niewinnych mężczyzn – Emilia Rodriga i Freda Katena – ale jeden z nich rzeczywiście był uzbrojony. Wiedziała także, że dzięki jej zeznaniu, według którego napastnicy nosili kominiarki, prokuratura nie zdoła postawić obu mężczyznom zarzutów. Za to przestępstwo nigdy nie trafią za kratki.

W porównaniu z tym, czego dopuściła się w przeszłości, poświęcenie tej dwójki wydawało się drobiazgiem.

Sprawa była zagmatwana i mało perspektywiczna, a jej właśnie na tym zależało. Claire została zamordowana i jej zabójca poniósł karę. Koniec. Maya wymierzyła sprawiedliwość. Nie poznała całej prawdy, ale wiedziała wystarczająco dużo. Ona i jej córka będą bezpieczne.

Ale potem nagranie z kamery wszystko zmieniło.

Siedząc w salonie, Maya usłyszała, że przed domem zatrzymuje się samochód. Nie ruszyła się z fotela. Otworzyły się drzwi frontowe. Maya słyszała głos Judith, która narzekała, jak nudne było przyjęcie. Towarzyszył jej Neil. A także Caroline. Cała trójka razem weszła do domu.

Judith zapaliła światło i głośno wciągnęła powietrze.

Maya nie ruszyła się z miejsca.

– Mój Boże – odezwała się Judith. – Wystraszyłaś mnie niemal na śmierć. Co tutaj robisz, Mayu?

– Brzytwa Ockhama – odpowiedziała Maya.

– Słucham?

– „Spośród konkurencyjnych hipotez należy wybrać tę, która wymaga najmniejszej liczby założeń". – Maya się uśmiechnęła. – Mówiąc w skrócie, najprostsza odpowiedź zazwyczaj jest najbardziej prawdopodobna. Joe nie przeżył. To wy chcieliście, bym uwierzyła, że żyje.

Judith popatrzyła na dwójkę swoich dzieci, a potem znowu na Mayę.

– To ty zorganizowałaś ten numer z kamerą, Judith. Powiedziałaś rodzinie Rosy, że zabiłam Joego, ale nie mogłaś tego udowodnić. Dlatego postanowiłaś wprowadzić trochę zamieszania.

Judith nie próbowała zaprzeczać.

– A jeśli nawet? – spytała lodowatym głosem. – Nie ma prawa, które zabraniałoby ścigać zabójców, prawda?

– O żadnym takim nic mi nie wiadomo – przyznała Maya. – Oczywiście od początku się domyślałam. Lubisz posługiwać się manipulacją. Cała twoja kariera opiera się na sztuczkach psychologicznych.

– To były eksperymenty psychologiczne.

– Jak to zwał, tak zwał. Ale widziałam, jak Joe umiera. I wiedziałam, że nie może być żywy.

– Przecież było ciemno – odparła Judith. – Mogłaś się pomylić. Oszukałaś Joego. Zwabiłaś go w tamto miejsce w parku. On również mógł cię oszukać. Podmienić naboje w twojej broni na ślepaki albo coś w tym rodzaju.

– Ale tego nie zrobił.

Neil odchrząknął.

– Czego ty chcesz, Mayu?

Zignorowała go, nie odrywając wzroku od Judith.

– Wiedziałaś, że nawet jeśli nie uwierzę, że on żyje, jeśli nie pęknę pod presją i się nie przyznam, to i tak jakoś zareaguję.

– Owszem.

– Domyślę się, że ktoś ze mną pogrywa. Zacznę drążyć. Może przy okazji powinie mi się noga i zdołacie przyskrzynić mnie za zabójstwo. Może popełnię błąd. Poza tym chcieliście się dowiedzieć, jak wiele odkryłam. Dlatego wszyscy odegraliście swoje role w eksperymencie psychologicznym mamusi. Caroline okłamała mnie, że sądzi, że jej bracia wciąż żyją, a Kierce jest opłacany przez rodzinę. To były czyste wymysły. Ale miałam wtedy mnóstwo na głowie. Kamera, zaginione ubrania, telefony. Każdy zacząłby kwestionować własne zdrowie psychiczne. Ja także. Musiałabym być szalona, aby nie dopuszczać do siebie możliwości, że tracę rozum.

Judith uśmiechnęła się do Mai.

– Po co tutaj przyszłaś?

– Mam do ciebie pytanie, Judith.

Chwilę odczekała.

– Skąd wiedziałaś, że zabiłam Joego?

– A więc się do tego przyznajesz.

– Oczywiście. Ale skąd o tym wiedziałaś? – Maya popatrzyła na Neila, a potem na Caroline. – Powiedziała ci?

Caroline zmarszczyła czoło i odwróciła się w stronę matki.

– Po prostu wiedziałam – odparła Judith. – Matka czuje takie rzeczy.

– Nie, Judith. Domyśliłaś się, że to ja go zabiłam, ponieważ wiedziałaś, że miałam motyw.

– O czym ona mówi? – spytała Caroline.

– Joe zamordował moją siostrę.

– To nieprawda – odrzekła Caroline tonem nadąsanego dziecka.

– Joe zabił Claire – powtórzyła Maya. – A twoja matka o tym wiedziała.

– Mamo?

Oczy Judith płonęły.

– Claire nas okradła – oznajmiła Judith.

– Mamo...

– Co więcej, Claire próbowała zniszczyć nas wszystkich... dobre imię i majątek Burkettów. Joe chciał ją powstrzymać. Przemówić jej do rozsądku.

– Torturował ją – przypomniała Maya.

– Stracił głowę, to fakt. Nie chciała mu powiedzieć, co zrobiła. Nie chciała przekazać informacji. Nie pochwalam jego postępowania, ale to twoja siostra rozpętała całą sprawę. Próbowała zniszczyć naszą rodzinę. Akurat ty, Mayu, powinnaś to zrozumieć. Była wrogiem, a wroga atakuje się z całą mocą. Walczy się z nim wszelkimi metodami. Nie okazuje się litości.

Maya czuła narastającą wściekłość, ale jej nie uległa.

– Ty głupia, zła kobieto.

– Hej! – Neil stanął w obronie matki. – Wystarczy tego.

– Niczego nie rozumiesz, Neil? – spytała Maya. – Myślisz, że Joe chronił rodzinny majątek? Że chodziło o EAC Pharmaceuticals?

Neil posłał matce spojrzenie, które potwierdzało, że Maya miała rację. Niemal wybuchła śmiechem.

– Tak wam mówił Joe, prawda? Claire odkryła wasz farmaceutyczny przekręt. A kiedy wszystko zaczęło się walić wokół ciebie, Neil, przestałeś wierzyć w plan mamusi. Wpadłeś w panikę i nasłałeś na mnie porywaczy. Chciałeś sprawdzić, jak dużo wiem. Powiedziałeś tamtym facetom, w jakim jestem stanie psychicznym. Powiedziałeś, że jeśli przekażą mi, że Joe na mnie czeka, to całkiem się rozsypię?

Wpatrywał się w nią z nieukrywaną nienawiścią.

– A przynajmniej cię to osłabi.

Judith zamknęła oczy.

– Głupek – szepnęła.

– „Joe czeka". Tak powiedział tamten facet. Na tym polegał twój błąd, Neil. Widzisz, gdyby Joe stał za tym wszystkim i gdyby to on nasłał na mnie ludzi, na pewno ostrzegłby ich, że jestem uzbrojona. A oni nie mieli o tym pojęcia.

– Mayu – odezwała się Judith. – Zabiłaś mojego syna.

– On zabił moją siostrę.

– Ale już nie żyje. Nie można go oskarżyć. Tymczasem troje świadków właśnie usłyszało twoje przyznanie się do winy. Postawimy cię przed sądem.

– Nie rozumiecie – odparła Maya. – Joe zabił nie tylko moją siostrę. Zabił Theo Morę...

– To był nieszczęśliwy wypadek podczas otrzęsin.

– Zabił Toma Douglassa.

– Nie masz na to dowodów.

– I zabił własnego brata.

Wszyscy zamarli. Przez kilka sekund panowała martwa cisza, jakby nawet meble wstrzymały oddech.

– Mamo? – odezwała się Caroline. – Powiedz, że to nieprawda.

– Oczywiście, że to nieprawda – odrzekła Judith.

– To prawda – powiedziała Maya. – Joe zabił Andrew.

Caroline zwróciła się w stronę Judith.

– Mamo?

– Nie słuchaj jej. To kłamstwo. – Jednak w głosie Judith słychać było drżenie.

– Wiesz, Judith, dzisiaj odwiedziłam Christophera Swaina. Powiedział mi, że Andrew był załamany, że tamtego wieczoru na łodzi mówił Joemu, że zgłosi się na policję i opowie, co zrobili Theo. Potem wyszedł na górny pokład. A Joe podążył za nim.

Cisza.

Caroline się rozpłakała. Neil patrzył na matkę tak, jakby błagał ją o pomoc.

– To wcale nie znaczy, że Joe go zabił – odparła Judith. – Może tak sobie uroiłaś w swojej chorej głowie, ale przecież sama mi powiedziałaś, co się stało. Powiedziałaś mi prawdę.

Maya pokiwała głową.

– Andrew wyskoczył za burtę. Popełnił samobójstwo.

– Tak.

– A Joe był tego świadkiem. Tak mi mówił.

– Tak, oczywiście.

– Tylko że to nieprawda. Joe i Andrew wyszli na pokład o pierwszej w nocy.

– Zgadza się.

– Ale zaginięcie Andrew zgłoszono dopiero rano. – Maya przekrzywiła głowę. – Gdyby Joe zobaczył, jak jego brat wyskakuje za burtę, czy nie wszcząłby alarmu od razu?

Judith wytrzeszczyła oczy, jakby ktoś zdzielił ją pięścią w żołądek. Teraz Maya to dostrzegła. Judith także wypierała prawdę. Wiedziała, a jednak nie dopuszczała tego do siebie. To niezwykłe, jak ślepi potrafimy być na oczywiste fakty.

Judith opadła na kolana.

– Mamo? – odezwał się Neil.

Zaczęła wyć jak ranne zwierzę.

– To nie może być prawda.

– To prawda. – Maya wstała. – Joe zabił Theo Morę. Zabił Andrew. Zabił Claire. Zabił Toma Douglassa. Ile jeszcze osób zamordował, Judith? W ósmej klasie uderzył jakiegoś chłopca kijem baseballowym w głowę. W szkole średniej próbował spalić kolegę żywcem z powodu rywalizacji o dziewczynę. Joseph senior to widział. Dlatego przekazał kontrolę nad firmą Neilowi.

Judith tylko kręciła głową.

– Wychowałaś, chroniłaś i hodowałaś zabójcę.

– A ty za niego wyszłaś.

Maya skinęła głową.

– Zgadza się.

– Naprawdę sądzisz, że mógłby cię oszukiwać?

– Nie sądzę, jestem tego pewna.

Judith, która wciąż klęczała, podniosła wzrok.

– Wykonałaś na nim egzekucję.

Maya milczała.

– To nie była samoobrona. Mogłaś go oddać w ręce policji.

– Mogłam.

– Ale zamiast tego postanowiłaś go zamordować.

– Znów starałabyś się go ochronić, Judith. Nie mogłam na to pozwolić. – Maya ruszyła do drzwi. Neil i Caroline cofnęli się o krok. – Ale teraz wszystko wyjdzie na jaw.

– Jeśli tak się stanie, spędzisz resztę życia w więzieniu – odparła Judith.

– Możliwe. Ale przekręty z EAC Pharmaceuticals także wyjdą na jaw. To już koniec. Nic nie pozostało.

– Zaczekaj – rzuciła Judith, wstając.

Maya się zatrzymała.

– Może dobijemy targu.

– Mamo, o czym ty mówisz? – spytał Neil.

– Cicho. – Judith popatrzyła na Mayę. – Chciałaś sprawiedliwości dla swojej siostry. Wymierzyłaś ją. Teraz możemy połączyć siły.

– Mamo?

– Tylko mnie wysłuchaj. – Położyła dłonie na ramionach Mai. – Zrzucimy winę za EAC Pharmaceuticals na Joego. Zasugerujemy, że być może właśnie z tego powodu go zabito. Rozumiesz? Nikt nie musi znać prawdy. Sprawiedliwości stało się zadość. I może... może miałaś rację, Mayu. Jestem... jestem Ewą. Wychowałam Kaina, który zabił Abla. Powinnam była się domyślić. Nie wiem, czy zdołam z tym żyć i czy zdołam kiedykolwiek za to odpokutować, ale jeśli wszyscy zachowamy spokój, może uda mi się ocalić pozostałą dwójkę moich dzieci. Mogę też ocalić ciebie, Mayu.

– Za późno na układy, Judith – odparła Maya.

– Ona ma rację, mamo – powiedział Neil.

Maya odwróciła się w jego stronę i zobaczyła, że celuje do niej z pistoletu.

– Ale mam lepszy pomysł – oznajmił. – Ukradłaś samochód Hectora. Włamałaś się do naszego domu. Z pewnością jesteś uzbrojona. Przyznałaś się do zabicia Joego, a teraz zamierzasz zabić także nas. Tylko że wcześniej ja zastrzelę ciebie i uratuję nas wszystkich. Owszem, zrzucimy winę za EAC na Joego, ale nie będziemy musieli do końca życia mieć się na baczności.

Neil zerknął na matkę. Judith się uśmiechnęła. Caroline skinęła głową. Rodzina była jednomyślna.

Neil trzykrotnie pociągnął za spust.

Sprawiedliwości stało się zadość, pomyślała Maya. Tyle razy strzeliła do Joego.

Upadła na ziemię z rozpostartymi rękami i nogami. Leżała na plecach. Nie mogła się ruszyć. Spodziewała się, że poczuje chłód, ale tak się nie stało. Docierały do niej urywane głosy:

– Nikt się nie dowie...

– Przeszukaj jej kieszenie...

– Nie ma broni...

Maya uśmiechnęła się i popatrzyła w stronę kominka.

– Dlaczego ona się uśmiecha...?

– Co tam wisi nad kominkiem? Wygląda jak...

– O nie...

Maya zamrugała, po czym przymknęła powieki. Czekała, aż zaatakują ją dźwięki – szum śmigłowców, wystrzały i wrzaski. Ale się nie pojawiły. Nie tym razem. Już nigdy więcej.

Czekały na nią ciemność i cisza, a potem, nareszcie, spokój.

34

Dwadzieścia pięć lat później

Drzwi windy już mają się zamknąć, gdy słyszę, że jakaś kobieta woła mnie po imieniu.

– Shane?

Wyciągam rękę, by przytrzymać windę.

– Cześć, Eileen.

Pośpiesznie wsiada, uśmiecha się i całuje mnie w policzek.

– Dawno się nie widzieliśmy.

– Zbyt dawno.

– Dobrze wyglądasz, Shane.

– Ty też, Eileen.

– Słyszałam, że wymienili ci staw kolanowy. I co, wszystko w porządku?

Lekceważąco macham ręką. Oboje się uśmiechamy.

To udany dzień.

– Jak dzieciaki? – pytam.

– Świetnie. Mówiłam ci, że Missy wykłada w Vassar?

– Zawsze była bystra. Jak jej matka.

Eileen kładzie dłoń na mojej ręce i tam ją pozostawia.

Oboje wciąż jesteśmy wolni, chociaż dawno temu coś nas łączyło. Dosyć gadania. Przez resztę drogi milczymy.

Z pewnością już wszyscy widzieliście nagranie z ukrytej kamery, którą Maya zawiesiła nad kominkiem w Farnwood – swego czasu było „hitem internetu" – więc opowiem wam to, co jeszcze wiem.

Tamtego wieczoru, gdy Maya przekonała mnie, żebym pilnował Hectora i Isabelli, zadzwoniła do kogoś, kto pracował dla Coreya Demaskatora. Nigdy nie dowiedziałem się, kto to był. Nikt tego nie wie. Razem zamontowali kamerę, która przekazywała całemu światu obraz z posiadłości Burkettów. Wszyscy mogli na żywo śledzić przebieg wydarzeń. Corey był już wtedy sławny – w tamtych czasach idea pełnej przejrzystości dopiero raczkowała – ale po tamtym dniu jego strona internetowa stała się jedną z najważniejszych w całej sieci. Oczywiście miałem do niego pretensje, ponieważ ujawnił tajemnice dotyczące naszej misji. Jednak w ostatecznym rozrachunku Corey Rudzinski wykorzystał sławę, którą zdobył dzięki Mai, aby zrobić dużo dobrego. Wystraszeni, skrzywdzeni i bezsilni ludzie, którzy dotychczas bali się mówić prawdę, nagle odważyli się odezwać. Skorumpowane rządy i firmy upadały.

Na tym więc polegał pomysł Mai: ujawnić prawdę na oczach całego świata. Tylko że nikt nie spodziewał się takiego zakończenia.

Morderstwa na żywo.

Drzwi windy się otwierają.

– Ty pierwsza – mówię do Eileen.

– Dziękuję, Shane.

Podążam za nią korytarzem, wciąż utykając po operacji kolana, i czuję, jak serce rośnie mi w piersi. Przyznaję, że na stare lata łatwiej ulegam emocjom. Częściej wzruszają mnie do łez dobre chwile.

Kiedy skręcam za róg i wchodzę do szpitalnej sali, najpierw widzę Daniela Walkera. Ma teraz trzydzieści dziewięć lat i metr dziewięćdziesiąt pięć wzrostu. Pracuje trzy piętra wyżej jako radiolog. Obok siedzi jego siostra, Alexa. Ma trzydzieści siedem lat i jest młodą matką. Zajmuje się projektowaniem cyfrowym, choć nie bardzo wiem, co to znaczy.

Oboje ściskają mnie i całują na powitanie.

Eddie również tam jest, razem ze swoją żoną, Seliną. Był wdowcem przez niemal dziesięć lat, zanim powtórnie się ożenił. Selina to cudowna kobieta i cieszę się, że Eddie odnalazł szczęście po śmierci Claire. Eddie i ja witamy się uściskiem dłoni i lekko się obejmujemy, jak to faceci.

Potem patrzę na łóżko, na którym leży Lily, przytulając swoją nowo narodzoną córeczkę.

Bum. Serce wybucha mi w piersi.

Nie wiem, czy Maya tamtego wieczoru poszła do posiadłości Burkettów, wiedząc, że zginie. Broń zostawiła w samochodzie. Niektórzy twierdzą, że zrobiła tak po to, aby Burkettowie nie mogli się tłumaczyć obroną konieczną. Możliwe. Otrzymałem list, który Maya napisała poprzedniego wieczoru. Do Eddiego też napisała. Poprosiła go, aby wychował Lily, jeśli jej coś się stanie. Eddie rewelacyjnie się z tego wywiązał. Napisała, że ma nadzieję, że Daniel i Alexa będą dobrym starszym rodzeństwem dla jej córki. Byli najlepsi. Ja i Eileen mieliśmy zostać rodzicami chrzestnymi Lily. Maya pragnęła, abyśmy byli obecni w jej życiu. Spełniliśmy tę prośbę, chociaż uważam, że Lily wcale nas nie potrzebowała, skoro miała Eddiego, Daniela, Alexę, a potem również Selinę.

Byłem – i wciąż jestem – obecny w życiu Lily, ponieważ kocham ją tak mocno, jak człowiek zazwyczaj kocha tylko własne dziecko. Możliwe, że chodzi tu o coś jeszcze. Lily przypomina swoją matkę. Wygląda jak ona. Zachowuje się jak ona. Tylko będąc obok niej i dbając o jej potrzeby, mogę zatrzymać Mayę przy sobie. Może to egoizm, nie wiem. Ale tęsknię za Mayą. Czasami, kiedy odwoziłem Lily do domu po meczu baseballu albo po kinie, niemal miałem wrażenie, że śpieszę się, aby opowiedzieć Mai o tym, jak nam minął dzień, i zapewnić ją, że u Lily wszystko w porządku.

Głupie, prawda?

Lily spogląda na mnie z łóżka i uśmiecha się. To uśmiech jej matki, chociaż rzadko jest tak promienny jak teraz.

– Popatrz, Shane!

Lily nie pamięta swojej matki. To łamie mi serce.

– Dobrze się spisałaś, dziecko – odpowiadam.

Ludzie oczywiście wciąż mówią o zbrodniach Mai. Zabiła cywilów. Zamordowała człowieka, niezależnie od tego, jak można by to usprawiedliwiać. Gdyby przeżyła, trafiłaby do więzienia. Nie ma co do tego wątpliwości. Może więc wolała śmierć od życia za kratami. Może wolała zginąć, aby mieć pewność, że Burkettowie pójdą na dno, bo inaczej byliby obecni w życiu jej dziecka, podczas gdy ona gniłaby w celi. Sam już nie wiem.

Jednak Maya w rozmowie ze mną powiedziała, że nigdy nie czuła się winna z powodu tego, co zrobiła za granicą. Nie jestem tego pewien. Straszliwe wspomnienia rozdzierały jej umysł każdej nocy. Ludzi, którzy nie mają wyrzutów sumienia, nie dręczą ich czyny, prawda?

Była dobrym człowiekiem. Nie obchodzi mnie, co o niej mówią.

Eddie kiedyś mi powiedział, że czasami miał wrażenie, że śmierć jest częścią Mai i idzie za nią krok w krok. Dziwnie to ujął. Ale chyba go rozumiem. Po tym, co się stało w Iraku, Maya nie potrafiła uciszyć tych głosów. Śmierć stale jej towarzyszyła. Chociaż ona próbowała pędzić naprzód, śmierć stukała ją w ramię. Nie chciała odejść. Myślę, że Maya zdawała sobie z tego sprawę. Myślę, że przede wszystkim pragnęła, aby śmierć nie szła krok w krok także za Lily.

Maya nie zostawiła dla Lily żadnego listu, do otwarcia w określonym wieku. Nie powiedziała Eddiemu, jak ma ją wychować ani dlaczego wybrała właśnie jego. Po prostu wiedziała. Wiedziała, że to dobry wybór. I miała rację. Eddie przed laty pytał mnie, co i kiedy powiedzieć Lily o jej biologicznych rodzicach. Obaj nie mieliśmy pojęcia. Maya często mawiała, że do dzieci nikt nie dołącza instrukcji obsługi. Zostawiła to nam. Ufała, że gdy przyjdzie właściwa chwila, zrobimy to, co będzie najlepsze dla Lily.

W końcu, kiedy Lily była wystarczająco duża, aby zrozumieć, powiedzieliśmy jej prawdę.

Uznaliśmy, że nawet najgorsza prawda jest lepsza od wymyślnego kłamstwa.

Dean Vanech, mąż Lily, wpada do sali i całuje żonę.

– Cześć, Shane.

– Gratulacje, Dean.

– Dzięki.

Dean jest żołnierzem. Założę się, że Maya byłaby zadowolona. Szczęśliwa para siedzi na łóżku i zachwyca się swoim dzieckiem, jak przystało na świeżo upieczonych rodziców. Oglądam się na Eddiego. Ma łzy w oczach. Kiwam głową.

– Dziadku – odzywam się do niego.

Eddie nie potrafi nic odpowiedzieć. Zasługuje na chwilę spokoju. Dał Lily dobre dzieciństwo, za co jestem mu wdzięczny. Zawsze będzie mógł na mnie liczyć. Zawsze będą mogli na mnie liczyć Daniel i Alexa. Zawsze będzie na mnie mogła liczyć Lily.

Maya oczywiście o tym wiedziała.

– Shane?

– Słucham, Lily?

– Chciałbyś ją potrzymać?

– Nie wiem. Niezdara ze mnie.

Lily nie da sobie wciskać kitu.

– Poradzisz sobie.

Rządzi mną tak samo jak jej matka.

Podchodzę do łóżka, a ona podaje mi niemowlę, ostrożnie układając malutką główkę w zgięciu mojej ręki. Patrzę na nią z podziwem.

– Nazwaliśmy ją Maya – mówi Lily.

Kiwam głową, ponieważ nie mogę wykrztusić ani słowa.

Razem z Mayą – moją dawną Mayą – wielokrotnie widzieliśmy, jak ludzie umierają. Rozmawialiśmy o tym, że śmierć to koniec. Nie ma nic więcej, mówiła. Umierasz. Wszystko się kończy. Ale teraz nie jestem tego taki pewien. W tej chwili patrzę na to niemowlę i myślę, że Maya i ja mogliśmy się mylić.

Ona tutaj jest. Wiem to.

Podziękowania

Autor (czyli ja) prosi, by jego podziękowania przyjęły następujące osoby: Rick Friedman, Linda Fairstein, Kevin Marcy, Pete Miscia, podpułkownik sił powietrznych T. Mark McCurley, Diane Discepolo, Rick Kronberg, Ben Sevier, Christine Ball, Jamie Knapp, Carrie Swetonic, Stephanie Kelly, Selina Walker, Lisa Erbach Vance, Eliane Benisti i Françoise Triffaux. Jestem pewien, że popełnili jakieś pomyłki, ale nie bądźmy wobec nich zbyt krytyczni.

Autor (nadal ja) chciałby także wyrazić swoją wdzięczność takim osobom jak Marian Barford, Tom Douglass, Eileen Finn, Heather Howell, Fred Katen, Roger Kierce, Neil Kornfeld, Melissa Lee, Mary McLeod, Julian Rubinstein, Corey Rudzinski, Kitty Shum i dr Christopher Swain. Ci ludzie (lub ich bliscy) hojnie wsparli wybrane przeze mnie cele charytatywne w zamian za umieszczenie ich nazwisk w powieści. Jeśli w przyszłości chciałbyś wziąć udział w takim projekcie i pragniesz dowiedzieć się czegoś więcej, odwiedź stronę HarlanCoben.com albo napisz na adres giving@harlancoben.com.

Jestem także niezwykle dumny, że od wielu lat mogę uczestniczyć w spotkaniach z żołnierzami, organizowanych przez United Service Organizations. Wielu skromnych weteranów zgodziło się szczerze ze mną porozmawiać pod warunkiem, że nie wymienię ich z nazwiska. Prosili, abym wspomniał o ich licznych dzielnych towarzyszach broni (oraz ich rodzinach), wciąż zmagających się z ranami psychicznymi, jakie odnieśli na skutek ochotniczej służby w wojsku, które od ponad dziesięciu lat toczy wojnę.

Polecamy thrillery Harlana Cobena

NIEZNAJOMY

Najlepsza powieść Harlana Cobena od czasu „Nie mów nikomu".

Na solidnym kłamstwie można zbudować całkiem udane życie, ale jeśli tajemnica wyjdzie na jaw, w mgnieniu oka można stracić wszystko...

Nieznajomy pojawia się znikąd. Możesz spotkać go w barze, na parkingu albo w sklepie spożywczym. Jego tożsamość pozostaje nieznana. Jego pobudki są niejasne. Ale wiadomości, z którymi przychodzi, zmieniają wszystko. Kilka słów, które wyszepcze Ci do ucha, sprawi, że Twoje poukładane życie rozbije się w drobny mak...

Adam Price ma wiele do stracenia: piękną żonę, dwóch wspaniałych synów i wszystko, co się wiąże ze spełnieniem amerykańskiego snu – wygodny dom, dobrą pracę i pozornie idealne życie. Spotkanie z Nieznajomym wywróci je do góry nogami – odkrycie wstrząsającego sekretu dotyczącego jego żony Corinne sprawi, że w grze o przetrwanie ważny stanie się każdy ruch, a Adam nie będzie wiedział, komu może ufać.

Tymczasem Nieznajomy zdradza innym kolejne tajemnice...

TĘSKNIĘ ZA TOBĄ

Wędrówki w przeszłość mogą być niebezpieczne, a pewnych spraw lepiej nie ruszać.

Powiedzcie to Kat Donovan! Detektyw nowojorskiej policji, której dziwnym zbiegiem okoliczności nadarza się okazja, żeby wyjaśnić i zamknąć dawne sprawy. Obie dotyczą najważniejszych mężczyzn w jej życiu – byłego narzeczonego, który porzucił ją dawno temu, i ojca, zamordowanego przed kilkunastu laty policjanta.

W poszukiwaniu prawdy o własnej przeszłości Kat przypadkiem trafia na ślad działalności przestępców, którzy w okrutny sposób wykorzystują ludzki lęk przed samotnością.